Fazendo meu filme 3

O ROTEIRO INESPERADO DE FANI

PAULA PIMENTA

Fazendo meu filme 3

O ROTEIRO INESPERADO DE FANI

2ª edição
8ª reimpressão

GUTENBERG

Copyright © 2010 Paula Pimenta

Todos os direitos reservados pela Editora Gutenberg. Nenhuma parte desta publicação poderá ser reproduzida, seja por meios mecânicos, eletrônicos, seja via cópia xerográfica, sem a autorização prévia da Editora.

1ª edição deste livro: 15 reimpressões.
2ª edição deste livro: 8 reimpressões.

EDITORA RESPONSÁVEL
Rejane Dias

PROJETO GRÁFICO DE MIOLO
Patrícia De Michelis

DIAGRAMAÇÃO
Christiane Morais de Oliveira

REVISÃO
Ana Carolina Lins
Lira Córdova

CAPA
PROJETO GRÁFICO: *Diogo Droschi*
FOTOGRAFIAS: *Marcio Rodrigues / Lumini Fotografia*
DIREÇÃO DE ARTE E CENOGRAFIA DA FOTOGRAFIA: *Rick Cavalcante*
MODELO: *Ingrid Oliveira*

Dados Internacionais de Catalogação na Publicação (CIP)
Câmara Brasileira do Livro, SP, Brasil

Pimenta, Paula
  Fazendo meu filme 3 : O roteiro inesperado de Fani / Paula Pimenta.
– 2. ed., 8. reimp. – São Paulo : Editora Gutenberg, 2024.

  978-85-8235-613-5

  1. Literatura juvenil I. Título.

  10-10437   CDD-028.5

Índices para catálogo sistemático:
1. Ficção - Literatura juvenil 028.5

A **GUTENBERG** É UMA EDITORA DO **GRUPO AUTÊNTICA**

São Paulo
Av. Paulista, 2.073 . Conjunto Nacional
Horsa I . Salas 404-406 . Bela Vista
01311-940 . São Paulo . SP
Tel.: (55 11) 3034 4468

Belo Horizonte
Rua Carlos Turner, 420
Silveira . 31140-520
Belo Horizonte . MG
Tel.: (55 31) 3465 4500

www.editoragutenberg.com.br
SAC: atendimentoleitor@grupoautentica.com.br

*Para a Elisa e a Aninha.
Minhas primas, mas irmãs de coração.
Por todos os livros que já escrevemos juntas na
vida real. E por todos que ainda vamos escrever.*

*Para ver cenas dos filmes e ouvir
as músicas dos CDs, visite:*

www.fazendomeufilme.com.br

Agradecimentos:

Cada vez tenho que agradecer a mais pessoas... espero não me esquecer de ninguém!

Muito obrigada mais uma vez à mamãe, à Bia e à Elisa, minhas leitoras críticas de sempre! Essa "profissão" de vocês é tão cobiçada que vocês nem imaginam! Obrigada por lerem meus livros em primeira mão, por todas as opiniões e sugestões e, especialmente, por deixarem que eu fique por perto, sondando a expressão facial de vocês.

Bia, um agradecimento especial por você sonhar com soluções para a minha vida que viram parte da história em forma de música...

Kiko, meus personagens masculinos não seriam os mesmos sem o seu auxílio. Obrigada por me ajudar a compô-los! Muito obrigada também pelas ideias brilhantes e pela paciência ao me escutar falar só deste livro por tantos meses. Prometo que agora vou ter tempo de colocar o lixo pra fora! ;-)

Aos integrantes da banda No Voice, meus sinceros agradecimentos por se tornarem parte do meu livro. Obrigada também por fazerem músicas tão lindas que tanto encantam os meus personagens.

À Tia Águeda, obrigada pela ajuda nos e-mails em inglês.

Ian Black, amigo querido. Obrigada pela hospedagem virtual, pelo apoio de sempre e pela amizade de anos.

Carol Christo, leitora que virou amiga. Obrigada pelas opiniões, conselhos, companhia no cinema e no MSN, por me ensinar a preservar minha "imagem de fundo" e especialmente pelas palavras lindas que foram parar na orelha do livro.

A todas as blogueiras pelas lindas resenhas de Fazendo meu filme 1 e 2! Fiquei emocionada ao ler cada uma delas! Obrigada especialmente à Renata, do Bla Bla Books, que, no meu aniversário, criou um CD pra mim, do qual algumas músicas viraram inspiração para quando chegou a vez da Fani apagar as velinhas; e à Julianna, do Lost in Chick Lit, pelo carinho ao me citar em suas entrevistas.

Um agradecimento muito especial a todos os meus leitores! Nunca me canso de receber os recados de vocês! Muito obrigada pelos presentinhos, pela divulgação para os amigos e professores e – principalmente – por todo o carinho!

A Deus, por ser tão bom pra mim. Nem todos os segundos da minha vida seriam suficientes para agradecer.

Muito obrigada!

Minha história começa em Londres,
não faz tanto tempo assim.
Mas tanta coisa aconteceu desde então,
que mais parece uma eternidade

(Os 101 dálmatas)

Prólogo

Ainda hoje, tanto tempo depois, quando tento me lembrar, meu coração ainda dói. Algumas cenas estão completamente nebulosas, como se a minha mente tivesse apagado certas partes, em uma vã tentativa de me preservar. Quando penso em tudo o que vivemos, é como se não fosse eu que tivesse passado por aquilo, e sim uma personagem. Certas coisas não acontecem na vida real. E aqueles seis meses, hoje, parecem ser apenas parte de um filme. Um filme que não teve final.

1

> *Edward Cullen: Eu não tenho mais força para ficar longe de você.*
> *Isabella Swan: Então não fique.*
>
> (Crepúsculo)

Onze. Foi exatamente essa a quantidade de quilos que eu ganhei durante o meu intercâmbio. No começo, bem que eu *tentei* me controlar. Fiz ginástica, procurei não comer muito doce, mas, quando começou a esfriar no final do ano, simplesmente não deu mais. A preguiça não deixava, era muito sacrifício, tudo o que eu mais queria era que a aula terminasse logo para que eu pudesse chegar em casa, fazer um chocolate quente, me enfiar debaixo do edredom e ficar vendo filmes a tarde inteira!

Eu tinha acabado de terminar o namoro com o Christian, a Tracy estava no colégio interno, então também não era como se eu tivesse muita ação nos finais de semana. E, pra ser sincera, eu não estava nem um pouco preocupada com estética naquele momento, eu teria o resto da vida para emagrecer no Brasil!

Só quando eu descobri que o Leo não estava namorando, que tudo tinha sido invenção e que ele ainda estava me esperando (pelo menos até descobrir sobre o Christian) é que eu me desesperei. Mas aí já era tarde demais, faltava menos de um mês para a minha volta e nenhuma possibilidade de, em poucos dias, emagrecer tudo o que tinha ganhado em um ano inteiro.

Mas eu não imaginava que tivesse sido tanto. Apenas na hora em que eu fui tomar banho – depois que todas as pessoas que estavam na festinha que meus pais fizeram para comemorar a minha volta foram embora – é que realmente caiu a ficha. Eu olhei para a balança que fica no meu banheiro, aquela que aos 13 anos eu pedi para a minha mãe comprar, exatamente a mesma em que eu fiz uma marca vermelha em cima dos 60 kg e jurei que aquele seria pra sempre o meu limite. Qualquer quilo que ultrapassasse aquela marca sempre me deixava deprimida e neurótica e fazia com que eu beirasse a anorexia por dias, até que o ponteiro baixasse lá pros 57 kg, que é o peso que eu considero *aceitável* para os meus 1,65 m de altura.

Acontece, porém, que, quando eu pisei na tal balança, o ponteiro passou longe da marca vermelha. Ele foi lá pra perto dos 70 kg! Eu desci correndo, olhei assustada para a balança, subi de novo, o ponteiro foi para o mesmo lugar e então eu entendi tudo... A Juju. Só podia ter sido a Juju. Com certeza a minha sobrinha havia brincado no banheiro e arruinado a balança! No mínimo ficou brincando de pula-pula em cima dela, adorando ver o ponteiro se mover de lá pra cá...

Tomei o meu banho tranquilamente e fui me vestir para dar uma saidinha com a Ana Elisa, que ia ficar apenas dois dias em BH. Eu estava bem cansada pela viagem e pelas emoções todas, mas ela tinha vindo de Brasília só para a minha chegada, eu não podia deixar que ela ficasse presa dentro de casa vendo filmes (que, aliás, era tudo o que eu mais queria fazer naquele momento. Como eu havia sentido falta do meu aparelho de DVD, dos meus filmes antigos, da minha CAMA!). Abri o meu armário e olhei pra todas as minhas roupas que eu não via há um ano. Que saudade delas! Escolhi uma blusinha e uma calça jeans, e foi na hora em que me vesti que eu percebi que não tinha sido a Juju que havia estragado a balança. Eu mesma tinha feito o estrago. No meu corpo.

A calça jeans parou um pouco acima dos joelhos. Nem fazendo muita força ela quis passar pelas minhas coxas. Eu imaginei que ela tivesse encolhido por algum motivo, peguei uma calça preta que estava dependurada no armário, que costumava até ficar meio folgada na cintura, e aconteceu o mesmo com ela! Coloquei então a blusa e, pra minha surpresa, a manga ficou muito apertada, a ponto de quase prender a circulação do meu braço! Foi aí que eu caí na real... Eu estava gorda.

Naquele momento, a Ana Elisa bateu na porta do quarto e me chamou. Eu estava vestida só com a blusa apertada e uma toalha amarrada na cintura, ela não podia me ver gorda daquele jeito! Ninguém podia. Mas todo mundo já tinha me visto! O LEO já tinha me visto! Eu só conseguia pensar: "Ai, meu Deus, como eu tive coragem de descer do avião desse jeito!". E eu que tinha pensado que não passava de implicância da Gabi e da Natália quando elas disseram no aeroporto que eu tinha dado uma engordadinha... uma *engordadona*, elas queriam dizer!

Nova batida na porta. Sem pensar meio segundo, abri a minha mala e peguei de dentro dela uma das calças que eu havia comprado na Inglaterra. Uma calça de *stretch*. A calça deslizou pelas minhas pernas e fechou, sem o menor esforço. Anotei mentalmente para nunca mais na vida comprar uma calça que contivesse qualquer porcentagem de elastano, por menor que fosse! Calças do mal! Elas simplesmente se adaptam ao nosso corpo, por mais que a gente engorde!

E a gente só percebe que está acima do peso quando vai vestir uma calça normal. Calças de *stretch*. Humpf! Aposto que a calça daquelas meninas do filme dos jeans viajantes era uma dessas! Só isso explica o fato dela caber perfeitamente tanto na America Ferrera quanto na Alexis Bledel!

Tirei a blusa apertada, coloquei uma batinha e abri a porta correndo. Dei um sorriso amarelo pra Ana Elisa, peguei minha bolsa, e os meus pais foram nos levar para dar uma volta pela cidade, para que a Ana Elisa pudesse conhecer e para que eu pudesse começar a matar a saudade. Eu tinha perguntado pra Gabi e pra Natália se elas não queriam ir junto, mas a Natália disse que tinha que embrulhar vários presentes de Natal e que não queria deixar pra última hora, e a Gabi inventou que tinha uma confraternização de fim de ano do trabalho do pai. Sei não, mas acho que a Gabi recusou por causa da Ana Elisa... Tudo bem, eu teria todo o tempo do mundo para conversar com ela depois, mas eu não tinha como deixar de ficar com a Ana Elisa naquele momento. E nem queria! Por algum motivo, era como se ela agora tivesse um elo comigo que as meninas não tinham... Ela participou de uma parte da minha vida que ninguém mais viu, e eu estava achando meio estranho me desligar daquela outra parte tão de repente. A Ana Elisa era como se fosse uma espécie de ponte, uma ligação da minha antiga vida com essa nova. O engraçado é que na verdade a nova vida é que era a antiga...

O Leo foi um dos primeiros a ir embora da festa. Eu nem tive tempo de ficar direito com ele. Do aeroporto até a minha casa eu tive que ir no carro dos meus pais, pois eles queriam saber todos os detalhes da viagem. Mal entrei no apartamento e todo mundo veio conversar comigo. Eu percebi que ele estava meio sem graça de se aproximar. Sempre que eu o procurava, via que ele estava conversando com algum dos meninos, mas sem tirar os olhos de mim. Uma hora eu percebi que ele deu uma sumida e então resolvi ir ao banheiro, pra ver se conseguia descobrir onde ele estava e tentar ficar pelo menos um pouco sozinha com ele. Ele estava no meu quarto, de costas, sentado na minha escrivaninha, anotando alguma coisa.

"Leo?", eu chamei.

Ele virou depressa e se levantou.

"Aconteceu alguma coisa?", eu perguntei, já por precaução, pois, em relação ao Leo, algo *não* dar errado é que é a exceção.

"Não...", ele falou, meio sorrindo, meio sério. "É que eu vou ter que ir embora agora, pra você poder contar melhor para as meninas sobre sua viagem, pois eu já vi que elas estão desesperadas pra saber sobre o tal *namoradinho* que você arrumou lá..."

Ciúmes. O Leo estava com ciúmes. Sem querer eu sorri.

"Você está com ciúmes de mim?", eu falei me aproximando.

"Eu não!", ele disse com cara de bravo.

"Está, sim!", eu cheguei mais perto e tentei fazer cócegas nele, mas, antes que eu conseguisse, ele agarrou a minha mão, passou por trás das costas e ficou me segurando, quase colado em mim.

"E se eu estiver?", ele perguntou, me encarando. "O que você vai fazer a respeito?"

Eu não disse nada. A gente já estava se beijando antes que qualquer palavra pudesse sair da minha boca. Durante o beijo, ele foi me empurrando devagarzinho até que a gente se sentasse na cama, e eu nem sei como, mas a gente acabou se deitando, e nós ficamos ali um tempão assim, deitados, abraçados e nos beijando muito, e eu não imaginava como aquilo poderia ficar melhor, aliás, imaginava, mas uma voz vinda da porta interrompeu minha imaginação.

"Nossa, deixa a mamãe ver isso!"

Me levantei rápido e vi o Alberto. Eu senti que estava com o rosto todo vermelho, não sei se pelos beijos ou por vergonha do meu irmão. Olhei para o Leo e vi que ele já tinha se levantado e que a cor do rosto dele também não estava muito diferente, além do cabelo estar todo atrapalhado.

"E aí, Leozão, matando a saudade?", o Alberto falou, com aquele sorriso debochado dele.

Antes que o Leo pudesse responder, meu irmão se virou e entrou no banheiro.

Então o Leo olhou pra mim e disse, ao mesmo tempo que ia em direção à escrivaninha e pegava um papel que estava lá: "Fani, vou indo. Depois a gente, hum, conversa... Seu irmão está certo, imagina se fosse sua mãe que tivesse entrado aqui!".

"Mas eu não quero que você vá ainda...", eu falei já com voz de choro. Era como se ele pudesse sumir se passasse pela porta.

Ele sorriu, começou a me abraçar, mas desistiu no meio, olhando em direção ao banheiro.

"Amanhã a gente vai encontrar... só que agora acho que você deve dar atenção para sua família. Olha, isso aqui eu escrevi pra você", ele me mostrou o papel que estava segurando. "É bobeira. Só pra você não se esquecer de mim até amanhã."

Ele dobrou, colocou em cima da minha cama e pediu que eu o levasse até a porta. Eu fiz que ia pegar o bilhete, mas ele pediu que eu lesse depois.

Mal chegamos à sala, e a minha tia e duas primas vieram me falar que já estavam indo embora. Com isso, a gente nem pôde se despedir "direito", pois elas acabaram entrando com ele no elevador. Mas, quando corri até o meu quarto, pra ler o que ele tinha escrito, vi que não precisava me preocupar com isso. Parecia que despedida seria o que a gente menos teria dali em diante...

Fanizinha,

Eu tenho que ir agora, pois eu já tinha combinado com os meninos de dar uma volta, e, além do mais, eu gosto de você quando você é toda minha, mas agora todo mundo fica perto de você, todo mundo fica querendo saber as novidades e eu fico meio com ciúmes, aí eu prefiro ir embora... Depois nós teremos todo o tempo do mundo para ficarmos juntos, e aí sim é que vai ser bom!

Estou MUITO feliz por você ter voltado! Você continua linda!

Anota meu novo celular: 9123-3219

Beijo grande, curta bastante as meninas, pois depois eu vou te monopolizar total!

Te ligo amanhã.

Leo

De: Natália <natnatalia@mail.com>
Para: Gabriela <gabizinha@netnetnet.com.br>
Enviada: 22 de dezembro, 22:20
Assunto: Volta da Fani

Gabi, preciso falar com você urgente, me liga assim que receber esse e-mail! Estou desesperada, nós temos que ajudar a Fani! Ela está gordinha! Eu estava pensando, o que você acha se nós a chamássemos para correr todos os dias? Nós podemos falar que já vínhamos fazendo isso, para ela não se sentir mal e não perceber que o objetivo da corrida é só fazer com que ela emagreça...

E as roupas que ela estava usando? Será que isso é alguma tendência? Achei aquela bota meio "out" pro verão.

O que você achou da Ana Elisa? Pelo visto você não foi muito com a cara dela... Mas ela é bonitinha e quietinha, bem do jeitinho da Fani mesmo. Gostei!

Ah, sobre a nossa conversa da semana passada, você tem razão, o Alberto vai gostar bem mais de ganhar de Natal uma bermuda e uma camiseta do que de um jogo de xadrez! Afinal, nós vamos pra praia...

Beijocas!

Natália ♥

De: Gabriela <gabizinha@netnetnet.com.br>
Para: Natália <natnatalia@mail.com>
Enviada: 22 de dezembro, 23:44
Assunto: Re: Volta da Fani

Na real? Odiei a tal Ana Elisa. Sujeitinha metida! Só porque estudou com a Fani na Inglaterra está achando que a conhece melhor do que nós! Ainda bem que ela só vai ficar aqui dois dias!

A Fani está meio esquisita também, espero que ela esteja só abalada pelo fuso horário. Aquela coisa de ficar misturando inglês com português o tempo todo, aposto que é só pra exibir a pronúncia... Ela não era assim!

Sobre a bota... acorda, Natália! Estava quase nevando no lugar onde ela estava! O que você queria? Que ela chegasse de Havaianas?

Quanto ao peso, você nem precisa se preocupar.

A mãe dela é muito mais neurótica com esse lance de estética do que todas nós juntas, aposto que vai fazer a Fani emagrecer todos os quilos extras antes do Réveillon! E, além do mais, quem se importa?? Certamente não o Leo. O garoto está completamente na dela! A Fani passa e ele só baba... Espero que ela tenha mesmo dado um chute na bunda daquele Christian, senão vai ser muita maldade. Se bem que ia até ser bom pro Leo ficar esperto! Que história foi aquela de ir embora cedo ontem pra sair com os amigos? Bem no dia da chegada da Fani? Pra quem esperou o ano inteiro, ele não está parecendo nada ansioso pra matar a saudade! Não gostei e acho que ela também não.

Você já criou coragem de falar pro seu pai que vai viajar com o Alberto? Duvido. E duvido que ele vá permitir essa viagem também...

Beijos,

→ Gabi ←

De: Rodrigo <rrrrrodrigooooo@gmail.com>
Para: Leonardo <soueuoleo@gmail.com>
Enviada: 23 de dezembro, 9:20
Assunto: iPod

Fala, Leo!

Liga o celular aí, ô sem noção!

Como foi a night ontem? Queria ter saído depois da festinha, mas a Priscila fez marcação cerrada, nem rolou. Ficamos na casa da Fani até o final, ô mulherada que fala!

Seguinte, estou indo pro clube, vamos lá?

Ou vai grudar na Fani? Dá um tempo pra gata, ela acabou de chegar, deve estar meio no ar ainda... e toma cuidado para a família dela não começar a implicar de cara. Deixa o pessoal lá matar a saudade primeiro.

A Priscila está me enchendo o saco por causa do iPod dela que esqueci na sua casa no dia em que fui copiar aquelas músicas. Se for ao clube, lembra de levar pelo amor de Deus! Meus ouvidos já estão doendo de tanta reclamação!

E o seu Réveillon, definiu? Vai ser no Rio mesmo?

Valeu!

Rodrigo

2

> *Alex: Eu preciso de ajuda!*
> *Eu preciso de um tratamento!*
> *Eu preciso de dinheiro!*
> *Eu preciso de uma limpeza de pele!*
> *Eu preciso fazer regime!*
> *Eu preciso de sapatos novos!*
> *Oh, Deus, por favor, faça alguma coisa!*
>
> (Três formas de amar)

Eu acordei no dia seguinte, completamente confusa. Minha primeira reação foi de susto, meus olhos custaram a reconhecer o ambiente onde eu me encontrava. Quando eu me lembrei que estava no Brasil, tive um sentimento estranho. Aquele quarto não parecia meu. De alguma forma, aqueles ursinhos de pelúcia da estante não combinavam mais comigo. E a janela estava pequena demais! Levantei para abri-la e dei de cara com vários prédios e uma avenida cheia de carros lá embaixo. Senti saudade da vista que eu tinha até dois dias atrás, do silêncio da rua, do quintal da minha casa. Minha casa. Eu me lembrei que aquela casa não era mais minha...

ela estava tão distante, do outro lado do mundo, e não pertencia mais a mim. Eu estava de volta.

Deitei novamente e comecei a pensar em como a Alice deve ter se sentido ao voltar do País das Maravilhas. Durante a história inteira ela quis achar o caminho de volta. Será que quando acordou e se viu em casa ela também se sentiu estranha? Teria ela também sentido saudade daquela outra vida, que mais parecia um sonho?

Ouvi um barulho e vi que a minha mãe estava abrindo a porta bem devagar, provavelmente para verificar se eu já tinha acordado. Quis fingir que ainda estava dormindo, mas, antes que eu pudesse fechar os olhos, ela já tinha entrado e se sentado na minha cama.

"Vamos acordar, dorminhoca?", ela falou, enquanto passava a mão pelos meus cabelos. "Já é quase meio-dia! A sua amiga está acordada há um tempão..."

Meio-dia! Como eu pude dormir tanto e largar a Ana Elisa sem companhia?

"Onde ela está?", perguntei.

"Calma, Fani", ela respondeu. "A Ana Elisa está vendo televisão na sala. Eu indaguei várias vezes se ela queria que te acordasse, mas ela não deixou, falou que você devia estar muito cansada pela viagem e também pela diferença de fuso horário."

Eu me levantei e fui em direção ao banheiro, mas, antes que eu entrasse, ela continuou a falar: "Ah... e o Leo já te ligou três vezes, viu? Ele queria te chamar para ir ao clube, mas eu pedi pra ele te ligar mais tarde".

De repente, toda a confusão que eu estava sentindo passou como que por encanto... a minha mãe havia dito a palavra mágica: *Leo*. E ele já tinha me ligado! Três vezes! Comecei a sentir raiva de mim mesma por ter dormido tanto, mas não durou mais do que dois segundos. O telefone tocou e minha mãe atendeu.

"Quarta vez", ela falou me passando o telefone.

Meu coração disparou só de ouvir a voz dele. Eu fiquei um ano com vontade de ouvir aquela voz, e agora ela estava ali, no meu ouvido. Ele estava mesmo no clube, falou que todo mundo tinha perguntado por mim e se eu não queria ir pra lá. Eu respondi que não podia, pois precisava dar atenção à Ana Elisa, mas a verdade era que eu não tinha a menor condição de usar qualquer roupa que não escondesse o meu corpo completamente! Ele falou então que era pra gente se encontrar depois do almoço, e eu já ia sugerir um cinema, mas a minha mãe – que, pelo que eu percebi, estava prestando muita atenção na conversa – veio dizendo: "Não programa nada pra mais tarde, temos que ir ao salão de beleza! Essas suas unhas estão péssimas, seu cabelo está precisando de um corte radical, e, pelo que notei, depilação é coisa de que você nem ouviu falar por um ano... O Natal é amanhã e não tem a menor condição de você ir a lugar nenhum nesse estado!".

Ótimo. Por mais que eu estivesse me sentindo mal, minha mãe conseguiu me deixar ainda pior. Além de gorda, eu estava horrorosa.

Tive que falar pro Leo que ia ter que resolver algumas coisas e que mais tarde a gente se encontrava, mas percebi que ele não gostou muito. Pra piorar, na hora de despedir, eu disse "bye" em vez de "tchau". Não era a primeira vez que uma palavra em inglês vinha à minha cabeça antes da similar em português, e eu percebi que ele deu um risinho irônico e desligou, sem dizer nada.

Eu acabei indo mesmo ao salão com a minha mãe, enquanto o Alberto e a Natália ficaram entretendo a Ana Elisa. Eles disseram que iam levá-la a todos os pontos turísticos da cidade, mas, quando, às sete da noite, eu consegui sair do salão e liguei do celular da minha mãe para o da Natália, eles não estavam fazendo nenhum *tour*, e sim em um barzinho. Eu estava louca pra encontrar o Leo, mas acabei pedindo pra minha mãe me deixar no tal bar, já que eu estava morrendo de vergonha de largar a minha hóspede o dia inteiro nas mãos de outras pessoas, ainda mais porque ela ia embora no dia seguinte. Pra piorar, tentei ligar pra pedir que o Leo fosse lá me encontrar, mas o telefone da casa dele não atendia e o celular só caía na caixa-postal.

Quando eu consegui chegar em casa, já era quase uma da manhã. Fui correndo para o meu quarto, desesperada pra ligar o computador pra ver se ele tinha dado alguma notícia por e-mail, e dei de cara com um presente em cima da minha cama. Na mesma hora o meu pai apareceu.

"Fani, estava te esperando, vocês demoraram tanto que eu quase dormi! O Leo passou aqui bem mais cedo e deixou isso pra você. Perguntei se ele não queria que eu ligasse pro Alberto, pra saber onde vocês estavam, mas ele disse que de qualquer forma não poderia ir..."

Eu fiquei parada, esperando que ele falasse mais alguma coisa, mas ele só ficou me olhando como se estivesse me analisando. De repente tive a impressão de que ele ia me abraçar, mas em vez disso ele deu um passo pra trás e disse com um sorriso meio estranho: "Vê se não vai acordar meio-dia amanhã de novo... estou com saudade de tomar café da manhã com a minha filha!".

Em seguida ele se virou e foi para o quarto dele. Fiquei olhando até que a porta se fechasse para que eu pudesse rasgar depressa o embrulho do tal presente. Encontrei uma caixinha de música e reparei que embaixo tinha um bilhete. Caramba, será que o Leo ainda não tinha sacado que eu estava de volta e que não precisava mais conversar comigo por escrito?

> Fani,
> Queria entregar pessoalmente seu presente, mas passei aqui e você não estava... Estou indo para o Rio amanhã cedinho pra passar o Natal, não sei se você ainda lembra que a minha família é de lá e que a minha mãe faz questão da minha presença nesses eventos familiares... Mas eu queria muito passar o Réveillon com você. Será que seus pais não deixam você me encontrar lá? Você pode ficar na casa da minha tia, dormir no quarto da minha prima, se precisar eu peço até pra minha mãe conversar com a sua. Se não puder, eu dou um jeito de voltar, mas ia ser legal ficar um pouco sozinho com você, coisa que eu já notei que vai ser um pouco difícil por aqui... Ainda não matei nem um pouco a saudade. Por favor, me promete que vai providenciar um novo celular com urgência, liguei pro seu número antigo e vi que ele não existe mais. Vou tentar te encontrar em casa amanhã, pra te desejar um Feliz Natal.
>
> Beijo gigante!
> Leo

Eu peguei a caixinha de música, dei corda e ela começou a tocar. Dela, não saiu uma música clássica, tipo "Pour Elise" ou alguma do gênero, nem uma bailarina dançando, que é o que geralmente vem nessas caixinhas. Eu abri e tinha um disquinho, tipo aqueles antigos de vinil, que começou a rodar e a tocar "I can't fight this feeling". Eu amava aquela música, era da trilha sonora de *Glee*! Onde o Leo tinha arrumado aquilo?

Enquanto a música tocava, li o bilhete mais uma vez e comecei a chorar. Será que tudo ia começar outra vez? Os desencontros iam voltar? Será que eu nunca ia conseguir ficar de verdade com ele?

Antes que eu pudesse enxugar as lágrimas, a Ana Elisa entrou no meu quarto, toda animada.

"Fani, você deve estar tão feliz por estar de volta! Sua família é o máximo! Que graça o seu irmão com a Natália, eles são simplesmente feitos um para o outro! E o..."

De repente ela parou. Ela ficou olhando para o meu rosto todo molhado, sem entender nada. Ela não disse nada também. Só olhou pra caixinha de música na minha mão, para o bilhete na cama, e ficou me olhando, esperando que eu desse alguma explicação.

Eu fiquei um pouco calada, mas percebi que se tinha alguém no mundo que me entenderia naquele momento, essa pessoa seria a Ana Elisa.

"Eu estou tão confusa...", eu disse, caindo no choro novamente. "Eu pensei que eu fosse voltar e encontrar tudo do jeitinho que eu deixei, mas está tudo tão diferente, eu não estou me sentindo em casa..."

Ela me fez sentar na cama, fechou a porta e pediu pra eu dizer o que estava diferente.

"Tudo!", eu respondi entre lágrimas. "A Gabi parece que não é mais minha amiga, mal falou comigo desde que eu cheguei. E o meu pai está tão distante, nem chega perto de mim, ele costumava me encher de beijos o tempo todo! E os meus irmãos estão tão preocupados com a própria vida... Acho que só a minha mãe não mudou nada, e isso, acredite, não é uma coisa boa!"

Ela começou a rir quando eu falei sobre a minha mãe, e isso só me fez chorar ainda mais!

"E até você está diferente!", eu continuei a falar. "Está toda sociável, na Inglaterra eu era sua melhor amiga, você só conversava comigo, e hoje eu passei a noite inteira na plateia, assistindo à sua conversa com o Alberto e a Natália, como se eu fosse mesmo uma espectadora!"

Ela fez que ia falar alguma coisa, mas eu não dei chance.

"E por falar na Natália e no Alberto, estou achando os dois tão bobos, só falam nesse casamento, parece que nada mais importa! E nem mesmo a minha sobrinha quer saber de mim, pegou os brinquedos que eu trouxe e mal olhou pra minha cara! Os meus sobrinhos não me reconheceram! Até a minha tartaruga parece que me esqueceu, eu chamei e ela nem veio, como fazia antigamente! E o que dizer das minhas roupas? Nem elas querem saber de mim! Eu não pertenço mais a esse lugar!"

"Ô, Fani...", ela falou, conseguindo me interromper. "Você chegou há pouco mais de 24 horas! Calma! Da mesma forma que você tem que se readaptar ao Brasil, o Brasil tem que acostumar de novo com você... O seu pai certamente está sem saber como te tratar, não imagina como você vai reagir. Você passou por muita coisa, mudou fisicamente, demora mesmo um tempo para as pessoas enxergarem que no íntimo a gente continua a mesma. Eu passei por isso várias vezes... a cada vinda ao Brasil, depois de uma temporada fora com os meus pais, minhas amigas pareciam me tratar diferente, como se eu não pertencesse mais ao grupinho delas, e eu, da mesma forma, sentia mesmo como se eu não me enquadrasse, eu tinha viajado tanto, passado por tantas situações, e elas continuavam do mesmo jeito. Aposto que você está sentindo como se nesse período fora tivesse vivido uns cinco anos! Você viu muita coisa, conheceu muitos lugares, muita gente... mas as suas amigas continuaram aqui, na mesma vidinha de sempre. Você é que tem que ser compreensiva com elas. Pode ter certeza de que todo mundo está te observando para sentir as suas reações, pra perceber suas mudanças, todo mundo está te dando espaço. Você é que tem que mostrar que continua a mesma, por mais que não se sinta a mesma, para que as pessoas percebam que é seguro se reaproximar..."

Deus, obrigada pela existência da Ana Elisa! Tudo o que eu queria naquele momento era pegar um avião de volta pra

Inglaterra. Eu estava com tanta saudade da Tracy, do Tom, do Teddy, da Julie e do Kyle... de cada detalhe de Brighton. E a Ana Elisa me lembrava tanto tudo aquilo! Ela tinha conhecido aquelas pessoas, aqueles lugares, também tinha vivido todas aquelas emoções... ela era a única coisa da Inglaterra que eu ainda tinha.

"Eu sei que você deve estar com saudade da nossa cidadezinha inglesa", ela continuou, adivinhando meus pensamentos, "mas ela vai continuar do mesmo jeito... a praia, o píer... e um dia você vai voltar pra visitar tudo aquilo. E você pode conversar com sua família de lá pela internet na hora que quiser, tenho certeza de que eles também já estão morrendo de saudade de você... mas você sabe que o seu lugar é aqui. Você passou um ano louca pra estar em BH, falava da Gabi, da Natália e dos seus irmãos o tempo todo! Aproveite, agora você tem todos eles de volta! E você nunca vai perder o que viveu, o que *nós* vivemos lá! Tudo está guardadinho nas suas lembranças... e nos retratos."

Eu tive nova crise de choro, ela ficou me olhando, esperando que eu me acalmasse, e então pegou a caixinha de música.

"Que coisa mais bonitinha é essa?", ela perguntou, dando corda. "Foi o *love* que te deu?"

Eu só fiz que "sim" com a cabeça, ela ouviu a música um pouquinho e abriu o maior sorriso.

"Que fofo! Você nunca tinha me dito que ele era romântico! E criativo, né? E aí, já recuperaram o tempo perdido?", ela disse com um sorrisinho meio malicioso.

Eu, que já tinha me acalmado um pouco, tive outro acesso, de raiva dessa vez.

"Recuperei coisa nenhuma! Não consegui ficar *nada* com ele até agora!"

"Ah, mas antes de você chegar lá no bar, o seu irmão estava dizendo que pegou vocês dois no maior amasso ontem, que ia até ter que levar um papo sério com você e tal... ele deve achar que você é toda inocente e que não sabe se defender, não é, Fani? Eu nem quis comentar sobre o tanto que o Christian te agarrava e que você fugia dele."

"Ana Elisa", eu interrompi antes que ela terminasse, "eu não estou nem aí para o que o meu irmão acha! O caso é que foi só isso, o Leo me beijou no aeroporto, depois mais um pouquinho no meu quarto e só! Foi embora! Foi embora pra sair com os *amigos*! E hoje queria que eu fosse ao clube com ele, coisa que eu não iria nunca, nessa gordura toda em que eu me encontro! E pelo visto ele comprou um celular que não usa, já que eu tentei ligar pra ele lá do bar e estava desligado! E aí eu cheguei aqui louca pra dormir, para o tempo passar mais rápido e eu poder vê-lo amanhã, mas dei de cara com esse bilhete, dizendo que pelo visto a gente vai se encontrar só no ano que vem!"

Ela leu o bilhete e começou a rir. Qual era o problema da Ana Elisa, ela estava zoando com a minha cara?

"Fani, não tem nada disso! Ele só falou que vai passar o Natal com a família no Rio. E que, se você não conseguir ir pra lá no Réveillon, o que, se fosse você, eu daria um jeito de ir, nem que para isso eu precisasse *fugir*, ele volta pra ficar com você. Do que você está reclamando?"

Ela falou isso ao mesmo tempo que dava mais corda na caixinha de música. Em seguida me deu um abraço, abriu a porta e foi andando em direção ao quarto de hóspedes. De repente ela se lembrou de alguma coisa e voltou. Eu ainda estava no mesmo lugar, olhando o disco da caixinha rodar.

"Só mais um detalhe... amanhã, quando eu for embora, vai correndo pra casa da Gabi. Se ela já está nesse ciúme todo de mim, que só estou disputando a sua companhia com ela por dois dias, imagina como ela vai ficar quando você e o Leo realmente começarem o grude..."

Ela sorriu, me mandou um beijinho no ar e, em seguida, desapareceu pelo corredor.

De: Maria Carmem <mcarmem55@hotmail.com>
Para: Luigi <luigi@mail.com.br>
Enviada: 23 de dezembro, 22:12
Assunto: Leo

Luigi,

Aqui é sua tia. Preciso muito da sua ajuda.

Como você sabe, chegaremos ao Rio amanhã e gostaria de te pedir para entreter o Leo o máximo possível enquanto estivermos aí! Se possível, peça para aquela sua namorada tão simpática e atenciosa apresentá-lo a algumas amigas! É Marilu o nome dela, não é isso? Ela é uma gracinha, espero que esteja tudo bem no namoro de vocês!

O caso é que aquela garota, a Fani, voltou para o Brasil. Não me entenda mal, gosto muito dela, costumava até fazer uma certa campanha para que o Leo a namorasse, mas isso foi antes. Você se lembra bem de como o Leo ficou depois que ela viajou. Ele custou a se reerguer e, agora, ela mal voltou e ele já está agindo de forma estranha.

Ontem, pra você ter uma ideia, ele foi ao aeroporto esperá-la e depois à casa dela. Porém, voltou muito cedo e disse que ia dormir. Eu perguntei se alguma coisa tinha acontecido e ele disse que não, que pela primeira vez em vários meses ia dormir tranquilo e feliz. Ah! E ainda avisou que, se alguém ligasse, era pra ocultar que ele estava dormindo e, em vez disso, falar que ele tinha saído com a "galera"! Me diz, Luigi, você que tem a mesma idade do Leo... É normal um garoto ficar em casa em plena sexta-feira à noite?

Como se não bastasse, de manhã ele foi ao clube com os amigos, mas ficou muito pouco, voltou rápido e logo tornou a sair, pois disse que tinha que comprar um presente. Depois não sei o que aconteceu, mas ele voltou pra casa com uma carinha de dar pena... Não sei se não achou o presente que queria ou se encontrou e a Fani (não tenho a menor dúvida de que era pra ela) não gostou.

Entende a minha preocupação? Temos que tirá-lo dessa.

Conto com você,

Tia Carminha

De: Natália <natnatalia@mail.com>
Para: Priscila <pripriscilapri@aol.com>
Enviada: 24 de dezembro, 11:31
Assunto: Ajuda!!!!

Ei, Pri!

Preciso de ajuda, amiga!

O Alberto quer muito viajar comigo, ele até já reservou uma pousada em Búzios! Só que, você sabe, eu não posso ir sozinha com ele, meu pai não iria deixar nunca, e aí, eu estive pensando, será que você e o Rodrigo não animariam de ir com a gente? Não seria o máximo nós quatro curtindo aquela cidade perfeita??? Porque aí eu posso falar para o meu pai que estou indo com *você*, e nem preciso tocar no assunto de que os meninos vão também... Não vou mentir, só ocultar... O que você acha? Diz que siiiiiiiiiim! Sua mãe é tããão legal, sei que ela não vai implicar! E tenho certeza de que o Rodrigo vai gostar da ideia! Olha e me fala o mais rápido possível?? Tenho que dar uma resposta logo pro Alberto, tadinho! Ele está superansioso...

Beijinhos!

Natália ♥

De: Alberto <albertocbelluz@bol.com.br>
Para: Inácio <inaciocb@mail.com>
   João Otávio <jlopesbelluz@yahoo.com.br>
Enviada: 24 de dezembro, 13:02
Assunto: A CONVERSA

Pai,

Eu e o Inácio conversamos e achamos que chegou a hora da gente ter A CONVERSA com a Fani. Ela mal voltou e já está toda se esfregando com o Leo! Só não sentei a mão na cara do moleque porque ela tinha acabado de chegar e eu não queria causar nenhum stress familiar! Mas não gostei mesmo da cena que vi! Não sei qual era a do namoro dela com aquele carinha lá da Inglaterra, mas estou achando que ela está muito "pra frente" pro meu gosto! Ela tem só 17 anos! Daqui a pouco vai começar a pedir pra viajar com o Leo, ou, pior, vai começar a mentir, falar que vai viajar com as amigas e encontrar com ele em segredo... Sei como estão essas meninas hoje em dia! Ainda bem que a Natália não é assim.

Alberto

3

> Brown Cessario: Pare de agir como se tudo girasse em torno de você!
> Shane Gray: No meu mundo é assim.
> Brown Cessario: Olha só... você está no meu mundo.
>
> (Camp Rock)

Obviamente os meus pais não deixaram que eu viajasse pro Rio para encontrar o Leo. O meu pai fez a maior chantagem emocional dizendo que eu tinha acabado de voltar, que ele não tinha nem matado as saudades ainda, que eu tinha ficado o ano inteiro passando todas as festas com a minha "outra" família e que ele tinha direito à minha companhia pelo menos no final do ano. Eu aleguei que iríamos passar o Natal juntos, mas ele fez uma expressão tão triste que eu nem tive coragem de argumentar.

Com a minha mãe não foi diferente. Quando eu disse que estava pensando em passar o Réveillon no Rio, ela falou: "Ah, então agora é assim. Você só comunica. Antes você costumava *pedir*, ou você acha que só porque morou um ano fora já é dona do seu nariz e pode fazer o que bem entender?".

Eu achei aquilo muito estranho. Na Inglaterra eu avisava por e-mail ou telefone tudo que ia fazer e ela nunca implicava! Se eu falava que ia a Londres, ela achava lindo. Se eu dizia que ia viajar com a família de uma amiga que ela nem conhecia, ela respondia: "Tudo bem, aproveite bastante!". E agora isso! Eu não estava falando que ia fazer outro intercâmbio, no Afeganistão dessa vez, e sim que estava pensando, *pensando*, em encontrar com o Leo no Rio, que fica a 45 minutos de avião daqui! E não é como se ela não conhecesse o Leo há séculos!

Eu disse isso tudo pra ela, que então mudou de tática.

"Fani, eu sei que você está louca para ficar com o Leo, mas você acha que deve se mostrar tão disponível assim?", ela questionou, capturando totalmente a minha atenção. "Minha filha, você mal chegou! Sabe o que ele vai pensar? Que você ficou um ano inteiro só se lembrando dele!"

Eu abri a boca pra perguntar que mal tinha nisso e que, se ela queria mesmo saber, aquela era a pura verdade, mas ela voltou a falar: "Seja um pouquinho difícil para esse menino, senão ele vai se cansar muito rápido! Homem não gosta de facilidade, homem gosta de caçar! E quanto mais você dificultar a caçada dele, mais ele vai se interessar!".

Eu fiquei tão chocada que não respondi nada. Mais dificuldade? Vejamos, mamãe:

Nível 1: O garoto era apaixonado por mim há tempos e eu nem notava, gostava de outro e ele sabia.

Nível 2: Quando eu finalmente acordei, estava com viagem marcada e ele constatou que o melhor seria esperar.

Nível 3: Eu, por minha vez, não quis esperar, me declarei e, em seguida, viajei, largando o garoto aqui.

Nível 4: Na primeira semana de viagem, tomei um chá de sumiço, o que podia ter feito com que ele me odiasse pra sempre.

Nível 5: Eu arrumei outro namorado. Qualquer garoto nessa situação teria se vingado.

Nível 6: Em vez de me odiar ou arrumar outra, ele me entendeu e me esperou por um ano. Um ano!

Por quantos níveis de dificuldade mais ele tem que passar? Isso não é videogame! É amor!

Eu falei isso tudo enquanto ela me ouvia com uma expressão impassível. No final, disse: "Fani, você é que sabe da sua vida afetiva. Só estou te aconselhando. Eu não gostaria que um garoto chamasse a minha filha de *galinha*, por ela ser muito fácil. No seu lugar, eu me valorizaria mais. Mas a vida é sua, depois não venha chorar por ele ter te trocado por uma menina mais recatada".

Eu fiquei chocada. Galinha, eu???

Antes que eu me recuperasse do choque, ela ainda falou: "Da sua vida emocional você cuida, mas do resto dela, enquanto você morar aqui em casa e não for maior de idade, cuido eu. Você vai ter que continuar me obedecendo. E pro Rio, sozinha, você não vai".

Eu comecei a chorar. Ela não se comoveu: "Não é porque você voltou há dois dias que eu vou deixar você fazer tudo o que quer, Estefânia! Você aproveitou um ano, agora é hora de pensar na vida! Você está inscrita em um vestibular de Direito, que vai acontecer no comecinho de janeiro, não recebeu meu e-mail? Eu esperaria que você, nesse período, se empenhasse e pelo menos, *pelo menos*, minha filha, lesse os livros que vão cair na prova de literatura! Acabaram as suas férias, agora é vida real. Coloque os pés no chão".

Ela saiu me deixando completamente estarrecida. Se antes eu já queria retornar a Brighton, agora eu daria tudo para voltar no tempo!

Contrariando o fato de que ela havia acabado de dizer que eu tinha que lhe dar satisfação a cada passo que eu desse, peguei minha bolsa e saí. Eu não queria ficar nem mais um minuto em casa, eu estava me sentindo presa, como nunca havia me sentido antes. Fui andando em direção ao shopping Pátio Savassi, mas no meio do caminho eu me lembrei do que a Ana Elisa tinha falado na noite anterior. Ela tinha ido embora havia poucas horas e eu já estava com tanta saudade! Segundo ela, a dificuldade toda fazia parte da readaptação. Ela me prometeu que logo tudo melhoraria, assim que as pessoas se acostumassem de novo com a minha presença. Só que ela não tinha me contado quando *eu* me habituaria novamente. Lembrando de mais uma coisa que ela havia dito, mudei a direção e parei no primeiro ponto de táxi. Eu não ia conseguir passar por tudo isso sozinha. Eu precisava de apoio. E eu conhecia exatamente quem podia me socorrer, ela já tinha me ajudado em tantas ocasiões... eu só não sabia se ela ia querer fazer isso mais uma vez.

Desci do táxi bem em frente à casa da Gabi. Tinha um ano que eu não ia ali. O prédio não tinha nada de diferente. E ela? Estaria igual também?

Eu pedi para o porteiro me anunciar, enquanto esperava ansiosa. Eu nem sabia se ela estava em casa, mas a ceia de Natal seria em poucas horas, ela devia estar se arrumando.

Ele disse que eu podia subir e meu coração disparou. Durante toda minha viagem a nossa amizade continuou a mesma, trocávamos e-mails diariamente, e eu realmente não esperava encontrá-la tão distante, como ela estava desde a minha volta. Na verdade, até então a gente só tinha se encontrado uma vez, dois dias antes, na minha chegada. Ela, porém, estava tão estranha comigo! Só abriu a boca pra falar que eu tinha engordado, ficou o tempo todo conversando com a Priscila e a Natália, foi uma das primeiras a ir embora e, desde então, não tinha aparecido mais. Eu queria telefonar pra ela, mas sabia que com a Ana Elisa por perto seria pior. Eu realmente esperava que tudo não passasse de ciúmes.

O elevador chegou ao andar da Gabi, eu toquei a campainha e esperei. Ela abriu a porta e me olhou, séria. Eu sorri e fiquei esperando que ela me convidasse pra entrar, mas ela continuou sem dizer nada. Sem aguentar mais, perguntei: "Posso entrar, Gabi?".

Ela me deu passagem e fechou a porta, ainda sem falar nada. Reparei que ela estava com metade do cabelo ondulado e metade liso, e eu certamente havia interrompido a escova dela no meio. Perguntei, pra quebrar o gelo, se ela queria terminar de se arrumar, mas ela não respondeu. Em vez disso, se sentou no sofá, cruzou os braços e disse: "Então é assim. Agora que a sua nova melhor amiga foi embora, você me procura. Você está achando que eu sou o Leo, Fani? Que você pode arrumar um substituto e voltar correndo depois de se cansar, que tudo vai permanecer igual?".

Eu me sentei do outro lado do sofá, completamente muda. A Gabi também? Eu precisava de apoio, e não de mais alguém pra jogar coisas na minha cara!

"É o terceiro dia que você está no Brasil, eu fiquei um ano inteiro preocupada com você, tentando resolver os seus problemas de longe, fazendo de tudo pra tentar te animar, mas você deu valor pra isso?", ela se levantou, enquanto falava. Percebi que ela estava brava de verdade, a Gabi sempre estala um dedo quando fica com raiva de alguma coisa, e ela estava estalando todos os dedos naquele momento. "Não, você não deu o menor valor! Você sabia que eu deixei de viajar pra te esperar no aeroporto? A minha família inteira está em Buenos Aires! Eu vou passar o Natal sozinha! E você por acaso se importa com isso?"

"Gabi", eu tentei interromper, "eu não sabia nada disso, e eu dou muito valor, sim! Eu não teria conseguido ficar na

Inglaterra sem o seu estímulo, eu não teria feito muita coisa na minha vida se não fosse por você!"

"Para de mentir", ela gritou. "Você está se sentindo muito superior porque agora fala inglês fluente, está super por dentro da moda europeia, arrumou novos amigos... Eu não me contento com sobras, Fani! Eu não preciso de você, ok? Caso você não saiba, e eu tenho certeza de que você não sabe mesmo, pois você não se interessa por nada além da sua própria vida, eu passei no vestibular pra Medicina! Isso mesmo, eu fiz Medicina, e nem isso você sabia, não é? Eu percebi que eu quero ser médica em vez psicóloga, que era o que todo mundo esperava de mim, mas você está muito preocupada com você mesma pra saber das minhas razões! Eu passei na Faculdade de Ciências Médicas e agora vou ter que estudar muito, não vou ter tempo pra resolver seus dramas mesmo, pois eu já sei que é só pra isso que você me procura!"

Eu comecei a me sentir mal. Muito mal. Porque a verdade é que eu realmente tinha ido lá pra pedir ajuda. Eu sabia que ela devia estar um pouco chateada pela atenção que eu dei pra Ana Elisa, mas não imaginava que seria tanto. E, por mais que eu não quisesse admitir, o que realmente fez com que eu a procurasse naquele momento foi o desejo de que ela fizesse com que eu me sentisse melhor, apontasse mais uma vez alguma solução para os meus problemas.

"Você é muito egoísta, Fani. Muito egoísta!", ela continuou. Eu percebi que ela diminuiu o volume da voz e que seus olhos estavam cheios de lágrimas. "Eu pensei que a gente fosse ficar uma semana sem desgrudar depois que você chegasse! Eu queria ver todas as suas fotos, saber de todos os seus casos, recuperar o tempo perdido, mas você mal olhou pra mim no aeroporto e na sua casa. Eu fui embora e você nem viu. Eu pensei que você fosse me ligar mais tarde, mas você nem 'tchum'! E agora, dois dias depois, agora que o Leo está viajando e que sua amiguinha foi embora, você vem me procurar pensando que eu vou estar aqui te esperando que nem um cachorrinho?"

Eu comecei a chorar. Eu percebi que – mais do que brava – ela estava triste. Eu não aguentava mais deixar as outras pessoas chateadas com as minhas atitudes.

"Gabi", eu disse, me levantando, "me desculpa!" As lágrimas mal me deixavam falar. Eu comecei a sentir tudo de uma vez. A saudade da minha família da Inglaterra, a estranheza com tudo à minha volta, a tristeza por não poder estar junto do Leo mesmo depois de ter voltado, as palavras da minha mãe e, agora, a Gabi. "Eu não queria te deixar triste, eu só pensei que você não fosse querer conversar comigo sem que a Ana Elisa tivesse ido embora primeiro! Eu só esperei porque..."

De repente tudo escureceu. Eu senti uma imensa fraqueza, vi a sala da Gabi rodando e só tive tempo de falar: "Eu acho que vou...".

De: Vanessa <vanessaamo@mail.com.br>
Para: Leonardo <soueuoleo@gmail.com>
Enviada: 24 de dezembro, 13:18
Assunto: Feliz Natal...

Olá, sumido!
Estou escrevendo para te desejar um Feliz Natal, com tudo de melhor...
Estivemos meio afastados durante esse ano, mas quero que saiba que você sempre será muito especial pra mim... Gostei de te ver ontem no shopping, apesar de você estar naquela pressa toda. Como tenho intimidade, posso te falar: você estava o maior gato! É impressão minha ou você andou malhando?
Me liga uma hora dessas... você sabe que sinto saudades...

Espero que você tenha ido bem no vestibular. Beijão!

Vanessa

De: Alan <alan_alan@mail.com.br>
Para: Leonardo <soueuoleo@gmail.com>
Enviada: 24 de dezembro, 14:10
Assunto: Depois da ceia

E aí, Leozão!

Tudo tranks por aí?

Cara, seu celular só cai na caixa-postal, liga essa porcaria! Tá namorando, né? Fiquei sabendo que a Fani voltou! Vê se não perde tempo dessa vez! Mas olha, só pra te dar o toque, vai rolar um esquema bacana hoje à noite! Todo Natal, depois da ceia, acontece uma festa maneira lá no Major, perde não! Altas bandas vão tocar!

Se bem que acabei de lembrar aqui, você tinha falado que ia pro Rio! Foi mesmo? Ih, foi mal aí! Happy Christmas, então! Curta bastante as cariocas, deixa a mineirinha pro ano que vem!

Falou!

Alan

De: Tracy <tmarshallstar@hotmail.com>
Para: Leonardo <soueuoleo@gmail.com>
Enviada: 24 de dezembro, 20:20

Assunto: Merry Christmas

Dear Leo,

It has been a long time since the last time we talked! Hope everything is fine with you.

It has been only three days since Stephanie left and I miss her already! I'm home for Christmas and my family can't stop talking about her! Even the cat and the dog seem to be missing her, they do not stop entering in her former room. I think her smell is still there.

Well, I'm writing to wish you a Merry Christmas!

And to ask you to take a really good care of my Brazilian sister! She is a very special girl and I know she loves you a lot. I hope by now, you have already talked and that you are happy together! You really touched me with all the effort you made to send gifts to her in secret during the time she was here. It was a pleasure to help you!

I really believe that you two were meant to each other! Good luck!

Tracy*

---

* Querido Leo, já tem bastante tempo desde a última vez em que conversamos! Espero que tudo esteja bem com você. Tem apenas três dias que a Estefânia partiu e eu já sinto falta dela! Vim passar o Natal em casa e minha família não para de falar sobre ela! Até mesmo o gato e o cachorro parecem estar com saudade, eles não param de entrar no antigo quarto dela. Acho que o cheiro dela ainda está lá. Bem, estou te escrevendo para te desejar Feliz Natal! E pra te pedir pra cuidar bem da minha irmã brasileira! Ela é uma menina muito especial e sei que ela te ama muito. Eu espero que nesse momento vocês já tenham conversado e estejam felizes juntos. Você realmente me comoveu com todo o esforço que fez para mandar presentes em segredo durante o tempo em que ela esteve aqui. Foi um prazer te ajudar! Eu realmente acredito que vocês dois foram feitos um para o outro! Boa sorte! Tracy.

4

> Shrek: Se eu te trato tão mal, por que você ainda está aqui?
> Burro: Porque é isso que os amigos fazem, eles se perdoam.
> (Shrek)

Acordei com uma luz forte na minha cara. Olhei pra cima e vi que tinha uma espécie de holofote em cima de mim. Senti um enjoo terrível, minha garganta estava seca, senti uma dor na mão e, quando olhei, vi que tinha uma sonda entrando na veia da minha mão direita, levando um líquido que parecia ser um soro. De repente, percebi que tinha alguém segurando a minha outra mão. Levantei um pouco e vi que era a minha mãe. Ela parecia estar dormindo sentada, com a cabeça apoiada na cama onde eu estava. O que estava acontecendo? Ali não era a casa da Gabi!

Eu apertei a mão dela, que acordou assustada.

"Fani, filhinha!", ela falou me abraçando. "Finalmente você acordou, vou chamar a enfermeira!"

Quando ela saiu, pude ver que no sofá ao lado tinha outra pessoa, com o rosto todo inchado, eu não sabia se era de sono ou de choro. Ela ainda estava com o cabelo meio liso e meio ondulado.

Eu tentei falar, mas ela se levantou depressa fazendo sinal para que eu esperasse.

"Não faz esforço, Fani", ela falou com uma expressão preocupada. "O médico disse que você está muito fraca."

Eu ignorei o conselho dela e perguntei: "Mas o que eu tenho? O que aconteceu?".

"Parece que o seu nível de glicose no sangue estava muito baixo, o médico falou que você chegou aqui em um quadro agudo de hipoglicemia. Você ficou sem comer por muito tempo?"

E então eu me lembrei. Na hora em que eu fui à casa da Gabi, já tinha dois dias que eu estava sem comer. Desde o momento em que eu subi na balança, prometi a mim mesma que emagreceria cada quilo o mais depressa possível. E, com a possibilidade de viajar para encontrar o Leo, eles tinham que sumir instantaneamente, afinal eu não teria como esconder que estava acima do peso em pleno verão do Rio de Janeiro!

"Você desmaiou lá em casa", ela continuou a falar, e eu percebi que ela estava meio emocionada. "Eu fiquei tão preocupada, Fani, eu pensei que você tivesse tido um enfarte!"

A minha mãe voltou trazendo uma enfermeira, que perguntou como eu me sentia. Eu falei que estava bem, só um pouco enjoada. Ela então mediu a minha pressão, conferiu o soro e disse que eu estava bem melhor, que, se no dia seguinte eu acordasse bem, já poderia passar o almoço de Natal em casa. De repente eu me toquei. Era noite de Natal.

"Mãe, pode ir pra casa", eu falei depressa e preocupada. "Você não tem que perder a ceia por minha causa." E virando pra Gabi, eu disse: "Gabi, vai com ela. Você não precisa passar o Natal sozinha, minha família toda deve estar na minha casa, até a Natália deve estar lá com o meu irmão, eles vão gostar de te ver lá".

As duas me olharam como se eu fosse louca.

"Ahn.. Fani...", a minha mãe começou a falar, "já são quatro da manhã. E o Natal foi aqui... Quer dizer, na verdade não teve Natal, todo mundo veio pra cá, ninguém sossegou até o médico de plantão falar que você estava bem e que não havia nada mais a ser feito, além de esperar você acordar. Seu pai e seus irmãos foram embora porque ele disse que só podia ficar um parente aqui com você, mas a Gabi chorou tanto que o médico ficou com pena e disse que ela podia ficar também."

Eu olhei pra Gabi, que estava visivelmente sem graça.

"Desculpa...", eu falei, e as lágrimas começaram a correr pelo meu rosto na mesma hora. "Eu estraguei o Natal de vocês."

As duas vieram me abraçar ao mesmo tempo.

"A gente é que pede desculpas, Fani", a minha mãe disse. "Nesse hospital, sem nada pra fazer, nós duas tivemos um tempo pra conversar e chegamos à conclusão que fomos um pouco duras com você..."

"Não... eu é que sou uma egoísta mesmo", eu disse, olhando pra Gabi e chorando mais ainda.

"Estefânia, agora chega", a enfermeira falou. "Você ainda está muito fraca, se continuar se exaltando assim eu vou ter que chamar o médico", e, olhando para elas, disse: "Eu vou colocar um medicamento na sonda pra ela relaxar um pouco, vocês podiam deixá-la descansar, por favor, ela realmente precisa".

As duas se sentaram no sofá e ficaram caladas, só me olhando. Eu comecei a chorar com força, falei pra enfermeira que eu não queria dormir, eu tinha que pedir desculpas primeiro! De repente eu senti um sono irresistível e nem ouvi o que ela respondeu.

De: Gol <voegol@gol.com.br>
Para: Leonardo <soueuoleo@gmail.com>
Enviada: 24 de dezembro, 23:21
Assunto: Alerta Gol - Itinerário de Viagem

Leonardo Santiago,
Confira abaixo os dados da sua viagem e tenha um embarque tranquilo e confortável!
Dados do seu voo:
Localizador: Z2J17LX4

Data	Voo	Partida	Chegada
25DEZ	13651	Rio-Galeão 07:37	BH-Confins 08:38

De: Gabriela <gabizinha@netnetnet.com.br>
Para: Ana Elisa <anelisa6543210@hotmail.com>
Enviada: 25 de dezembro, 7:31
Assunto: Fani

Oi, Ana Elisa, aqui é a Gabriela, a melhor amiga da Fani, lembra de mim? Consegui seu e-mail através daquela mensagem coletiva que ela mandou informando os detalhes sobre a volta dela para o Brasil.

Sei que não conversamos muito enquanto você esteve aqui, mas eu estou escrevendo porque preciso da sua ajuda.

A Fani teve um probleminha ontem na minha casa e... não se preocupe, não foi nada de grave! Ela teve que ir para o hospital, mas o médico falou que ela já está bem. O caso é que ela ficou sem comer por muito tempo e acabou desmaiando por causa disso. Ela ficou sem se alimentar porque está se achando gorda, imagine! A Fani realmente era mais inteligente, acho que essa viagem não fez muito bem pra ela!

Bom, mas o fato é que eu sei que ela te escuta e que, por menos que eu queira admitir, sei que você foi uma boa amiga para ela na Inglaterra. Confesso que por várias vezes tive ciúmes. Eu é que sempre costumava conviver com as neuroses inventadas e dramas cinematográficos da Fani, e você deve ter notado que são muitos...

Bom, mas o fato é que eu e ela tivemos uma discussão, então não sei se nesse momento eu sou a melhor pessoa para aconselhá-la, pois acredito que ela não me escutaria, ela deve estar me odiando nesse momento. Então, gostaria de te pedir um favor. Telefone para a Fani, diga a ela o quanto ela é bonita independentemente do peso, que ela tem tantas outras qualidades e que *nós* a adoramos de qualquer jeito. Por favor, faça com que ela se sinta melhor. Eu estou muito triste e me sentindo culpada pelo desmaio dela. Se algo pior acontecesse com a Fani, eu não me perdoaria.

Não diga a ela que eu te contei, ela ficaria brava comigo.

Muito obrigada desde já,

→ Gabi ←

P.S.: Feliz Natal.

De: Ana Elisa <anelisa6543210@hotmail.com>
Para: Gabriela <gabizinha@netnetnet.com.br>
Enviada: 25 de dezembro, 10:50

Assunto: Re: Fani

Gabriela, muito obrigada por me avisar! Fiquei muito preocupada! Acabei de telefonar para a Fanny, foi o Inácio que atendeu, ele disse que ela ainda está no hospital, mas que já está tudo bem, o pai deles está lá com ela, e em pouco tempo estarão em casa. Fiquei de ligar novamente mais tarde, e com certeza falarei para a Fanny tudo o que você pediu... Você tem razão, ela tem fortes inclinações teatrais, adora fazer tempestade em copo d'água, mas é isso que a torna tão única e especial, não é? :)

Sabe, Gabi (posso te chamar de Gabi?), a Fanny gosta e fala tanto de você que é como se eu te conhecesse há anos... Fiquei triste porque não tivemos chance de conversar direito nesses dois dias em que eu estive aí, mas sei que não faltarão oportunidades.

Eu queria te pedir desculpas se fiz alguma coisa que não te agradou, em nenhum momento eu tive a intenção de "tomar o seu posto" ou coisa parecida. Sei que a Fanny te adora e que a amizade entre vocês é como a de duas irmãs. Não seja boba! Ela nem deve estar mais se lembrando da briga de vocês! Não sei por que vocês discutiram, mas tenho certeza de que esse acontecimento só vai servir para aproximá-las ainda mais.

Convidei a Fanny para me visitar em Brasília, venha com ela! Aposto que iríamos nos divertir muito!

Apesar do susto, espero que seu Natal seja muito bom. E um feliz ano novo pra você, repleto de realizações.

Com carinho,

Ana Elisa

5

> Keenan: Eu não consigo parar de pensar em você.
> Joan: Eu amo conversas que começam com o cara dizendo isso. Só pra você saber, eu nunca participei de uma dessas conversas...
> Keenan: Fico feliz só de olhar pra você.
> Joan: Eu vou ter que me sentar.
> Keenan: Quando estamos juntos, mesmo que eu não demonstre, mal posso esperar pra ouvir as próximas palavras que sairão da sua boca. Mas agora preciso te pedir uma coisa.
> Joan: Qualquer coisa.
> Keenan: Cale-se.
>
> (Corações apaixonados)

Eu acordei na manhã seguinte e, antes mesmo de abrir os olhos, me lembrei do que tinha acontecido. Eu havia desmaiado na casa da Gabi. Por falta de alimentação. Eu sempre lia nas revistas que isso era possível, que a gente tinha que fazer uma dieta equilibrada, que emagrecer muito rápido era prejudicial à saúde, mas eu também já vi várias modelos falando que ficam dias só tomando água antes de uma sessão de fotos! E o que dizer daquele cara que foi no Jô Soares afirmando que há anos se alimenta só de luz solar? Eu nunca imaginaria que eu fosse passar mal, com tanta gordura armazenada!

Abri os olhos e levei um susto ao olhar para o lado. Em vez da Gabi e da minha mãe, vi um menino olhando pela janela. Um menino lindo. O Leo, pra ser mais exata. Fechei os olhos com força, pensando que eu estava alucinando, tornei a abrir, e ele ainda estava lá. Só que dessa vez ele não estava olhando para fora, e sim para mim. Ele veio correndo assim que notou que eu tinha acordado.

"Fanizinha", ele disse me abraçando e, em seguida, se afastando depressa. "Desculpa, você está fraquinha, né? Empolguei, quase te esmago!"

Eu comecei a rir, ele continuava o mesmo.

"O que você está fazendo aqui?", eu perguntei e vi que minha voz estava realmente fraca. "Você não estava no Rio? A gente não ia passar o Réveillon lá?"

"A gente ia?", ele falou com uma expressão meio admirada. "Não foi isso que seu irmão me informou ontem quando me ligou..."

"Qual irmão? O que ele disse?", eu perguntei, completamente aborrecida. Nada a ver minha família ligar pro Leo enquanto eu estava indefesa demais pra protegê-lo disso!

Ele notou a minha expressão preocupada e disse, rindo: "O Alberto. Ele falou que era pra eu vir te salvar depressa, que sua mãe estava tentando te enlouquecer e que, se eu não reivindicasse logo o que é meu...", nessa hora eu reparei que ele deu uma paradinha e olhou para o meu corpo inteiro, "era bem capaz de você fugir de volta pra Inglaterra, isso se não parasse em um hospício antes".

Eu sorri, mas vi que ele ficou sério.

"Fani, você está bem?", ele disse, baixinho, enquanto chegava mais perto. Ele começou a passar a mão bem de leve pela minha cabeça, tirando da minha testa os cabelos que deviam estar muito atrapalhados. "Eu fiquei tão preocupado quando soube que você tinha desmaiado na casa da Gabi... eu peguei o primeiro avião hoje cedo, só não vim ontem à noite mesmo porque não tinha mais voo. Enlouqueci minha família inteira!"

Ownnnn... meu coração acelerou só de imaginar que ele tinha se preocupado comigo. Eu realmente devia desmaiar mais vezes.

Nesse momento, a porta se abriu e por ela entrou um médico, seguido do meu pai. Ao ver que eu estava acordada, ele veio depressa e me deu um beijo.

"Você está bem, minha filha?", ele perguntou preocupado, mais para o médico do que pra mim.

O médico já estava medindo a minha pressão e colocando uma lanterninha nos meus olhos. Em seguida, ele perguntou como eu estava me sentindo, e eu – embora sem querer admitir – tive que dizer: "Com fome!", porque eu estava mesmo morrendo de fome, faminta. A verdade é que eu poderia comer o mundo inteiro.

"Você não pode comer muito", ele disse. "Seu estômago desacostumou a receber alimentos, e, se você comer muito de uma vez só, pode passar mal e a hipoglicemia acabar voltando. Vou pedir pra enfermeira te trazer uma fruta", e, virando pro meu pai, disse: "Na hora do almoço eu sugiro uma sopinha".

Sopa? Fruta? Eu quero uma lasanha! Eu quero rodízio de pizza! Vocês não estão entendendo, eu estou a ponto de comer esse lençol que está me cobrindo!

Claro que eu não disse isso em voz alta, por puro medo de que o Leo pensasse que, além de gordinha, eu estava mais gulosa do que a Magali! Enquanto o médico ordenava a tal fruta e o meu pai ligava para pedir que minha mãe providenciasse uma sopa, eu tive outro pensamento. Eu não via a hora de chegar em casa e me pesar, esse desmaio tinha que ter servido pra alguma coisa, ao todo foram três dias sem comer nada, se eu não tivesse perdido uns 2 kg pelo menos, eu ia apelar com aquela balança!

A enfermeira me trouxe uma pera, eu comi devagar e, sinceramente, só serviu pra aumentar mais ainda a minha fome. O médico disse pra eu ficar em observação por mais uma hora e que em seguida eu poderia ir pra casa. O meu pai pediu para o Leo cuidar de mim enquanto ele acertava os detalhes da minha saída do hospital.

No minuto em que nos vimos sozinhos, um clima sem graça tomou conta de nós. Eu fingi que estava muito entretida no processo de comer o restinho da fruta e ele, por sua vez, parecia estar muito interessado no soro, que o médico tinha acabado de desligar. Resolvi falar, não só pra quebrar o gelo, mas porque tinha uma coisa que eu queria muito saber: "Leo, a Gabi estava aqui quando você chegou?".

Ele me olhou, puxou uma cadeira e se sentou ao lado da cama.

"Não... ela já tinha ido embora. Mas eu soube que ela ficou a noite inteira do seu lado, o seu pai me disse que eles fizeram de tudo pra que ela fosse pra casa dormir, mas ela só foi quando o dia já estava claro, apenas depois de ouvir o médico dizer que tinha sido só um susto e que seu nível de glicose já estava regularizado, mas que era melhor que você evitasse passar por qualquer tipo de estresse. Depois disso, ela foi embora rapidinho. O que houve, vocês brigaram?"

Eu olhei pra baixo envergonhada, lembrando da nossa discussão. Olhei para o Leo, vi que ele estava esperando uma resposta e falei: "*Ela* brigou comigo... ela ficou com ciúmes da Ana Elisa e me falou um monte de coisas, na verdade ela tinha razão em muitas delas... Ela disse que pensou que quando eu chegasse iria estar com tanta saudade dela quanto ela estava de mim, mas que eu só a procurei dois dias depois, quando a Ana Elisa foi embora...".

Eu quase comecei a chorar. O Leo percebeu, se levantou e ficou me dando beijinhos na testa e falando: "Shhhh... já passou. Foi bom vocês terem conversado. Tenho certeza de que agora vocês vão voltar a ser melhores amigas, ela não está mais com raiva, senão não teria ficado aqui de prontidão a noite toda, não é?".

Eu concordei, fazendo que "sim" com a cabeça, e ele continuou a falar: "Se ela não gostasse de você, nem teria chamado uma ambulância, teria te deixado morrer jogada no chão...".

Eu olhei assustada pra ele, que começou a rir e fez cosquinha de leve na minha barriga. Ele viu que eu comecei a rir junto e então perguntou: "Pode falar, você inventou esse desmaio só pra ela ficar com pena de você!".

"Ah, foi, sim! E, se não desse certo, eu ia me jogar do alto do prédio!", eu respondi.

"Ahhh, que pena! Achei que tivesse sido pra eu vir correndo te ver...", ele falou, meio fazendo um beicinho de brincadeira.

Eu suspirei e fiquei um tempinho só olhando pra ele. Tão lindo!

Ele me encarou um pouco e de repente perguntou: "Fani, o médico falou que você ficou dias sem comer. Por que você fez isso?".

Eu fiquei sem graça. Eu não queria falar a verdade, mas não consegui pensar em nenhuma mentira convincente. O que eu ia dizer? Que tinha me esquecido de comer? Ele não ia cair nessa...

"Eu...", comecei a responder sem ter coragem de olhar pra ele, "eu queria emagrecer rápido. Eu estou muito gorda, uma bola, uma baleia pra ser mais exata!"

Ele levantou as sobrancelhas, como se esperasse qualquer coisa, menos aquilo. Empolguei e despejei todo o resto: "Eu estava com medo... não, eu *estou* com medo de que você fique com vergonha de ser visto comigo desse jeito. Você namorou a Vanessa! A miss modelo manequim do colégio! E... olha pra você!". Eu apontei pra ele, que ainda estava me olhando com a maior expressão de incredulidade. "Você pode namorar a menina que quiser, você é perfeito! Não precisa ficar comigo por pena!"

Eu disse tudo e na mesma hora escondi o rosto no travesseiro, morrendo de vergonha. Antes eu tivesse mesmo inventando uma mentira qualquer!

Ele tirou o travesseiro do meu rosto e fez com que eu olhasse pra ele. Ele estava muito sério. "Fani, eu ia querer ficar com você mesmo que você tivesse engordado 100 quilos!"

Aham. Agora conta que o Papai Noel desceu da chaminé ontem à noite.

Ele percebeu que eu não estava acreditando.

"Ok, não vamos exagerar", ele falou rindo, "mas mesmo que você estivesse realmente gorda, mesmo que você não tivesse esse corpo lindo que você tem, mesmo assim eu ia querer você!"

Corpo lindo! Acabei de descobrir uma coisa que mudou no Leo durante o ano. Ele ficou cego.

"E olha, eu não sou nada perfeito! Vê só o tamanho dessa espinha que apareceu no meu queixo ontem!", ele disse, apontando para o rosto.

Eu comecei a rir da graça dele, mas logo fiquei séria de novo.

"Leo, você não precisa falar essas coisas só pra me animar, só porque eu estou doente... eu tenho espelho em casa. Eu tenho uma *balança* em casa!"

Ele ficou impaciente. "Fani, você NÃO está gorda! Você está linda! Como sempre! Se você engordou, não fez diferença, sinceramente, eu nem notei! Agora, dá pra parar com o drama e se concentrar em coisas realmente importantes? Como o fato de que eu estou louco pra te agarrar, obesa ou não?"

Eu ia começar a reclamar do "obesa", mas, antes que eu abrisse a boca, ele se debruçou sobre a cama e realmente me agarrou. Cheguei a ficar com medo de que a cama caísse, essas camas de hospital não me parecem muito resistentes...

Ainda bem que eu não estava ligada em um daqueles aparelhos que medem a frequência cardíaca e apitam quando há alguma irregularidade. Com o beijo que ele me deu, meu coração bateu tão forte que provavelmente o apito acordaria o hospital inteiro...

De: Alberto <albertocbelluz@bol.com.br>
Para: Natália <natnatalia@mail.com>
Enviada: 25 de dezembro, 21:02
Assunto: Desculpas

Gatinha, está a maior bagunça aqui em casa, nem deu pra gente conversar direito no telefone. Olha, não fique triste, mas acho que vamos ter que adiar nossa viagem. Minha mãe está histérica por causa da Fani, agora quer controlar até o que ela come, então é melhor que a gente dê uma força pra ela (pra Fani, não pra minha mãe) nesse período de readaptação. Ver minha irmã no hospital partiu meu coração... Até fiz o Leo despencar lá do Rio de Janeiro pra ver se animava ela um pouco, e acho que funcionou.

Só que eu desesperei tanto o cara, que agora ele não desgruda! Passou o dia inteiro aqui! Se ele está achando que vai dormir no quarto da Fani, está redondamente enganado, vou dar 10 minutos e mandá-lo embora!

Estou pensando em fazer uma festinha de Réveillon aqui em casa, mas depois vou querer uma comemoraçãozinha em particular... afinal, vai fazer um ano que beijei essa boquinha linda pela primeira vez.

Desculpa mais uma vez por furar nossa viagem. Prometo que vou te recompensar...

Beijão,

Eu

De: Natália <natnatalia@mail.com>
Para: Gabriela <gabizinha@netnetnet.com.br>
Enviada: 26 de dezembro, 10:40
Assunto: Fani

Gabi, estou com a consciência *tão* pesada! Você acha que a Fani notou que nós achamos que ela estava meio gordinha e fez greve de fome por causa disso? Tadinha! Eu gosto dela de qualquer jeito! Mas até que teve um lado bom... O Alberto cancelou nossa viagem. Agora eu não vou precisar convencer o meu pai!

O Alberto vai fazer uma festa de Réveillon na casa dele, vê se não inventa nada! Vai ser perfeito todos nós juntos na virada do ano!

Beijinhos,

Natália ♥

De: Cristiana <cristiana.acb@gmail.com>
Para: Ana Clara <anaclara137@mail.com>
Enviada: 27 de dezembro, 20:12
Assunto: Feliz ano novo e informações

Querida!

Antes de mais nada, gostaria de desejar um feliz ano novo para você e todos os seus.

A minha filha voltou da Inglaterra há alguns dias e eu gostaria de saber se você poderia me passar o contato da professora particular que preparou seus filhos para o vestibular e se sabe se ela estará disponível nas próximas semanas. A Fani vai prestar para Direito e eu creio que ela irá passar sem maiores dificuldades, porém, precaução nunca é demais. Como ela ficou um ano no exterior, pode estar meio "crua" em algumas matérias, como Português. Em Inglês eu sei que ela obterá nota máxima, você precisa ver a minha filha falando com sotaque britânico, que coisa mais fina!

Como você já deve saber, meu filho Alberto ficou noivo! A moça é amiga de infância da Estefânia e muito educada, além de pertencer a uma boa família. Estamos todos muito felizes, apesar de eu achar que o Alberto ainda é muito novo... Mas ele me tranquilizou e disse que o evento só acontecerá daqui a alguns anos, quando ele já tiver virado um médico de renome. O que é muito bom, pois poderei planejar esse casamento com calma. Eles disseram que querem uma cerimônia bem simples, só mesmo para família e amigos mais íntimos, então eu fiz uma lista e acho que conseguirei fechar o número de convidados em 850.

Só espero que a Natália (a noiva do meu filho) seja uma esposa mais centrada do que minha outra nora. Desde que meus netos gêmeos nasceram, ela anda muito estressada, sobrecarregando meu filho Inácio com obrigações domésticas que – cá entre nós – ela deveria dar conta. Imagine você que ela está perturbando meu filho com bobagens, como o fato da babá ter pedido demissão sem aviso prévio e – devido a isso – ela estar atrasando seu mestrado e regresso ao mercado de trabalho.

Ah! Mudando de assunto, você acreditou quando a Maria Eulália disse que nunca fez lifting? Tive vontade de rir! Nem minha neta de sete anos tem a pele tão lisa!

Meu bem, muito obrigada desde já, espero sua resposta sobre o telefone da professora.

Um grande beijo,

Cristiana Albuquerque Castelino Belluz

6

> Úrsula: Bem, a solução para o seu problema é bem simples.
> Ariel: Você pode fazer isso?
> Úrsula: Minha querida menina... É isso que eu faço. É para isso que eu vivo: para ajudar os infelizes como você, pobres almas que não têm a quem recorrer.
>
> (A pequena sereia)

Plano alimentar – Estefânia Castelino Belluz
Café da manhã - Leite desnatado ou iogurte ou chá - Pão (2 fatias de pão integral) - Requeijão light
Lanche da manhã - 1 iogurte ou 1 fruta
Almoço - Carne ou peixe ou ovo - Arroz (2 colheres de sopa) ou massa (1/4 do prato) ou batata (1 pequena) ou feijão (4 colheres de sopa) ou ervilhas ou milho (5-6 colheres)

- Vegetais (crus ou cozidos)
Lanche da tarde
- 1 iogurte + fruta
Jantar
- Sopa (3 conchas)
Ou
- Carne ou peixe ou ovo + vegetais (crus ou cozidos)
Ceia
- 1 copo de leite ou 1 iogurte ou 1 fruta

O novo ano chegou trazendo várias novidades. Sem escolha, tive que me adaptar a cada uma delas.

Liguei para a Gabi na mesma hora em que saí do hospital, pedi novamente desculpas, ela disse que quem tinha que pedir desculpas era ela, então nós nos perdoamos mutuamente e tudo acabou ficando bem.

O Alberto organizou uma festa de Réveillon na minha casa, e graças a isso pude começar o ano sem ter que me dividir. Toda a minha família estava lá, além do Leo, da Gabi e da Natália.

As coisas começaram a acontecer depressa. A minha mãe, devido ao meu *episódio* no hospital, marcou consulta para mim com uma nutricionista. Saí de lá com um plano alimentar, que – segundo ela – me faria emagrecer rápido e de maneira saudável. Não confiando nisso (quem emagrece comendo arroz?), me inscrevi na minha antiga academia e passei a revezar entre aulas de Spinning, Musculação, Jump, Step, Body Pump, Pilates e Power Plate. Ou seja, todas as tardes eu entro na academia às 13 horas e só saio às 15h30. A minha mãe só concordou com isso porque eu disse que não conseguiria estudar pro vestibular direito se não fizesse uma atividade física para desestressar. Mas ela avisou que, se eu não passasse no meio do ano, iria ficar seis meses só estudando, sem pisar nem na academia, nem no shopping, nem no cinema, nem em lugar nenhum. Por isso, já na segunda quinzena de janeiro, comecei também o cursinho pré-vestibular, para onde eu ia todas as manhãs.

Eu acabei fazendo o tal vestibular para o qual a minha mãe tinha me inscrito, só mesmo para treinar (embora eu não fosse estudar Direito nem se passasse em 1º lugar! A minha mãe ia ter que aprender a conviver com essa desilusão), pois eu sabia que não tinha a menor possibilidade de passar sem ter estudado direito o ano anterior inteiro. As matérias que eu tive na Inglaterra eram bem diferentes das exigidas no Brasil, então eu realmente estava despreparada, o que pude constatar no primeiro dia de aula. Senti inveja da Gabi que agora já era universitária e só precisaria estudar matérias específicas daqui pra frente. Eu realmente gostaria de nunca mais ter que abrir um livro de Física na vida!

A Natália entrou para o cursinho junto comigo. O pai dela disse que só admitia que ela estudasse em universidade federal, então – como ela não foi bem no Enem – já podia começar a estudar novamente, sem nem precisar esperar o resultado de outros vestibulares, que era exatamente o que o Leo estava fazendo. Ele tinha prestado pra Administração em algumas faculdades de Belo Horizonte e pra Jornalismo no Rio de Janeiro e estava esperando as listas de aprovados saírem para decidir em qual delas iria estudar, caso passasse. Apesar de achar que o Leo daria um excelente jornalista e de saber que esse era o sonho dele, eu não tinha como não torcer para que ele só passasse em Administração e ficasse bem quietinho em BH. Eu não ia aguentar ficar longe dele de novo! Quando perguntei por que ele não tinha feito Jornalismo também em BH, ele me falou que sempre tinha tido vontade de morar no Rio e que a aprovação em uma faculdade de lá seria um bom motivo. Ao ver a minha expressão triste, porém, ele disse que eu não precisava me preocupar, porque ele sabia que não ia passar em lugar nenhum, mas eu tinha certeza de que ele seria aprovado em qualquer vestibular que fizesse, pois ele é uma das pessoas mais inteligentes que eu já conheci.

A primeira aula do cursinho foi de Biologia. Mal tinha começado e um bilhetinho pousou na minha carteira.

> *Vê se não apaixona, viu, Fani... Sei que você tem uma queda por professores de Biologia... mas agora você tem namorado.*
>
> *Nat*

Eu sorri pra ela, guardei o bilhete dentro do caderno e, sem querer, desviei a atenção da aula para os meus pensamentos. Como o tempo tinha passado rápido! Já fazia dois anos que eu havia me apaixonado (e me decepcionado também) pelo Marquinho. Na mesma época, o Leo gostava de mim e eu nem sabia... Quanta coisa me aconteceu nesse período! Parecia mesmo um filme: a mocinha nunca percebe que o garoto está apaixonado. Quando percebe, ele já está com outra. Quando ele descobre que ela na verdade também gosta dele, a tal outra faz tudo pra atrapalhar. Quando eles conseguem finalmente ficar juntos, ainda aparece uma coisa que ninguém esperava pra causar mais suspense. E, só no final, no último minuto, tudo dá certo e eles vivem felizes para sempre.

Suspirei. Eu estava realmente vivendo "feliz pra sempre". Apesar de estar me obrigando a seguir direitinho a dieta alimentar da nutricionista, eu não sentia a menor fome. Aquele amor me alimentava completamente.

A gente vinha se encontrando bastante. Como o Leo ainda estava de férias, a única *obrigação* dele era ir para o clube. Ele me contou que já tinha seis meses que não trabalhava na empresa do pai, pois tinha usado o tempo que costumava ficar lá para estudar muito e passar de uma vez no vestibular. Agora ele esperava o resultado e só ia voltar para a empresa caso resolvesse estudar Administração, o que era o sonho do pai dele, pois assim ele continuaria a tradição familiar, já que seus dois irmãos mais velhos também tinham seguido essa área. Porém, ao contrário da minha mãe, o pai do Leo fazia questão de dizer que ele devia escolher a profissão de que mais gostasse, aquela que lhe faria mais realizado e feliz.

O meu pai me chamou pra uma conversa no mesmo dia em que saí do hospital. Ele disse que tinha percebido que eu e o Leo estávamos juntos e realmente gostando um do outro e que ele tinha conversado com a minha mãe e a convencido de que eles não deviam impor regras para o namoro, pelo menos inicialmente, desde que eu respeitasse duas coisas:

> 1. Os estudos – Essa deveria ser a minha prioridade no momento. Se eles percebessem que eu estava deixando de estudar pra ficar com o Leo, iam proibir os encontros durante a semana.

> 2. Os horários – Durante a semana, o meu toque de recolher seria às 21 horas, senão eu não estaria descansada o suficiente pra aprender qualquer coisa nas aulas. Nos finais de semana eu não precisaria cumprir nenhum horário fixo, desde que eu sempre comunicasse pra onde estava indo e a que horas ia voltar.

Eu percebi que ele queria falar mais alguma coisa mas estava meio sem graça. Imaginando o que seria, eu fiquei mais envergonhada do que ele! Olhei pro chão, cocei a testa e, pra acabar logo com aquilo, resolvi dizer: "Pai, não se preocupe. Eu não vou fazer nada... *errado*". Ele pareceu satisfeito, pois assentiu com a cabeça e a partir de então não tocou mais no assunto.

O Leo dava uma passadinha na minha casa quase todos os dias. A minha mãe parecia não gostar muito disso, mas, sempre que ela começava a falar alguma coisa, eu a lembrava da combinação do meu pai e afirmava que o Leo não estava me atrapalhando em nada, pois no horário que ele vinha eu já tinha estudado o suficiente. Ele chegava no comecinho da noite, a gente lanchava, às vezes ele me ajudava em alguma dúvida que eu tivesse nos estudos e, sempre que a gente percebia que não tinha ninguém por perto, aproveitávamos pra namorar muito.

Namorar. De repente eu me lembrei de uma coisa e abri o caderno onde estava o bilhetinho da Natália. Estava escrito "agora você tem *namorado*". Isso era uma coisa que vinha me incomodando. Em nenhum momento o Leo tinha dito a palavra *namoro*... Nós estávamos juntos desde o dia em que eu tinha voltado, mas nem conversamos se aquilo era oficial mesmo. Todas as noites, antes de dormir, eu pensava nisso, especialmente depois de uma sessão de beijos mais intensos... Por que ele não me pedia logo em namoro? O Christian tinha me pedido no segundo dia! Sendo que agora, 23 dias depois da minha volta e exatamente um ano e nove dias depois do primeiro beijo que o Leo tinha me dado, – eu ainda não sabia se era namorada dele. E eu queria muito ser!

Virei o bilhete e escrevi pra Natália:

> Tenho? Quem? Não fui comunicada formalmente que sou namorada de ninguém.

Ela revirou os olhos, fez uma cara de impaciente e escreveu:

> *O que você quer? Um pedido protocolado em três vias com firma reconhecida em cartório? Presta atenção, Fani! Estamos no século XXI! Pedido de namoro é démodé. Se fosse assim, até hoje eu não estaria namorando o seu irmão, ele nunca me pediu.*

Não pediu em namoro, mas pediu a mão dela em casamento, o que era muito melhor. Mas eu sabia que, se eu falasse isso, ela responderia que eles tinham namorado muito tempo – cinco longos meses – antes.

Então eu escrevi:

> Como você soube que estava namorando então?

Ela respondeu:

> Da mesma forma que eu sei que você e o Leo estão! Vocês só saem juntos, não ficam com mais ninguém, se encontram todos os dias e se beijam o tempo inteiro... se isso não for namoro é o quê?

Eu não respondi. Em vez disso, fiquei pensando em como faria para descobrir. A Natália, percebendo que eu continuava distraída, disse baixinho: "Fani, concentre-se na aula agora! Prometo que depois eu te ajudo a resolver isso. Tenho uma ideia que vai te ajudar a ser chamada de namorada, se você faz tanta questão disso!"

Eu sorri pra ela e afirmei com a cabeça. Sim, eu fazia muita questão.

De: Leonardo <soueuoleo@gmail.com>
Para: Tracy <tmarshallstar@hotmail.com>
Enviada: 15 de janeiro, 20:20
Assunto: Happy New Year!

Dear Tracy,

Thank you for your e-mail and once again for all the help you gave me during the last year! Sorry for my delay in answering!

Yeah, Fani and I have talked and I think everything is okay now! But, probably, you already know about that because she told me that you two are keeping in touch!

You can relax. I'm taking really good care of your "Brazilian sister" and I will not allow anything bad to happen to her. It's a promise! I love her so much!

I think it is still in time to wish you a happy new year!

Leo*

De: João Otávio <jlopesbelluz@yahoo.com.br>
Para: Alberto <albertocbelluz@bol.com.br>
      Inácio <inaciocb@mail.com>
Enviada: 17 de janeiro, 20:20
Assunto: Re: A CONVERSA

Inácio e Alberto,

Agradeço a preocupação em relação à vida sentimental da irmã de vocês, mas tenho que dizer

---

* Querida Tracy, obrigado pelo seu e-mail e mais uma vez por toda a ajuda que me você me deu durante o ano! Sim, eu e a Fani conversamos e eu acho que está tudo ok agora! Mas provavelmente você já sabe disso, pois ela me disse que vocês continuam em contato. Você pode ficar tranquila. Eu estou cuidando muito bem de sua "irmã brasileira" e não vou permitir que nada de mal aconteça com ela. Isso é uma promessa! Eu a amo muito! Te desejo um feliz ano novo! Leo.

que isso é problema dela. A Fani é muito mais centrada, consciente e responsável que vocês dois juntos e eu confio nela de olhos fechados. Já conversamos e combinamos que ela não deixará o namoro interferir nos estudos e é isso o que importa. Ela fará 18 anos daqui a dois meses e soube cuidar muito bem de si mesma até agora. Gosto muito do Leonardo, ele é um garoto educado e respeitador, e sei muito bem que os dois sabem o que devem e não devem fazer, além de serem inteligentes o suficiente para se precaver em qualquer decisão que tomarem.

Seu pai.

De: Priscila <pripriscilapri@aol.com>
Para: Natália <natnatalia@mail.com>
Enviada: 19 de janeiro, 21:31
Assunto: Re: Noite de jogos

Oi, Nat!

Que saudade, amiga! Você e a Gabi nem aparecem mais só porque a Fani voltou, né? Me deixaram de lado...

Estou cansada de esperar o resultado do vestibular, quero muito saber se passei! Mas pelo menos minhas férias estão ótimas, ando namorando muito e assistindo a todas as séries de TV possíveis! E você e o Alberto, como estão? Conseguiram viajar? Temos que marcar um outro fim de semana no sítio do Rodrigo, como aquele do ano passado! O bom é que agora a Fani vai poder ir também! Lembro que você e a Gabi ficaram o tempo todo se lembrando dela e do quanto ela gostaria daquela sessão de filmes que fizemos! Podemos repetir! E vou falar pro

Rô levar o violão desta vez! Não sei se te falei, mas ele e o Leo estão fazendo aula com o guitarrista do No Voice! É muito engraçado ver os dois treinando, até parece dupla sertaneja: Rodrigo & Leonardo! Hahaha! Mas até que eles já estão tocando umas músicas direitinho...

Ah! Sobre o encontro na sua casa, eu topo, claro! Tem que levar alguma coisa?

Beijinhos!

Pri

P.S.: Nat, sei de um lugar ótimo pra polir sua aliança, da última vez que te vi eu notei que ela estava meio fosca... Se eu tivesse uma aliança (ai, ai...), eu ia fazer questão de que ela ficasse brilhando o tempo todo!

7

> *Jane Austen: Eu realmente posso ter isso?*
> *Tom Lefroy: O que, exatamente?*
> *Jane Austen: Você.*
> *Tom Lefroy: Eu, como?*
> *Jane Austen: Essa vida com você.*
> *Tom Lefroy: Sim.*
> *(Amor e inocência)*

O plano da Natália teve vez no fim de semana seguinte. Ela inventou uma "noite de jogos" no apartamento dela e chamou o Alberto (obviamente), eu, o Leo, a Gabi, o Rodrigo e a Priscila. A Gabi ficou meio reclamando que só ia casal, mas a gente falou que era pra jogar, e não pra namorar, então ela topou. Eu fui mais cedo pra ajudar a arrumar as coisas, e, assim que a Priscila chegou, nós demos um jeito de puxá-la para o banheiro.

"Que isso, gente? Segredo?", ela perguntou sem entender a nossa pressa e preocupada com o Rodrigo, que tinha ficado sozinho na sala, já que ninguém mais tinha chegado ainda.

"Priscila, você vai ter que participar de um esquema que eu criei pra descobrir se a Fani e o Leo estão mesmo namorando!"

Ela olhou pra Natália com a maior cara de ponto de interrogação e disse: "Se a Fani e o Leo estão namorando? Como assim?", ela olhou pra mim. "Lógico que vocês estão namorando, Fani! Não estou entendendo nada!"

A Natália olhou pra mim como quem diz "não falei?" e virou pra Priscila: "Eu sei que eles estão namorando. Você também sabe, o mundo inteiro sabe. Mas *ela* não sabe. E ela precisa saber. Porque ela disse que o Leo não fez o *pedido*...".

As duas começaram a rir como se eu não estivesse presente.

Eu me irritei: "Que saco vocês duas! Lógico que ele tinha que me pedir, como eu vou saber se ele não está só ficando comigo pra passar o tempo? O Christian me pediu!".

"Ah, Fani, mas aquele seu Christian não era gente, ele era um extraterrestre!", a Natália disse, rindo. "Ele era perfeito demais, com certeza não era humano!"

A Priscila não riu. Ao contrário, ficou toda séria e falou: "Fani, é claro que o Leo não está só passando o tempo! Ele é louco por você, não é possível que você não entendeu ainda! Sério, se eu fosse você, pedia pra sua mãe te levar a uma psicóloga, você precisa urgente de terapia!".

Eu fiquei sem graça. Eu não precisava de terapia! Só precisava descobrir se estava namorando ou não, muito simples...

"Priscila, vamos resolver esse problema logo", a Natália disse. "Vai ser bem fácil. É o seguinte, assim que o Leo entrar e ele e a Fani se beijarem, você vai chegar e falar: 'Ah, que lindo! Vocês estão tão fofos juntos... afinal, é namoro ou amizade?', e aí a Fani vai ficar muda...", ela olhou pra ver se eu estava entendendo, "e deixar o Leo responder. E, então, obviamente, ele vai falar que é namoro, e a Fani vai poder dormir em paz! Que tal? Tem que ser você, porque eu e a Gabi estamos o tempo todo com ela, ia parecer combinado... se você perguntar fica mais natural."

A Natália custa a ter uma ideia boa, mas, quando tem, arrasa! Eu até dei um abraço nela, aquilo com certeza daria certo! A Priscila concordou e nós saímos do banheiro, prontinhas para colocar o plano em execução.

De volta à sala, vimos que o Alberto e a Gabi já tinham chegado, só faltava mesmo o Leo. Estávamos começando a separar os jogos que iríamos usar – Detetive, War, Imagem e Ação – quando ouvimos o barulho do interfone. Eu fiquei nervosa. E se o Leo respondesse que era amizade? E se ele não respondesse nada?

A Natália atendeu e falou que o Leo estava subindo. Eu falei que ia pegar um refrigerante na cozinha, só pra fazer alguma coisa e não ficar contando os segundos até que o elevador chegasse.

A campainha tocou e a Gabi falou que abriria a porta. De repente, ouvi a maior gargalhada. Todo mundo olhou pra entender o que era tão engraçado, e então nós descobrimos. Meu namorado, ou meu amigo, ou sei lá o que, estava careca. O Leo estava careca. Completamente.

Eu tive vontade de chorar. Sério.

"Leo, o que houve com você?", a Priscila perguntou. "Você está doente? Teve que raspar o cabelo que nem a Carolina Dieckmann naquela novela?"

O Leo mostrou um jornal e falou: "Eu passei. Passei no vestibular da PUC Minas!".

Eu saí correndo pra dar um abraço nele! Aliás, foi uma montoeira, todos queriam dar parabéns! Só que aí ele colocou os braços pra cima, falou pra todo mundo esperar e disse: "Calma, tenho outra coisa pra falar...", e com isso tirou uma tesoura do bolso. "O Rodrigo também passou! Vem cá, ô, cabeludo! Vem me fazer companhia!"

O Rodrigo não sabia se corria, se ria, se chorava... a Priscila pegou a tesoura da mão do Leo e falou que não ia deixar que ele cortasse o cabelo do Rodrigo de jeito nenhum, o que todos nós discordamos!

A Natália já estava vindo com outra tesoura, enquanto o Alberto prendia as mãos do Rodrigo por trás. A Gabi segurou a Priscila, que estava só faltando chorar, e eu... eu não conseguia tirar os olhos do Leo. Da careca do Leo.

Depois de cortar umas mechas do cabelo do Rodrigo, ele deixou que a Natália, o Alberto e a Gabi terminassem a "obra de arte". Então ele veio em minha direção.

"Nem te cumprimentei direito", ele falou, me beijando. "Fiquei muito feio?"

Horrível. Ele tinha ficado horrível. O que tinham feito com o meu Leo? Quero o cabelo fofo dele de volta! Como eu ia fazer agora durante os nossos beijos? Eu adorava passar os meus dedos por aqueles fios tão macios! E se crescesse tudo desigual? E se engrossasse?

"Está ótimo, Leo", eu falei olhando pra baixo. "Não ficou muito diferente, não... Quem fez isso com você?"

Ele começou a rir: "Sua mentirosa! Pode falar, você não vai querer nem que eu seja mais seu namorado agora...".

E de repente eu me lembrei. O plano! Com toda aquela confusão, eu e as meninas até tínhamos esquecido o que havíamos combinado. Mas agora aquilo não tinha mais a menor importância! Meu *namorado*! Ele tinha dito que era meu namorado! Com todas as letras!

Eu dei um puxão pra ele chegar mais perto, passei meus braços pelos ombros dele, fiquei na ponta dos pés e sussurrei em seu ouvido: "Meu *namorado* é o mais lindo de todos, até careca!".

E então eu percebi que não importava se ele tinha cabelo ou não. O beijo dele era perfeito de qualquer jeito.

De: Leonardo <soueuoleo@gmail.com>
Para: Luigi <luigi@mail.com.br>
Enviada: 20 de janeiro, 12:09
Assunto: Vestibular

Luigi,

Preciso de ajuda mais uma vez. Por favor, se minha mãe ligar pra saber se passei nos vestibulares aí do Rio, diga a ela que eu não fui aprovado em nenhum. Entendeu? Nenhum! Diga que você foi pessoalmente nas faculdades e viu a relação de aprovados. Duvido que ela confira na internet.

Fico te devendo essa, cara!

Abração!

Leo

De: Luigi <luigi@mail.com.br>
Para: Leonardo <soueuoleo@gmail.com>
Enviada: 20 de janeiro, 18:34
Assunto: Re: Vestibular

Claro, brother!

Você só não explicou o motivo. Nós sabemos perfeitamente que você passou e que estava na pilha pra estudar Jornalismo aqui no Rio. Mudou de ideia por causa de mulher? Caraca, tenho que conhecer essa gata! Primeiro você pega minha namorada emprestada por um ano só pra fazer uma encenação pra essa garota (e cá entre nós, ficou preso por causa disso, sem poder agarrar ninguém!). E agora desiste da carreira dos seus sonhos por causa dessa menina também?

Cuidado pra não arrepender das atitudes, mané!

Mas estamos juntos pro que der e vier!

Luigi

De: Maria Carmem <mcarmem55@hotmail.com>
Para: Leonardo <soueoleo@gmail.com>
Enviada: 21 de janeiro, 22:12
Assunto: Meu orgulho!

Meu filho,

Estou escrevendo para deixar registrado que eu estou muito feliz pelo seu sucesso no vestibular! Você é um filho exemplar, meu maior orgulho! Independentemente de passar ou não no Rio de Janeiro, quero que saiba que eu já estou muito feliz! Inclusive, com muita sinceridade, prefiro que você continue aqui com a gente! Claro que a escolha é toda sua, mas como eu ia fazer sem o meu bebê?

Um grande beijo, que Deus abençoe todos os seus passos! Tenho certeza de que obterá triunfo em todos os degraus de sua carreira!

Espero que goste do seu presente...

Muitos beijos,

Mamãe

De: Leo – Para: Fani
CD: Um mês com você

1. Reaching – Jason Reeves
2. Sopro de Deus – Terral
3. The only exception – Paramore
4. Melhor pra mim – Leoni

8

> Tio Pat: A maioria das coisas na vida, tanto boas quanto más, tem que acontecer.
>
> (Coquetel)

Não foi só na PUC que ele entrou. Ele também passou na UFMG, no Ibmec, na UNA e na Fumec! Não disse que ele era inteligente? Surpreendentemente, ele não passou em nenhum vestibular do Rio e eu encarei isso como destino. Por qual motivo ele passaria em cinco vestibulares em Belo Horizonte e em nenhum no Rio de Janeiro? Alguém lá em cima devia estar mexendo os pauzinhos para que nós finalmente pudéssemos ficar juntos sem obstáculos e eu só podia agradecer por isso. O Leo não pareceu ficar muito chateado por não ter passado em Jornalismo, disse que já esperava e que seria melhor para todo mundo que ele estudasse mesmo em BH, na UFMG, que foi onde ele acabou se matriculando. O pai dele, de tão feliz pelo fato de o Leo ter passado em tantos vestibulares, ainda mais para Administração, deu um CARRO pra ele! Eu nunca vi o Leo tão feliz quanto na primeira vez em que me pegou em casa para a gente ir ao cinema com seu novo presente! Ele disse que era a primeira volta que estava dando e que fazia questão de que eu fosse junto!

O meu pai é que não ficou muito contente com isso. Ele me fez prometer que, além daquela vez, eu só andaria naquele carro novamente quando o Leo tirasse carteira, o que só seria em julho, quando ele completasse 18 anos. Na verdade, esse era o planejado, o Leo já estava esperando ganhar um carro de aniversário, assim como os irmãos dele ganharam quando fizeram 18, mas o ingresso na faculdade realmente adiantou os planos...

Tudo estava correndo bem, mas eu sabia que por dentro alguma coisa estava me incomodando... Por menos que eu quisesse admitir, esse incômodo tinha nome: inveja. Enquanto meu namorado e minha melhor amiga agora estavam na faculdade, eu ainda estava fazendo cursinho! Era como se eles tivessem atravessado uma etapa e eu tivesse ficado pra trás.

Comentei a respeito com a Ana Elisa, por e-mail. Eu não podia falar uma coisa dessas pra Gabi, não queria que ela achasse que o sucesso dela estava me chateando, nem pra Natália, pois ela já estava se sentindo mal o suficiente por também não ter passado. A Ana Elisa me respondeu prontamente:

De: Ana Elisa <anelisa6543210@hotmail.com>
Para: Fani <fanifani@gmail.com>
Enviada: 30 de janeiro, 15:03
Assunto: Re: Notícias

Oi, Fanny!
Que saudade!!! Não conversamos desde o dia em que você saiu do hospital! Como está tudo aí?

Você melhorou mesmo, né? E quando você vem a Brasília me visitar? Você prometeu...

Por aqui tudo tranquilo, mas ando com muita saudade dos meus pais! Eles voltaram pra Inglaterra no dia 20 janeiro, mas parece que já tem muito mais tempo! Engraçado, agora que passei esse tempo com eles aqui, tenho pensado se fiz a coisa certa ao voltar para o Brasil... Sei que não posso desanimar tão fácil só por sentir tanto a falta deles, afinal, fui eu que quis estar aqui, por eles nós ainda estaríamos morando juntos em Brighton. Estou adorando a faculdade de Relações Internacionais, meus tios me tratam muito bem, como se eu fosse uma filha mesmo, e eu não tenho do que reclamar... mas realmente gostaria de ter meus pais mais perto.

Fanny, você não tem que ficar mal por não ter passado no vestibular ainda! Isso não é inveja, você apenas está sentindo admiração pela vitória do Leo e da Gabi e gostaria de estar vivendo isso com eles também, não é? Mas, olha, não fique se comparando, por acaso algum dos seus amigos passou o ano anterior viajando? O que você aprendeu lá fora, nenhum deles vai aprender em faculdade nenhuma! Comigo foi a mesma coisa. Quando cheguei ao Brasil, no ano passado, fiz vestibular por experiência, mas não passei nem perto de entrar. Aí fiz pré-vestibular por seis meses e deu tudo certo. Estude bastante agora, que no meio do ano tenho certeza de que você passa! Já convenceu sua mãe de que sua sina é mesmo ser cineasta? Não vejo a hora de assistir ao seu primeiro filme no cinema! Não se esqueça de me convidar para a première, viu? Hahaha, você ainda nem entrou na faculdade e eu já estou sonhando com sua formatura...

Fanny! Acabo de ter uma ideia! Que tal se você criasse um blog e - entre o estudo de uma matéria e outra - começasse a escrever sobre todos os filmes a que você assiste, com tudo o

que você gosta e não gosta neles, com sugestões e críticas, detalhando o que você teria feito diferente, caso fosse a diretora ou a roteirista? Isso pode te dar mais motivação pra querer passar no vestibular depressa, te dar mais vontade de fazer seus próprios filmes logo! E também vai diminuir essa sensação de "tempo perdido", afinal, vai ser como se você já estivesse fazendo um trabalho da faculdade... e inclusive poderá mesmo usar isso de alguma forma futuramente, nem que seja pra pesquisa. O que acha? Se topar, não deixe de me mandar o endereço do blog! Vou adorar seguir suas resenhas!
Beijinhos!

Ana Elisa

Li várias vezes o e-mail e fiquei pensando em tudo o que ela falou. Ela estava certa. Eu realmente não devia estar triste, eu não abriria mão do meu intercâmbio por faculdade nenhuma! E era óbvio que eu estava muito feliz por eles, apenas queria muito já estar nessa nova fase também...

Cliquei para responder e agradecer os conselhos, mas de repente parei no último parágrafo que ela tinha escrito. Um blog. Eu conhecia centenas de blogs especializados em cinema, inclusive eu costumava consultar vários deles para saber sobre determinados filmes, mas eu nunca tinha pensado em criar um... Eu comentava bastante no Twitter sobre os filmes que assistia ou que queria assistir, mas realmente, às vezes, eu sentia falta de um espaço maior para poder falar mais sobre eles...

Abri o navegador e comecei a visitar alguns blogs aleatoriamente. Se eu fosse fazer um, teria que ser diferente, do meu jeito. Eu não tinha a menor pretensão de ser crítica de cinema ou de ver filmes que não me interessavam só pra analisar, mas ia ser mesmo muito legal ter um lugar onde pessoas que gostassem do mesmo tipo de filmes que eu pudessem ler a minha opinião e comentar, dar sugestões... E então eu tive uma luz. Filmes de amorzinho. Era esse o meu estilo! E esse também poderia ser o nome do blog... Nele eu só falaria sobre filmes de romance ou que me fizessem suspirar por algum motivo!

Empolgada com a ideia, resolvi criar logo, antes que alguém resolvesse fazer alguma coisa parecida. Pesquisei mais um pouco para saber o que eu precisava para começar um blog e, em poucos minutos, ali estava ele!

Filmes de Amorzinho - por Fani Castelino Belluz

Pensei em qual seria o primeiro filme que eu resenharia... Tinha que ser um bem especial. Olhei para a minha coleção de DVDs, tinha tantos que eu gostaria de comentar... De repente meus olhos foram atraídos para um ali no meio. *O diário da princesa*. Dei um sorriso, que era o que sempre acontecia quando eu me lembrava desse filme. Cliquei em "nova postagem" e comecei a escrever.

"O Diário da Princesa - ★★★★★

Só o fato de ter Anne Hathaway e Julie Andrews no elenco já compensaria o preço do ingresso. Mas esse filme vale a pena por muitos outros motivos. O Diário da Princesa conta a história de Mia Thermopolis (Anne Hathaway), uma americana, moradora de São Francisco. Tudo muda quando ela descobre que não é uma garota comum, e sim uma princesa. Mia – que é bastante tímida – começa a ter aulas de "como ser uma princesa" com sua avó (Julie Andrews), toma um banho de loja, passa por uma transformação digna dos "antes e depois" da revista Caprichosa (confesso que amei o cabeleireiro dela, queria muito que ele desse um up no meu visual também!), e o garoto popular da escola, que antes nem sabia que ela existia, começa a se aproximar. Além disso, a sua melhor amiga fica com ciúmes, e o menino que realmente gosta dela (interpretado pelo cara mais fofo do mundo: Robert Schwartzman) se sente passado pra trás. Mia tem que passar por muita coisa pra descobrir o que importa de verdade, e só posso dizer que esse é um filme perfeito, a não ser por um detalhe. Ele foi inspirado em um livro. E o livro é ainda mais perfeito, mudaram bastante coisa ao fazer o roteiro e isso me aborreceu um pouco, já que fiquei imaginando como seria o filme se ele fosse adaptado literalmente. Mas, como eu estou analisando apenas o filme, dou cinco estrelinhas. Não percam!"

Nesse momento, bateram na porta do meu quarto.

"Pode entrar", eu gritei, enquanto salvava e fechava correndo a página. Se minha mãe percebesse que eu estava brincando na internet em vez de estudando, eu não teria nenhum filme novo para escrever a respeito por um bom tempo!

Mas não era a minha mãe, era o Leo. Com a empolgação, acabei esquecendo que ele tinha ficado de vir estudar comigo. Desde que minha mãe soube que ele passou em cinco vestibulares, parou de implicar com as visitas e inclusive passou a considerá-lo uma ótima influência.

"Oi...", ele disse ao entrar, tentando ver o que eu estava fazendo no meu computador. "Atrapalhei?"

Eu sorri ao vê-lo e disse que só estava terminando de responder um e-mail. Ele falou que eu podia acabar com calma, mas que antes queria um beijo...

Eu sorri, me levantei e dei um beijo nele, que poderia ter durado mais (é que, desde que o Alberto nos pegou no meu quarto, o Leo vinha fazendo questão de ficar muito bem comportado perto da minha família). Ele interrompeu o beijo e se sentou na minha cama, enquanto esperava que eu terminasse de escrever.

Eu voltei para o computador e percebi que ele ficou olhando.

"Leo... assim eu não consigo!", eu disse rindo. "Olha pra lá!"

"Por que não?", ele pareceu ainda mais interessado no e-mail. "Pra quem você está escrevendo que eu não posso ver?"

Eu achei que ele estivesse brincando e já ia responder que era segredo, mas vi que ele estava sério.

"É pra Ana Elisa, Leo!", eu fiquei séria também. "Você pode ver, só que eu desconcentro um pouco quando alguém lê enquanto eu escrevo."

A expressão dele mudou imediatamente.

"Ah, manda um beijo pra ela!", ele disse sorrindo, enquanto se levantava. Em seguida ficou analisando a minha estante de filmes, sem desviar em nenhum momento o olhar para o meu computador.

Corri para terminar o e-mail depressa.

De: Fani <fanifani@gmail.com>
Para: Ana Elisa <anelisa6543210@hotmail.com>
Enviada: 30 de janeiro, 18:21
Assunto: Obrigada

Adorei a ideia. Não posso escrever direito

agora porque o Leo está aqui, mas quando puder, por favor, dê uma olhadinha em: http://filmesdeamorzinho.blogspot.com e me fala o que achou.

Beijos e muito obrigada pelos conselhos! :)
Saudades!

Fani

"Prontinho", eu falei, desligando o computador. "Onde nós estávamos mesmo?"

Ele então tirou o olho dos DVDs e me puxou, após dar uma espiadinha pela porta, pra conferir se não tinha ninguém vindo. "Bem aqui", ele disse.

E no meio daquele beijo, encostados na minha estante, em me senti dentro de um daqueles filmes de amorzinho que nos rodeavam. Eu pensei em como gostaria de fazer uma resenha no blog sobre um filme que contasse a nossa história. E de repente eu tomei uma decisão. Muito mais do que uma resenha, eu ia escrever um roteiro. Naquele momento eu prometi a mim mesma que, algum dia, eu iria fazer o *nosso* filme.

De: Alberto <albertocbelluz@bol.com.br>
Para: Natália <natnatalia@mail.com>
Enviada: 05 de fevereiro, 11:02
Assunto: Sobremesa!

Tchutchuquinha,
Acabei de acordar! Estou te ligando, mas você deve estar no banho pra ficar ainda mais cheirosa!!!
Não tem ninguém aqui em casa, provavelmente

meus pais foram almoçar na casa do Inácio e a Fani deve ter ido ao clube com o Leo. Por falar nisso, não aguento mais, esses dois não se desgrudam! Eles só ficam falando com voz de neném um com o outro, parece que já nasceram de mãos dadas, e é um tal de Leozinho pra lá e Fanizinha pra cá... É tanto mel que chega a dar enjoo!

Ainda bem que a gente não é assim, né, fofucha?

Tchuquinha, mas vamos ao que interessa! Estou home alone! Vem me fazer companhia no almoço? Se você vier, garanto que vai ter sobremesa... Estou com saudade, não te vejo desde ontem à noite! Tenho uma ideia! Diga ao seu pai que você vai sair pra visitar a Fani! Preciso dar o braço a torcer, a volta da minha irmã foi perfeita para nós dois... agora temos um ótimo álibi!

Beijão!

Eu

De: Natália <natnatalia@mail.com>

Para: Alberto <albertocbelluz@bol.com.br>

Enviada: 05 de fevereiro, 11:30

Assunto: Re: Sobremesa!

Oi, amoreco lindo da minha vida!

Não posso ir agora, fofinho! Tenho que ir ao salão pra ficar bem linda pra você! Mas bem que eu queria... essa sobremesa me deixou com água na boca... hmmm....

Ai, gatinho, não implica tanto com a Fani... Ela e o Leo estão muito bonitinhos juntos! Parece que eles namoram há anos, de tanta sintonia que têm! Eles se completam! Ontem foi até engraçado, eu estava conversando com eles, contando o maior caso e, de repente, percebi que eu estava falando sozinha! Virei para o lado e vi que os dois estavam se olhando sem dizer nada, perdidos um nos olhos do outro, como se estivessem fora do ar... Até suspirei!

Mas o nosso amor é muito mais lindo e você é o noivo mais xuxuzinho do mundo!

Te amoooooooooooo!!!!!!

Sua Tchuca

De: Gabriela <gabizinha@netnetnet.com.br>
Para: Dra. Eliana <elianapsicologa@psicque.com.br>
Enviada: 20 de fevereiro, 21:33
Assunto: Consulta online

Dra. Eliana,

Resolvi aceitar a sua sugestão sobre te escrever sempre que surgisse uma necessidade de me expressar antes da nossa consulta quinzenal, para que você já tome conhecimento dos meus problemas e a consulta se torne mais ágil. (Desculpe mais uma vez por ter ficado falando por três horas na última sessão.)

Doutora, o meu problema é apenas um. Todas as minhas amigas têm namorado, menos eu. Estou me sentindo um peixe fora d'água! E o pior é que elas tentam me "encaixar" no grupo, ficam o tempo todo querendo saber se eu estou bem, até mesmo evitam beijar os namorados na minha frente, acho que é pra não me causar inveja... Mas isso só piora a situação. Sinto como se eu tivesse uma invalidez qualquer e os cuidados especiais só fizessem com que eu me sentisse inferior.

E eu sei que eu não devia me sentir por baixo, afinal eu passei no vestibular pra Medicina! Algumas das minhas amigas não passaram em vestibular nenhum! E eu estou amando a faculdade (muito obrigada mais uma vez pelos conselhos, o teste vocacional que apontou que minha vocação era ser médica realmente acertou). Pelo menos inteligente eu devo ser, não é? Mas acho que também sou um pouco bonita e simpática, muitos garotos já me disseram isso. Só que não os garotos que eu gostaria que dissessem. Acho que só atraio os caras errados. Desde o ano passado, quando o Cláudio terminou comigo, não fiquei com mais ninguém. Ou seja, estou há quatro meses sem beijar na boca! Eu não costumava ter esse tipo de problema!

Tudo ficou ainda pior depois que a minha melhor amiga, a Fani, voltou do intercâmbio. Antes da viagem dela, a gente se encontrava todos os dias, então eu nem sentia falta de ter alguém pra sair. Mas agora ela só tem tempo para o namorado. O namorado que eu arrumei pra ela. Se não fosse por mim, até hoje ela não teria caído na real de que eles eram mais do que amigos.

Eu sou muito boa para aconselhar os outros, mas acho que devo estar fazendo alguma coisa errada no que diz respeito a mim mesma. Eu preciso que você me ajude a ver que erro é esse.

Muito obrigada,

Gabriela

De: Leo — Para: Fani
CD: Dois meses com você

1. From me to you — The Beatles
2. Tudo certo — Luiza Possi
3. Anywhere but here — Safetysuit
4. Pra você — No Voice

9

> *Kevin:* O amor é gentil, o amor é paciente, o amor nos faz perder a cabeça lentamente.
>
> (Vestida para casar)

O ano começou pra valer depois do carnaval. Entrei em uma rotina de estudos e passei a devorar os livros, eu queria muito passar no vestibular o mais rápido possível. Não que o cursinho fosse ruim, na verdade era ótimo, eu adorava as aulas, mas eu realmente não via a hora de estudar Cinema. Depois que comecei a escrever sobre filmes e mais filmes no blog, fiquei com um desejo muito grande de criar e dirigir logo os meus próprios roteiros. E eu não via a hora de transformar essa vontade em realidade.

A Ana Elisa tinha acertado em cheio ao me dar aquela sugestão, e ela vinha acompanhando cada uma das minhas resenhas. Para a minha surpresa, ela não era a minha única leitora. O blog logo se popularizou e muita gente me escrevia para dizer que adorava os meus comentários e percepções, e, quanto mais seguidores eu ganhava, mais eu me empolgava.

Tinha outro motivo para eu querer passar no vestibular depressa. O Leo. Com o começo das aulas dele, a gente passou a se encontrar praticamente só aos finais de semana. Ele estudava de manhã e tinha voltado a trabalhar todas as tardes na empresa do pai. No horário em que geralmente ia à minha casa, ele agora tinha que fazer os trabalhos da faculdade e, como meus pais não me deixavam sair depois das 21 horas durante a semana, a gente passou a se ver bem pouco. Eu queria ser aprovada rápido para a minha mãe não ter mais desculpa para me prender em casa!

Nos fins de semana, porém, não nos desgrudávamos.

Todos os sábados eu ia com ele para o clube (o Ministério da *Minha* Saúde adverte: exercícios físicos + plano alimentar + estresse do vestibular = 6 kg a menos em dois meses), uma vez que agora eu já tinha coragem de colocar um maiô (biquíni, nem pensar, eu ainda precisava emagrecer mais um pouco!). De lá, a gente geralmente ia almoçar na minha casa, depois ele esperava eu tomar banho e me arrumar, então a gente ia pra casa dele, ficava lá um tempo assistindo à TV, então ele se arrumava e a gente ia ao cinema.

Nos domingos não era muito diferente. Como sempre tem almoço de família na casa da minha avó, geralmente ele almoçava lá comigo e depois a gente encontrava a Gabi, o Rodrigo e a Priscila em algum shopping ou então ia assistir a um DVD na minha casa ou na dele.

A princípio, eu fiquei meio sem jeito de voltar a conviver com a família do Leo. Em primeiro lugar porque os irmãos dele ficavam dizendo que sempre souberam que aquele papo de amizade era fachada, que isso não existe entre homem e mulher, o que sempre gerava alguma discussão familiar. E depois porque eu custei pra me sentir novamente à vontade na presença da mãe dele. Eu ainda me lembrava bem do e-mail que ela tinha me mandado enquanto eu estava na Inglaterra, me culpando pela tristeza do Leo. Além disso, no começo eu percebi que ela não estava mais tão simpática comigo, como costumava ser. Mas acho que aos poucos ela percebeu que eu não tinha a menor intenção de fazer com que o Leo sofresse de novo, que nós estávamos muito felizes juntos, e então ela passou a me olhar diferente e a me tratar como antes. Em um dia, ela até me apresentou para uma vizinha como "nora", o que fez com que eu abrisse o maior sorriso do mundo!

Eu estava exatamente na casa do Leo em uma tarde de sábado no final de fevereiro quando a primeira crise aconteceu.

Até hoje me lembro de uma vez, quando eu era pequena, em que o Inácio, meu irmão mais velho, chegou com a namorada (hoje esposa) em casa. Ele estava muito nervoso porque eles tinham ido a algum lugar e parece que de repente um "ex" dela chegou, e o Inácio não gostou da intimidade com que ele chamou a minha cunhada: "Claudinha". Eu me lembro que, do alto dos meus nove anos, morri de rir pelo drama que ele estava fazendo só pelo fato do tal cara ter usado um diminutivo. Hoje eu entendo que não tinha nada a ver com o apelido, e sim com o status do moço: *ex-namorado*.

Naquele sábado, nós chegamos à casa do Leo e o irmão dele estava jogando Playstation. O Leo, ao ver que era um joguinho novo, perguntou se eu me importava que ele disputasse só uma partida. Eu disse que ele podia jogar o tempo que quisesse e que, enquanto isso, eu ia procurar a mãe dele para cumprimentá-la.

Fui até o escritório, que é onde a dona Maria Carmem geralmente gosta de ficar lendo aos finais de semana, mas ela não estava lá. Ouvi um barulho de água vindo do quarto dela e imaginei que ela estivesse no banho. Eu ia voltar para a sala, quando notei que o computador estava ligado. Resolvi dar uma olhadinha no meu blog, para ver se tinha algum comentário sobre minha última resenha.

Eu tinha escrito sobre *Sr. & Sra. Smith* e estava ansiosa para saber se alguém tinha gostado.

Havia 14 comentários! Comecei a ler um por um. A Gabi tinha dito:

"Ser a Angelina Jolie é o sonho da minha vida: Maravilhosa, caridosa, maldosa e gostosa!"

Comecei a rir! Em seguida tinha um comentário da Natália:

"Tenho ódio desse filme, foi por causa dele que o Brad Pitt trocou a fofíssima Jennifer Aniston pela cachorra da Angelina Jolie!"

Realmente esse blog me divertia muito!

Fui lendo cada um dos outros comentários e de repente gelei. Com certeza eu não estava preparada para aquilo.

"Fani, princesa! Que saudade! Nem acreditei quando encontrei esse site! Fiz uma busca com seu nome na internet e caí aqui! Acabei de ler todas as suas críticas, fiquei deslumbrado, você continua encantadora e espirituosa, como sempre! Você deve estar se perguntando o motivo de eu estar te caçando no Google, mas foi só por curiosidade, queria saber se você já tinha virado uma atriz famosa no Brasil, pois aquele talento todo que eu vi na peça de Brighton não pode ser desperdiçado de maneira alguma! O espaço aqui é pequeno, vou te mandar um e-mail, quero muito saber como foi sua volta da Inglaterra, como anda sua vida e te contar várias novidades! Parabéns pelo site, ele se parece com você (ou seja, é lindo!).

P.S.: O Brad vai gostar de saber que você gostaria de ser perseguida por um assassino de aluguel como ele... Hahaha!

Mil beijos!
Christian"

Quando terminei de ler, eu estava com a respiração ofegante e o coração acelerado. Eu não tinha notícias do Christian desde o dia em que ele tinha me contado que estava indo para Hollywood! E agora ele me aparecia assim, do nada, no pior momento possível! Eu tinha que deletar aquilo rápido, antes que...

"Fanizinha, desculpa a demora, tive que matar meu irmão no jogo umas três vezes senão ele ia... ei, por que você está vermelha assim?"

Eu me desesperei. Eu precisava fechar aquele comentário antes que ele visse, mas não podia deixar que ele percebesse.

"Não é nada", eu senti que meu rosto estava queimando ainda mais. "As meninas estavam rindo da minha resenha..."

"Ah, quero ler!", ele falou, se sentando ao meu lado.

"Não, não é pra você ler!", eu disse nervosa. "Elas estão debochando da minha cara!"

Ele me olhou com uma expressão desconfiada: "Fani, você está muito esquisita. O que houve? Por que eu não posso ler? O que tem aí que eu não posso ver?".

Ai, meu Deus.

"Nada, Leo! É só o comentário das meninas, já falei!", e então fechei o navegador inteiro.

Ele pareceu meio irritado por eu ter feito isso. Olhou para mim ainda mais sério e disse: "Fani, você está mentindo pra mim".

"Eu juro que não estou! Por que eu faria isso?"

"É exatamente o que eu quero saber", ele respondeu, enquanto tirava o mouse da minha mão e digitava o endereço do meu blog no teclado.

"Leo, você não confia em mim?", eu disse mais alto do que tinha a intenção.

Ele ficou calado enquanto esperava a página do meu blog abrir.

"Leo, por favor, vamos logo para o cinema? Não era isso que a gente ia fazer? Nós vamos acabar perdendo a sessão!", eu já estava até tremendo.

Ele começou a ler as últimas coisas que eu tinha escrito e eu ainda tinha esperança de que ele pudesse desistir quando notasse que não tinha nada de errado nos meus textos. Por um momento ele fez que ia desligar, mas de repente pareceu se lembrar de alguma coisa, voltou lá em cima e clicou no sistema de comentários da última resenha. Eu até fechei os olhos. Ele foi lendo um por um, e eu já estava a ponto de fingir que ia morrer, pra impedir que ele visse.

Em vez de morrer, eu comecei a chorar.

"Leo, por favor... me escuta! Eu te imploro, não tem nada de importante aí! Desliga isso!"

Ele continuou sério e lendo cada um dos comentários.

Eu decidi sair do escritório, eu não queria ver aquilo. Quando eu estava chegando à porta, eu ouvi o barulho de alguma coisa se quebrando. Virei pra trás e vi que o mouse estava no chão, completamente espatifado. Olhei para o Leo e ele estava com uma expressão que eu não conhecia. Ele se levantou, veio andando, passou por mim sem falar nada e se fechou no quarto. Eu fiquei sem saber o que fazer.

Resolvi bater na porta.

"Leo?", eu chamei, baixinho.

Ele não respondeu.

Chamei um pouco mais alto: "Leo??".

Ele não disse nada.

"Por favor, Leo, me deixa explicar..."

Parecia que não tinha ninguém lá dentro, tamanho o silêncio.

Eu resolvi entrar.

Abri devagar e vi que ele estava mexendo nos CDs. Fechei a porta com cuidado atrás de mim e me sentei ao lado dele.

"Leo, conversa comigo, por favor..."

Ele continuou mudo, mas colocou fones nos ouvidos e aumentou o volume. Ele estava me ignorando completamente.

"Leo!", eu me irritei. "Me escuta!!"

Em um ímpeto, eu desliguei o som da tomada.

"Ficou doida, Fani?!", ele gritou, enquanto se levantava e ligava novamente. "Eu não quero conversar com você agora, não deu pra entender? Dá pra me deixar sozinho?"

Ele nunca tinha falado comigo daquela maneira! Ele não tinha gritado nem quando me telefonou na Inglaterra e terminou o que a gente nem tinha começado.

Eu peguei minha bolsa depressa e saí do quarto. Antes que eu chegasse à saída do apartamento, porém, alguém me chamou.

"Oi, Fani! Não sabia que vocês tinham chegado! Ouvi um grito vindo do quarto do Leo, aconteceu alguma coisa?"

Eu olhei para a dona Maria Carmem e não aguentei. O que eu ia dizer? Ela ia achar que eu tinha partido o coração do filho dela mais uma vez!

"Eu não tive culpa...", eu falei, tentando a todo custo segurar as lágrimas. "Eu não fiz nada..."

"Calma, Fani...", ela passou a mão pela minha cintura e foi me levando pro quarto dela. "Você não pode ir embora nesse estado, me explica direito o que houve. Você e o Leo brigaram?"

Eu não queria conversar com a mãe dele! Eu queria falar com a Gabi, com a Natália, com a Ana Elisa! Com qualquer pessoa, menos com ela!

Ela continuou a me olhar, esperando que eu dissesse alguma coisa. Quando percebeu que estava rolando um cinema mudo ali, ela deu um suspiro, fez com que eu me sentasse na cama e se sentou bem na minha frente.

"Fani, eu quero te falar uma coisa", ela segurou as minhas mãos. "Eu sei que você está com o pé atrás comigo. Você voltou do intercâmbio completamente diferente! Eu sinto falta daquela menina doce, carinhosa e tão simpática que você era... Em vez disso, você está inibida, distante, formal... Eu não te culpo, no seu lugar, talvez eu estivesse do mesmo jeito. Mas eu queria te dizer que eu gosto muito de você, independentemente do que tenha acontecido no ano passado, do estado em que o Leo ficou depois que você viajou. Eu gosto de você simplesmente porque, desde a sua volta, o Leo está mais feliz do que jamais esteve! Você está fazendo bem pra ele! E, quando eu vejo vocês dois juntos, eu sinto que é recíproco. Eu percebo um brilho nos seus olhos que eu sei que é real, você olha pra ele com uma carinha apaixonada tão linda que eu não tenho como não torcer pra dar tudo certo entre vocês! Agora, dá pra parar de frescura e me falar logo o motivo da briga?"

Eu dei um abraço nela e comecei a descarregar tudo o que eu queria falar há tempos: "Eu não tive culpa, dona Maria Carmem! Aliás, tive, no ano passado, quando não respondi aos e-mails do Leo, mas eu já paguei por isso! Desde então, tudo o que eu tenho feito é tentar provar o quanto eu sou louca por ele, o quanto eu *amo* ele! Eu tive, sim, um namorado lá na Inglaterra, mas foi só porque eu estava triste, sozinha, e especialmente porque eu achava que não tinha mais a menor chance com o Leo! Assim que eu soube que ele ainda gostava de mim, eu terminei! Eu não quis nem saber, o Christian era um garoto perfeito, todo mundo me chamou de louca na época, mas não era ele que eu queria! Eu só *quero* o Leo. E agora, quando eu achava que tinha conseguido, que estava indo tudo bem entre nós, ele viu um recado virtual que esse meu ex-namorado deixou pra mim! A gente não se falava desde que voltei, desde antes até! Mas a internet é pública, eu não tive culpa, eu não instiguei nada, eu não estava nem me lembrando dele! E nem tinha nada de mais no tal recado, eu nem ia responder! Eu só queria falar isso tudo pro Leo, mas ele não deixou, ele gritou comigo, me expulsou do quarto e até jogou o mouse no chão, eu... eu acho que quebrou..."

Eu comecei a chorar.

Ela me abraçou mais forte.

"Ô, Fani... não fica assim, calma. Olha, eu sei que vai dar tudo certo. Os homens são assim mesmo, eles não gostam de ficar inseguros... Isso tudo é só ciúme. Os irmãos do Leo são idênticos! Não podem sentir que tem outro gavião ciscando no terreiro deles que viram uma fera! Mas daqui a pouquinho isso passa... Tenho certeza de que, assim que você disser pra ele tudo o que me falou, ele vai querer fazer as pazes com você, nem que eu tenha que obrigá-lo a isso! Ah... e ele vai ter que comprar outro mouse pra mim com o dinheiro dele!" Ela se levantou. "Espera um pouquinho que eu vou chamá-lo..."

"Não precisa, mamãe."

Eu e ela olhamos pra trás, assustadas.

"Leo!", ela falou. "Quantas vezes eu já te disse que é feio escutar atrás da porta?"

"Há quanto tempo você está aí?", eu perguntei.

"Hum... já tem um tempinho", ele respondeu, meio pensativo. "Acho que desde a parte em que você disse que me amava..."

De: Rodrigo <rrrrrodrigooooo@gmail.com>
Para: Leonardo <soueuoleo@gmail.com>
Enviada: 02 de março, 19:06
Assunto: Faculdade

Fala, Leozão!

Cara, um mês de facul e eu ainda não me acostumei! Estou deslumbrado! Se soubesse que era bom assim, tinha nascido um ano antes! Até me assusto quando lembro que a Priscila não estuda mais comigo e que posso olhar para as meninas sem levar um cutucão! E é cada princesa!!! Por falar nisso, notei que aquela loura da sala ao lado está te dando o maior mole! Você dá a maior sorte com louras, hein, parceiro?

Tá certo, nem precisa brigar, sei que você gosta é de uma morena... Mas olhar não tira pedaço!!!

Já ia esquecendo, me mande urgente as respostas do questionário de Economia! Não estava sabendo que era pra amanhã!

Valeu!!!

Rodrigo

De: Leonardo <soueuoleo@gmail.com>
Para: Rodrigo <rrrrrodrigooooo@gmail.com>
Enviada: 02 de março, 20:01
Assunto: Re: Faculdade
Anexo: respostas_economia.doc

Olhar não tira pedaço? Fala isso pra Priscila! Vamos ver o que ela tem a dizer a respeito!

Quero só ver se você ia continuar com a mesma opinião se descobrisse que algum ex-namorado anda mandando e-mails pra ela! Vai falar que dar em cima por escrito também não tira pedaço??

Se você prestasse atenção às aulas, em vez de ficar olhando para os lados, saberia que o trabalho de economia era pra amanhã. Estou mandando em anexo as respostas. Fez o mesmo curso que eu só pra ficar me sugando, não é? Sanguessuga! Fica esperto, já tem prova daqui a 10 dias!

Leo

De: Rodrigo <rrrrrodrigooooo@gmail.com>
Para: Leonardo <soueuoleo@gmail.com>
Enviada: 02 de março, 21:10
Assunto: Re: Re: Faculdade

Cara, que stress é esse?! Tá de TPM? Que isso, nunca te vi assim!

A Priscila não tem ex-namorado, eu sou o primeiro namorado dela, esqueceu? E, além do mais, eu estava brincando...

Mas raciocinando agora, estou achando que pode ter alguém, digamos, "internacional", mexendo nos pertences do meu amigo Leo e isso está fazendo com que ele fique meio apreensivo, nervoso... Ai, ui, não me bata!!! Huahuahua!

Segura a onda aí! Respira fundo. Olha, se ajudar alguma coisa, saiba que a Priscila me disse uns dias atrás que a Fani só fala de você, que o assunto está até chato, pois só sai seu nome da boca dela. Relax, irmão!

Valeu pelas respostas, nos encontramos na aula amanhã.

Rodrigo

10

> *Isabella Swan: É o meu aniversário, posso pedir uma coisa? Beije-me.*
>
> *(Lua nova)*

Depois daquele dia, tudo melhorou. Por incrível que pareça, inclusive o meu namoro. O Leo – que já era todo carinhoso – ficou ainda mais. Ele começou a me buscar no cursinho alguns dias, para que nós pudéssemos ficar um pouco juntos também durante a semana. Ele saía da faculdade e ia direto pra lá. Nessas ocasiões, eu avisava para o meu pai que ia voltar com a Natália, que jurou que não contaria nada pro Alberto! O Leo estacionava um quarteirão antes de chegar ao meu prédio, para que ninguém visse e também para que a gente pudesse namorar um pouco sem ninguém por perto. Por mais que os meus pais não tivessem implicando com o namoro e que a família do Leo também fosse muito legal, raramente nós conseguíamos ficar sozinhos, então esses momentos eram muito especiais.

A cada dia eu ficava mais apaixonada, se é que isso é possível, e o frio na barriga que eu sentia quando a gente começava a se beijar só aumentava. Minha vontade era de ficar com ele o dia inteiro! Por várias vezes o Leo tinha que me mandar entrar em casa, ele dizia que era perigoso ficar namorando dentro do carro, mas, em pleno começo da tarde e em uma rua tão movimentada quanto a minha, o perigo maior era realmente a sensação que aqueles beijos me causavam! Eu não queria nem pensar onde o Leo tinha aprendido aquilo tudo, mas o fato é que quando ele começava a morder bem de leve a minha orelha, a beijar a minha nuca e o meu pescoço, e a descer devagarzinho... Meu Deus. Eu tinha vontade de mandar ele não parar nunca mais. Mas ele sempre parava. E, quando eu tentava fazer o mesmo e começava a beijá-lo da mesma forma, ele me interrompia e me dizia pra ir com calma, senão ele não responderia pelas consequências...

Eu tentei conversar com ele a respeito do Christian, mas ele disse que não queria saber de nada, que já tinha ouvido a minha explicação pra mãe dele e que aquilo tinha sido suficiente. Ele disse que preferia esquecer, pensar que nada havia acontecido, e pediu para eu parar de falar no assunto, pois, a cada vez que eu o lembrava, a raiva acabava voltando. Eu então fiz questão de apagar todos os rastros, como se aquele comentário nunca tivesse existido. Coloquei também o endereço do Christian na lista de e-mails bloqueados, para que, se ele mandasse alguma coisa, fosse direto pra pasta de lixo eletrônico. Eu não podia me arriscar, nem queria pensar na possibilidade de o Leo estar por perto no momento em que chegasse algum e-mail dele. Eu também apaguei o texto inteiro do filme *Sr. & Sra. Smith*. Se não fosse por aquela resenha, nada teria ocorrido, eu não queria me lembrar daquele filme nunca mais! Por pouco não apaguei o blog todo, mas fiquei com pena. Eu já tinha escrito sobre muitos filmes.

Em vez de deletar, coloquei uma moderação nos comentários e passei a analisar todos antes de permitir que fossem publicados. Se o Christian escrevesse mais alguma coisa, eu veria antes e apagaria. Mas acho que me preocupei à toa, ele nunca mais escreveu nada. Claro que eu achei isso bom... mas não posso negar que eu me peguei algumas vezes pensando em como ele estaria, se o filme teria dado certo, se ele tinha voltado pra Londres ou se ainda estava nos Estados Unidos. Apesar da curiosidade, eu preferia nem pensar nisso. Realmente fiquei assustada com a reação do Leo ao comentário, e era melhor para todo mundo que o Christian continuasse no passado, cada vez mais distante.

Março chegou e também o meu aniversário! No dia, mal acordei e já liguei o computador para ver se tinha alguma mensagem. Quase chorei! Minhas redes sociais estavam lotadas de recados carinhosos, cada um mais lindo que o outro. Mas, ao abrir meu e-mail, não aguentei.

De: Tracy <tmarshallstar@hotmail.com>
Para: Fani <fanifani@gmail.com>
Enviada: 20 de março, 7:21
Assunto: Happy Birthday!

Dear Stephanie,

I would like to say I'm happy with your birthday, but I'm not. I'm not because it reminds me last year, when you were with us! I still remember your little party in our house and how we all were cheerful! Today, instead, it's all so empty here. I miss my sister!

Well, I will stop to complain, I'm just a little emotional today!

I wish you all the best! Hope your day brings all you deserve, and that means only the best things!

Love you!

Tracy*

---

* Querida Stephanie, eu gostaria de dizer que estou feliz pelo seu aniversário, mas eu não estou. Não estou porque ele me lembra do ano passado, quando você estava conosco. Eu ainda me lembro da

---

De: Tom <tom_marshall@mail.co.uk>
Para: Fani <fanifani@gmail.com>
Enviada: 20 de março, 7:30
Assunto: Happy Birthday

Fanny, happy birthday!
When are you coming back? Spring arrived today but didn't bring the most beautiful flower… you!
I love you and miss you so much!

Tom**

De: Teddy <teddymarshall@mail.co.uk>
Para: Fani <fanifani@gmail.com>
Enviada: 20 de março, 7:40
Assunto: Feliz Cumpleaños!

Fanny,
Mi madre y mi padre le desean felicidades! Todos sentimos su ausencia y nos gustaría que estuvieras aquí. ¡Regresa pronto a visitarnos!
Besos y feliz cumpleaños!

---

    sua festinha em nossa casa e como nós todos estávamos animados! Hoje, em vez disso, tudo está vazio aqui. Eu sinto falta da minha irmã! Bem, vou parar de reclamar, estou só um pouco emotiva hoje! Te desejo tudo de melhor! Espero que seu dia traga tudo o que você merece, e isso significa só as melhores coisas! Te amo! Tracy.

** Fanny, feliz aniversário! Quando você vai voltar? A primavera chegou hoje, mas não trouxe a flor mais bonita... você! Eu te amo e sinto muito a sua falta! Tom.

Teddy***

P.S.: I know... You told me many times that you speak Portuguese, not Spanish, but it's similar, isn't it? And I need to practice!

    A minha mãe entrou no quarto com um bolinho cheio de velas e eu estava em prantos!

    "Fani, filhinha! Vim te fazer uma surpresa e te encontro assim? O que houve? Não quer ficar mais velha?"

    Eu expliquei que não era nada, só saudade da minha família inglesa, e ela ficou meio brava.

    "Ah, Fani! Que coisa! Achei que fosse sério! Você devia saber que não era sensato se apegar tanto a essas pessoas! Sua família está aqui!"

    Assim que ela disse isso, o Alberto apareceu todo descabelado.

    "É, eu estou aqui, e ai de mim se não estivesse. A mamãe me obrigou a levantar pra vir cantar parabéns pra você, mesmo que eu explicasse que cheguei ontem às 3 horas da manhã! Meu nome é sono! E aí, não vai soprar logo essas velas? Estou morrendo de fome também!"

    Eu desliguei o computador ainda com lágrimas nos olhos e deixei pra ler o resto dos e-mails à tarde, quando eu voltasse.

    Eu estava louca pra matar aula e ficar em casa lendo os meus recados, mas o meu pai já estava me esperando. Ele sempre me deixava no cursinho antes de ir para o trabalho. Nesse dia não foi diferente.

*** Fanny, meu pai e minha mãe te desejam felicidades! Todos nós sentimos sua falta e gostaríamos que você estivesse aqui. Volte logo para nos visitar! Beijos e feliz aniversário! Teddy. P.S.: Eu sei... você me falou várias vezes que fala português e não espanhol, mas é parecido, não é? E eu preciso praticar!

"Filha, mais uma vez, parabéns", ele disse quando chegamos lá. "Você não tem ideia de como eu estou emocionado de ver a minha caçulinha fazer 18 anos. Parece que foi ontem que você nasceu! Eu estou ficando velho!"

"Ai, pai, para! Não tem nada de velho! Olha, tenho que entrar, a primeira aula é de Física... eu continuo com bloqueio nessa matéria!"

"Claro, você não deve se atrasar! Mas eu só queria..." Ele abriu o porta-luvas e pegou um embrulho. "A sua mãe escolheu um presente que eu acho que você vai adorar, mas ela faz questão de te dar à noite, quando estiver todo mundo reunido lá em casa, pois é da família inteira. Mas eu queria te dar isso aqui. É um presente meu. Porque eu acho que 18 anos é uma idade muito bonita, e porque você vai poder guardar isso por muito tempo, até quando eu ficar realmente velho e... bom, pode abrir. Espero que você goste."

Eu fiquei meio emocionada com o minidiscurso dele e rasguei rápido o papel. Tinha uma caixinha. Nela eu encontrei um anel. Um anel solitário de diamante. O mais lindo que eu já tinha visto.

"Diamantes duram pra sempre", ele falou tirando da caixa e colocando no meu dedo. "E simbolizam amor eterno. Assim é o meu amor por você. Seja muito feliz, minha filha. E nunca se esqueça que eu estou sempre por perto, mesmo que você vá pra longe, mesmo que arrume vários namorados... você vai ser eternamente a minha menininha. E, enquanto eu puder, vou fazer tudo por você!"

Eu vi que ele também estava emocionado. Dei um abraço forte nele e, por mais que eu me esforçasse para não chorar, não consegui. Ótimo, meu dia nem tinha começado direito e eu já tinha chorado duas vezes.

"Obrigada, pai...", eu tentei dizer. "Foi o melhor presente que eu já ganhei!"

Ele me deu um beijo e enxugou minhas lágrimas. "Te amo muito, filha! Agora acho melhor você se apressar, senão vai chegar muito atrasada."

Eu disse que também o amava e desci do carro, ainda meio emocionada.

Entrei na sala ainda olhando para o anel, e até me assustei quando a Natália me deu o maior abraço!

"Feliz aniversário, Fani!", ela disse na frente de todo mundo. Com isso, claro, a sala inteira resolveu cantar parabéns pra mim... Eu fiquei toda sem graça. Acho horrível a sensação de todo mundo me olhando e batendo palmas, fico lá sorrindo amarelo, sem saber se também canto, se choro, se me enfio debaixo da mesa... Todo ano na hora de soprar as velas, sempre faço o mesmo desejo: que se esqueçam de cantar parabéns pra mim no ano seguinte! Mas pelo visto eu podia desistir.

No meio da última aula, bateram à porta. O professor parou a explicação e foi ver o que era. Uma moça da secretaria entrou carregando um enorme buquê de rosas cor de chá. Eu não tive a menor dúvida de que era pra mim! Até abaixei a cabeça e fechei os olhos, esperando pelo pior.

"Estefânia Castelino Belluz? É dessa sala?", a moça perguntou.

Todos os alunos olharam pra mim. Umas meninas ficaram falando: "Ah, que lindo!". E aí uns meninos começaram a imitar e a dizer com voz fina: "Ah, que fofo, que romântico...", e eu não tive escolha a não ser me levantar e ir lá na frente buscar o buquê.

Eu nem precisava ler o bilhete pra saber de quem era.

Logo que eu voltei do intercâmbio, em uma das primeiras conversas que eu e o Leo tivemos, fiz questão de esclarecer vários "mistérios", como, por exemplo, confirmar se a música que eu tinha recebido anonimamente, por e-mail, tinha mesmo sido enviada por ele. Eu já imaginava a resposta, pois ela era a primeira do CD que ele tinha me entregado no aeroporto. Em vez de responder, ele começou a cantá-la no meu ouvido, com aquela voz rouquinha dele. Foi assim que "Linda", da banda No Voice, passou a ser a nossa música.

Uma outra coisa que eu perguntei foi como ele sabia que eu adorava rosas cor de chá, pois, no meu aniversário do ano anterior, ele tinha pedido à Tracy para me enviar rosas dessa mesma cor e eu só fui descobrir que elas tinham vindo dele no final do ano. Mas eu nunca soube como ele descobriu que aquelas eram as minhas flores preferidas.

"Eu ouvi você comentando...", ele falou quando eu perguntei. "Você nem deve se lembrar, mas, dois anos atrás, uma das meninas da nossa sala ganhou um buquê de rosas vermelhas no meio da aula, e aí você e a Gabi ficaram suspirando, querendo que o buquê fosse pra vocês... Aí você falou que só trocaria a cor, pois suas preferidas eram as rosas-chá. Eu nunca mais esqueci."

Eu admirei as flores nos meus braços. Bem que dizem que devemos tomar cuidado com aquilo que desejamos... O professor pediu que todo mundo parasse de olhar para mim e virasse para o quadro onde ele estava anotando a matéria. Quando reparei que eu não era mais o centro das atenções, abri o envelope do cartãozinho que estava no meio das flores e li.

Fanizinha,

Parabéns!
Quero te fazer a pessoa mais feliz do mundo e realizar todos os seus sonhos.
Milhões de beijos,
Leo

No final da aula, ele estava me esperando. Ele abriu o maior sorriso quando me viu saindo com as rosas na mão.

"Flores para uma flor!", ele disse, me dando um beijo.

"Ha-ha-ha, muito original...", eu respondi.

"Sou mesmo! Original e corajoso! Mesmo sabendo que você ia me matar por te fazer passar vergonha, pedi pra entregarem as rosas no meio da sua aula!"

"É, se o seu objetivo foi me deixar sem graça, acertou em cheio! Só faltei cavar um buraco no chão..."

"Eu queria ter visto a cena! Aposto que seu rosto ficou todo vermelho! Mas pelo menos agora todos os seus coleguinhas sabem que essa flor aqui tem dono..."

"Ah, foi só por isso que você me mandou, é?", eu perguntei meio indignada, "pra marcar seu território?"

"Não, acho que foi porque eu ouvi dizer que era seu aniversário...", ele fingiu estar pensativo. "Mas se serviu pra desencorajar algum folgado, ótimo, dois pontos pra mim!", ele sorriu e mostrou aquela covinha fofa que eu não sabia mais viver sem.

Nós fomos andando de mãos dadas até o carro dele, sem dizer nada. Quando estávamos quase chegando, eu virei pra ele e disse: "Leo... quero que você saiba que, apesar da vergonha e de você estar se revelando o maior ciumento...", eu disse, dando um beliscão nele, "eu amei as flores". Eu olhei para elas e em seguida novamente pra ele. "Muito obrigada... você já me faz a pessoa mais feliz do mundo!"

Ele me deu um grande beijo e disse que aquilo era só uma prévia, que o presente de verdade ainda estava por vir.

De: Cristiana <cristiana.acb@gmail.com>
Para: João Otávio <jlopesbelluz@yahoo.com.br>

Alberto <albertocbelluz@bol.com.br>
Inácio <inaciocb@mail.com>
Enviada: 20 de março, 14:29
Assunto: Aniversário da Fani

Meus amores,

O presente da Estefânia já está comprado e embrulhado. Agora ela vai poder matar a vontade de fazer filminhos e se concentrar no que realmente importa: a carreira de advogada. Comprei também um cartão, vocês têm que se lembrar de assinar antes de cantarmos Parabéns, que é o momento em que entregaremos tudo a ela. Não deem bandeira, vou deixar o cartão no meu quarto, assinem lá, para que ela não veja. Vocês devem estar aqui em casa impreterivelmente às 19h30min.

Inácio, peço a você que não se atrase como sempre, lembre-se de que é dia de semana e que amanhã todos nós acordamos muito cedo! Já avisei para a Cláudia deixar as crianças prontas. Dessa forma, tudo o que você tem que fazer é tomar um banho rápido depois do trabalho e vir pra cá.

Alberto, não vá inventar de buscar a Natália bem no horário do aniversário. Ela mora a um quarteirão daqui, pode perfeitamente vir a pé!

O pai de vocês (que também está recebendo esse e-mail) fez o favor de dar à Estefânia um presente "extra" logo pela manhã e temo que isso tire o brilho da nossa surpresa. Por isso, peço a vocês que façam tudo como eu escrevi, para nada mais dar errado.

Beijos!

Mamãe

De: Inácio <inaciocb@mail.com>
Para: Cláudia <claudinhafb@mail.com>
Enviada: 20 de março, 15:49
Assunto: Atenda, por favor

Amor, seu celular está desligado e você não atende o telefone de casa. Não é minha mãe, sou eu que estou ligando!

Pelo que soube, ela te telefonou mais cedo, não foi? Não escute a minha mãe, já te falei isso mil vezes, você ainda não se acostumou com o jeito dela? Deixe entrar por um ouvido e sair pelo outro!

Não se preocupe em arrumar as crianças, pode deixar que eu cuido disso quando chegar em casa, concentre-se em seus estudos.

Consegui a indicação de uma ótima babá! Combinei com ela de passar aí em casa amanhã para que nós possamos entrevistá-la. Vai dar tudo certo.

Te amo,

Inácio

De: Alberto <albertocbelluz@bol.com.br>
Para: Natália <natnatalia@mail.com>
Enviada: 20 de março, 17:34
Assunto: Vou te buscar

Oi, minha delícia!

Você deve estar no salão de beleza, como se

você precisasse dessas coisas...

Fofolete, minha mãe marcou o aniversário da Fani para sete e meia da noite, vou te buscar umas oito, ok? Se precisar de mais tempo para se arrumar, não tem problema, eu espero.

Saudade de apertar minha gatinha..........

Beijão!

Eu

11

*Jake: Feliz aniversário, Samantha.
Faça um pedido.
Samantha: Bem, ele já se realizou.*

(Gatinhas e gatões)

Fazer aniversário em plena terça-feira tem suas vantagens. É como ganhar um feriado no meio da semana. Impossível não se lembrar o tempo todo da data, com tantos telefonemas e demonstrações de carinho. Além disso, ninguém se importa se você está ou não cumprindo suas obrigações normais, como – no meu caso – estudar e ir à academia. Muito pelo contrário... O aniversário é seu e nele você pode fazer o que quiser. O único dever é sorrir e agradecer pelos presentes e cumprimentos.

Sendo assim, tentei aproveitar o meu dia da melhor maneira possível. Eu disse aos meus pais que queria almoçar com eles e com o Leo na minha pizzaria preferida. Depois, fui ao cinema com a Gabi. Assistimos a *Ele não está tão a fim de você* (dei cinco estrelinhas). Ao voltar pra casa, fiquei respondendo todas as mensagens que eu tinha recebido pela internet. Ainda deu tempo de ver metade do DVD que a Ana

Elisa me mandou pelo correio de presente (*Crepúsculo*), antes de começar a me arrumar para receber meus convidados! Quem dera todos os dias fossem assim!

À noite, minha mãe fez um jantar de comemoração, e eu convidei a Gabi, a Natália, o Rodrigo, a Priscila, o Alan (que eu não via desde a minha volta) e – claro – o Leo. Além deles, estavam meus avós, tias, primas, irmãos, cunhada e sobrinhos. Nada mal para um dia de semana!

Ganhei vários filmes! A Gabi me deu *Marley e eu*, dizendo que gostaria de ter me dado um cachorro como o Marley, mas, como sabia que minha mãe o mandaria embora no primeiro dia, ela preferiu me dar o DVD... Fiquei feliz, mas triste ao mesmo tempo... eu realmente gostaria de ter um cãozinho. Na minha casa da Inglaterra eu tinha convivido diariamente com um cachorro e um gato, e eu sentia tanta falta deles...

A Natália me deu *Vestida pra casar* e *Recém-casados*, e eu comecei a rir. O pensamento preferido atual que ela tem é o futuro casamento com meu irmão, e, pelo visto, isso não sai da cabeça dela nem na hora de comprar presentes!

Da Priscila e do Rodrigo eu ganhei *Click* e abri o maior sorriso! Era um dos meus filmes preferidos!

O Alan me presenteou com uma caixa de bombons, dizendo que esperava que eu não brigasse, pois eu estava magrinha e já podia comer chocolate de novo! Dei o maior abraço nele, mais pelo elogio (quem dera eu estivesse mesmo "magrinha") do que pelos chocolates.

Quando todo mundo acabou de jantar, vi que minha mãe cutucou a Juju, que saiu correndo, rindo. Fiquei imaginando para onde a minha sobrinha teria ido feliz assim.

De repente, todas as luzes se apagaram. Antes que eu pudesse imaginar o que teria acontecido, a Juju apareceu carregando um enorme bolo de brigadeiro! Todos começaram a cantar parabéns e, mais uma vez, eu tive vontade de evaporar. Acho que todos os aniversariantes deviam se unir em prol da extinção do "Parabéns pra você"!

Como se não bastasse, eu mal tinha terminado de apagar as velas e todos começaram a cantar: "Com quem será, com quem será, com quem será que a Fani vai casar... é com o Leo, é com o Leo, é com o Leo que a Fani vai casar...".

Sim, eu gostaria muito de me casar com ele, mas era extremamente desnecessário fazerem essa previsão assim, em forma de cantoria, na frente do "futuro noivo" em questão! O Leo – ao perceber minha *sem-gracice* – me abraçou por trás e disse no meu ouvido: "Aguenta firme aí... depois do bolo tenho uma surpresa...", e eu fiquei louca pra terminarem logo, pra saber do que ele estava falando. Mas, pelo visto, a surpresa dele teria que esperar.

Assim que eu cortei o bolo, minha mãe chamou meu pai e meus irmãos e todos eles me entregaram uma caixa um pouco menor do que a de um sapato. Pensei que seriam mais filmes e fiquei curiosa, imaginando quais eles teriam comprado.

Logo notei que não eram DVDs, e sim uma coisa mais pesada.

Abri depressa e a primeira coisa que vi foi um cartão:

Fani, parabéns pelo seu dia! 18 anos é só uma vez na vida! Aproveite!

Este é um presente de toda a família!

Beijos.

Mamãe, Papai, Alberto, Inácio, Cláudia, Juju, Rafa e Pedrinho

E, então, eu vi. Uma filmadora digital, igual à que eu sempre quis ter! Abracei rápido minha mãe, meu pai, meus irmãos, cunhada e sobrinhos e disse a eles que eu tinha amado!

Tirei da caixa, coloquei a bateria e já saí filmando todo mundo!

"Natália, prepare-se para os seus cinco minutos de fama, declare-se para a aniversariante!", eu disse enquanto a filmava, adorando estar por trás das câmeras.

"Ai, Fani, para!", ela tampou o visor da filmadora, "odeio ser filmada, fico horrível!"

A Gabi revirou os olhos e entrou na frente dela: "Então filma o que eu vou dizer, Fani!".

Eu dei um zoom na Gabi e esperei, enquanto ouvia os meninos falarem: "Ih, lá vem discurso...".

"Eu queria deixar registrado", ela começou, "que apesar de não sermos mais da mesma sala", nessa hora ela olhou bem para a Natália, "a Fani continua sendo a *minha* melhor amiga! Mesmo que a gente conviva menos, o sentimento continua igual, ainda é pra ela que eu ligo todos os dias pra contar qualquer novidade e pra conferir se ela continua a mesma 'Drama Queen' de sempre... e eu gosto disso. O que seria da minha vida sem as 'tragédias' da Fani?" Eu ia começar a protestar, mas ela pegou um copo e levantou, fazendo um brinde. "Te amo, sua boba! Te desejo toda a felicidade do mundo!"

Todo mundo bateu palmas e eu tive que desligar a filmadora pra abraçá-la.

O Alberto aproveitou o momento pra pegá-la da minha mão, por mais que eu dissesse que o "brinquedo" era meu! Ele disse pra eu deixar de ser egoísta, que não ia estragar, e saiu filmando o resto do pessoal.

De repente, eu me lembrei do Leo. Com a empolgação do presente, acabei esquecendo que ele tinha dito que ia me fazer uma surpresa.

Encontrei-o conversando com o Rodrigo e o Alan na varanda. Ao me verem, os meninos saíram, nos deixando sozinhos.

"O que você está fazendo aí?", eu perguntei sorrindo. "Ficou com medo de eu te filmar?"

Notei que ele estava com uma expressão estranha.

"O que foi, Leo? Aconteceu alguma coisa?"

"Não... é só que... eu devia ter dado meu presente antes. Depois dessa filmadora, você nem vai achar graça na minha lembrancinha..."

"Ai, Leo, até parece!", eu o puxei pra mais perto. "Eu tenho certeza de que sempre vou amar tudo o que vier de você... e inclusive você já me deu as rosas mais lindas, não precisava mais nada!" Ele sorriu, me deu um beijo e eu fiquei só pensando que todo mundo podia ir embora depressa, pra que nós pudéssemos ficar um pouco sozinhos...

"Então tá", ele disse se afastando devagar. "Deixei lá no seu quarto, está em cima da sua cama".

Eu sorri empolgada e peguei a mão dele. Eu queria ver logo que surpresa era aquela.

Chegando lá, encontrei duas caixinhas. Uma estava na cara que era um CD. O Leo vinha me dando um CD por mês, para marcar nosso aniversário de namoro, que combinamos de comemorar sempre no dia 22 de cada mês, que foi o dia em que eu voltei da Inglaterra. Cada CD vinha com quatro músicas, para – segundo ele – representar cada uma das semanas que passamos juntos.

"Mr. DJ", eu dei um suspiro, "acho que vão acabar as músicas do mundo..."

"Mas esse é um CD diferente!", ele respondeu. "Não é como os de todos os meses. Essa é a trilha sonora da minha birthday girl!"

Eu abri e entendi o que ele queria dizer.

> De: Leo – Para: Fani
> CD: To my birthday girl!
>
> 1. Mix de Feliz Aniversário – DJ Leo!
> 2. Happy birthday to you – DJ Bobo
> 3. Birthday girl – The Roots
> 4. Happy birthday – New Kids on the Block
> 5. I Love you, happy birthday to you baby – Stay
> 6. Happy birthday – The Beatles
> 7. Happy birthday to you – Stevie Wonder
> 8. Happy birthday girl – The Equals
> 9. Happy birthday – The Ting Tings
> 10. Happy birthday to you – Remix

Um CD só com músicas desejando parabéns, por vários artistas diferentes! Ele devia ter tido um trabalhão procurando música por música!

"Amei, Leo!", eu disse ainda olhando para o CD. "Posso colocar lá embaixo, pra todo mundo escutar?"

"Pode", ele respondeu. "Mas antes abra o outro presente..."

"Claro! Estou morrendo de curiosidade!", eu peguei a outra caixa.

Fui desembrulhando devagar e encontrei um vidro, cheio de água, além de um colarzinho com um pingente vazio.

"O que é isso?", eu não estava entendendo, parecia um aquário cilíndrico, mas eu não via nenhum peixe, e, além disso, estava tampado.

"Abra!", ele pediu. "Olhe lá dentro."

Eu abri devagar a tampa e olhei mais de perto. Para minha surpresa, vi que tinha uma ostra!

"Uma ostra!", eu olhei admirada pra ele. "Ela está viva? Esse espaço não é muito pequeno pra ela? Tadinha!"

Ele riu. "Não, Fani... eu acho que não está viva. Olha, leia aqui", ele me mostrou atrás do vidro, onde as instruções estavam.

Você está ganhando uma pérola pura que foi formada naturalmente no período de três a cinco anos na ostra-mãe. Não há duas pérolas exatamente iguais, a sua é única. A carcaça da ostra foi mantida para que sua pérola continue em seu estado natural. Abra para encontrá-la. Coloque-a dentro do pingente e em seguida no colar. Leve-a sempre em seu pescoço. Ela vai te trazer sorte!

Que coisa mais linda! Uma pérola de verdade! Eu tirei a ostra com cuidado do vidro e abri. Lá dentro tinha mesmo uma linda pérola. Peguei com carinho e olhei no claro. A cor dela era um rosa bem clarinho, quase branco.

O Leo abriu o pingente para que eu pudesse colocá-la dentro e, em seguida, colocou o colar em meu pescoço. Ele me levou até o espelho para que eu pudesse ver como tinha ficado. Lindo. Eu não ia tirar aquele colar do pescoço nunca mais.

"Obrigada!", eu disse me jogando nos braços dele. "Você sempre me surpreende! Só me dá presentes originais, cada um mais lindo do que o outro... realmente eu não sei como vou fazer pra te presentear à altura no seu aniversário, não sou criativa assim!"

Ele me beijou e de repente interrompeu dizendo: "Não tem que me dar nada. O melhor presente eu já ganhei...", e em seguida voltou a me beijar.

Nesse momento, a Gabi entrou no meu quarto.

"Olha, olha esse namoro... ai, ai, ai, estou vendo a hora que eu vou ser tia..."

"Gabi!", eu pulei pra trás, sentindo meu rosto queimar. "Ficou louca?"

"Eu não...", ela respondeu. "Loucos são vocês dois! Fechem a porta pelo menos... se é sua mãe que dá de cara com essa indecência toda, acaba com a festa na hora!"

O Leo começou a rir. "Depois a Fani é que é a rainha do drama..." Ele passou pela Gabi enquanto atrapalhava o cabelo dela. "Exagerada!"

Ele voltou para a sala, e eu e a Gabi ficamos no meu quarto.

"Gabi, era só um beijo!", eu disse. "Beijo de agradecimento. Olha o que eu ganhei!"

"Ah, tá...", ela respondeu olhando o CD. "E a mão dele debaixo da sua blusa era porque ele estava com frio, né?"

Eu quase gritei! "Gabi! Não teve nada disso, para de inventar! Se minha mãe escuta, você sabe que ela acredita! O Leo é todo comportado, especialmente quando está na minha casa!"

"Tá bom, vou fingir que não vi... agora vamos voltar lá pra sala? Daqui a pouco eu já preciso ir embora, amanhã tenho aula cedinho..."

Nós fomos para a sala e, chegando lá, notei que todo mundo estava vendo uns álbuns de retrato que minha mãe deixa na estante da sala.

"Fani", a Natália disse assim que me viu. "Olha essa foto nossa no jardim de infância, que hilária! Olha a franja que eu tinha! Como minha mãe me deixava sair desse jeito? E olha o seu beicinho! Emburrada desde pequenininha!"

Sentei-me ao lado do Leo, ele estava perto da Priscila e do Rodrigo, que estavam vendo o álbum do meu intercâmbio.

"Ai, Fani", a Priscila disse, "que viagem de sonho! Eu ainda não tinha visto suas fotos da Inglaterra! Sua família de lá parece ser tão legal!"

"Eles são legais mesmo... estou morrendo de saudade, hoje eles me mandaram vários e-mails fofos..."

Ela continuou virando as páginas. "Ah, esse dia eu acho que sei qual foi!", ela disse, apontando pra uma foto. "Você estava conversando comigo online, lembra? Você me falou que tinha acabado de brincar na neve... Não foi nesse dia?"

Eu olhei e dei um suspiro. Exatamente. O dia em que ela tinha me contado que o Leo estava mesmo namorando. Quando ninguém ainda sabia que era armação dele, para que eu não desistisse do intercâmbio.

Suspirei e encostei minha cabeça no ombro dele. Tanta coisa tinha acontecido em um ano...

"Ah, olha a Ana Elisa", ela continuava a olhar as fotos. "Isso foi onde? Que pena que ela não pôde viajar pra vir no seu aniversário, ela é muito gente boa..."

"Ela está em provas na faculdade", eu respondi. "Mas deve vir pra cá em julho. Essa foto foi tirada em Bath, eu viajei com ela e os pais pra lá."

"Ai, olha essa praia", ela continuava a virar as páginas do álbum. "Tem pedra em vez de areia mesmo! Achei que isso fosse mentira! E olha esse parque de diversões!"

Eu não estava gostando daquela sessão nostalgia. Comecei a ficar melancólica, com saudade de Brighton, e foi bem nessa hora que ela disse: "Ué, tem uma foto aqui atrás", ela disse, puxando um retrato que estava embaixo de outro. "Por que você escondeu?"

Na hora eu nem me toquei. Eu estava prestando atenção nas letras das músicas do CD do Leo, que eu tinha colocado pra tocar, e só percebi que tinha alguma coisa errada quando a escutei dizer: "Xii... já entendi, abafa, vamos fingir que nada aconteceu, me dá essa foto aqui, Rodrigo! Vou colocar de novo no lugar de onde ela nunca deveria ter saído...".

Antes que eu visse do que ela estava falando, o Leo já estava de pé. Inicialmente, pensei que ele estivesse indo ao banheiro, apesar de eu ter achado meio estranho o jeito brusco no qual ele se levantou. Só quando me virei para ver que foto era aquela que a Priscila estava amassando, ao tentar enfiar rápido debaixo de alguma outra, foi que eu entendi.

Eu me levantei depressa e vi que o Leo já estava na porta de saída.

"Leo, espera!", eu chamei.

Ele não falou nada, só saiu e chamou o elevador.

"Leo, olha pra mim!", eu peguei o rosto dele e virei em minha direção. "Para com esse ciúme sem sentido! Eu não sei o que aquela foto estava fazendo ali! Eu joguei fora todas as fotos do Christian!"

"Sei, e guardou exatamente uma em que vocês estão se beijando! Pra poder matar a saudade, eu imagino!", ele falou bravo.

"Leo, eu juro pra você! Eu rasguei todas! Eu nem me lembrava dessa, se eu a vi uma vez na vida foi muito!"

E de repente eu entendi o que tinha acontecido. Aquela foto havia sido tirada no parque do Brighton Pier, na primeira vez que eu tinha ficado com o Christian. A Ana Elisa envolveu um monte de gente em uma trama só para que eu pudesse ficar sozinha com ele. Ela tinha inclusive contratado um fotógrafo para bater uma foto da turma toda, como desculpa, o que ele realmente fez. Mas quando ela foi buscar, o moço disse que tinha tirado aquela também, no momento exato em que a roda gigante desceu. Ele contou que tinha achado o beijo muito romântico e quis registrar... Ainda bem que Brighton está muito longe, ele não ia achar nada romântico o jeito que eu ia esganá-lo se passasse na minha frente agora! Desde o primeiro dia, eu tinha escondido aquele retrato atrás de outro, exatamente porque eu não queria que ninguém visse aquele beijo, mas também não queria jogar fora, pois na época eu ainda estava envolvida com o Christian. Depois nem lembrei mais, nunca ia imaginar que algum dia aquilo acabaria nas mãos do Leo.

"Olha", eu praticamente implorei, "se você quiser, eu posso destruir aquele retrato agora, aqui na sua frente! Não significa nada pra mim!"

"Fani, você não tem que me dar explicações. O passado é seu! Se você quiser guardar fotos, lembranças, e-mails, cartas... qualquer coisa de ex-namorados, isso só interessa a você. Mas eu esperava um pouquinho mais de respeito! Você não precisava deixar ali pra todo mundo ver, e – especialmente – para *eu* ver! E, sinceramente, eu não queria ter visto. Eu não queria nem saber o nome desse Christian, muito menos como ele é fisicamente, e muito menos ainda...", ele fez uma pausa, parecia estar se decidindo se falava ou não. Ele olhou para o chão com uma cara de raiva misturada com tristeza. "E muito menos, Fani, te imaginar com outro cara."

Ele abriu a porta do elevador.

"Leo, espera!", eu disse segurando a mão dele. "Por favor, acredita em mim. Mais uma vez eu não tive culpa. Aquele outro dia, na sua casa, eu não fiz nada e você ficou bravo à toa, eu nem estava me lembrando dele, eu me surpreendi com o recado e não tinha a menor intenção de responder. E agora de novo... eu estava exatamente pensando em como eu tinha gostado do meu aniversário especialmente pelas surpresas que você preparou, e aí do nada surge essa foto que eu já tinha até esquecido! Ela ia desintegrar ali no álbum! Eu juro que, se imaginasse o futuro, se naquele dia eu sonhasse com a possibilidade de você estar me esperando, não teria foto nenhuma pra você ver, aliás, não teria nada para o fotógrafo registrar. Aquele dia não teria existido...

Ele me olhou sério, assimilando o que eu tinha dito.

"Leo...", eu busquei novamente o rosto dele com as mãos e segurei em frente ao meu. Eu estava tremendo. "Por favor, acredite em mim. Aqui dentro...", eu pus a mão dele sobre o meu coração, "só tem lugar pra você."

Ele olhou bem nos meus olhos, me deu um beijo rápido na bochecha e disse ainda muito sério: "Eu acredito em você". Em seguida, abriu a porta do elevador novamente. "Eu acredito, mas nesse momento eu quero ir embora. Preciso de um tempo pra tirar essa imagem da minha cabeça. Amanhã a gente conversa."

"Leo, não faz isso..."

O elevador desceu e eu fiquei olhando para o nada até que a Priscila veio se desculpar por ter estragado o meu aniversário.

"Não foi sua culpa", eu respondi, ainda com o olhar perdido. "Parece que vou ter que dar um jeito de apagar meu passado inteiro, se eu quiser ter algum futuro com o Leo."

De: Gabriela <gabizinha@netnetnet.com.br>
Para: Ana Elisa <anelisa6543210@hotmail.com>
Enviada: 21 de março, 06:11
Assunto: Fani

Oi, Ana Elisa!
Tudo bom?
A Fani falou que você telefonou pra ela ontem, mas estou escrevendo pra pedir um favor, como daquela outra vez. Gostaria que você conversasse com ela hoje de novo, se possível.
O Leo vem tendo umas crises de ciúmes e isso

está deixando a Fani muito triste. Ontem ele acabou indo embora do aniversário dela por causa disso e estragou a festa inteira. Eu tentei dar uns conselhos, falei que ela não devia aceitar esse comportamento dele, que se ela permitir que ele brigue com ela por causa de ciúmes de coisas que já passaram, ainda no começo do namoro, vai ser difícil modificar o comportamento dele depois, o namoro vai virar uma prisão! Mas ela nem me escutou, acha que ela é que está errada, disse que não tinha nada que ter namorado durante o intercâmbio.

Bom... será que você pode falar com ela? Se eu insistir, ela vai achar que EU é que estou com ciúmes ou - pior - com inveja do namoro dela. E eu não estou. Nem um nem outro. Estou só preocupada. A Fani está muito envolvida, tenho medo de que o Leo parta o coração dela. Mas, se ele fizer isso, vai ter que me pagar.

Não fala pra ela que eu te disse isso tudo, tá? Puxe assunto como quem não quer nada... ela deve te contar.

Obrigada,

→ Gabi ←

De: Natália <natnatalia@mail.com>
Para: Priscila <pripriscilapri@aol.com>
Enviada: 21 de março, 13:11
Assunto: Fani

Menina, que confusão ontem! Nossa, Pri, na hora em que vi você tirando aquela foto do álbum, só faltei morrer!!! Quis entrar debaixo do tapete, juro! Claro que você não teve culpa, a Fani é que devia ter lembrado que tinha escondido aquele retrato embaixo de outro, mas o Leo não precisava ter dado tanto chilique também...

Eu acabei de voltar do cursinho, a Fani está arrasada, com olheiras profundas, acho que nem dormiu! Ficou o tempo inteiro passando a mão no colarzinho que o Leo deu de presente pra ela e escrevendo não sei o que no caderno, acho que não prestou atenção em aula nenhuma. Fiquei com pena. Mas tenho certeza de que hoje eles vão conversar e vai ficar tudo bem.

Se eu fosse o Leo, claro que também teria ciúmes! Deu tempo de você ver a foto direito? O Christian é *muito* gato, de parar o trânsito mesmo! E o beijo? Os dois estavam muito agarrados, se eu fosse o Leo tinha pegado o retrato e cortado em mil pedacinhos! Não queria estar na pele dele... Aliás, nem posso pensar nessa possibilidade, imagina se eu encontro uma foto do Alberto beijando outra menina??? Ai, eu ia surtar total!

Se o Rodrigo comentar alguma coisa com você, me liga pra contar! Eles devem ter se encontrado na faculdade hoje cedo! Estou curiosa pra saber como o Leo está.

Não sei por que você não entrou no mesmo pré-vestibular que eu e a Fani! Ia ser tão legal sermos da mesma sala de novo!

Beijinhos!!

Natália ♥

De: Alan <alan_alan@mail.com.br>
Para: Leonardo <soueuoleo@gmail.com>
Enviada: 21 de março, 13:30
Assunto: Fani

Oi, Leo!

Nem vi a hora que você foi embora ontem! Mas fiquei sabendo o que rolou, você e a Fani brigaram, né? As meninas enlouqueceram lá depois, a Fani foi correndo pro quarto chorando, aí todas foram atrás, sua sogra foi também, parecia até novela. Eu fiquei lá trocando uma ideia com o Rodrigo e o Alberto, mas fui embora logo, o clima ficou meio pesado.

Estou escrevendo pra falar que estou aqui pro que der e vier! Se precisar de conselho (embora eu seja meio fraco pra esses lances afetivos) ou de um amigo pra cair no rock (cara, tem altas raves rolando, com altas gatas!!), pode me ligar!

Alan

> *Eric: O amor talvez não seja o que faz o mundo girar, mas é o que faz a viagem valer a pena.*
>
> *(Na linha do trem)*

Eu mal dormi a noite inteira. Desde o momento em que ele saiu da minha casa, fiquei tentando telefonar, por mais que as meninas dissessem que eu não devia fazer isso. Elas ficaram me dizendo que ele havia pedido um tempo só pra tirar da cabeça a imagem do beijo, mas doía demais pensar que ele estava com raiva de mim. No fundo, eu sabia que não tinha nada que eu pudesse fazer. Eu já havia explicado e ele disse que acreditava em mim... Só me restava esperar pelo dia seguinte. Eu sabia que, naquele momento, ele não iria me atender.

Acordei mais triste ainda, e, por mais que eu implorasse pra ficar em casa, minha mãe me obrigou a ir ao cursinho, disse que, se eu não passasse no vestibular, iria me sentir ainda pior. Como se isso fosse possível.

Fiquei escrevendo poesias durante toda a aula. Ignorei todos os bilhetinhos da Natália e as mensagens no celular que a Gabi mandou. Eu só queria que o tempo passasse rápido, torcendo para que o Leo estivesse me esperando na saída, como no dia anterior.

Mas ele não estava.

Tentei telefonar mais uma vez assim que cheguei em casa, mesmo sem saber o que dizer, mas novamente caiu na caixa-postal. Lembrei que às vezes ele ficava online quando estava trabalhando e liguei depressa o meu computador. Ele estava offline. Porém, assim que o programa abriu, outra pessoa me chamou.

Ana_Elisa está Online

Ana_Elisa – Fanny!!!!!! Que bom te encontrar aqui, eu já ia te mandar um e-mail! Como foi a festa? Ganhou muitos presentes?

Funnyfani – Ganhei, sim. Vários DVDs. E a minha família me deu uma filmadora digital.

Ana_Elisa – Uma filmadora???? Fanny! Isso é perfeito! Você vai poder começar a pelo menos "brincar" de cineasta! Sua família acertou!

Funnyfani – É, eu adorei... E meu pai me deu um anel maravilhoso também.

Ana_Elisa – Estou te achando meio desanimada, Fanny... E o Leo? Te deu algum presente?

Funnyfani – Deu... Um buquê de rosas, um CD feito por ele e um colar.

Ana_Elisa – Que romââââantico! Então quer dizer que a festa foi ótima, né?

Funnyfani – Foi legal...

Ana_Elisa – Fanny, vamos parar com o teatrinho? Eu te conheço! Você está me escondendo alguma coisa... Puxa, você não confia em mim? Na Inglaterra você me contava tudo, agora só porque tem a Gabi você fica me excluindo, né...

Funnyfani – Claro que eu confio... mas é que... você se lembra da nossa formatura em Brighton? Da festa no parque?

Ana_Elisa – Claro!!! Morro de saudade daquele dia! Por quê?

Funnyfani – Lembra que você armou pra eu ficar sozinha com o Christian? Aquela história da foto?

Ana_Elisa – Lembro! Algumas meninas da nossa sala estavam dando em cima dele e você estava revoltadinha por ele não estar mais te dando atenção exclusiva... Aí eu consegui colocar vocês dois juntos na roda gigante! E aí lá em cima... tudo rodou! Hahahaha! Você não sente saudade do Christian? Nem um pouquinho?

Funnyfani – Eu ODEIO o Christian!!!! Ele está estragando a minha vida! Outro dia, ele mandou um comentário pro blog que *você* me fez criar! O Leo viu e só faltou quebrar o computador! E ontem o Leo viu a foto que *você* me deu, do Christian me beijando no parque! Ele está com raiva de mim até agora! Não sei nem se vai querer falar comigo algum dia de novo!

Ana_Elisa – Fanny, você está fazendo com que eu me sinta culpada...

Funnyfani – Desculpa, Aninha... Não foi isso que eu quis dizer, a culpa não é sua, é só minha mesmo! Eu pensei que eu tivesse apagado todos os vestígios, mas lembranças do Christian têm surgido do nada e o Leo sempre está por perto...

Ana_Elisa – Você não é culpada de nada, Fanny! O Leo tem que saber que você teve outro namorado, sim. E daí? Você não sabia que ele estava te esperando! Você não devia nada a ele nem a ninguém, estava solteira! Podia beijar quantos garotos quisesses!

Funnyfani – Eu não sei mais o que fazer... Eu já bloqueei os e-mails do Christian, moderei os comentários do blog, mas tenho medo de aparecer alguma outra coisa...

Ana_Elisa – Fanny, o melhor a se fazer nesse momento é passar segurança para o Leo. Mostre que é dele que você gosta, que é só o presente que importa. Mas explique que o seu passado existiu, que você não tem como apagá-lo.

Funnyfani – Ele não quer me ouvir, não atende aos meus telefonemas...

Ana_Elisa – Ele vai te procurar. Calma. Dê um tempo, ele está com ciúmes, está com raiva, mas daqui a pouco isso tudo passa. A gente sabe o quanto ele te ama, Fanny... Ele já provou isso.

Funnyfani – Eu nem sei se ele me ama! Ele nunca disse isso, só escreveu, em um dos primeiros e-mails que me mandou quando eu estava em Brighton. Depois ele mesmo falou que aquilo não tinha mais validade nenhuma! E desde que eu voltei, ele não mencionou a palavra "amor". Eu é que disse pra mãe dele que eu o amava, e ele escutou. Mas nem assim ele retribuiu, não disse que me amava de volta.

Ana_Elisa – Fanny, o Leo deve ter sofrido muito mesmo por você no ano passado. E essas crises de ciúmes são só reflexo disso, ele está com medo de te perder de novo e, ao mesmo tempo, quer parecer "durão", até inconscientemente. No tempo certo, quando estiver seguro o suficiente, ele vai dizer que é amor. Embora eu veja claramente que ele já está fazendo isso de outras formas. Como eu disse, eu não tenho a menor dúvida de que ele te ama. Muito.

Funnyfani – Estou chorando aqui... Eu queria tanto escutar isso da boca dele!

Ana_Elisa – Não chora... Eu fico desesperada aqui, sem poder fazer nada! Olha, por que você não vai ao cinema? Por que você não chama a Gabi pra ir com você? Tenho certeza de que ela está tentando te dar apoio nesse momento e você não está deixando. Tenha calma... Dê um tempo para o Leo pensar, ver que tudo não passa de bobeira dele. Eu te prometo que ele vai te procurar. Eu tenho certeza disso!

Funnyfani – É, a Gabi já me mandou umas 500 mensagens querendo saber se eu estou bem.

Ana_Elisa – Então! Aproveite, tire o dia de folga, ligue pra Gabi e a convide para ir ao cinema. Mas me prometa só uma coisa... O filme tem que ser de comédia! Já tivemos drama suficiente por hoje!

Funnyfani – Vou fazer isso. Pelo menos o tempo vai passar mais rápido. Aninha... muito obrigada por tudo... e desculpe por eu ter te culpado...

Ana_Elisa – Ô, meu docinho! Não tem que se desculpar por nada! Eu é que queria poder estar mais perto pra te dar colo nesse momento! Olha, me faz um favor? Escute os conselhos da Gabi. Ela só quer o seu bem. E te conhece melhor do que ninguém.

Funnyfani – Você não costumava ser tão fã da Gabi assim...

Ana_Elisa – Ah... é que... bom, eu sei que EU sou sua melhor amiga, mas estou longe, né? Na minha ausência, ela vai ter que me representar! Nossa, tenho que ir agora, estou atrasada pra aula! Me passa uma mensagem pelo celular falando se você e o Leo fizeram as pazes, tá? E depois me lembra de te contar do gatinho que eu conheci!

Funnyfani – Ai, fiquei curiosa. Me escreve um e-mail contando assim que voltar! Um beijo e... muito obrigada!

***Ana_Elisa* não pode responder porque está *Offline*.**

De: Ana Elisa <anelisa6543210@hotmail.com>
Para: Gabriela <gabizinha@netnetnet.com.br>
Enviada: 21 de março, 14:13
Assunto: Re: Fani

All done!
Tentei colocar juízo na cabeça da nossa amiguinha. Vamos ver o que vai dar. Esse Leo também, hein... Precisa ficar nessa insegurança toda? Fiquei péssima por saber do retrato, fui eu que dei aquela foto pra ela, mas nem imaginava que algum dia isso pudesse acontecer. Se precisar de ajuda pra quebrar a cara do Leo, caso ele a faça sofrer, pode me chamar.

Acho que você vai ser convidada pra um cinema.

Beijinhos,

Ana Elisa

De: Priscila <pripriscilapri@aol.com>
Para: Natália <natnatalia@mail.com>
Enviada: 21 de março, 15:22
Assunto: Re: Fani

Nat, acabei de conversar com o Rodrigo. Ele falou que o Leo não foi à aula! O que será que aconteceu? Será que ele entrou em um bar ontem, bebeu até cair e ficou de ressaca??? Ou será que chorou a noite inteira e não quis aparecer na faculdade com os olhos inchados? Se descobrir, me conte!!! Estou adorando, parece até série de TV, quero o próximo episódio rápido!

Beijos!

Pri

De: Leonardo <soueuoleo@gmail.com>
Para: Alan <alan_alan@mail.com.br>
Enviada: 21 de março, 21:50
Assunto: Re: Fani

Valeu, Alan.
Obrigado pela força. Está tudo bem.

Leo

13

Anna Scott: Apesar de tudo... Eu sou apenas uma garota, parada na frente de um rapaz, pedindo a ele para amá-la.

(Um lugar chamado Notting Hill)

Ele não ligou. Eu fui ao cinema com a Gabi (*Noivas em guerra* – três estrelinhas) e, mal acenderam as luzes, chequei o celular para ver se tinha alguma chamada ou mensagem. Não tinha nada. Voltei pra casa a pé, tentando não prestar atenção às pessoas que passavam me olhando, imaginando o motivo pelo qual eu estaria chorando sozinha no meio da rua. Eu tinha me despedido da Gabi dizendo que iria embora de táxi e eu realmente tinha essa intenção, mas, assim que cheguei à saída do shopping e senti o vento frio do final da tarde, decidi que eu queria andar. Eu desejava que aquele vento varresse meus pensamentos para bem longe... mas infelizmente ele não estava forte o suficiente.

Eu comecei a pensar enquanto andava. Voltei no tempo, no dia em que eu tinha viajado para a Inglaterra. O Leo tinha dito que ia me esperar. E tinha cumprido a promessa.

Eu havia jurado que aquela espera compensaria, mas agora eu já não sabia mais. Eu queria tanto fazê-lo feliz! No entanto, no momento, eu só conseguia imaginar se ele estaria tão triste quanto eu.

Ao chegar à minha rua, avistei um carro familiar, estacionado em frente ao meu prédio. Enxuguei depressa as lágrimas e andei mais rápido. Olhei a placa. Era ele. Eu imaginei que ele estivesse lá em cima me esperando. Procurei as chaves na bolsa e antes que eu abrisse o portão, senti uma mão na minha cintura.

"Fani..."

Ele não precisou falar mais nada. Fiquei na ponta dos pés e o abracei muito forte, como se temesse que ele pudesse fugir. "Desculpa, desculpa, desculpa...", foi tudo o que eu consegui falar, enquanto lutava pra parar de chorar.

"Shhh...", ele disse no meu ouvido, "está tudo bem."

Quando me acalmei um pouco, ele disse que estava na portaria já há quase uma hora me esperando e perguntou se eu podia dar uma volta de carro. Eu só fiz que "sim" com a cabeça. Eu sabia que tinha que estar estudando e que não devia andar de carro com o Leo antes que ele tivesse habilitação de motorista. Mas naquele momento nada importava. Eu precisava ficar com ele. Só com ele.

"Fani", ele falou, assim que deu a partida no carro, "ontem à noite eu saí da sua casa e fiquei umas duas horas rodando pela cidade, pensando na sua foto."

Eu ia começar a repetir a explicação da noite anterior, mas ele continuou a falar.

"Eu cheguei em casa, deitei na minha cama e fiquei a noite inteira ouvindo música, sem conseguir dormir. Só peguei no sono quando o dia amanheceu. Acordei há poucas horas. A primeira coisa que eu me lembrei, ao abrir os olhos, foi que você tinha ficado feliz com os meus presentes... mas, logo depois, eu me lembrei do resto. Eu tive vontade de conversar com alguém, de explicar o que eu estava sentindo. Mas a pessoa com quem eu queria conversar não existe mais..."

Eu encostei a cabeça no encosto do banco e suspirei.

Ele continuou: "Eu tinha uma amiga. A gente costumava falar sobre tudo. Ela me dava conselhos, eu a ajudava nos estudos, e nos divertíamos tanto juntos...".

Eu comecei a chorar de novo. Ele tirou uma mão do volante e segurou de leve a minha mão.

"Essa minha amiga entrou em um avião e nunca mais voltou... No lugar dela, porém, veio outra garota... Ainda mais bonita do que minha amiga era. Mais esperta. Mais vívida. Mais sensual..." Ele deu uma olhadinha pra ver se eu estava prestando atenção e em seguida voltou a olhar pra frente. "Eu fiquei louco por ela."

Ele dirigia devagar, eu percebi que não estávamos indo para nenhum lugar específico, só andando em círculos.

"Só que essa menina chegou provocando em mim sentimentos diferentes do que aqueles aos quais eu já estava acostumado. Eu sempre adorei a minha antiga amiga, mas eu tinha vontade de colocá-la no colo, de cuidar para que nenhum mal jamais a atingisse..."

Eu me lembrei de quantas vezes ele havia mesmo se preocupado e tomado conta de mim.

"Mas foi olhar para aquela garota 'nova' chegando ao aeroporto que eu soube que nada mais seria como antes. Além de admiração, paixão e muito desejo, aquela menina fez com que surgissem em mim emoções que eu nunca havia sentido. Emoções estranhas. Eu tive vontade de escondê-la, de tirá-la da vista de todo mundo, com medo de que as pessoas vissem o quanto ela era linda e pudessem tomá-la de mim."

"Leo...", eu queria explicar que ninguém nunca iria me tomar dele, mas ele continuou a falar.

"Eu tive raiva por ela ter mudado tanto longe de mim. Eu tive raiva de quem a viu mudar. De quem a *fez* mudar."

Eu já sabia onde ele queria chegar.

Ele estacionou o carro e se virou pra mim: "No dia em que eu vi aquela mensagem no seu blog, aconteceram duas coisas. Primeiro, eu tive ódio do seu passado. Eu fiquei com vontade de matar aquele cara que visivelmente tinha tanta intimidade com você. E, depois, eu tive medo do futuro. Você não é mais aquela menininha que era apaixonada por um professor ridículo. Você cresceu. Você é capaz de despertar paixões muito reais".

Ele estava segurando o volante com força e eu só tinha visto aquela expressão uma vez antes, quando ele quebrou o mouse na casa dele.

"No dia em que eu vi no blog o recado daquele *seu* Christian...", ele disse com voz de desdém, "eu quis ter o poder de parar o meu pensamento. Eu fiz de tudo pra tirar da minha cabeça o monstro que ficava me dizendo que ele tinha te beijado, te tocado... eu fiz de tudo pra não imaginar nada!"

Ele abriu a janela. A noite vinha chegando e eu podia sentir o meu celular vibrando, certamente minha mãe querendo saber onde eu estava, ou a Gabi pra perguntar se eu tinha chegado bem. Deixei tocar. Eu estava com medo de como aquela história iria terminar.

"E aí ontem... ontem eu vi. Bem na frente dos meus olhos estava tudo o que eu tinha feito tanto esforço pra não visualizar. E começou a passar um filme na minha cabeça, de você lá na Inglaterra, rindo, se divertindo... com ele! E eu fiquei revoltado. Eu fiquei um ano te esperando! Eu me senti um bobo, fiquei imaginando o que os meus amigos devem ter pensado de mim! Eu fiquei um ano só sonhando com você. E você lá, com outro namorado."

"Leo", eu comecei a ficar meio impaciente. "Eu não sabia! Lá eu não tinha nem ideia de que você estava me esperando! Eu já falei mil vezes! Eu teria voltado pra ficar com você! Você era mais importante do que a minha viagem! Mas foi você que me fez acreditar que estava com outra pessoa! Você vai ficar me culpando pelo resto da vida? Por que você foi ao aeroporto então, se não pode me perdoar?"

Ele não disse nada. Só fechou a janela. Eu devia estar falando muito alto.

"Eu não tenho como varrer meu passado, Leo...", eu tentei abaixar o volume da voz. Eu posso destruir as fotos, deletar provas de que ele existiu, mas os dias que eu vivi, isso eu não tenho como apagar..."

Ele olhou pra baixo e encostou a cabeça no volante. "Eu sei, Fani. Mas eu não consigo parar de sentir isso tudo."

Nós ficamos mudos um tempo, eu liguei o som e, pra minha surpresa, começou a tocar o CD que eu tinha gravado pra ele da Inglaterra. Um CD só com músicas que diziam que ele era o único.

"Será que todas essas músicas não foram suficientes pra você entender que pra mim, em qualquer lugar do mundo, só existe você?", eu peguei de leve o rosto dele e fiz com que ele desencostasse a cabeça do volante e olhasse pra mim. "Leo... não foi o Christian que me fez crescer. Foi você. A tristeza que eu senti no dia em que você me disse que não queria que eu voltasse fez com que eu amadurecesse vários anos. Aquela menininha que você conhecia não teria dado conta... Ela não teria suportado tanta dor. Ela *teve* que crescer."

"Desculpa, Fani", ele falou depois de um tempo. "Eu não quis te fazer sofrer. Mas eu não podia permitir que você voltasse por minha causa. Eu não podia deixar você perder aquela experiência. Eu sabia do risco que eu estava correndo. Eu sabia que você poderia arrumar outra pessoa lá. O que eu não sabia é que isso seria tão difícil de suportar."

Eu fiquei calada, olhando para o rosto dele no escuro, parcialmente iluminado pela luz de um sinal de trânsito, ora vermelho, ora verde. Sem conseguir resistir, fui com a mão em direção ao cabelo dele, que já estava começando a crescer.

"Leo", eu disse, passando os dedos pelos fios curtinhos, "sabe o que é muito mais difícil de suportar? O mais difícil é imaginar que você ficou o ano passado inteiro aqui, com esse charme todo que você tem, encantando todo mundo à sua volta, e saber que eu não vi." Eu desci a mão para a nuca dele e comecei a fazer carinho. Percebi que ele arrepiou. "O mais difícil é me lembrar do tempo que eu perdi... o tempo que eu fiquei sem beijar essa boca..." Eu me inclinei pra frente e passei meus lábios bem devagarzinho nos dele. Ele fechou os olhos. "O mais difícil é pensar no tempo que eu fiquei sem o seu abraço, que é tão aconchegante que me dá vontade de morar pra sempre na segurança dele." Ele passou os braços em torno de mim e me fez chegar mais perto. A posição estava meio desconfortável por causa do freio de mão, mas eu não me importava. "O tempo que eu fiquei sem saber que você, como namorado, é ainda melhor do que como amigo. Aquela sua amiguinha era uma boba. Eu, no lugar dela, não largaria alguém como você aqui."

Ele me puxou ainda mais e nós só paramos de nos beijar quando o telefone dele tocou. Era a Gabi, querendo saber se ele sabia de mim, pois eu não atendia meu celular e a minha mãe já tinha ligado pra ela várias vezes pra saber se o filme ainda não tinha acabado.

"Diz pra ela que eu estou estudando Física", eu falei, dando um sorriso cúmplice para o Leo. "E que eu vou pra casa assim que recuperar toda a matéria que eu deixei de aprender em um ano..."

Eu desliguei o telefone e voltei a estudar a 3ª Lei de Newton: "Toda ação provoca uma reação de igual intensidade, mesma direção e em sentido contrário".

E pensar que eu quase tomei bomba nessa matéria uns anos atrás...

De: Rodrigo <rrrrrodrigooooo@gmail.com>
Para: Priscila <pripriscilapri@aol.com>
Enviada: 28 de março, 19:02
Assunto: Semana Santa

Oi, linda!

Nem está dando tempo da gente conversar direito durante o dia, né? Estou morrendo de saudade de ter você na minha sala. Agora o único resquício que ficou pra mim do nosso colégio é o Leo! Bem que você podia trocar com ele... aquela faculdade ia ter muito mais graça! É muito chato assistir às aulas sem você do meu lado.

Quero que você vá à faculdade um dia comigo pra você ver como é diferente! Olha que coisa bacana, você pode assistir às aulas sem ser matriculado! Lá não tem controle de entrada e saída, não tem boletim e, às vezes, nem fazem chamada! Além disso, se eu chegar tarde, nenhum diretor vai ligar pra minha mãe! Acho que não estou preparado pra essa liberdade toda!

Linda, sei que você ainda está triste por não ter passado no vestibular... Já te falei várias vezes. O destino sabe o que faz. Com certeza teve um motivo. Na hora certa você vai passar.

Estou querendo chamar a galera toda pro meu sítio na semana santa. Vamos? Sua mãe libera?

Mil beijos,

Rô

De: Natália <natnatalia@mail.com>
Para: Alberto <albertocbelluz@bol.com.br>

Enviada: 30 de março, 14:43
Assunto: Semana Santa

Oi, noivinho mais lindo do universo!

Tenho uma notícia ma-ra-vi-lho-sa, acho que você vai gostar...

O Rodrigo convidou a gente pra passar uns dias da Semana Santa no sítio dele! E o melhor de tudo... o meu pai já deixou!!! Eu falei que a família do Rodrigo vai estar lá (na verdade é só o irmão, que está indo com uns colegas da banda, mas meu pai não precisa saber disso!), que as meninas também vão (espero que sua mãe não implique da Fani ir, ela está estudando tanto, precisa descansar um pouco, tadinha!) e que a gente ia até fazer um estudo em grupo lá! Aí ele concordou! Mas só posso ir na sexta, porque meu cursinho tem aula até quinta e ele não me deixou matar... e tenho que voltar no domingo a tempo do almoço de Páscoa.

E aí, topa??? Ai, nem acredito que vou ficar três dias dormindo e acordando com meu fofucho!

100000000000 de beijos!!!!

Sua Tchuca

De: Gabriela <gabizinha@netnetnet.com.br>
Para: Priscila <pripriscilapri@aol.com>
Enviada: 31 de março, 17:03
Assunto: Semana Santa

Priscila, aqui é a Gabi. Tudo bom, né?

Queria esclarecer uma dúvida com você, antes de resolver se devo aceitar o convite de passar o fim de semana no sítio do Rodrigo.

Vou direto ao ponto: Como vai ser a divisão de quartos? Porque, veja bem... Eu lembro que lá tem 4 quartos, não é isso? Se ficar você e o Rodrigo no 1, a Natália e o Alberto no 2, a Fani e o Leo no 3... vai sobrar o 4 pra eu dividir com todos os outros meninos da casa, é isso?? Olha, fico muito honrada com a proposta, tenho certeza de que todos eles vão se apaixonar por mim, mas não. O Leo deve ter chamado o Alan e eu sei que ele ronca pra caramba, já o vi dormindo na sala de aula. E esses caras da banda do irmão do Rodrigo devem ficar fazendo confusão a madrugada inteira, músicos são sempre barulhentos! Preciso dormir bem para estar descansada na próxima semana, vou ter provas de Bioquímica, Embriologia e Biologia Celular!

Sugiro que tenha quarto separado para meninos e meninas, acho que todos ficarão mais a vontade. Vocês podem namorar durante o dia inteiro, não precisam ficar 24 horas grudados!

Beijos!

→ Gabi ←

De: Leo – Para: Fani
CD: Três meses com você

1. Hey, soul sister – Train
2. Estória – Manitu
3. All about you – McFLY
4. Noite e dia – Lobão

14

> *Eddie Dupris: Às vezes a melhor forma de desferir um soco é dando um passo pra trás. Mas, se você se afastar demais, sairá da luta.*
>
> *(Menina de ouro)*

Depois do meu aniversário, os dias começaram a passar muito rápido. Eu tive que estudar ainda mais devido à proximidade do vestibular. Diminuí as horas na academia para poder ir para o cursinho também à tarde e assistir às aulas do plantão.

Não tinha um só dia que minha mãe deixasse de falar no tal vestibular pra Direito que ela *achava* que eu ia prestar. E também não se passava um dia sem que a gente brigasse por causa disso. Eu estudaria Cinema nem que para isso precisasse fugir de casa.

Uma noite, depois de uma discussão que terminou com ela dizendo que se recusaria a pagar faculdade para que eu virasse uma "boêmia", o meu pai veio conversar comigo. Eu tinha acabado de entrar no meu quarto e estava checando o e-mail, para tentar esquecer meus problemas familiares. Ele bateu na porta e perguntou se podia entrar.

"Claro, pai, entra!", eu disse, desligando depressa o computador, onde estava um e-mail da Natália perguntando quantos biquínis eu iria levar para o sítio do Rodrigo na Semana Santa. O pessoal estava combinando de ir pra lá, mas eu ainda não tinha falado sobre isso na minha casa, nem sabia se poderia ir.

Ele se sentou na beirada da cama e abriu uma das minhas apostilas do pré-vestibular que eu tinha deixado lá.

"Estudando bastante, não é, filha?"

Eu não respondi e fiquei olhando pra ele, pensando no que ele realmente queria falar. Ele sabia que eu estava estudando muito, eu não fazia mais nada da vida além de estudar (com exceção de ver o Leo), e ele elogiava o meu esforço todos os dias.

O meu pai fechou a apostila, deu uma olhada pro teto e coçou o queixo. Parecia estar criando coragem.

"Fani...", ele enfim se decidiu. "Eu tenho acompanhado diariamente essas brigas da sua mãe com você por causa da sua futura profissão e eu acho que nós temos que dar um jeito nisso."

Eu olhei pra ele, surpresa. Eu não sabia que havia uma forma de darmos um jeito naquilo.

Ele continuou: "Eu queria te dar uma sugestão... Aliás, na verdade, eu quero te fazer uma proposta...".

Ok. Ele tinha toda a minha atenção agora.

"Eu andei olhando... fazendo umas pesquisas... e vi que existem várias faculdades que oferecem Direito, mas acho que só uma possui o curso de Cinema..."

Então era isso. Ele ia tomar o partido da minha mãe.

"Não, obrigada", eu disse me virando e ligando novamente o computador.

"Calma, Fani!", ele se levantou e ficou em pé na minha frente. "Deixe que eu termine de falar tudo, depois você argumenta."

Eu concordei com a cabeça e ele tornou a se sentar.

"Então... eu estava dizendo que vi que existe apenas uma faculdade de Cinema em Belo Horizonte. Mas quase todas possuem Direito. Dessa forma, seria possível você fazer Cinema na que oferece o curso e Direito em uma das outras."

"Mas, pai... você não está entendendo... eu não preciso fazer Direito em faculdade nenhuma! Eu simplesmente não tenho vocação pra ser advogada, juíza, promotora, pra nada que envolva decorar o processo penal! Eu não *quero* ser nada disso... é 'vida real' demais pra mim! Eu gosto de imaginar... eu gosto de fantasia... eu quero inventar sonhos! Eu quero emocionar as pessoas!"

"Fani, eu sei!", ele disse pegando as minhas duas mãos para que eu parasse de gesticular na frente dele. "Eu não estou pedindo pra você estudar Direito... só pra você fazer o vestibular..."

Eu franzi a testa, sem entender o sentido daquilo.

"Fani, preste atenção. Tudo o que sua mãe quer no momento é que você faça esse vestibular. Ela gosta de exibir os filhos, você sabe! Foi a mesma coisa quando o Inácio prestou pra Odontologia e o Alberto pra Medicina. Ela gostava de dizer para as amigas que, no futuro, um seria médico e o outro, dentista. Só que – ao contrário de você – os dois realmente queriam seguir essas profissões. O que eu estou sugerindo é que você faça a inscrição no vestibular só pra que ela possa te "ostentar" um pouquinho... Ela quer poder dizer que filha dela vai fazer Direito. Deixe que ela diga."

"Mas e depois, pai? E se eu passar? Você acha que ela vai deixar que eu estude Cinema se eu tiver passado em Direito?"

"Você não vai passar..."

Eu fiquei meio indignada. Eu poderia passar no vestibular que eu quisesse com o tanto que eu estava estudando!

"Você não vai passar... a menos que queira."

Eu estreitei um pouco os olhos e comecei a entender aonde ele queria chegar.

"Em minha opinião, sinceramente, eu acho que você devia fazer os dois cursos. Pelo menos dar uma *chance* para os dois. Faça um em cada turno... pelo menos por um tempo. Aí você vai poder dizer pra sua mãe que tentou. Nessas alturas, você já vai estar um pouco adiantada no curso de Cinema e ela vai ter que aceitar."

Eu não queria nem tentar. Eu não queria estudar Direito nem por um dia, tinha uma fila de profissões que eu colocaria na frente, caso não fosse fazer Cinema!

"Porém...", ele continuou, "isso é só o que eu penso. Se você não quiser fazer duas faculdades, simplesmente tire nota baixa nas provas de um dos cursos... e nós bem sabemos de qual. Eu me comprometo a pagar sua faculdade, independentemente de qual for e do que sua mãe disser. Claro que ela não vai gostar, mas pelo menos vai poder falar que você já é universitária. Acho que ela vai preferir isso a ter que admitir para as amigas que você ainda está fazendo cursinho... E, até lá, nós pelo menos vamos ter paz! Francamente, não aguento mais ouvir vocês duas digladiando pela casa."

Ele deu um meio sorriso pra mim e se levantou. Quando ele estava quase saindo, eu me lembrei de uma coisa.

"Pai, só um minuto!"

Ele se virou, e eu tive que pensar rápido em como iria abordar o assunto.

"É que... eu... Você está querendo paz, não é? Que tal se você passasse a semana santa em completa quietude? Quer dizer, pelo menos de sexta até domingo?"

Ele franziu as sobrancelhas e esperou que eu me explicasse.

"Assim... o pessoal todo está indo pro sítio do Rodrigo, sabe? Aquele amigo do Leo, que é namorado da Priscila..."

Ele cruzou os braços.

"E como eu estou estudando muito, eu achei que, talvez, pra eu descansar um pouco..."

"Seu irmão vai, Fani?", ele me interrompeu.

"Vai, vai! Vai o Alberto, a Natália, a Gabi..."

"O Leo...", ele completou, com uma expressão irônica.

Eu fiquei sem graça e olhei pra baixo. "É... o Leo vai também."

Ele pegou na maçaneta pra abrir a porta, deu um suspiro e falou: "Fani, claro que eu não vou te impedir de ir... embora eu confesse que não gosto muito da imagem de vocês dois sozinhos em um sítio...".

"Ai, pai! Sozinhos? Todo mundo vai estar lá!"

"Fani, eu já tive 18 anos, tá?", ele disse, saindo.

"Mas eu posso ir?", eu perguntei depressa, antes que ele fechasse a porta.

"Vou falar pro seu irmão ficar de olho..." Ele me deu uma piscadinha e em seguida saiu.

Eu fiquei imobilizada uns 30 segundos com vergonha da tal "imagem" que o meu pai estaria fazendo enquanto a gente estivesse lá, mas... ele tinha deixado! Eu saí pulando pelo quarto, peguei meu telefone e liguei pro Leo. Estava desligado. Olhei para o relógio e vi que ele devia estar na academia. Em vez de desligar, resolvi deixar um recado.

"Pode fazer sua mala! Acho que vai estar frio lá no sítio, lembre de levar um casaco! Ah! E o mais importante... o meu ovo de Páscoa!"

Eu desliguei e sorri pra mim mesma. A minha primeira viagem com o Leo. E eu esperava que ela fosse inesquecível...

De: Priscila <pripriscilapri@aol.com>
Para: Gabi <gabizinha@netnetnet.com.br>
Enviada: 03 de abril, 16:57
Assunto: Roupa de cama

Oi, Gabi!
Nosso feriado vai ser o máximo! O pessoal do No Voice, a banda do irmão do Rodrigo, disse que vai fazer um luau na sexta à noite, à beira

da piscina! Olha que demais! Nem vejo a hora.

Amiga, não se preocupa com o lance dos quartos, não... Inclusive, queria pedir pra você levar roupa de cama, tá? É que com essa coisa do luau, acho que vai ficar um pouco mais cheio do que eu esperava. Vamos tentar pegar um quarto só pra nossa turma, mas acho que vamos ter que improvisar uns colchonetes (a gente fala para os meninos dormirem no chão!).

Vai ter muito mais gente lá, não vai ser como no ano passado em que só tinha eu, o Rodrigo, a Natália, o Alberto, você e Cláudio (que fim levou esse garoto?). Da outra vez foi mais romântico, mas dessa vai ser mais animado!

Eu e Rodrigo estamos indo de carona com o irmão dele e a namorada. A Fani, você e o Leo vão com a Natália e o Alberto, né? O Rodrigo falou pro Leo não inventar de ir de carro, sempre tem blitz na estrada!

Até sexta!

Beijinhos!

Pri

De: Rodrigo <rrrrrodrigooooo@gmail.com>
Para: Leonardo <soueuoleo@gmail.com>
Enviada: 04 de abril, 14:04
Assunto: Barraca

Cara, só pra te dar um toque. Leva uma barraca. Meu irmão convidou a maior galera. Não vai rolar aquele esquema que eu tinha te dito, de você ficar em um quarto sozinho com a Fani. Fiquei revoltado! Do jeito que vai lotar, só espero que a gente não tenha que dormir na sala!

Então, se fosse você, eu daria um jeitinho pra vocês poderem ficar mais à vontade... se é que você me entende.

A gente se encontra lá!

Rodrigo

De: Alberto <albertocbelluz@bol.com.br>
Para: Natália <natnatalia@mail.com>
Enviada: 05 de abril, 18:02
Assunto: Fuga

Tchutchuca, tenho uma proposta irrecusável pra te fazer...

É o seguinte, ouvi a Fani comentar com alguém no telefone que parece que todo mundo vai ficar no mesmo quarto. Desse jeito, nem vou ter como encher minha gatinha de beijos... Daí, eu estava olhando aqui na internet e vi que nas proximidades desse sítio tem várias pousadas bonitinhas... O que você acha – se realmente o esquema for de superlotação nos quartos – da gente dar uma fugidinha para uma pousadinha dessas? A gente espera o tal luau começar e lá pro meio, quando todo mundo nem for dar mais falta, a gente dá uma sumida! Ninguém nem vai perceber! Aí, no dia seguinte, a gente levanta cedinho e volta antes mesmo do pessoal acordar... O que você acha?

Diz que sim, vai... Prometo que vou te recompensar...

Beijo gigante nessa boquinha deliciosa!

Eu

15

> *Christopher:* Tem algum outro lugar onde você deveria estar?
> *Marisa:* Não, mas eu tenho que partir.
> *Christopher:* Bem, eu não acho que você está partindo. Eu acho que você está correndo. E o que eu não consigo entender é: você está correndo em direção a algo que quer? Ou está fugindo de algo que está com medo de querer?
>
> (Encontro de amor)

Finalmente a Semana Santa chegou! Nos dias que antecederam a viagem, nem consegui estudar direito tamanha a expectativa. Arrumei minha bagagem com muita antecedência. As meninas também estavam superanimadas e o Leo até deixou de ir pro Rio com a família por causa do nosso passeio.

O sítio do Rodrigo ficava em Lagoa Santa, e a Priscila falava tanto de lá que eu sempre havia tido vontade de conhecer. A minha mãe implicou um pouco com a minha ida, ela achava que a três meses do vestibular eu deveria ficar estudando, mas o meu pai a convenceu que eu deveria esfriar um pouco a cabeça para conseguir assimilar melhor as matérias. Além disso, o meu irmão estaria lá. Parecia que todo mundo estava contando com o fato de que o Alberto ficaria no meu pé 24 horas por dia. Mas eu já sabia que no final das contas eu é que teria que tomar conta dele, como sempre.

Chegamos lá na sexta, por volta de meio-dia. A mulher do caseiro tinha feito uma peixada para nos esperar e eu me surpreendi ao constatar que só tinham nove pratos na mesa. Pelo que eu tinha entendido, ia ser uma festa...

"Os meus amigos vão chegar mais tarde", o irmão do Rodrigo – que se chama Daniel – explicou, assim que o cumprimentamos. "Podem colocar as coisas de vocês em qualquer quarto, a gente não vai deixar ninguém dormir hoje mesmo..."

Eu dei uma olhadinha rápida pra Gabi e vi que ela estava pensando a mesma coisa que eu. Descansar seria o que a gente menos faria naquele feriado.

Depois do almoço, todas nós colocamos biquíni e fomos tomar sol, enquanto os meninos foram começar a arrumar as coisas para o luau que teria à noite. O Leo e o Rodrigo saíram pra arrumar lenha pra fogueira e o Alberto e o Daniel foram ao supermercado da cidade, comprar bebidas.

O resto do pessoal chegou de tardinha. Os meninos da banda vieram carregados de instrumentos musicais e logo montaram um palquinho em um dos lados da piscina. Vários convidados começaram a chegar e todos traziam caixas de pizza e bebidas. Parece que havia sido combinado que o cardápio seria esse, as pizzas seriam colocadas pra esquentar no forno a lenha que eu vi em um dos cantos do jardim. Fiquei meio sem graça, a gente havia chegado de mãos vazias, mas o Leo disse que o Rodrigo e a Priscila tinham comprado pra todos nós e que depois acertaríamos com eles.

Cada vez chegava mais gente. Uma menina trouxe uma caixa cheia de colares havaianos e saiu distribuindo para todo mundo. Outra trouxe várias frutas, que logo colocou em uma mesa, fazendo um arranjo bem tropical.

Eu fiquei impressionada com o "profissionalismo" do tal luau. Eu achava que seria tudo feito de improviso...

Quando começou a escurecer, resolvemos tomar banho e colocar roupas mais quentes. Eu tinha levado apenas uns vestidinhos, mas na última hora minha mãe me obrigou a colocar na mala casaco, gorro, bota e cachecol! Na hora eu reclamei, perguntei se ela achava que eu estava voltando para a Inglaterra, mas ela ficou irredutível. Ainda bem. Assim que a noite chegou, a temperatura caiu vertiginosamente. Eu só conseguia pensar se naquele sítio teria um estoque de cobertores, pois eu não imaginava como a gente ia conseguir dormir sem congelar antes!

Os meninos acenderam logo a fogueira e até que esquentou um pouco. O pessoal da banda começou a afinar os instrumentos e em pouco tempo o som dominou o local. Umas meninas haviam montado uma banca para fazer caipifrutas e, para o luau ser perfeito, só faltava mesmo a praia. Mas a piscina substituía bem.

A agitação estava tão grande que eu nem vi as horas passarem. Eu e as meninas jantamos, dançamos... Em certo momento, resolvi sair da frente do palco pra dar uma descansadinha.

Eu encostei em uma pilastra e estava pensando que até o clima tinha colaborado, já que o céu estava cheio de estrelas e a lua, imensa, quando o Leo chegou por trás e me abraçou.

"Está tudo bem, amorzinho?", ele perguntou, dando um beijo em meu pescoço. "Tem um tempão que eu não te vejo..."

Eu sorri pra ele e mostrei a lua. "Mais perfeito, impossível!"

"Vou pegar uma batidinha pra você, tá?" E, apontando para a mesa de frutas, perguntou: "Morango ou kiwi?".

"Morango!", eu respondi sorrindo.

Ele se afastou para pegar a bebida e eu fiquei procurando com os olhos o resto do pessoal. Vi que a Priscila ainda estava dançando na frente da banda, perto do Rodrigo, que estava cuidando da mesa de som. A Gabi estava completamente entretida em uma conversa com um garoto ruivo. Fiquei feliz. Eu desconfiava que ela ainda gostava do Cláudio, o menino com que ela tinha namorado por quase um ano e que terminou com ela um pouco antes da minha volta para o Brasil. Seria bom se aparecesse um garoto diferente, que a fizesse se apaixonar novamente.

Tentei encontrar meu irmão e a Natália, mas eles não estavam em nenhum lugar visível. O Leo chegou trazendo minha batida, e eu perguntei se ele tinha visto os dois.

"Eles podem estar na varanda.", ele apontou para cima. "Quer ir ver? A vista lá do alto é linda."

Eu concordei e nós subimos as escadas até chegar a uma porta. O Leo abriu, vi que era uma sala de TV, que dava para uma espécie de terraço. Andamos para lá e quase fiquei sem ar. A vista realmente era maravilhosa. Dava pra ver o sítio inteiro, algumas montanhas e uma parte da lagoa, que estava refletindo a lua.

"Bonito, né?", ele perguntou sorrindo, ao ver minha expressão.

"Nossa, é lindo!", eu respondi, olhando para todos os lados. "Mas a Natália e o Alberto não estão aqui..."

Na verdade, não tinha ninguém lá, só nós dois.

"Relaxa, Fani", ele tirou o copo da minha mão e colocou em cima de uma mesinha. "Aposto que eles estão bem. Tenho certeza de que eles estão mais do que bem, na verdade..."

Eu sorri, e ele então segurou na minha cintura e me suspendeu um pouquinho, para me ajudar a sentar na sacada.

"Cuidado pra não cair", ele disse me abraçando.

"Então segura firme", eu brinquei.

Ele me abraçou ainda mais forte e começou a me beijar. Pude ouvir de longe que a banda estava tocando "Linda", a *nossa* música.

Eu não sei se foi a lua, o som, o clima, mas eu comecei a sentir uma sensação muito boa. De repente eu percebi que já tinha me sentido daquela forma antes, quando a gente havia dançado música lenta, mais de um ano atrás, na festa da nossa sala... no dia em que eu havia descoberto que estava gostando dele.

Sem interromper o beijo, eu o puxei com a perna, para que nós ficássemos ainda mais juntos. Eu não queria que aquele momento acabasse nunca mais.

De repente ele parou. Parecia meio sem fôlego.

"Fani, melhor a gente voltar lá pra baixo".

Eu não queria voltar. Eu queria ficar ali com ele para o resto da vida! Ele viu minha expressão indignada e disse: "Você está... eu não vou dar conta, Fani. Eu... Você me deixa...".

Ele fez uma cara de envergonhado e então eu entendi o que ele queria dizer. Eu comecei a rir e desci da sacada.

"Você fica me seduzindo e depois faz cara de inocente!", ele me abraçou por trás e começou a beijar o meu pescoço. "Na hora que eu te agarrar você vai ver!"

Senti um arrepio. Um arrepio bom. "Para...", eu sussurrei, sem realmente querer que ele parasse. "Você não disse pra gente voltar lá pra baixo?"

Ele me virou de frente e me encostou na parede, começando uma nova sessão de beijos.

Todo o frio que eu estava sentindo foi embora. Eu estava até com calor.

"Acho que a gente devia trancar aquela porta e ficar aqui mais um pouco...", ele falou, mordendo de levinho a minha orelha. "Tem um sofá ali na sala de TV que dá pra gente ficar mais à vontade..."

Todo o calor que eu estava sentindo evaporou de uma vez só. Eu dei um passo pra trás e olhei assustada pra ele.

Ele estava com a blusa toda amarrotada e o rosto vermelho.

"Eu vou descer agora", falei, já indo em direção à escada.

"Fani, espera!", ele me segurou. "Calma... não precisa ficar desse jeito, desculpa. Eu não falei nada de mais."

"Eu sei... mas eu realmente quero ir lá pra baixo! Acho que a gente não deve ficar aqui."

"Fani, calma... me escuta um pouquinho."

Eu olhei pra ele, meio impaciente.

Ele segurou nos meus ombros e me olhou bem nos olhos: "Desculpa se eu sugeri alguma coisa que você não queria, ou que te ofendeu de alguma forma...".

Eu fiquei meio sem graça. Não é que eu não quisesse. E também não tinha me sentido ofendida. É só que...

"Eu sei que você pode achar que ainda é cedo, e provavelmente é", ele disse adivinhando meus pensamentos. "Mas é que eu fiquei tanto tempo querendo estar com você que agora, que finalmente estamos juntos, é como se já tivesse anos... Parece que você sempre foi minha namorada."

Eu dei um suspiro. Eu tinha aquela sensação também. Era como se o ano inteiro que eu vivi na Inglaterra e o anterior, quando nós éramos apenas amigos, fossem lembranças distantes... Era como se a gente tivesse namorado desde o primeiro dia, desde quando nos conhecemos.

"E, quando você me beija, me abraça e me olha desse jeito, com essa carinha linda...", ele pegou de leve no meu queixo, "é difícil resistir. Eu fico querendo expressar o que eu sinto de todas as formas possíveis, eu tenho vontade de te beijar inteira, de te dar todo o carinho que você merece... eu só quero te fazer feliz."

Ele se aproximou da minha boca, sem tirar o olhar do meu, como se estivesse pedindo permissão pra me beijar. Eu suspirei e dei um abraço nele, sem falar nada.

"Mas você não precisa se preocupar", ele falou baixinho no meu ouvido. "Eu nunca vou fazer nada que você não queira, nem vou te pressionar. Eu te espero o tempo que precisar."

"Obrigada", eu disse baixinho.

Ele se afastou um pouco, me olhou um tempinho, deu um beijo na minha bochecha e, em seguida, disse: "Vamos descer. O pessoal deve estar procurando a gente".

Eu concordei com a cabeça e nós descemos de mãos dadas.

De: João Otávio <jlopesbelluz@yahoo.com.br>
Para: Inácio <inaciocb@mail.com>
Enviada: 06 de abril, 17:19
Assunto: Sua mãe

Filho, obrigado pelo convite pra jantar em sua casa. Sua mãe disse que está com uma enxaqueca terrível. Sei perfeitamente que eu sou o culpado, por ter permitido que a Fani viajasse com o namorado. Ela falou que eu não podia ter deixado sem antes consultá-la, que dessa forma abalei a autoridade materna dela. E ainda jogou na minha cara que, se a Fani voltar grávida, a culpa é minha!

Ofereci um comprimido, perguntei se ela estava com fome, se gostaria que eu pedisse uma pizza, mas ela fechou a cara e está trancada no quarto. Achei melhor te mandar um e-mail para que ela não escute a nossa conversa e fique ainda mais contrariada.

Amo sua mãe, mas ela tem que entender que vocês não são mais crianças.

Seu pai

P.S.: Você acha que tem algum "perigo"? Digo, a respeito da Fani com o namorado nesse sítio...

De: João Otávio <jlopesbelluz@yahoo.com.br>
Para: Alberto <albertocbelluz@bol.com.br>
Enviada: 06 de abril, 17:25
Assunto: Olho vivo

Alberto,

Espero que você cheque o e-mail no celular.

Sei que já conversamos sobre isso, mas queria pedir que você *realmente* prestasse atenção aos passos da sua irmã nesse fim de semana. Sua mãe colocou minhoca na minha cabeça e agora estou preocupado.

Obrigado.

Seu pai

De: Alan <alan_alan@mail.com.br>
Para: Rodrigo <rrrrrodrigooooo@gmail.com>
Enviada: 06 de abril, 21:10
Assunto: Re: Semana Santa

E aí, Rodrigo!

Cara, desculpa por não ter respondido seu e-mail antes! Eu tava na correria!

Valeu pelo convite para passar a Semana Santa no seu sítio com a galera, mas eu já estava com viagem marcada! Estou curtindo uma praia em Arraial d'Ajuda, na Bahia! Melhor impossível, cara! Altas gatas, altas ondas! Mas tenho certeza de que o feriado de vocês também vai ser sensacional!

Vamos ver se damos um rolé na próxima semana! Fui! A night está fervendo!

Alan

16

> *Sophie Fisher:* Uma melodia é como ver alguém pela primeira vez. A atração física. Sexo.
> *Alex Fletcher:* Eu entendo isso tão bem.
> *Sophie Fisher:* Mas então, à medida que você vai conhecendo a pessoa, isso é a letra. A história deles. Quem eles são no interior. É a combinação dos dois que transforma isso em algo mágico.
>
> (Letra e música)

Acordei no dia seguinte com o sol batendo em meu rosto. Fiquei um tempo sem entender onde eu estava, mas – ao olhar para o lado e ver o Leo dormindo – tudo voltou.

O luau.

Lembrei-me que, quando descemos do terraço, a Gabi veio ao nosso encontro, toda feliz.

"Fani! Conheci um cara *muito* fofo! Ele é primo da namorada do baterista da banda e mora em Brasília! Ele veio pra passar o feriado e a prima dele o convidou para vir aqui! Olha que sorte a minha!"

"Que azar o dele...", o Leo falou rindo.

A Gabi deu um soquinho de brincadeira nele, que se escondeu atrás de mim, fingindo estar com medo.

"Vou deixar vocês duas conversarem...", ele disse, me dando um beijinho. "Preciso encontrar o Rodrigo, pra saber como vai ser o esquema dos quartos."

"Vocês não estão pensando em ir dormir *agora*, né?", a Gabi perguntou completamente indignada. "O luau acabou de começar!"

Eu me lembrei que da última vez que tinha olhado as horas no meu celular, já há bastante tempo, era uma da madrugada. Algumas pessoas já estavam até indo embora.

Depois que o Leo se afastou, a Gabi voltou a falar: "O menino é lindo, Fani! Eu tenho que te apresentar! Você não vai acreditar no nome dele... Gabriel! Não é o destino? Gabriela e Gabriel!".

Eu olhei espantada pra ela. Desde quando a Gabi acreditava em destino? Ela era a pessoa mais cética que eu conhecia.

"Ele tem 19 anos e estuda Computação! Eu acho que ele também gostou de mim! Ele até disse que, se algum dia eu fosse a Brasília, ele ia me levar pra passear! 'Passear!' Olha que coisa mais fofa de se falar! Acho que ele é meio à moda antiga!"

"Gabi, desde quando você gosta de garotos 'à moda antiga'? Você é toda moderna!"

"Ai, Fani! Eu gosto de modernidade, mas também acho legal essa coisa meio retrô, de cavalheirismo e tal... E ele me pareceu bem conservador mesmo! Ficou o tempo todo conversando comigo, me ofereceu uma bebida, perguntou se eu queria me sentar em um lugar mais calmo... mas não me beijou até agora."

"Gabi...", eu disse escolhendo as palavras. "Por favor... tenha cuidado. Eu não quero que você se machuque de novo..." Eu realmente acharia bom se ela escolhesse com mais calma os caras de quem ela resolvia gostar.

"Ih, olha só quem fala... antes do Leo, você só se apaixonava à primeira vista! Era cruzar o olhar com alguém e pronto. O menino virava o amor da sua vida! E agora, só porque arrumou um namorado, acha que já pode me dar conselhos?"

"Ei! Eu só quero o seu bem! Só estou falando pra você ir com calma! Não precisa brigar comigo!"

Ela me olhou meio sem graça. "Desculpa, Fani. É que eu gostei mesmo dele. E acho que ele sente o mesmo. A gente está conversando há umas três horas, sem parar! Eu já sei tudo da vida dele! Ah, olha lá! Ele voltou do banheiro e está fazendo sinal pra mim!"

Eu olhei para onde ela estava apontando. Realmente o menino era bonitinho e parecia estar mesmo querendo que ela fosse até ele.

"Tomara que dê certo!", eu disse, dando um abraço nela.

Ela sorriu e começou a andar em direção ao garoto. De repente ela parou e voltou correndo.

"Esqueci de te falar! Eu disse a ele que tenho uma grande amiga em Brasília, e que, assim que der, eu vou mesmo lá! Você vai comigo, né?"

"Mas que grande amiga é essa?", eu perguntei sem entender.

"A Ana Elisa, ué!"

"Ah!", eu respondi surpresa. "Desde quando você é amiga da Ana Elisa? Que eu saiba você não aguenta nem ouvir o nome dela!"

Ela pareceu desconcertada: "Ai, Fani! Também não é assim... Olha, vou lá, o menino está esperando! Me deseje boa sorte!".

"Boa sorte...", eu disse só por dizer, pois ela já estava longe.

Olhei em volta, para ver se encontrava mais alguém conhecido. A festa realmente estava começando a esvaziar. A banda já tinha parado de tocar e o volume das músicas agora estava bem mais baixo, vindo de um aparelho de CDs.

A única pessoa que achei foi a Priscila. Ela estava recolhendo uns copos de plástico que estavam jogados no chão. Assim que me viu, ela veio em minha direção.

"Fani!", ela disse sorrindo. "Achei que você já estivesse dormindo! Estou dando um jeito nessa bagunça, essas pessoas parece que nunca ouviram falar em lixeira! Jogam tudo no chão!"

"Onde está o resto do pessoal?", eu perguntei. "Não vejo a Natália e o Alberto desde cedo..."

"Também não me lembro de ter visto os dois...", ela respondeu, olhando em volta. "O Rodrigo e o Leo estão conversando ali", ela apontou em direção ao forno de pizza. "Você está com fome?"

Eu respondi que não, e então ela passou o braço pelo meu: "Vamos lá falar com eles!".

Assim que chegamos, o Rodrigo disse: "Fani, eu estava aqui dizendo para o Leo que tem um quarto vazio ainda, além daquele onde deixamos nossas coisas. Poucos amigos do meu irmão vieram pra dormir e, mesmo esses, trouxeram barracas... Eu falei pro Leo que vocês podem dormir nesse quarto, acho que vai ser mais confortável...".

Eu dei uma olhada rápida pra Priscila, ela parecia estar segurando o riso.

Antes que eu tivesse qualquer reação, o Leo disse: "Rodrigo, já te falei que não precisa! Obrigado, mas você e a Priscila podem ficar lá, vocês devem estar cansados, chegaram cedo pra arrumar tudo e tal... Eu e a Fani vamos ficar superbem no outro quarto, com o resto do pessoal".

Eu só balancei a cabeça confirmando.

"Tudo bem, mas se vocês mudarem de ideia é só avisar!", o Rodrigo disse abraçando a Priscila. "Nós somos de casa. Podemos dormir até no sofá da sala". E em seguida eles saíram, nos deixando sozinhos.

Eu olhei para o Leo, que estava de costas, mexendo no forno.

"Obrigada, Leo...", eu disse.

Ele se virou devagar e me olhou. Ele estava sério. Sem responder nada, ele cortou duas fatias de uma pizza, colocou em um prato e me entregou.

"Eu não estou com fome...", eu falei.

Ele continuou sem dizer nada, foi até uma caixa de isopor, pegou um refrigerante e serviu dois copos.

Ele então equilibrou os copos em uma só mão e passou o outro braço, que não estava ocupado, pelo meu ombro.

"Vem cá comigo", ele disse, me guiando.

Eu o acompanhei e ele me levou em direção à piscina. Os instrumentos da banda ainda estavam onde havia sido o show, mas agora o local estava completamente vazio. As poucas pessoas que permaneciam acordadas estavam perto da fogueira, para fugir do frio que estava pior a cada minuto.

"Senta aqui", ele apontou para uma espreguiçadeira, "enquanto eu vou ali pegar mais uma coisinha." Ele colocou os dois copos no chão, perto de onde eu tinha me sentado e se afastou.

Eu fiquei pensando o que ele teria ido buscar, mas nem precisei imaginar muito. Em poucos minutos ele já estava de volta, trazendo vários cobertores e dois casacos de frio. Ele me deu um deles e vestiu o outro. Em seguida, pediu que eu me levantasse um pouquinho e forrou a espreguiçadeira com um dos cobertores.

"Será que cabe nós dois juntos aqui?", ele perguntou sorrindo.

Eu sorri de volta, me sentei e cheguei para o lado o máximo possível. Tinha que caber.

Ele pegou os refrigerantes e o prato com as pizzas, colocou na minha frente e logo depois se sentou ao meu lado, me abraçando. De repente – não sei se foi pelo fato dele ter cumprido o que tinha dito no terraço, ao recusar a oferta do Rodrigo, ou porque eu estava achando tão romântico aquele piquenique improvisado por ele – eu comecei a chorar. Não um choro com soluços e desespero, mas eu senti que meus olhos se encheram e pequenas lágrimas começaram a correr em direção à minha bochecha, sem que eu pudesse impedir.

"Fiz alguma coisa errada?", ele perguntou assustado. "Fani, desculp..."

Eu não deixei que ele terminasse de falar. Puxei-o e dei um beijo, chorando ainda mais. Meu coração estava batendo forte. Ele não sabia se retribuía o beijo ou se enxugava minhas lágrimas.

"Você fez tudo certo", eu falei quando consegui me acalmar um pouco. "Eu não sei como, mas você consegue fazer com eu me apaixone cada vez mais por você, mesmo que eu pense que isso não é possível, que não tem jeito de caber mais amor aqui dentro..."

Ele sorriu e me beijou de novo. Em seguida, enxugou meu rosto com a mão.

"Como eu disse lá em cima", ele disse olhando em direção à varanda. "Eu quero te fazer feliz. Sempre."

Eu dei um grande abraço nele e nós ficamos uns minutos assim, só sentindo a batida dos nossos corações.

Um tempo depois, ele disse: "Olha, se eu estou gelado, imagino essa pizza!".

Nós olhamos para as duas fatias que estavam na nossa frente e começamos a rir. Ele pegou o prato e os copos, colocou no chão, em seguida pegou os outros cobertores que ele tinha trazido e nos cobriu. Nós ficamos abraçados sem falar nada, olhando as estrelas.

"E aí, gostou da festa?", ele perguntou.

"Adorei!", eu respondi com sinceridade. "Ainda estou adorando..."

Ele me deu um beijinho no alto da cabeça e me abraçou mais apertado. De repente, ele olhou para o lado, para onde a banda tinha tocado.

"Tive uma ideia!", ele disse se levantando.

"Onde você vai?", eu perguntei. "Estava tão quentinho aqui..."

Ele só deu uma piscadinha e não respondeu. Em vez disso, foi até os instrumentos que os músicos tinham deixado nos suportes e pegou com cuidado o violão. Eu não estava entendendo nada.

Ele voltou a sentar na espreguiçadeira, fez uma expressão de galanteador e disse: "Vou fazer uma serenata pra você!".

Eu comecei a rir!

"Sério, Leo. Devolve esse violão para o pedestal... isso não é brinquedo! Vai desafinar e o dono dele vai brigar com você!"

"Vai nada!", ele respondeu sorrindo, começando a tocar em seguida.

Eu fiquei de boca aberta. Eu realmente achei que ele estivesse brincando. Mas parecia que ele sabia o que estava fazendo, colocando os dedos nas cordas, como se fossem posições. E estava saindo música de verdade!

"Leo!", eu disse, surpresa. "Que isso?"

"Música, ué!", ele disse sem tirar os olhos do instrumento, tentando acertar todos os acordes.

"Eu sei que é música! Mas desde quando você toca violão? Eu pensei que a única coisa que você tocasse fosse campainha! Como eu!"

Ele não respondeu, estava todo concentrado nas notas. Eu fiquei admirando, completamente boba. Claro que ele estava longe de ser profissional, mas eu – que não entendo nada de música – estava achando perfeito!

Ele começou a cantarolar alguma coisa, e eu fiquei tentando descobrir que música seria.

"Vai falar que você virou cantor também?", eu perguntei. "Só faltava essa."

Ele riu e, enfim, olhou pra mim.

"Eu tive que inventar coisas pra fazer no ano passado, para o tempo passar mais rápido...", ele comentou, sem parar de dedilhar as cordas.

"E uma dessas coisas foi aprender a tocar violão?", eu perguntei cada vez mais admirada.

"É...", ele respondeu como se fosse a coisa mais natural do mundo.

"Leo! Por que você não me contou antes?"

Ele deu de ombros. "Sei lá... esqueci."

Eu não estava acreditando naquilo. Eu adorava meninos que tocavam violão. Mas eu nunca imaginei que o Leo algum dia seria um deles. Ele já era perfeito o suficiente sem esse adicional...

"Fani...", ele parou de tocar e olhou pra mim. "Na verdade, teve um motivo."

Eu não entendi do que ele estava falando.

"Um motivo para eu querer aprender...", ele explicou. "Eu quis tocar violão porque eu queria colocar melodia em uma coisa que eu tinha escrito... Aí, um dia, eu fui à casa do Rodrigo, e o irmão dele estava lá tocando. Eu perguntei se ele não poderia pôr música em uma letra que eu tinha feito e ele falou que não sabia se ia conseguir, mas que podia me apresentar ao guitarrista da banda, que também era compositor."

Espera. O Leo tinha feito uma letra. Eu, que ainda estava deitada na espreguiçadeira, nesse momento me sentei. Eu precisava respirar melhor.

Ele continuou a explicação: "Eu conversei com o guitarrista, o dono desse violão aqui, e ele falou que ia fazer melhor do que criar uma melodia... Ele disse que ia me ensinar a tocar, me dar aulas, para que eu mesmo fizesse isso. Entendeu por que ele não vai ficar bravo por eu estar tocando?".

"Leo, calma, é muita informação de uma vez só! Isso tem quanto tempo? Porque, pelo pouco que vi, você realmente já está tocando legal..."

Ele tocou um pouco mais e respondeu: "Ah, tem um pouco mais de um ano. Foi logo que você viajou...".

"E a tal letra?", eu perguntei ansiosa. "Afinal, você conseguiu fazer a melodia pra ela? E... você disse que já tinha escrito antes... foi logo que eu viajei também?"

Ele deu um sorriso lindo, meio sem graça. Em vez de responder, começou a tocar. Depois de um tempinho, ele falou: "Olha... eu sei que eu toco *muito* mal, mas você é a culpada de eu estar com esse violão nas mãos nesse momento. Se você não tivesse me inspirado, na época da nossa recuperação, um pouco *antes* da sua viagem, eu não teria escrito essa letra... e não iria molestar sua audição agora...", e – dizendo isso – começou a tocar uma música. E a cantar.

Tanto eu me preparei, pra mim jurei
Gostar de mais ninguém, bem que eu tentei
Sem entender direito aconteceu
Mas seu destino é tão longe do meu

Não chegue perto assim, como eu vou te dizer
Já sei que lá no fim vou ter que te esquecer
Pode ser tão ruim, não devo me envolver
Baby, baby, o que fazer com você...

Nem reparei você se aproximar
Nem na intenção sutil de conquistar
Só que, de tanto ver, te conhecer,
Fui me apegando sem perceber

Não chegue perto assim, como eu vou te dizer
Já sei que lá no fim vou ter que te esquecer
Pode ser tão ruim, não devo me envolver
Baby, baby, o que fazer com você...

Nunca encontrei alguém que fosse assim
Tudo o que eu peço você faz pra mim
Mas a distância é tanta, e a confusão
Melhor parar que ir na contramão

Não chegue perto assim, como eu vou te dizer
Já sei que lá no fim vou ter que te esquecer
Pode ser tão ruim, não devo me envolver
Baby, baby, o que fazer
Baby, baby, o que fazer
Baby, baby, o que fazer com você...

Quando ele terminou a música eu estava chorando. Não um choro bonitinho, como na hora em que ele trouxe os cobertores. Eu estava chorando pra valer! Sabe quando a gente assiste a um filme muito lindo, muito emocionante, e a gente chora sem saber bem o motivo, simplesmente porque o nosso coração não dá conta de uma emoção tão imensa? Então.

"Você não gostou...", ele disse, colocando o violão de lado. "Eu avisei que tocava mal..."

Eu não conseguia nem falar. Eu estava tremendo. E não era de frio.

"Fani, eu juro que não faço mais música nenhuma pra você! Mas para de chorar, por favor..."

Eu não parei. Mas me debrucei sobre ele, em um abraço tão forte que ele até reclamou.

"Calma", ele disse, meio rindo. "Eu sei que você está me prendendo pra eu não pegar mais o violão, mas, olha, eu já o coloquei ali. Prometo que não toco mais, pelo menos não na sua frente." Eu comecei a rir também. E depois voltei a chorar. Devia estar parecendo uma louca, porque de repente ele se levantou, pegou o violão e devolveu pro suporte. Em seguida, ele voltou, me estendeu a mão e disse: "Vem, acho melhor a gente ir lá pra dentro dormir, antes que as meninas peguem todas as camas e você tenha que dormir no chão comigo".

Eu peguei a mão dele, mas, em vez de me levantar, o puxei em minha direção. Ele se sentou novamente e eu o abracei mais uma vez.

"Leo...", eu consegui dizer, "eu nunca, nunca, *nunca* ouvi nada mais lindo na minha vida! Eu não tenho palavras pra descrever o quanto eu gostei!"

"Jura?", ele perguntou se afastando um pouquinho pra me olhar.

"Juro por tudo que você quiser! É perfeito! Mas eu tenho uma reclamação!", eu olhei brava pra ele. "Por que você não me mostrou isso antes? Tem três meses e meio que eu voltei pro Brasil. Tem três meses e meio que a gente está namorando! Por que eu só soube disso hoje?"

"Ah, Fani...", ele falou sem graça. "Não era pra você saber. Nem sei por que te mostrei, acho que fiquei meio embriagado por esse clima todo, aquele restinho de fogueira, essa piscina iluminada pela lua, as estrelas... Me deu vontade de te mostrar, pelo fato de você ter sido a minha 'musa inspiradora', mas eu tenho certeza de que, quando acordar amanhã, vou até me arrepender disso. Eu não tenho a menor pretensão de montar uma banda, sair fazendo música por aí. Foi só essa mesmo. E, além de você, a única pessoa que ouviu foi meu professor."

"Leo, você precisa fazer mais! Você tem que montar uma banda, sim! Você vai estourar na MTV!"

Ele começou a rir. "Menos, Fani... acho que você também foi meio afetada pela lua. Esquece a música agora e vamos dormir."

"Só se você me der um beijo...", eu fiz com que ele viesse pra mais perto de mim.

Eu nem sei por quanto tempo nós ficamos nos beijando. Só sei que, lá pelas tantas, o frio apertou e nós entramos debaixo dos cobertores. Ficamos lá abraçados, com preguiça de levantar e ir pra dentro de casa. Sem perceber, acabamos dormindo ali mesmo.

De: Cristiana <cristiana.acb@gmail.com>
Para: Alberto <albertocbelluz@bol.com.br>
Enviada: 07 de abril, 8:01
Assunto: Urgente!

Alberto, espero que você cheque o e-mail nesse seu iPhone! Estou ligando pra você e pra Estefânia ensandecidamente e vocês não me atendem! Preciso que vocês voltem URGENTE! Aconteceu uma fatalidade! Hoje cedo, a Cláudia foi com a Juliana e os gêmeos no parquinho e deixou que ela brincasse sozinha em um balanço! Eu estou falando há tempos que a sua cunhada não está bem e ninguém me escuta! Como pôde deixar uma criança de sete anos sozinha? Ela disse que deixou de olhar só por um segundo, pois estava muito ocupada segurando os carrinhos dos gêmeos e que isso não teria acontecido se o Inácio tivesse acordado para ajudá-la! Mas, francamente! O seu irmão tem muito com o que se preocupar, deve mesmo dormir até mais tarde aos sábados! O fato é que a Juliana caiu do tal balanço, ao tentar escorar, e acabou se machucando, foi parar até no hospital!

Faço questão que você e a Estefânia prestem solidariedade à sobrinha de vocês nesse momento! Ela está muito inquieta devido à mão imobilizada, preciso de ajuda para distraí-la! Venham o mais rápido possível! E tragam uma caixa de bombons! É feio fazer visita a enfermos sem levar nada.

Sua mãe

De: Cristiana <cristiana.acb@gmail.com>
Para: Alberto <albertocbelluz@bol.com.br>
Enviada: 07 de abril, 8:30
Assunto: Flores

Em vez dos bombons, traga flores. Estou achando que a Juliana está com as bochechas meio rechonchudas. A mãe dela deve estar permitindo que ela coma muita porcaria!

Venham logo!

Sua mãe

De: Cristiana <cristiana.acb@gmail.com>
Para: Alberto <albertocbelluz@bol.com.br>
Enviada: 07 de abril, 9:30
Assunto: Alberto!

Alberto!!!!!!!!!!! Onde vocês estão que não chegaram até agora??????????????

Sua mãe

17

> *Cruela Cruel:* Prestem atenção! Eu vou estar de volta logo pela manhã. E é melhor que o trabalho tenha sido feito ou eu vou chamar a polícia! Vocês entenderam?
> *Horácio:* Eu acho que ela está falando sério.
>
> (Os 101 dálmatas)

Meu irmão Inácio é 12 anos mais velho do que eu. Lembro que, quando eu tinha seis e ele completou 18, eu achei aquilo o máximo! Meu irmão já podia dirigir, votar, ser preso... Mas lembro também que eu o achava muito velho. Um verdadeiro adulto! Hoje eu tive a consciência de que a Juju, minha sobrinha, deve pensar o mesmo de mim. Eu sou 11 anos mais velha do que ela. Mas, se ela acha que eu sou adulta, está muito enganada. Eu também devia estar em relação ao meu irmão. Porque pelo visto, até hoje, nós dois ainda morremos de medo da minha mãe. E ainda pensamos que tudo que ela diz é verdade...

Quando o sol me despertou e eu me lembrei onde estava, me levantei depressa, tomando cuidado para não acordar o Leo. Olhei em volta e não vi ninguém. Só cinzas de fogueira, restos de frutas na mesa e alguns colares havaianos no chão. Perto do campo de futebol, notei que tinha algumas barracas montadas. Andei devagar em direção à casa. Eu precisava ir ao banheiro e queria saber que horas eram.

Tudo estava em silêncio. Vários meninos estavam dormindo na sala, tanto no sofá quanto no chão. Não reconheci nenhum deles. Fui ao banheiro e, em seguida, ao quarto, onde eu tinha deixado a minha mochila no dia anterior. Só tinha duas pessoas dormindo. Uma delas eu vi logo que era a Gabi. Na outra cama tinha um menino. Ruivo.

Com cuidado, eu peguei minhas coisas e saí. Onde estariam a Natália e o Alberto? Eu estava começando a ficar preocupada! Peguei meu celular para ver as horas e quase passei mal. 45 chamadas não atendidas! Alguém devia ter morrido, só podia ser! Apertei correndo o botão do telefone, para saber de quem eram, e vi que elas vinham de uma só pessoa. Minha mãe. Ela tinha deixado recado. Disquei o número da caixa-postal tremendo, eu tinha certeza de que iria ouvir o pior. Não podia ser o meu pai. Eu ia desmaiar se alguma coisa tivesse acontecido com ele.

"Estefânia", a voz da minha mãe estava tão alta que eu até afastei o celular do meu ouvido, *"exijo que você atenda! Você e seu irmão são dois irresponsáveis! Sua sobrinha caiu e estraçalhou a mão! Quero que vocês voltem agora! Se vocês não me ligarem de volta em – no máximo – meia-hora, vou descobrir o telefone da mãe desse Rodrigo, pedir o endereço do tal sítio e irei buscá-los pessoalmente! E vocês vão ficar de castigo até o Natal, por não me atenderem!"*

Eu olhei o horário da última chamada. Tinha 15 minutos. Eu precisava achar o Alberto rápido. Liguei para o celular dele. Desligado. Liguei para o da Natália. Caiu na caixa--postal. Resolvi olhar se eles não estariam nos outros quartos. Os dois primeiros estavam trancados. No último, estavam o

Rodrigo e a Priscila. Eles estavam completamente adormecidos, ainda com roupa do dia anterior, inclusive de sapato.

Me aproximei devagarzinho da Priscila e chamei: "Pri...".

Ela nem se moveu.

"Priscila...", eu disse um pouco mais alto.

Ela resmungou qualquer coisa.

Cutuquei o braço dela. Ela virou para o lado e abraçou o Rodrigo.

Sem saber o que fazer, saí do quarto e fui em direção à varanda. Vi que outra pessoa já estava de pé, vindo em direção à casa. O Leo.

Corri para ele. Mesmo desesperada, não pude deixar de notar que ele estava muito fofo com os olhos inchadinhos de sono e o cabelo todo atrapalhado.

"Leo! Que bom que você acordou!"

Ele sorriu, me deu um beijinho no rosto e disse com a voz meio rouca: "Bom dia, flor do dia! Você sempre acorda cedo assim?".

"Leo, preciso de ajuda! Eu tenho que ir embora agora! A Juju caiu, se machucou, minha mãe está desesperada lá, quer que eu e o Alberto voltemos urgente, ela falou que, se a gente não for, ela vem aqui nos buscar! Mas eu não encontro meu irmão, não sei onde ele e a Natália se meteram! Eu estou preocupada de ter acontecido alguma coisa com eles!"

"Calma, Fani", ele me segurou. "Você está frenética! Espera, respira, me explica direito... Não entendi nada."

Eu falei tudo novamente, mais devagar e com detalhes. Contei também que tinha tentado acordar a Priscila, sem sucesso, e que tinha dois quartos trancados.

"Os quartos trancados devem estar ocupados pelo pessoal da banda e pelo irmão do Rodrigo com a namorada", ele falou. "Ontem o Rodrigo me disse que eles tinham combinado que cada um deles ficaria com dois quartos, para dividir entre os convidados. Se a Gabi está em um e a Priscila e o Rodrigo em outro, seu irmão e a Nat não devem ter dormido na casa."

"Mas onde eles podem ter dormido?", eu arregalei os olhos.

"Em vários lugares, Fani...", ele pareceu meio sem graça. "Vamos ver se por acaso eles não estão dentro do carro."

Eu não tinha pensado naquilo. Fomos depressa para o lugar onde o Alberto tinha estacionado. O carro não estava lá.

"Ai, meu Deus!", eu me desesperei. "Será que eles foram embora e largaram a gente aqui? Bem típico do Alberto fazer isso! Minha mãe vai me matar por ter ficado aqui sem ele!"

"Fani, relaxa, já falei!", o Leo disse, meio impaciente. "Em primeiro lugar, ele não deve ter ido embora, se ele estivesse em casa, com certeza sua mãe saberia. Em segundo, ela não teria motivo pra te matar por causa disso, e sim pra matar o seu irmão! Pelo que sei, ele ficou de tomar conta de você. Então a última coisa que deveria fazer seria te deixar aqui. Além disso, duvido que a Natália teria concordado em ir embora sem falar com ninguém. Ela é meio maluquinha, mas certamente iria te avisar de algo assim... Tive uma ideia! Você viu se a mochila deles estava lá no quarto?"

Como o Leo é inteligente! Nem tinha pensado nisso! Voltamos para a casa e entramos no quarto, sem tanto cuidado dessa vez. Olhei para as bagagens e avistei de cara a mochila surrada do Alberto. Entretanto, a mala enorme da Natália não estava lá. O caso estava cada vez mais complicado.

Com o barulho que nós fizemos, a Gabi acabou acordando.

"Que isso, gente? Que horas são? Que dia é hoje?"

"Hoje é Natal, Gabi!", o Leo disse fingindo seriedade. "Papai Noel está lá fora querendo entregar seu presente!"

"Ah...", ela falou, fechando novamente os olhos e voltando a dormir. Realmente não entendo como a Gabi consegue adormecer tão fácil e tão profundamente!

O Leo pegou a própria mochila e me chamou para fora, perguntando em que quarto o Rodrigo estava. Eu mostrei e ele falou pra eu esperar um pouquinho, enquanto ele ia lá dentro. Um tempinho depois, ele saiu, com o Rodrigo logo atrás, também com a maior cara de sono.

O Rodrigo foi até um dos outros dois quartos e bateu na porta. O irmão dele abriu apenas uma frestinha, mas pude ver que ele estava só de cueca. Virei para o outro lado, mas deu para ouvir que o Rodrigo estava explicando o caso, que provavelmente o Leo já tinha contado pra ele. O Daniel, então, voltou lá pra dentro e, um segundo depois, reapareceu com uma chave, que entregou para o Leo.

O Leo agradeceu a ele e ao Rodrigo e veio em minha direção: "Fani, você já pegou tudo seu?".

Eu confirmei com a cabeça.

"Então vamos embora", ele disse, pegando minha mão.

"Mas e a Natália e o Alberto? E a Gabi? Como nós vamos?"

"Fani, o importante agora é voltar, pra que sua mãe não crie caso e pra ver se o que aconteceu com a Juju é grave. Tenho certeza de que seu irmão e a Natália estão bem! O Daniel emprestou o carro pra eu te levar embora. Ele disse que eles podem voltar de carona com os amigos dele que também estão dormindo aqui. O Rodrigo falou que ia explicar a história pra Gabi e que ela voltaria da mesma forma que eles."

Eu continuei aflita. E se não tivesse carro pra todo mundo? O Leo estava preocupado com a minha sobrinha, mas e se alguma coisa tivesse acontecido com o meu irmão? E se ele não aparecesse?

Ele viu a minha preocupação e falou: "Fani, eu não quero que você fique de castigo até o final do ano! Então dá pra gente ir mais rápido? Aliás, dá pra mandar um torpedo pra sua mãe e falar que a gente já está a caminho?".

Eu concordei. Porém, no momento em que o Leo deu a partida, vimos que outro carro estacionou bem atrás da gente. Olhei pelo retrovisor e lá estavam eles: Natália e Alberto.

Desci do carro depressa.

"Onde vocês estão indo?", o Alberto perguntou, com o rosto pra fora da janela.

"Onde vocês estavam?", eu praticamente gritei. "Eu estava morrendo de preocupação!"

A Natália, como se nada de mais tivesse acontecido, respondeu: "Ué, fomos comprar o café da manhã...".

Os dois desceram do carro cheios de sacolas com pão, leite e até biscoitos. Eu teria adorado, se não fosse pelo meu desespero.

"A Juju machucou", o Leo disse para o Alberto. "Eu estava indo levar a Fani embora, sua mãe está desesperada."

O Alberto começou a rir. "Fani, você até hoje acredita na mamãe? Não é possível que você ainda não entendeu que tem que descontar tipo uns 99% do que ela fala! Ela me ligou também, deixou recado, e-mail... Até parece que eu vou sair desse paraíso pra chegar lá e constatar que tudo não passou de chilique."

"Não, Alberto! Parece que dessa vez é sério!", eu falei, preocupada. "Ela me ligou umas quinhentas vezes, acho que o acidente da Juju foi grave! Estou morrendo de pena, tadinha!"

"Calma, Fani... relaxa... Olha, faz assim, se você quiser, eu empresto o meu carro para o Leo te levar, não precisa ir no do irmão do Rodrigo. Amanhã eu e a Nat damos um jeito de voltar com o resto do pessoal. Mas eu continuo achando que você é louca de cair nessa..." Ele virou para o Leo, entregou a chave e disse: "A gente combinou de fazer um churrasco hoje à tarde! Dá um jeito de persuadir sua namorada! Francamente! Acreditar em coelhinho da Páscoa até vai, mas nas histórias da mamãe...".

O Leo riu, deu um tapinha nas costas do Alberto e falou: "Tudo bem, outro dia a gente marca outro churrasco. É melhor a gente resolver esse problema logo, senão a Fani não vai nem aproveitar aqui...".

"Natália, avisa pra Gabi", eu pedi. "Ela está dormindo ainda."

"Aviso, sim!", ela me deu um beijinho. "Vão com Deus... Ah! Espera!", ela saiu correndo em direção ao porta-malas. "Eu estava esquecendo minha bolsa!"

"Por que sua *mala* está aí e não no quarto onde deixamos tudo ontem?", eu perguntei sem entender.

Ela pareceu meio sem graça, mas logo disse: "Não sou doida, né... Um tanto de gente que eu não conheço dormindo aqui, vê se eu ia largar minha malinha assim... Levo ela comigo para onde eu for!".

Bem típico da Natália.

Nos despedimos mais uma vez, eu e o Leo entramos no carro e seguimos em direção à estrada.

De: Luigi <luigi@mail.com.br>
Para: Leonardo <soueuoleo@gmail.com>
Enviada: 07 de abril, 10:22
Assunto: Não foi minha culpa!

Primo, estou te ligando e seu celular não atende! Joga esse negócio fora, nunca consigo falar com você quando preciso!

Seguinte, sua mãe descobriu que você passou no vestibular aqui no Rio! Não foi minha culpa, juro! Está chovendo, aí ela e minha mãe, sem nada pra fazer, inventaram de fazer uma faxina no meu armário! Eu tinha escondido os jornais com o resultado no fundo de uma das minhas gavetas, sei que devia ter jogado fora, mas sei lá, tinha esperança de que você mudasse de ideia e que depois fosse querer guardar de lembrança sua lista de aprovação... Aí esqueci e larguei lá! Bom, mas o caso é que ela achou e não está entendendo por que você falou que não passou. Eu achei melhor não explicar o motivo (que nós sabemos muito bem qual é...), mas já vai pensando aí como vai fazer pra sair dessa.

Qualquer coisa me dá o toque.

Luigi

De: Maria Carmem <mcarmem55@hotmail.com>
Para: Leonardo <soueuoleo@gmail.com>
Enviada: 07 de abril, 11:30
Assunto: Desculpas...

Oi, filhinho!

Espero que esteja tudo bem aí em BH! Está lembrando de jogar água nas minhas plantinhas?

Leo... Eu estou escrevendo para pedir desculpas. Descobri que você foi aprovado nos três vestibulares que prestou pra Jornalismo no Rio de Janeiro e sei perfeitamente o motivo pelo qual você ocultou esse fato e não fez a matrícula. Foi o meu e-mail, não foi? O e-mail que eu escrevi logo que você foi aprovado em Administração, dizendo que no fundo eu gostaria que você estudasse em BH e que eu não sabia como iria viver sem você. Leo, meu filhinho... Nem sei o que dizer. Estou me sentindo muito culpada! Claro que eu não disse aquilo pra valer, lógico que eu sentiria sua falta, mas eu quero sempre o melhor pra você, eu quero que você seja feliz onde for... Me desculpe, espero que a gente possa reverter essa situação.

Quando puder, me ligue.

Beijos,

Mamãe

De: Maria Inês <m_ines@mail.com>
Para: Leonardo <soueuoleo@gmail.com>
Enviada: 07 de abril, 13:10
Assunto: Vestibular RJ

Oi, Leo!

Aqui é a sua tia, tudo bom?

Leo, sua mãe está arrasada aqui em casa, nós já sabemos que você passou no vestibular aqui no Rio e que não se matriculou para deixá-la feliz. Acho muito bonito esse seu altruísmo, gostaria que o Luigi fosse um pouco mais como você nesse aspecto. Porém, eu e sua mãe queremos o melhor pra você e sabemos que você seria muito mais feliz estudando Jornalismo. Lembro perfeitamente que desde pequenininho você brincava de entrevistar as pessoas e também de que você sempre tirava nota máxima em suas redações de colégio! Você é um jornalista nato! Além disso, sei da sua paixão pela área cultural (música, cinema, artes em geral) e, nesse campo, creio que o Rio de Janeiro pode te oferecer os melhores estágios, que seriam importantes para o seu futuro profissional. E nós todos sabemos o quanto você ama essa cidade!

Dessa forma, Leo, gostaria de saber se posso intervir em seu favor. Minha grande amiga Lúcia Helena é reitora de uma das universidades onde você foi aprovado. Tenho certeza de que, se eu conversar com ela, ela permitirá que você faça a matrícula sem precisar repetir a prova. Posso providenciar isso?

O seu quarto aqui em casa está sempre pronto!

Beijos,

Tia Maria Inês

> <u>Andrew</u>: Por que você tem que insultar todo mundo?
> <u>John Bender</u>: Eu estou apenas sendo honesto! Eu esperaria que você soubesse a diferença.
>
> (Clube dos cinco)

Logo que eu e o Leo chegamos a BH, liguei pro meu pai, pra saber para qual hospital eu deveria ir. Meu pai pareceu surpreso e disse que eles estavam no apartamento do Inácio. Fomos direto pra lá. Na minha cabeça, influenciada pelo recado da minha mãe, eu achava que a Juju tinha sofrido uma fratura grave. Durante a hora inteira que durou a viagem de Lagoa Santa a BH, fiquei imaginando que ela pudesse perder para sempre todos os movimentos dos dedos e rezei muito para que pelo menos tivesse sido a mão direita, já que ela é canhota... Mas quem abriu a porta, quando eu toquei a campainha, foi a própria Juju.

Eu olhei desconfiada para o Leo, que retribuiu meu olhar, e, antes que a gente pudesse falar qualquer coisa, a

Juju levantou a mão, que estava com UM dedo engessado, e disse sorrindo: "Olha que legal, tia Fani! Segunda-feira na aula vou pedir pra todo mundo assinar!".

"Ahn... Juju", eu disse, analisando o machucado, "foi só esse dedinho que você quebrou?"

Ela fez uma cara de sapeca e sussurrou: "Na verdade não quebrou... o médico falou que só deslocou, mas eu perguntei se podia colocar gesso!", e, olhando para trás, pra ver se tinha alguém escutando, completou: "Mas meu pai deixou!".

Eu não sabia se ria ou se chorava. Eu tinha saído voando do sítio do Rodrigo, tumultuado o feriado de todo mundo, feito o Leo dirigir na estrada sem carteira de motorista... por causa de uma besteira? Logo que tive esse pensamento, me senti culpada. Muito melhor dessa forma do que se a Juju realmente tivesse quebrado alguma parte do corpo. Mas a gente não precisava ter voltado!

"Cadê seu pai, Juju?", o Leo perguntou, ao ver que eu estava prestes a ter um ataque.

"Lá dentro!", ela respondeu. E em seguida, gritou: "Papai, a tia Fani e o tio Leo estão aqui!".

Não foi o Inácio que atendeu ao chamado da minha sobrinha, obviamente. A primeira que chegou à sala foi a minha mãe.

"Que demora! Você mandou uma mensagem há horas falando que já estava vindo! Onde está o Alberto? E as flores?"

"Mãe, você disse que a Juju tinha *arrebentado* a mão!", eu falei, revoltada. "A gente veio correndo, morrendo de preocupação! Você estragou nosso feriado à toa?"

Ela me olhou com cara de brava: "À toa? Quer dizer que o fato da sua sobrinha ter se machucado não significa nada pra você?".

"Claro que significa!", eu falei mais alto ainda. "Tanto que eu vim o mais rápido possível! Mas, pelo que vi, não foi nada de grave! Eu podia ter vindo vê-la amanhã, quando voltasse! Não precisava ter avacalhado minha viagem por causa disso!"

"Estefânia, em primeiro lugar, abaixe o tom da sua voz pra falar comigo, mocinha!", ela disse empunhando o dedo indicador em frente ao meu rosto. "Você pode até achar que foi um machucadinho sem importância, mas ela poderia ter quebrado o pulso, se você quer saber!"

A Juju estava com os olhos arregalados olhando para nós duas. O Leo parecia não saber onde se enfiar.

"Mas ela não quebrou!", eu não me intimidei. "Ela está ótima! Está muito melhor do que eu, na verdade!"

O Inácio e o meu pai, ouvindo nossos gritos, vieram depressa para a sala.

"O que está acontecendo aqui?", meu pai perguntou. "Daqui a pouco os vizinhos vão chamar a polícia!"

Eu corri para os braços dele, quase chorando: "Ela me fez voltar do sítio sem motivo, pai! A gente saiu correndo, praticamente sem despedir de ninguém! E estava muito bom lá!".

"Essa mal-agradecida não tem mais espírito familiar!", a minha mãe revidou. "Aposto que se alguém tivesse morrido, ela não estaria nem aí! Especialmente se fosse eu!"

"Calma, mãe!", o Inácio entrou no meio. "Você não tinha nada que ter ligado pra Fani, eu falei pra você não ligar! O papai também falou!"

"A família tem que estar unida nesses momentos difíceis!", ela continuou.

Eu comecei a rir, ainda sem acreditar. "Você não tem ideia do que é dificuldade...", eu disse baixinho.

"Você é que não tem!", ela falou bem alto. "Você vai ver como eu vou dificultar a sua vida agora!"

"Olha, vamos parar!", meu pai interferiu.

Nesse momento, minha cunhada entrou na sala.

"Desculpa por não ter vindo te cumprimentar antes, Fani. Eu estava tentando fazer os meninos dormirem... tudo bem?", ela disse me dando beijinhos. "Oi, Leo! Que bom te ver aqui também!"

"Olha só", o Inácio falou. "Vocês duas não vão querer acordar os gêmeos, não é?"

Eu me sentei no sofá, tentando me acalmar um pouco.

"Mas, afinal, onde está o Alberto?", minha mãe perguntou.

"O Alberto, mamãe...", eu disse, sem saber se sentia mais raiva dela ou de mim mesma, "me preveniu. Ele me disse que tudo não passava de frescura e falou que não ia vir! Só que eu preferi acreditar em você do que nele! E, agora, ele deve estar curtindo uma piscina enquanto eu estou aqui!"

"Mas vocês vieram como?", meu pai perguntou.

Eu olhei para o chão. O Leo me socorreu: "Desculpe, Sr. João Otávio, eu sei que o senhor não gosta que a Fani ande de carro comigo, já que eu ainda não tenho habilitação, mas ela realmente estava desesperada, com medo de que algo sério tivesse acontecido com a Juju. Como o Alberto disse que não iria voltar de jeito nenhum, sugeriu que eu usasse o carro dele pra trazer a Fani", e ao dizer isso, entregou para o meu pai a chave do carro do Alberto.

Meu pai pareceu não gostar muito da explicação, mas disse: "Entendo".

"Vocês pelo menos tomaram café da manhã?", minha cunhada perguntou. "Tem um bolo de chocolate, vocês aceitam?"

"Pra mim não precisa, Cláudia", o Leo disse, se levantando. "Eu já vou indo...", e, se virando pra mim, falou: "Fani, você me leva até a porta?".

"Já vai por que, Leo?", o Inácio indagou. "Fica mais. A gente está querendo almoçar em uma churrascaria, vamos também!"

Isso só fez com que eu me lembrasse do churrasco que devia estar acontecendo no sítio naquele momento.

"Eu vou com ele", eu falei me levantando.

"Não vai, não!", a minha mãe voltou a atacar. "Você tem que estudar!"

"Eu não vou estudar hoje! Estou revoltada demais pra conseguir aprender qualquer coisa!"

"Não vamos começar de novo...", meu pai interveio. E, olhando para o Leo, disse: "Eu te levo em casa", e se levantou. "Afinal, você também perdeu o feriado por causa dessa confusão que é a nossa família."

"Não precisa, Sr. João Otávio... é sério. Eu posso ir a pé."

"Tem certeza? Não é trabalho nenhum..."

"Vou pelo menos levar o Leo na portaria", eu disse, enquanto ele se despedia de todo mundo.

"Mande um beijo pra sua mãe, Leo", minha mãe disse. "Não entendo o motivo pelo qual você deixou de aproveitar um feriado no Rio de Janeiro pra ficar aqui..."

"Tive um ótimo motivo, dona Cristiana", ele disse sorrindo, enquanto me olhava. "A companhia em BH era insubstituível..."

"Ah, que fofo...", minha cunhada comentou.

Assim que entramos no elevador, ele me abraçou: "Não fique triste, Fani... e nem brava com sua mãe. Ela realmente acha importante essa convivência familiar, só devia estar se sentindo sozinha, sem você e o Alberto por perto...".

"Ela estragou nosso fim de semana...", eu falei baixinho.

"Claro que não estragou... A gente aproveitou bem ontem! E hoje eu estava pensando...", ele fez cosquinha de leve na minha barriga. "Que tal um cineminha?"

Eu o abracei mais forte e suspirei. Ele tinha razão. Não importava o lugar. Se eu estivesse com ele, nunca ninguém conseguiria estragar nada. Qualquer programa sempre se tornava perfeito.

De: Leonardo <soueuoleo@gmail.com>
Para: Luigi <luigi@mail.com.br>
Enviada: 07 de abril, 14:10
Assunto: Re: Não foi minha culpa!

Luigi, tá tranquilo.

Minha mãe acha que eu não quis fazer matrícula por causa dela. Melhor assim. Só te peço, POR FAVOR, que apague aquele e-mail onde você escreveu o real motivo da minha desistência. Não quero que minha mãe culpe a Fani, a escolha foi toda minha.

Abração!

Leo

De: Leonardo <soueuoleo@gmail.com>
Para: Maria Carmem <mcarmem55@hotmail.com>
Enviada: 07 de abril, 14:15
Assunto: Re: Desculpas...

Mamãe,

Não precisa se preocupar. Eu estou adorando o curso de Administração. Pensei muito antes de tomar a decisão de me matricular em BH e quero continuar aqui, sempre ao seu lado! Além disso, tenho certeza de que em nenhum lugar do Rio eu encontraria uma comidinha tão gostosa quanto a da minha mãe! =]

Suas plantas estão ótimas! Aproveite o Rio de Janeiro! Largue os armários do Luigi pra lá e vá fazer compras no Fashion Mall!

Beijos!

Leo

De: Leonardo <soueuoleo@gmail.com>
Para: Maria Inês <m_ines@mail.com>
Enviada: 07 de abril, 14:20
Assunto: Re: Vestibular RJ

Tia,

Muito obrigado pela preocupação! Gostei muito dos elogios também! Mas eu realmente estou feliz estudando em BH, foi uma decisão muito bem pensada. Obrigado pela proposta, mas não precisa incomodar sua amiga reitora. Eu realmente acho que devo ser também um "administrador nato".

Quando vocês vêm nos visitar em BH? Cuide bem do meu quartinho aí... Estou querendo ir ao Rio em julho e levar a minha namorada para você conhecer! Ela é muito linda, tenho certeza de que você vai gostar dela!

Beijos!

Leo

De: Leo – Para: Fani
CD: Quatro meses com você

1. How deep is your love – versão The Bird and The Bee
2. Samba de Gesse – versão Marina Machado
3. Wouldn't it be Nice – The Beach Boys
4. Frisson – Tunai

19

> *Mia Thermopolis: Isso realmente é mais românticos nos livros.*
>
> *(O diário da princesa 2 - O casamento real)*

O feriado no sítio do Rodrigo marcou meu último fim de semana de paz. Com a proximidade do vestibular, meu cursinho implantou aulas também aos sábados e simulados aos domingos. Eu não via a hora de junho chegar, para que eu pudesse fazer as provas e ficar livre de tanto estudo. Fiz até uma listinha das primeiras coisas que eu faria depois que o vestibular passasse:

1. *Assistir a todos os filmes do mundo!*
2. *Tirar carteira de motorista.*
3. *Escrever pelo menos uma vez por semana pra minha família inglesa.*

Seguindo o conselho do meu pai, resolvi me inscrever também em Direito, mas não só para que minha mãe me deixasse em paz. Vi que as provas seriam em dias diferentes e

– como as de Cinema eram por último – um "treino" a mais seria útil para que eu estivesse mais tranquila quando fosse fazer o vestibular que realmente importava pra mim.

Passei a encontrar muito pouco as meninas. Eu via a Natália no cursinho, mas nossa prioridade passou a ser bem mais o vestibular do que as conversas e bilhetinhos. Sair durante a semana se tornou impossível, então os meus únicos momentos de folga – aos sábados e domingos à tarde – eu usava para ver o Leo.

Meus encontros com a Gabi passaram a ser esporádicos, então eu fiquei muito feliz quando um dia, enquanto fazia um intervalo entre o estudo de uma matéria e outra, eu entrei no bate-papo e a vi.

Gabizinha está Online

Funnyfani – Gabi! Que bom te encontrar aqui! Que saudade!!!

Gabizinha – Oi, vestibulanda! Os livros te liberaram um pouquinho? Ou veio procurar na internet alguma matéria que não esteja neles?

Funnyfani – Nossa, já está saindo até fumaça da minha cabeça! Tive que parar um pouco, já estava confundindo tudo, daqui a pouco eu ia pensar que, na fase da mitose, as companhias hereditárias se unem em átomos para criar uma poesia parnasiana.

Gabizinha – Caramba! Conseguiu misturar Biologia, História, Química e Português! Vai de leve, Fani!

Funnyfani – Não é?! Estou ficando louca já... Mas me conta!! Alguma novidade?

Gabizinha – A Natália te falou da cartomante?

Funnyfani – Não! Que cartomante?

Gabizinha – A dona Amélia! Lembra dela? Aquela senhora que lê cartas de tarô! Que dois anos atrás falou que sua viagem ia ser sofrida e tal... e que você estava apaixonada pelo Leo...

Dona Amélia... Aos poucos as lembranças do dia em que eu, a Natália e a Gabi havíamos ido à casa dela voltaram à minha mente. Tinha sido um pouco antes da minha viagem para a Inglaterra, mas desde então tanta coisa havia acontecido que parecia ter muito mais tempo...

Funnyfani — Lembro...

Gabizinha — Eu e a Natália vamos lá de novo na quinta à tarde! Quer ir também? Eu preciso muito saber sobre o Gabriel!

Funnyfani — Não é mais fácil perguntar pra ele?

Gabizinha — Aham. Vou chegar pro garoto e perguntar: E aí, Gabriel? Nós vamos casar, ter três filhos, dois cachorros e uma casa na praia?

Funnyfani — Por falar nisso, como vocês estão? Você já está até pensando em casamento...

Gabizinha — Ai, Fani! Só dei um exemplo! Nós ficamos o tempo inteiro juntos no sítio do Rodrigo e estamos conversando pelo telefone todos os dias desde que ele voltou pra Brasília... Mas é que ele é meio lento, sabe? Te contei que fui eu que tive que chegar nele lá no luau, né? Ele estava me mascando há horas, mas simplesmente não me beijava! Aí, eu fingi que tinha visto um cílio caído no rosto dele, falei que ia tirar, cheguei bem pertinho e...

Funnyfani — Ai, que vergonha!

Gabizinha — Vergonha nada! Ainda bem que eu não sou você, senão não teria ficado com ele até hoje! E foi ótimo, porque depois disso ele ficou esperto! Só me largou no domingo, quando a gente foi embora.

Funnyfani – E você quer perguntar pra dona Amélia se seu "ataque" valeu a pena?

Gabizinha – Eu já sei que valeu a pena. Quero saber é se eu devo mesmo embarcar nesse namoro a distância, senão vou perder meu tempo!

Funnyfani – Se você estiver gostando dele mesmo, a distância não importa...

Gabizinha – Eu estou gostando um pouquinho dele. Mas quero saber se ele também está gostando de mim! Ou você acha que todos os caras do mundo são bobos que nem o Leo, que ficou um ano sem beijar ninguém pra te esperar?

Funnyfani – O Leo não é bobo! E, além do mais, Brasília não é tão longe... Vocês não vão ficar um ano sem se ver.

Gabizinha – Lógico que não. Ele está voltando daqui a poucos dias. Obrigada a todos os trabalhadores pelo feriado do dia 1º de maio, que cai na terça-feira, o que significa que o fim de semana vai ser prolongado!

Funnyfani – Puxa, então está sério mesmo! E você ainda precisa ir a uma cartomante pra saber se ele gosta de você?

Gabizinha – Fani, ele tem família aqui em BH. A vinda dele não é só por minha causa, por mais que eu queria pensar isso.

Funnyfani – O Leo tem família no Rio e não vai pra lá a cada feriado!

Gabizinha – Não vai agora... por SUA causa. Lembro perfeitamente que antes do namoro de vocês ele até inventava feriado pra viajar pra lá! Preciso que a dona Amélia me diga se o Gabriel é um Leo... ou um Cláudio. Porque, se for a segunda opção, vou correr enquanto é tempo.

Funnyfani – Você ficou muito abalada com esse Cláudio, não é? Sempre fala dele com tanta amargura... Eu não estava aqui na época, mas... você sofreu muito quando ele terminou com você, Gabi?

Gabizinha — Não quero falar nesse assunto! Se na época você não importou, por que vai importar agora?

Funnyfani — Eu me importei, Gabi... Eu sempre me importo com você! Mas eu estava longe! E já me preparando pra voltar do intercâmbio... as coisas estavam bem tumultuadas lá. Desculpa, eu realmente queria ter participado, ter te dado força....

Gabizinha — Já passou! E então, vai ou não querer ir à cartomante? Tem que marcar hora.

Funnyfani — Quero ir, sim!

Gabizinha — Então vou ligar pra ela agora e pedir pra te incluir. Nós marcamos para quinta-feira às 17 horas. Você acha que consegue sair do plantão do cursinho a tempo?

Funnyfani — Eu dou um jeito de sair antes do último horário...

Gabizinha — Então, combinado. Eu e a Natália te encontramos lá na porta às 16h. E de lá a gente pega um ônibus. Ah! Aproveita e pergunta pra dona Amélia se você vai passar no vestibular!

Funnyfani — E você acha que eu quero ir lá por qual motivo?

Gabizinha — Tenho certeza de que não tem nada a ver com o vestibular, e sim pra saber sobre uma pessoa cujo nome começa com L e termina com O.

Funnyfani — Eu já sei tudo sobre o Leo!

Gabizinha — Ah, e nem quer perguntar se ele te ama... Da última vez que conversamos esse era o problema da sua vida... o fato dele não ter dito que te amava ainda...

Funnyfani — ...

Gabizinha — Dona Estefânia "Reticências" Belluz... ainda te conheço muito mais do que você mesma. Embora para esse seu dilema, eu já saiba a resposta... Eu é que preciso consultar as cartas pra saber se, algum dia na vida, vou arrumar um namorado que me ame tanto quanto o Leo te ama... Tenho que desligar agora, preciso escrever uns e-mails! Até quinta-feira!

Funnyfani — Até quinta! Tchau!

Gabizinha está Offline

Funnyfani está Offline

De: Gabriela <gabizinha@netnetnet.com.br>
Para: Ana Elisa <anelisa6543210@hotmail.com>
Enviada: 23 de abril, 16:20
Assunto: Brasília

Oi, Ana Elisa!

Aqui é a Gabi, tudo bom?

Desta vez não estou escrevendo pra te falar da Fani... pelo menos não diretamente.

Lembra quando você me convidou para te visitar em Brasília? Bom, quer dizer, sei que na verdade você convidou a Fani e falou para que eu fosse junto, mas... será que você poderia escrever pra ela reforçando o convite?

Desculpe a cara de pau. Mas é que eu conheci um garoto... e ele mora em Brasília e... Por favor, te peço que não comente sobre isso com a Fani, nem sei por que eu estou me abrindo com você, deve ser porque você mora longe, nos conhecemos pouco e sei que por isso mesmo você não vai ficar julgando meus atos...

O caso é que ele (o Gabriel, o cara de Brasília que eu conheci) vem pra cá nesse fim de semana, aproveitando o feriado, mas eu sei que vai passar muito rápido, então eu queria saber se teria a possibilidade de no outro mês você me receber aí... com a Fani, claro. Mas para isso você vai ter que convencê-la... Sei que ela não vai querer sair de perto do Leo.

Mas, se não puder, tudo bem, não tem problema. Não é nada de mais, nem estou gostando muito dele, mas é só que eu queria conhecer Brasília, ouvi dizer que é bem legal.

Um beijo e muito obrigada.

→ Gabi ←

De: Gabriela <gabizinha@netnetnet.com.br>
Para: Dra. Eliana <elianapsicologa@psicque.com.br>
Enviada: 23 de abril, 16:33
Assunto: Consulta virtual

Dra. Eliana,

Você estava certa. Escrever para expor previamente meus conflitos deu resultado (já que a nossa última consulta real durou apenas duas horas e meia), então resolvi repetir a consulta virtual.

Eu acho que desejei tanto um namorado que acabei arrumando um. O problema agora é que eu não estou conseguindo me entregar plenamente. Estou com receio de abrir meu coração, de me permitir apaixonar por ele, e acabar me desiludindo novamente. Na verdade, acho que já estou apaixonada, só não quero admitir. Para ninguém. Não conto, por exemplo, para as minhas amigas o quanto eu estou envolvida, pois não gosto do jeito que elas me olham, preocupadas, com medo de que eu possa me decepcionar. E especialmente, não quero que

— caso alguma coisa dê errado — elas tenham *pena* de mim! E também não demonstro para o Gabriel (Sim, ele é meu xará! Sei que você não acredita em destino, e nem eu acreditava, mas não posso ignorar essa coincidência!), ele me liga todos os dias, fala o tempo todo que não vê a hora de me encontrar novamente e eu só digo que "vai ser legal", em vez de falar o que eu realmente gostaria, que é: "Por favor, venha logo, venha hoje, eu estou passando mal de saudade e não paro de pensar no seu beijo um único minuto!".

Dessa forma, tenho abafado meus sentimentos, mas o problema é que à noite, quando vou dormir, eles me dominam, e eu acabo ficando triste, ontem eu até chorei... Mas ninguém pode saber disso!

Doutora, preciso saber o que fazer com esse medo de me machucar. Você sabe como eu fiquei por causa do Cláudio. Não quero ficar naquele estado novamente.

Muito obrigada,

Gabriela

De: Ana Elisa <anelisa6543210@hotmail.com>
Para: Gabriela <gabizinha@netnetnet.com.br>
Enviada: 23 de abril, 20:40
Assunto: Re: Brasília

Gabi, querida!

Que alegria receber seu e-mail! Fiquei muito feliz por não ser nenhum problema com a Fani dessa vez!

Gabi, venha quando quiser! Não precisa esperar a Fani! A casa dos meus tios (não sei se a Fani te explicou a história inteira, mas meus pais continuam morando na Inglaterra e eu voltei para o Brasil para fazer faculdade) está aberta pra você!

Eu estou namorando e vai ser ótimo, vamos poder sair "de casal"!

A Fani ainda nem sabe sobre o meu namorado, já tem um tempinho desde a última vez que conversamos. Ela anda tão envolvida com os estudos e eu às voltas com minha faculdade, e agora também com meu namorado (você sabe, no comecinho do namoro ficamos tão empolgadas que não temos tempo pra mais nada além do nosso amor!), mas vou mandar um e-mail para ela agora EXIGINDO que ela venha me visitar! Vou falar para ela trazer o Leo, aposto que assim ela vai animar!

Porém, como já disse, não precisa esperar pela Fani. Venha o mais rápido possível, vai ser um prazer te receber aqui! Você vai adorar Brasília!

Beijos!

Ana Elisa

20

> <u>Velho Denahi</u>: Pequenas coisas se tornam grandiosas. O inverno vira primavera. Uma coisa sempre se transforma em outra.
>
> (Irmão Urso)

As meninas chegaram pontualmente às 16 horas na porta do meu cursinho. Eu estava tão empolgada que nem tinha conseguido prestar atenção à última aula. Em vez de fazer exercícios, fiquei fazendo uma lista do que eu não podia me esquecer de perguntar:

- O Leo me ama?
- O Leo e eu vamos namorar por muitos anos?
- O Leo e eu vamos nos casar?
- O Leo e eu vamos ter filhos?
- O Leo e eu vamos ficar juntos pra sempre?
- Vou passar no vestibular?
- Vou ser, algum dia, uma cineasta de prestígio?

- Vou voltar à Inglaterra nos próximos anos?
- Alguma coisa (boa ou ruim) vai acontecer com a minha família?

No caminho, fomos nos lembrando de tudo o que a dona Amélia havia dito da outra vez. Constatamos que ela tinha acertado quase tudo. Na época, a Natália nem era interessada no meu irmão e ela previu que ela namoraria um cara mais velho. O Inácio tinha mesmo sofrido a perda de um bem material, já que roubaram o som do carro dele. E a Gabi disse que o Cláudio estava namorando agora uma menina que fazia luzes no cabelo, e isso só ia ao encontro da previsão de que ela deveria tomar cuidado com uma loura.

Chegando ao local, senti uma coisa estranha. Era como se o tempo não tivesse passado. Tudo estava absolutamente igual. Inclusive a dona Amélia.

"Meninas! Quanto tempo! Vocês cresceram! Estão tão bonitas!", ela foi dizendo enquanto nos abraçava. Eu duvidava de que ela realmente estivesse se lembrando da gente, tantas pessoas deviam passar por ali... e já havia um ano e meio desde que ela havia nos visto. Como se tivesse lido meus pensamentos, ela se virou para mim e perguntou: "Como foi a viagem, minha filha? Conseguiu resolver todos os problemas? Estou vendo que não é só exteriormente que você cresceu".

Eu me senti arrepiar inteira. Bruxa. Ela só podia ser uma bruxa.

"Quem vai primeiro desta vez?", ela perguntou, sem esperar que eu respondesse.

"Eu vou!", a Gabi deu um passo à frente. "Não estou aguentando de ansiedade!"

"Eu sei, menina...", a dona Amélia balançou a cabeça. "Já dizia o imperador romano Julio César: 'O que está fora da vista perturba mais a mente dos homens do que aquilo que pode ser visto'".

Eu olhei para a Natália e vi que ela estava repetindo a frase baixinho, tentando decorar.

A Gabi entrou no quartinho onde a dona Amélia fazia as consultas, e eu e a Natália ficamos esperando.

"Natália", eu falei assim que nós ficamos sozinhas. "Lembra da outra vez? A Gabi também foi primeiro..."

"Foi mesmo...", ela respondeu. "E eu quero ser a segunda de novo. Também estou meio nervosa, preciso ir logo..."

"Por que você está nervosa?", eu vi que ela não parava de mexer no cabelo.

"Não sei... estou com uma sensação esquisita já tem uns dias."

Eu peguei uma revista velha que estava ao lado do sofá onde havíamos nos sentado e comecei a folhear. Ia ser uma longa espera, e eu não queria que a tensão das meninas acabasse me contagiando.

Meia hora depois, a Gabi saiu, com uma expressão meio estranha. A Natália se levantou imediatamente e foi ao encontro da dona Amélia. Eu pensei que a Gabi fosse se sentar, mas ela ficou olhando pela janela.

"O que houve, Gabi?", eu perguntei preocupada. "Ela fez alguma previsão ruim?"

"Não...", ela respondeu sem me olhar. "Mas também não disse nada de bom."

"O que ela falou então?", eu estava morrendo de curiosidade.

"Fani, vamos esperar a Natália sair?", ela pegou a revista que eu estava lendo. "Não estou a fim de repetir duas vezes."

Eu ia protestar, mas nesse minuto a Natália saiu do quartinho, chorando.

"O que aconteceu, Natália?", eu e a Gabi perguntamos quase ao mesmo tempo. Eu olhei para o relógio e vi que não tinha nem dez minutos que ela havia entrado.

"Ela falou que o tarô não deu permissão para a minha consulta", ela respondeu enxugando as lágrimas. "Disse que minha energia hoje está completamente desordenada, que isso pode afetar as previsões e que ela preferia que eu voltasse outro dia".

"Você está chorando só por isso?" a Gabi perguntou. "Achei que ela tivesse dito que o Alberto fosse morrer!"

"Gabi!", eu gritei. "Ele é meu irmão!"

"Não fala isso nem de brincadeira!", a Natália começou a bater no braço dela.

"Credo, gente, estou brincando!", a Gabi saiu de perto. "Fani, vai logo. Quero ir embora."

Eu suspirei. Já nem estava mais com vontade de saber o que o futuro me reservava. Eu não queria ficar com a mesma cara da Gabi e muito menos no estado da Natália. No mesmo instante, a dona Amélia chegou na porta.

"Meninas... cada pessoa tem o seu destino...", ela falou olhando para nós três. "Ele é uma espécie de rio. O leito já está traçado. Mas o jeito de percorrê-lo, somos nós que decidimos."

Nós olhamos umas para as outras. Ela andou até a Gabi e disse: "Algumas pessoas decidem que vão de barco...", em seguida, virou para mim e completou: "Outras preferem nadar...". Por último, ela olhou para a Natália: "Outras resolvem que é melhor andar pela margem. Mas, no final das contas, todos fazem o percurso. Os caminhos que cruzam os nossos podem ser mudados. Tudo depende das nossas ações...". Ela colocou a mão no ombro da Natália e sussurrou: "E o que parece ser... às vezes não é".

Eu olhei para as meninas e vi que, assim como eu, elas não estavam entendendo nada. Ela foi em direção ao quarto novamente, mas, antes de entrar, apontou pra mim: "Tenho umas coisas para te falar. Vamos lá?".

Vi que a Natália arregalou os olhos. Olhei para a Gabi, que fez um sinal afirmativo com a cabeça, me incentivando a entrar. Eu criei coragem e segui a dona Amélia.

De: Alberto <albertocbelluz@bol.com.br>
Para: Inácio <inaciocb@mail.com>
Enviada: 26 de abril, 16:20
Assunto: Informações para um amigo

Inácio, eu tenho um amigo da faculdade que está passando por um probleminha e eu falei pra ele que você já tinha vivido algo parecido, e então ele pediu pra eu te perguntar umas coisas...

Vou direto ao assunto. Quando você e a Cláudia namoravam e ela ficou grávida, o pai dela quis te matar? E a mamãe, só faltou morrer? Como vocês fizeram para contar para os dois? Outra coisa... lembro que vocês resolveram se casar às pressas... Como você fez para pagar aluguel e tudo mais, se ainda estava na faculdade? Uma última coisinha... Como você soube que a Cláudia estava grávida? Ela te deu a notícia ou você perguntou primeiro? E como ela ficou? Digo, em termos de humor... por acaso ela estava chorona, nervosa, sem querer te encontrar?

Cara, se puder responder, meu amigo vai te agradecer pro resto da vida!

Valeu!

Alberto

De: Alberto <albertocbelluz@bol.com.br>
Para: Padre Afonso <pdafonso@mail.com>
Enviada: 26 de abril, 16:50
Assunto: Cerimônia

Padre Afonso,

Não sei se o senhor lembra de mim, eu costumava ir à missa com minha avó todos os domingos... Bom, isso tem uns 15 anos. Mas foi o senhor que ministrou minha primeira comunhão, e eu lembro que sempre falava em seus sermões sobre "como a família é importante". Desculpe por ter ficado tanto tempo sem aparecer. É que sempre tem tanta coisa pra fazer aos domingos... o senhor sabe como é.

Padre, eu estou com uma certa urgência e tem exatamente a ver com a questão da importância da família. Liguei para a paróquia, mas me disseram que o senhor está viajando. Eu queria saber se seria possível realizar um casamento com urgência. Ouvi dizer que só tem vaga para daqui a seis meses, mas eu realmente precisava que a cerimônia acontecesse o mais rápido possível.

Muito obrigado desde já. Prometo que meu filho, quer dizer, meus futuros filhos, que eu vou ter daqui a vários anos, frequentarão a igreja muito mais do que eu.

Alberto

De: Alberto <albertocbelluz@bol.com.br>
Para: Natália <natnatalia@mail.com>
Enviada: 26 de abril, 17:20
Assunto: Eu sei.

Tchuca...

Já sei de tudo. Não precisava esconder... Saiba que eu vou estar ao seu lado o tempo todo! Isso só vai servir para nos aproximar ainda mais, se é que isso é possível!

Eu estou tentando te ligar e você não me atende, vou continuar insistindo. Quero muito te levar pra jantar, para a gente comemorar. Tenho certeza de que nossas famílias vão gostar!

Por favor, confie em mim, tudo vai correr bem! Te amo, tchuquinha, não quero te ver triste, isso é motivo só para alegria!

Será que vai ser menino ou menina? Podia ser uma bonequinha tão fofuchinha quanto você!

Eu

21

Arnie Klein: Às vezes, a vida tem uma ideia melhor.

(Marley e eu)

Quando saímos da casa da dona Amélia, já era noite. Os dias estavam escurecendo bem mais rápido com a proximidade do inverno. A Natália já tinha ido embora, a Gabi me explicou que, enquanto eu estava lá dentro, ela ligou para o Alberto e pediu que ele a buscasse, pois ela não estava se sentindo muito bem.

Olhei para o relógio e vi que eu tinha ficado uma hora e quinze minutos lá dentro! A Gabi tinha pedido pro pai dela nos buscar no Shopping Del Rey, que era lá perto, pois havia ficado tarde para voltarmos de ônibus. Enquanto ele não chegava, nós resolvemos lanchar e contar as previsões do tarô da dona Amélia.

"Você primeiro", eu falei, enquanto cortava um pedaço da minha pizza. "Afinal, você foi antes. E eu estou muito curiosa pra entender por que você saiu com aquela expressão estranha."

"Não foi nada, Fani...", ela respondeu, antes de dar uma grande mordida no Big Mac dela. "A cartomante não falou o que eu queria ouvir, só isso. Mas depois, quando ela disse aquilo lá do rio, do percurso e tal, eu entendi. Ela quis dizer que somos nós que resolvemos como a nossa vida vai ser. Algumas partes já estão marcadas, mas nós temos o poder de mudar quase tudo, de reconstruir, de fazer a 'viagem' com quem e como preferirmos..."

"Ah...", eu ainda não tinha entendido direito o que o rio tinha a ver com o destino. "Mas... o que ela disse pra você lá dentro?"

A Gabi limpou a boca com um guardanapo e suspirou: "Ela falou que, profissionalmente, eu estou no caminho certo. Que eu vou ser uma médica brilhante, mas não na especialidade que eu estou pensando. Ela também disse que eu vou conhecer pessoas que vão me mostrar o que eu realmente devo ser..."

"Ué, mas isso é bom, não é?", eu perguntei. "Ela falou que você vai ter êxito profissional e que também vai conhecer gente nova... isso tudo é ótimo!"

"Sim... mas nada do que eu já não soubesse! Claro que eu quero ser psiquiatra, ainda quero, mas eu sei que posso mudar de ideia até fazer minha residência! Falta tanto tempo ainda! E, modéstia à parte, eu *já* sou brilhante, né, Fani?"

Nós duas rimos.

"E o que mais?", eu perguntei. "Alguma coisa sobre o menino ruivo?"

"Gabriel. O nome dele é Gabriel. Ela falou que tudo depende de mim. Que ele está interessado, mas que ela acha que eu não vou ter fôlego para um namoro a distância por muito tempo nesta fase em que eu estou vivendo. Ela acha que o momento é muito mais de plantar e disse que o meu futuro sentimental está intimamente ligado ao profissional."

"Será que você vai se casar com um médico?", eu perguntei sorrindo. "Olha que o Alberto já é da Natália!"

"Nossa, nem se não fosse! Não me leve a mal, mas seu irmão é muito grudento, Fani! Quando ele e a Natália começam com aquela 'beijação'... não aguento ficar nem perto!"

"Quando você gostar de alguém de verdade, vai querer ficar beijando o tempo todo também", eu falei.

"Eu gostei pra valer do Cláudio, Fani. Mas nem por isso a gente ficava se agarrando publicamente! Eu esperava até que estivéssemos sozinhos para demonstrar o que eu sentia. Agora me conta, que demora foi aquela? O que houve lá dentro? Você perguntou sobre sua vida inteira, né?"

"Não...", eu respondi. "Na verdade, nem deu tempo de perguntar tudo da minha lista. O caso é que logo que eu me sentei, sem que eu dissesse nada, ela perguntou como andava a terra da rainha. Gabi, você disse pra ela que eu fui pra Inglaterra? Eu não tinha contado isso da outra vez, só que ia para o exterior!"

"Claro que não!", a Gabi respondeu meio indignada. "Eu usei o meu tempo pra falar só de mim..."

"Então ela realmente é vidente. Mal entrei e ela começou a me perguntar como era Londres, falou que tem um filho que trabalha ilegalmente nos Estados Unidos e que queria saber se a imigração era mais tranquila no aeroporto inglês, se eu sabia se era fácil arrumar emprego lá..."

"Ih... Quer dizer que ela usou o tempo da sua consulta para colher informações que usará para que o filho dela vire um imigrante ilegal na Inglaterra? Cuidado, Fani... a rainha não vai gostar nada disso... ela te recebeu de braços tão abertos..."

"Não tem graça, Gabi... eu imagino o que o filho dela deve passar... Vi tantos brasileiros lá em Brighton trabalhando ilegalmente... Deve ser péssimo viver sabendo que você pode ser deportado a qualquer momento!"

"Estou só brincando. Mas conta logo! Quero saber sobre as previsões!"

Eu respirei fundo e comecei a contar: "Bom, eu resolvi explicar que algumas das coisas que ela havia me dito realmente tinham acontecido. Lembrei que ela tinha falado que o Leo era minha alma gêmea, ou algo assim, e então eu contei que viajei no momento em que nos declaramos, que depois eu sumi, arrumei outro lá, ele ficou triste... ah, falei tudo! Acho que por isso é que demorou."

"Não devia ter falado nada", a Gabi balançou a cabeça, me recriminando. "Claro que a partir daí, ela disse tudo o que você queria ouvir!"

"Antes ela tivesse dito. Mas foi muito pelo contrário. Ela falou que eu e o Leo nos conhecemos no momento errado e que, por esse motivo, o astral tenta continuamente nos separar. Que um pode interromper a caminhada do outro. E que nós temos que ser muito fortes e persistentes, pois só o amor não basta. Ela avisou que vêm mais controvérsias por aí, que é para eu me preparar..."

"Puxa, essa dona não podia te falar essas coisas!", a Gabi disse meio revoltada. "Você é totalmente influenciável! Agora vai ficar o tempo todo esperando o pior acontecer! Vai acabar atraindo!"

"Eu também não queria ter ouvido isso...", eu disse suspirando. "Ela falou que o acaso vai ser meio cruel comigo, mas que isso é necessário para que uma coisa muito maior aconteça na minha vida. Que eu vim para esse mundo por um motivo e que nos próximos cinco anos vou descobrir que motivo é esse." Eu olhei para baixo antes de continuar. "Mas ela disse que pode ser que o Leo não entenda isso. Que pode ser pressão demais pra ele..."

"Não fica triste, Fani... eu tenho certeza de que, independentemente do que seja, o Leo vai entender, ele é muito compreensivo com você... até demais na minha opinião..."

"Gabi, eu não quero nem saber...", eu olhei para ela. "Eu mudo a sorte, faço o tal rio virar estrada, paro o tempo... mas sem o Leo eu não fico!"

"Tenho certeza disso...", ela falou levantando uma sobrancelha. "Por acaso ela falou se vocês vão se casar?"

"Eu perguntei, mas ela disse que não consegue enxergar um futuro tão distante... ou seja, não vou casar com ele tão cedo, né?", eu disse triste.

"Fani...", a Gabi riu. "Você está parecendo a Natália! Você tem que virar uma cineasta famosa antes de pensar em uma coisa dessas! E o Leo também tem que dar um rumo na vida dele, se formar, se estabelecer... Casar custa caro!"

"Eu sei, Gabi... e nem quero me casar agora. Mas eu quero me casar *com ele*. E queria que a dona Amélia tivesse visto isso lá... não gosto de pensar que o Leo pode não fazer parte do meu destino..."

"Ele já *é* parte do seu destino, Fani... ou você acha que algum dia na vida vai conseguir esquecê-lo?"

Eu balancei a cabeça negativamente. Nunca. Eu tinha certeza de que, independentemente do que acontecesse, eu iria me lembrar dele pelo resto da minha vida.

"Ei!", a Gabi falou de repente. "Você vai passar no vestibular? Essa era a pergunta imediata mais importante!"

Eu sorri: "Vou sim. Ela falou que vê isso muito claro. Mas que pode ser que eu faça uma outra escolha".

A Gabi arregalou os olhos: "Você vai mudar de ideia? Vai fazer a vontade da sua mãe, advogada Estefânia?".

Eu e ela começamos a rir.

"O tarô da dona Amélia deve estar estragado se viu isso lá!", eu respondi. "Não existe nenhuma possibilidade de eu não estudar Cinema. Nem que eu demore 20 anos pra passar no vestibular!"

"Boba... você vai passar agora. Tenho certeza!", ela disse, apertando minha mão para me dar força.

"Bom... acho que foi só isso...", eu continuei. "Ah, ela disse que um dos meus irmãos está atravessando uma situação delicada, mas que vai manter isso em segredo. O que será?"

"Ah, deve ser o Inácio, alguma coisa do trabalho, né?", a Gabi respondeu. "Ou talvez o Alberto esteja indo mal na faculdade..."

"O Alberto estuda mais do que eu, ele só tira notas boas...", eu respondi. "Mas a dona Amélia falou que eu não preciso me preocupar, pois é uma situação provisória e que logo vai se resolver."

"Melhor assim...", a Gabi falou, olhando para o relógio. "Meu pai deve estar chegando, vamos indo pra porta?"

A gente se levantou e foi andando para a saída. No caminho, ela se lembrou de uma coisa e virou depressa pra mim: "Fani! O Leo te ama?".

Nós começamos a rir! Essa tinha sido a primeira pergunta que eu havia feito. Eu só assenti e sorri por dentro. A dona Amélia tinha dito que poucas vezes as cartas tinham mostrado um amor tão claro e tão imenso...

Quando a gente saiu do shopping, a Gabi falou: "Fani... ela me disse mais uma coisinha...".

Eu parei e olhei séria pra ela, com medo de ser algo ruim.

Ela riu da minha expressão e falou: "Ela viu lá nas cartas que a gente vai ser amiga pra sempre! Que você, eu e a Natália teremos contato pelo resto da vida, independentemente dos lugares para onde o destino nos levar".

Eu abri o maior sorriso e dei um abraço nela.

"Disso eu já tinha certeza, Gabi... não precisava de uma cartomante contar..."

Nós sorrimos uma para a outra e entramos no carro do pai dela.

De: Alberto <albertocbelluz@bol.com.br>
Para: Inácio <inaciocb@mail.com>
Enviada: 26 de abril, 20:29
Assunto: Esquece

Inácio,
Meu amigo já resolveu o problema.
Valeu!

Alberto

De: Alberto <albertocbelluz@bol.com.br>
Para: Padre Afonso <pdafonso@mail.com>
Enviada: 26 de abril, 20:40
Assunto: Obrigado

Padre Afonso,
Não sei se o senhor chegou a ler o meu e-mail anterior, mas queria dizer que pode desconsiderá-lo. Não precisa de pressa. Podemos marcar a cerimônia para daqui a uns quatro ou cinco anos, acho que assim dá pra fazer tudo com mais calma.
Mas muito obrigado pela atenção, prometo que tentarei ir à missa com mais frequência.

Alberto

De: Alberto <albertocbelluz@bol.com.br>
Para: Natália <natnatalia@mail.com>

Enviada: 26 de abril, 21:00

Assunto: Desculpa

Tchuquinha...

Desculpa pela confusão... Eu não sabia que a sua mudança de humor, comportamento e até de peso era devido a uma TPM mais forte por causa do stress com o vestibular.

Prometo que da próxima vez eu te consulto antes de comprar uma roupinha de bebê. Mas era tão bonitinha, tinha um elefantinho na frente... a gente podia ter guardado para o futuro... Mas tudo bem, eu entendo e não vou falar mais no assunto.

Mil beijos,

Eu

Annie: Eu não preciso que o sol brilhe para tornar o meu céu mais azul. Eu não preciso de nada além de você.

(Annie)

O penúltimo fim de semana de abril foi frio e chuvoso. Eu lamentei por isso, pois, com tal clima, nada seria melhor do que ficar em casa abraçadinha com o Leo vendo filmes. Porém, uns dias antes, ele tinha me perguntado se eu me importaria se ele viajasse para o Rio, pois seria aniversário do primo dele. Ele me convidou para ir junto, mas eu nem me atrevi a pedir para os meus pais. Eu já sabia que a resposta seria negativa, e o pior é que eu teria que concordar com o motivo principal deles: a proximidade do meu vestibular.

No sábado, 11 horas da noite, depois de estudar o dia inteiro, eu estava sozinha na sala vendo um filme que eu havia pegado na locadora (*Minhas adoráveis ex-namoradas* – quatro estrelinhas) quando o meu celular tocou. Meus pais tinham ido ao teatro e o Alberto devia estar na casa da Natália. Muito a contragosto, tive que parar o filme e atender. Mas, ao ver quem era, até esqueci o que estava fazendo antes. Peguei o telefone, fui para o meu quarto e fiquei debaixo do edredom, falando com *ele*.

Leo: *Oi, lindeza! Onde você está?*

Fani: *Oi, fofinho! Estou em casa...*

Leo: *Liguei exatamente pra saber se você não tinha ido pra rua! Um perigo te largar sozinha em BH...*

Fani: *Bobo! Até parece! Perigo é você aí no Rio de Janeiro! Por falar nisso, não saiu hoje à noite?*

Leo: *Não, já estou até deitado... Hoje foi o aniversário do Luigi, minha tia fez um almoço que durou o dia inteiro, estou meio cansado. Amanhã quero pegar uma praia.*

Fani: *Ai, que inveja... daria tudo por uma praia. Está chovendo aqui.*

Leo: *Mesmo? E o que você está fazendo?*

Fani: *Adivinha...*

Leo: *Quantas chances?*

Fani: *Uma!*

Leo: *Filme e pipoca!*

Fani: *Só o filme. Não tem graça comer pipoca sem você pra ficar disputando o pote comigo.*

Leo: *Eu queria estar aí pra disputar o pote com você...*

Fani: *Nem me fala... estou tão sozinha aqui...*

Leo: *Sozinha?? Não tem ninguém em casa?*

Fani: *Ninguém... todo mundo saiu.*

Leo: *Por que você não chamou as meninas pra te fazerem companhia?*

Fani: A Natália está com o Alberto, nem imagino onde. E a Gabi também está namorando, eu acho. Sabe aquele menino que ela beijou no sítio do Rodrigo?

Leo: O ruivo?

Fani: É! Então... ele veio pra BH pra passar o feriado com ela. Ah, por falar em feriado, você não vai ficar aí no Rio até terça, vai?

Leo: E se eu ficar?

Fani: Ah, não... Volta logo! Senão vou morrer de saudade... Eu queria aproveitar o feriado pra tirar umas "férias" dos livros... daria pra gente ficar junto a terça-feira inteira... mas se você ficar aí não vai ter nem graça.

Leo: Eu volto amanhã à noite! Só perguntei porque queria saber se você se importaria se eu ficasse aqui...

Fani: Me testando, né? Muito bonito! Você tinha alguma dúvida?

Leo: Você está vestida como?

Fani: Nossa, isso é que eu chamo de mudar de assunto! Estou de camiseta e pantufa... Está meio frio aqui, estou até debaixo do edredom!

Leo: Você está brincando, né?

Fani: Não, juro que eu estou de pantufa! É de coelhinho!

Leo: Não sobre a pantufa! Sobre o frio... E a camiseta... E você sozinha debaixo do edredom! Você inventou isso só pra me deixar com vontade, pode falar!

Fani: Hahaha! Pega um cobertor aí pra você também.

Leo: Você não está entendendo... a graça do cobertor é você debaixo dele...

Fani: *Hum.*

Leo: *Só de camiseta...*

Fani: *Hummm.*

Leo: *Sozinha em casa...*

Fani: *Hummmmmmmm.*

Leo: *Só faltou EU aí!*

Fani: *Hahaha! Faltou mesmo...*

Leo: *Sua mãe e seu pai nunca saem quando eu estou na sua casa!*

Fani: *Por que será, né?*

Leo: *Droga, Fani! Por que você tinha que ter me contado isso? Fiquei louco aqui te imaginando. Acho que vou pegar um avião agora.*

Fani: *Até você chegar, todo mundo já vai ter voltado...*

Leo: *Pena que aqui no quarto onde eu estou não tem computador. Queria te ver pela webcam...*

Fani: *Ah, não... Eu fico horrível na câmera! Ainda bem que não tem!*

Leo: *Até parece. Você é linda de qualquer jeito...*

Fani: *E você é fofo até de longe...*

Leo: *Lembra quando eu te liguei aqui do Rio, pra você me falar se eu tinha passado de ano?*

Fani: *Lembro!!! Tem tanto tempo! Parece que foi em outra vida!*

Leo: *Você nem gostava de mim ainda...*

Fani: *Gostava, sim! Eu já tinha gravado aquele CD, tive o maior trabalho, entreguei pra sua mãe e ela esqueceu, lembra? Eu quase morri de chorar!*

Leo: *Chorou?*

Fani: *Quase desidratei! Pode perguntar pras meninas!*

Leo: *Podia ter falado no telefone que queria ficar comigo. Eu teria voltado no mesmo instante! E teria ido a pé se precisasse!*

Fani: *Eu não tinha certeza que você gostava de mim... você andava estranho.*

Leo: *Mas depois você entendeu o motivo, né?*

Fani: *Leo, uns dias atrás eu fui a uma cartomante com as meninas. Ela falou que o destino não vai ser legal comigo... que pode nos separar por termos nos encontrado na hora errada, algo assim.*

Leo: *Cartomante, Fani? Pra que isso? Você pode me perguntar o que quiser saber, eu te falo!*

Fani: *Não fui lá pra perguntar de você... Eu queria saber se ia passar no vestibular! E ela falou que eu vou.*

Leo: *É óbvio que você vai passar, você está estudando 18 horas por dia! Mas que história é essa do destino nos separar? Isso não vai acontecer, desencana! Fala pra essa cartomante mudar de profissão!*

Fani: *Eu fiquei meio preocupada porque, da outra vez que nós fomos lá, ela acertou tudo...*

Leo: *Não fica pensando nisso! Já estou ficando com raiva dessa mulher! Não tem nada que possa separar a gente! Tem?*

Fani: *Da minha parte não! Eu quero ficar com você pra sempre...*

Leo: *E vai ficar. Agora vamos mudar de assunto pra não estragar minha noite! De que tamanho é essa camiseta que você está vestindo mesmo? Baby-look?*

Fani: *Hahaha! Vai sonhando...*

Leo: *Fala... deixa eu te imaginar...*

Fani: *Leo! Tenho vergonha! Para com isso...*

Leo: *Se eu estivesse aí, estaria te beijando todinha...*

Fani: *Ai, ai, ai...*

Leo: *Ia levantar seu cabelo, morder seu pescoço...*

Fani: *Ah, virou vampirinho agora?*

Leo: *Passar a mão bem de levinho nas suas costas...*

Fani: *Opa, opa... pode parar por aí. Já estou ficando arrepiada...*

Leo: *E aí eu ia descer devagarinho, até... Droga, minha bateria está acabando e eu estou sem o carregador! Já apitou aqui! Só temos mais um minuto!*

Fani: *Ah, não...*

Leo: *A cartomante acertou. O destino vai nos separar!*

Fani: *Hahahaha!*

Leo: *Um beijo, amorzinho! Amanhã à noite estou aí!*

Fani: *Beijo, meu lindo!*

Leo: *Vai cair! 4, 3...*

Fani: *Te amo, Leo... estou morrendo de saudade...*

Leo: *Eu...*

Não pude ouvir o que ele ia responder. A ligação caiu antes que ele terminasse a frase. Olhei para o meu edredom. Estava tão aconchegante antes... e agora parecia tão vazio, sem ele pra dividir o espaço comigo.

```
De: Gabriela <gabizinha@netnetnet.com.br>
Para: Gabriel <gb@netnetnet.com>
Enviada: 02 de maio, 6:33
Assunto: Saudade
```

Gabriel,

Você foi embora ontem à noite, mas eu queria te falar que já estou com saudade.

Eu preciso te pedir desculpas, você teve toda razão por ficar chateado, eu realmente não sei demonstrar o que sinto. Você disse que veio para BH só por minha causa e eu devia ter deixado você perceber o quanto eu fiquei empolgada com isso, mas a minha terapeuta diagnosticou que eu tenho "inabilidade de me expressar oralmente" e "medo de rejeição". Por isso eu escondo meus sentimentos. Mas eu quero que você saiba que eu estou gostando muito de você. Eu vou tentar ir a Brasília o mais rápido possível.

Muitos beijos,

→ Gabi ←

De: Gabriela <gabizinha@netnetnet.com.br>
Para: Leonardo <soueuoleo@gmail.com>
Enviada: 02 de maio, 6:45
Assunto: Viagem

Leo,

É o seguinte... eu chamei a Fani pra ir comigo a Brasília visitar a Ana Elisa. Você tem duas opções: ou diz pra ela que não se importa que ela vá sozinha, ou vai junto com a gente. Ai de você se implicar ou se fizer qualquer tipo de chantagem dizendo que vai cair na balada com os amigos enquanto ela estiver viajando! Já está na hora de você pagar todos os favores que te fiz na vida, como, por exemplo, o fato de eu ter aberto os olhos da Fani para o amor que ela nem sabia que sentia por você.

→ Gabi ←

De: Gabriela <gabizinha@netnetnet.com.br>
Para: Natália <natnatalia@mail.com>
      Priscila <pripriscilapri@aol.com>
Enviada: 02 de maio, 13:25
Assunto: Aniversário

Natália e Priscila,

Estou escrevendo para convidar vocês para o meu aniversário, que, como todas sabem, é no próximo sábado, dia 5 de maio. Como o meu namorado – ao contrário do de vocês – não mora na mesma cidade que eu, esse ano vou fazer uma festinha só para meninas, pois não teria a menor graça vocês ficarem me fazendo inveja bem no meu dia.

Sendo assim, resolvi comemorar o meu ingresso na vida adulta (18 anos, até que enfim!) com uma comemoração infantil: Vou fazer uma festa do pijama! Vai ser só mesmo para nós quatro. Falei pra Fani trazer uns filmes de romance (ou "de amorzinho", como ela diz...), pedi pra minha mãe encomendar sushi para o jantar e um supercafé da manhã para o dia seguinte, e acho que nós vamos nos divertir muito!

Lembrem-se de dispensar os garotos com antecedência, não aceitarei desculpas. Vocês não vão morrer se ficarem um sábado da vida sem namorar...

Beijos!

→ Gabi ←

23

Regina: Ela acha que vai dar uma festa e não me convidar? Quem ela pensa que é?

(Meninas malvadas)

Abri a minha agenda no dia 5 de maio e tinha duas anotações.

1. Aniversário da Gabi.
2. 30 dias para o vestibular.

O momento agora era de contagem regressiva. Eu só tinha mais um mês e ia fazer valer cada segundo daquele tempo. Não me importava mais se era segunda ou domingo. Todo momento era de estudo. Eu vinha passando mais tempo no cursinho do que em casa e só abria uma exceção para os sábados à noite, que era quando eu o Leo ficávamos juntos sem pressa. Exatamente por esse motivo, fiquei meio com pesar quando a Gabi me convidou para o aniversário dela. Seria uma festa do pijama, só para meninas. Eu tinha certeza de que seria divertido, mas não tinha como deixar de pensar que a Gabi podia ter inventado uma comemoração em que ele pudesse ser incluído.

Assim que terminei de me arrumar, liguei para o Leo. Ele ia dar uma passadinha na minha casa para que a gente ficasse junto pelo menos um pouquinho. Enquanto esperava ele chegar, liguei o computador para dar uma olhadinha na internet. Eu não estava tendo tempo nem para checar meus e-mails.

Tinha mais de 20. Porém, dois deles eu li imediatamente. Parecia que tinha muito mais do que cinco meses desde que eu havia voltado da Inglaterra. Mas receber notícias da Ana Elisa e da Tracy sempre me fazia voltar no tempo...

De: Ana Elisa <anelisa6543210@hotmail.com>
Para: Fani <fanifani@gmail.com>
Enviada: 05 de maio, 15:03
Assunto: Re: Notícias

Querida Fanny,

Você está tão sumida! O que houve? Brigou comigo e não me avisou?

Está tudo bem por aí? Como anda o Leo? E os estudos?

Tenho tantas novidades! Em primeiro lugar, comecei a fazer estágio! Eu sei que é meio cedo, mas eu mandei o meu currículo para a embaixada da Inglaterra, falando que morei lá por anos, que falo inglês fluente e que estou estudando Relações Internacionais, e não é que me chamaram? Fiquei tão feliz! Agora, todas as tardes, é como se eu estivesse na Inglaterra, mas morando no Brasil!

Tem mais! Você lembra que eu te disse que tinha conhecido um garoto? Então....... estou NA-MO-RAN-DO! Fanny, ele é TÃO lindo! Agora entendo perfeitamente a sua paixão pelo Leo! Eu não tenho vontade de sair de perto dele!

Eu nunca senti isso antes! É como se eu tivesse acabado de nascer, não lembro como era o mundo antes dele existir! Eu não paro de pensar nele um só segundo...

O nome dele é Felipe! Ele é da minha faculdade, mas está dois períodos na minha frente, apesar de fazermos algumas matérias juntos. O difícil é conseguir prestar atenção nessas aulas! Meus pais estão tristes, eles falaram que agora é que eu não volto mesmo para a Inglaterra... Tenho que dizer que eles estão certos.

Fanny, venha me visitar, por favor! Traga o Leo! Um fim de semana só não vai atrapalhar seus estudos, é até bom pra você distrair a cabeça um pouquinho... Quero muito que você conheça logo o Felipe. Preciso saber o que você vai achar dele!

Tenho que te contar um segredo... Eu tenho trocado uns e-mails com a Gabi! Mas não diga a ela que eu te falei, deixe que ela te conte. O fato é que eu estou sabendo que ela está namorando um cara de Brasília. E ela está desesperada para passar uns dias aqui comigo! Mas ela quer que você venha junto! Eu acho que você tem que ser solidária à sua amiga! ☺

Fanny, arranja um tempinho pra me escrever, quero saber como anda sua vida! Estou com muita saudade *mesmo*!

Beijinhos!

Ana Elisa

De: Tracy <tmarshallstar@hotmail.com>
Para: Fani <fanifani@gmail.com>
Enviada: 05 de maio, 17:21
Assunto: Missing you!

Dear Stephanie,

How are you? You have stopped writing me, I want to know everything about you and how your life is going!

Oh, I have some news! Do you remember Pierre, the French guy? He was going to spend the spring break with his family in France and invited me to go along! Of course my father would not let me, but I told him I was going with a new friend from school! Then my father asked me for this friend's mother phone number, so he could talk and check the information… I asked a friend to talk to him pretending she was her mother! And he trusted it! So, I spent a wonderful week with Pierre in Paris!

But now I'm sick of him! He is very needy! I'm so in love with another guy! He is American! I met him in London in a weekend I spent there with my grandparents. I went to Brick Lane and he was just there… We looked at each other, we talked (Did I tell you how I love American accent?), we kissed. He asked for my e-mail, his vacation finished and he went back to America. Now, most of all, I want to study there! I want to go to college in The United States! Would you come with me? I would love to have you as my flat mate! We could have so much fun together there!

Well, write me soon! I miss my Brazilian sister so much!

I want to know EVERYTHING about Leo! Are you still in love?

Love,

Tracy*

---

* Querida Stephanie, como você está? Você parou de escrever para mim, eu quero saber tudo sobre você, como sua vida está! Ah, eu tenho algumas

Li os dois e-mails várias vezes e notei que eles haviam me deixado triste e com a consciência pesada. Eu também estava com muita saudade delas. Daria tudo para entrar no primeiro avião e ir visitá-las!

Eu ainda estava com os e-mails abertos quando a campainha tocou. Fui correndo atender. No caminho, encontrei o meu pai, que perguntou se eu estava esperando alguém.

"O Leo!", eu respondi.

"Pensei que o aniversário da Gabi fosse só para garotas...", meu pai me olhou desconfiado.

"E é, pai! Mas o Leo veio pra ficar um pouquinho comigo antes... Ele deve estar a ponto de arrumar outra namorada mais disponível! No único dia em que a gente pode ficar junto, eu invento um programa em que ele não pode ir..."

Eu devo ter feito uma expressão muito triste, porque meu pai na mesma hora falou: "Eu acho que não tem problema se, só hoje, o Leo te levar de carro até a casa da Gabi... Assim vocês podem ficar juntos por mais uns minutinhos...".

---

novidades! Você se lembra do Pierre, o cara francês? Ele ia passar as férias de primavera com a família dele na França e me chamou para ir junto! Claro que o meu pai não deixaria, mas eu disse que estava indo com uma nova amiga da escola! Então ele me pediu o telefone da mãe dessa minha amiga, para que ele pudesse conversar e verificar a informação... Eu pedi para uma amiga minha falar com o meu pai como se fosse a mãe dela! E ele acreditou! Então, eu passei uma semana maravilhosa com o Pierre em Paris! Mas agora eu cansei dele! Ele é muito carente! Eu estou tão apaixonada por outro cara! Ele é americano! Eu o conheci em Londres em um fim de semana que passei lá com meus avós. Eu fui à Brick Lane e ele estava lá... Nós nos olhamos, nós conversamos (já te contei como eu amo sotaque americano?), nós nos beijamos. Ele pediu o meu e-mail, as férias dele terminaram, e ele voltou para a América. Agora, tudo que eu mais quero é estudar lá! Eu quero fazer faculdade nos Estados Unidos! Quer ir comigo? Eu adoraria tê-la como minha companheira de apartamento! Juntas, poderíamos nos divertir tanto lá! Bem, me escreva logo! Eu sinto tanta saudade da minha irmã brasileira! Eu quero saber tudo sobre o Leo! Você ainda está apaixonada? Com amor, Tracy.

Eu só não abracei mais meu pai porque o Leo já devia estar cansado de esperar.

Abri a porta e – como sempre – meu coração disparou. Eu nunca ia me acostumar com aquele sorriso lindo só pra mim.

"Oi, Fanizinha! Será que seus livros permitem que você me dê um beijo, ou vão ficar com ciúmes?"

"Um só, não...", eu disse fechando a porta atrás de mim, para que nós ficássemos sozinhos no hall do elevador.

"Quantos então?", ele perguntou me abraçando.

"Quantos forem necessários para matar a saudade..."

A saudade realmente devia estar grande, porque ficamos ali por muito tempo, até que o elevador parou no meu andar. O Alberto saiu dele, com uma expressão irritada.

"O que você está fazendo aqui?", ele perguntou assim que me viu.

Eu já ia mentir que o Leo tinha acabado de chegar e que eu tinha ido recebê-lo, mas ele continuou: "Vai me falar que você não vai ao aniversário *ridículo* da Gabi?".

"Ridículo por quê?", eu perguntei já entendendo a irritação. "Só porque você não foi convidado?"

"Apenas porque vai ter um monte de meninas de camisolinha e lingerie...", ele olhou para o Leo, "e a gente vai ter que se contentar em ficar imaginando! Que falta de graça! O que tinha de mais a gente ir?"

"Por falar nisso...", eu olhei para o relógio. "Já estou atrasada."

"Eu já vou descer então...", o Leo falou, segurando o elevador.

"Eu vou com você! Espera só um minuto, vou buscar minha mochila lá no quarto...", eu disse abrindo a porta.

"O Leo vai?", o Alberto ficou completamente indignado.

"Você vai comigo... pra onde?", o Leo perguntou sem entender.

"Ele vai me levar de carro até a casa da Gabi", eu expliquei para o Alberto. "O papai deixou." E me virando para o Leo: "Você me dá uma carona?".

Antes que ele pudesse responder, o Alberto passou o braço pelo ombro dele e disse meio sussurrando: "Vê se consegue entrar de penetra, Leo... arruma um esconderijo lá. Aí você me liga e eu vou correndo...".

Todos nós rimos.

Eu e o Leo fomos conversando no carro. Ele me contou que tinha ido ao supermercado mais cedo com a mãe dele e que eles haviam encontrado a minha mãe! Segundo ele, as duas se adoraram de cara.

"Elas trocaram até e-mails, Fani!", ele me contou empolgado. "Pareciam amigas de infância!"

"Isso não vai dar certo...", eu falei, imaginando a cena. Minha mãe e a dele não têm nada em comum. Enquanto a mãe do Leo é superdedicada à família, adora cozinhar, cuida da casa, e fica mimando os filhos e o marido o dia inteiro, a minha é toda elétrica, empresária, não para um só segundo, coloca todo mundo para fazer tudo pra ela, e eu nunca a vi cozinhar um ovo.

Quando dei por mim, já estávamos em frente ao prédio da Gabi. Virei para pegar minha bolsa no banco de trás e notei que tinha um casaco.

"Vai sair?", perguntei.

"Vou dar uma volta com o Alan...", ele respondeu meio sem graça. "Ele sempre me chama pra sair e eu nunca vou porque prefiro ficar com você... aí vou aproveitar que hoje você me trocou por *outra*..."

"Ah, tá...", eu disse meio chateada.

Ele deve ter percebido alguma mudança na minha entonação, porque na mesma hora perguntou: "Tem problema?".

"Não...", eu menti. O Alan só ia às maiores baladas da cidade. Naquelas onde tem o maior número de mulheres por metro quadrado. E eu realmente não estava achando a mínima graça em imaginar o Leo em um daqueles lugares com ele.

"Mentirosa...", ele apertou o meu nariz.

"Não tinha outra pessoa pra sair com você, não?", eu perguntei meio impaciente. "Aonde vocês vão?"

"Eu pensei que você gostasse do Alan!", ele cruzou os braços.

"Eu gosto! Só não acho legal que ele te leve pra gandaia!", eu fechei mais ainda a cara.

"Ciumentinha...", ele me puxou e começou a me beijar.

Eu o empurrei com uma mão e tampei a boca com a outra.

"Ah, é assim?", ele ficou me olhando.

"É! Vai beijar o Alan!", eu respondi em ar de brincadeira, mas senti a raiva aumentar.

"Nossa, como ela é brava...", ele começou a fazer cosquinha na minha barriga.

"Para, Leo!", eu disse enquanto tentava tirar a mão dele. "Não tem graça!"

"Só se você parar de fazer beicinho...", ele tentou beijar minha boca, sem parar com as cócegas.

"Para, senão vou te morder!"

"Morde...", ele continuou.

E então eu mordi. Pelo menos tentei, mas claro que aquilo não funcionou porque no mesmo minuto a mordida virou um beijo.

"Você fica tão linda bravinha...", ele disse sem parar de me beijar. "Acho que vou te irritar mais vezes..."

"Experimenta...", eu falei dando um beliscão no braço dele.

"Ah, é assim, é?", ele prendeu meus pulsos. "Olha que eu vou revidar..."

"Faz isso que eu te mordo de verdade..."

"Não...", ele falou. "Eu é que vou fazer isso agora", e começou a passar a boca na minha orelha e no meu pescoço...

"Tortura não vale...", eu senti meu corpo todo derreter.

"Você é que começou..."

Eu não consegui dizer mais nada. Ele abaixou o assento do meu banco e começou a me beijar novamente. Depois de um tempo, eu consegui me lembrar que ia chegar com a roupa toda amarrotada. "Leo...", eu tentei dizer no meio de um beijo. "Tenho que entrar..."

"Ah, não...", ele falou sem me soltar. "Você *sempre* faz isso. Provoca e depois sai fora..."

"Eu não faço isso...", eu disse rindo. "Nem te provoco e nem saio fora..."

"Sai, sim... no melhor da festa você sempre me interrompe... quer ver?", ele disse subindo a mão devagarzinho.

"Tenho que ir!", eu segurei a mão dele.

"Não falei?", ele levantou uma sobrancelha só. "Você realmente leva jeito pra diretora de cinema. No melhor da cena, você grita: 'Corta!'."

Eu ri. "Depois a gente conversa sobre isso... agora realmente não dá mais tempo."

"Só se você prometer que da próxima vez vai ficar bem quietinha... pra eu poder fazer o que quiser!", ele me abraçou, me prendendo.

"Quem sabe...", eu dei uma piscadinha pra ele. Nós demos um último beijo e eu abri a porta. Quando eu estava quase na portaria, virei pra trás e vi que ele ainda estava me olhando de dentro do carro. Voltei correndo, fui até a janela e disse com o dedo na frente do rosto dele: "Juízo, viu...".

Ele sorriu, pegou minha mão e beijou, sem parar de me olhar: "Acho que não vou mais sair, vou pra casa ficar te imaginando de camisola transparente...".

"Nada disso! Vai sair, sim!", eu disse rindo. "Sua imaginação é muito perigosa!"

Eu dei um último beijo nele, acenei e entrei no prédio da Gabi.

De: Alan <alan_alan@mail.com.br>
Para: Leonardo <soueuoleo@gmail.com>
Enviada: 05 de maio, 20:34
Assunto: !!!
Anexo: Flyer_insanidade.jpg

Leozão,

Atende o celular! Já sei para onde nós vamos! Tem uma festinha irada hoje! Se chama "Insanidade"! Já descolei os convites! Estou te mandando em anexo o flyer com todas as informações! Vou sair daqui a uma hora, me liga quando chegar na porta que eu levo o convite pra você!

Leozão na balada é evento histórico! Garantido que sua noite vai ser D+! Já convidei as gatas mais gatas!

Fui!

Alan

De: Maria Carmem <mcarmem55@hotmail.com>
Para: Cristiana <cristiana.acb@gmail.com>
Enviada: 05 de maio, 21:07
Assunto: Leo e Fani
Anexo: tortamorangos.doc

Estimada Cristiana,

Foi um grande prazer conhecê-la hoje mais cedo no supermercado. Queria te parabenizar mais uma vez por sua filha, a Fani foi muito bem educada.

Sei que anotamos nossos e-mails apenas para trocar receitas, mas hoje terei que usar esse recurso para outra finalidade.

O Leo disse que ia sair, mas voltou para casa pouco depois, com uma expressão meio sonhadora, disse apenas que estava cansado e foi para o quarto, onde está até agora mixando músicas (esse é o hobby dele). Desculpe a franqueza, mas já sei que, *sempre* que ele se tranca no quarto, a "culpa" é da Fani. Você sabe se eles brigaram hoje? Espero que eu esteja enganada dessa vez e que ele realmente esteja apenas querendo descansar. O Leo é muito esforçado, você sabe... Ele faz faculdade pela manhã e estagia na empresa do pai todas as tardes. Orgulho-me muito dele!

Estou te mandando em anexo a receita da minha torta de morangos com chantilly. A Fani adora. Quando for fazer, lembre-se de deixar a massa descansar por algumas horas, para dobrar o volume.

Beijos,

Maria Carmem

De: Alberto <albertocbelluz@bol.com.br>

Para: Leonardo <soueuoleo@gmail.com>

Enviada: 05 de maio, 22:01

Assunto: Relance

E aí, cunhado?

Deixou minha irmã direitinho na casa da Gabi?

Rolou o maior stress aqui, minha mãe chegou do aniversário em que ela estava e só faltou morrer quando soube que meu pai deixou você levar a Fani, ela falou que se te parassem na blitz e a Fani fosse presa, ela ficaria morrendo de vergonha das amigas!

Mas... me conta! Você levou a Fani até lá em cima? Deu pra ter um relance das meninas só de baby-doll?

Daria tudo pra ter aquela capa da invisibilidade do Harry Potter hoje!

Alberto

24

> *Pai de Sam: Nunca deixe que o medo de perder te impeça de jogar.*
> *(A nova Cinderela)*

As meninas já estavam enlouquecidas quando eu cheguei. A primeira coisa que notei é que os meninos iriam se decepcionar muito se aparecessem ali. A Gabi estava de pijama de flanela e a Natália e a Priscila de moletom. A roupa delas ia combinar perfeitamente com a minha camisola de manga comprida nada sexy e minhas pantufas.

"Fani! Como você demorou!", a Gabi disse assim que entrei e dei parabéns. "A gente já riu muito aqui! A Natália estava contando que o Alberto queria vir de todo jeito e me xingou até não querer mais!"

"Xingou mesmo... ele chegou lá em casa revoltado!"

"Ai, ele está muito bravo ainda?", a Natália perguntou. "Tadinho... vou ligar pra ele..."

"Não vai, não!", a Gabi falou. "Se vocês ficarem ligando para os namorados a cada minuto, a gente nem vai aproveitar!

Desencana, Natália! É bom pra ele sentir sua falta um pouquinho!"

"O Rodrigo ficou de me telefonar pra dar boa noite antes de dormir...", a Priscila entrou no meio. "A gente nunca dorme sem desejar boa noite um pro outro..."

"Ai, vocês são tão complicadas! E o Leo, Fani?", a Gabi perguntou. "Não ficou com raiva de mim?"

"Acho que não...", eu respondi. "Ele vai até sair com o Alan..."

"Com o Alan?!", a Priscila arregalou os olhos. "Eu não deixava! Espero que eles não inventem de ligar pro Rodrigo! Esse Alan adora levar os meninos pro mau caminho!"

"Vou trocar de roupa...", eu falei indo em direção ao banheiro. Eu já estava preocupada o suficiente, a Priscila não precisava piorar tudo ainda mais.

Quando voltei, a Gabi estava com uma garrafa de espumante na mão.

"Gabi", eu peguei o presente que tinha comprado pra ela. "Isso aqui é pra você. Eu não sei se você vai gostar, mas foi o melhor que eu pude fazer, não estou tendo tempo pra ser criativa, você sabe..."

"Passa pra cá, vestibulanda!", ela disse pegando o presente. "Claro que eu vou gostar! Nem precisava trazer nada!"

Ela desembrulhou a caixa e tirou lá de dentro o porta-retratos que eu tinha personalizado com uma foto de nós duas abraçadas.

"Ah... que fofo!", a Natália falou.

"Deixa eu ver?", a Priscila pediu.

"Tem mais coisa na caixa...", eu mostrei.

A Gabi colocou a mão lá no fundo e puxou a bonequinha vestida de médica que eu tinha custado pra achar.

"Ô, Fani...", ela me abraçou. "Adorei tudo... sério. E até que você foi bem criativa..."

"Vamos brindar?", a Natália perguntou. "A gente estava só esperando você chegar, Fani."

"Cadê seus pais, Gabi?", eu quis saber.

"Foram ao cinema. Vão voltar só à meia-noite. Falei que hoje a casa era só minha!", e, dizendo isso, ela estourou o espumante. "Agora todas nós temos 18 anos!"

Nós brindamos e em seguida jantamos. A mãe dela tinha encomendado comida japonesa, que nós todas adoramos. Depois, a Natália colocou o DVD do McFly que ela tinha levado e nós ficamos dançando em frente à TV e cantando muito alto.

"Fani, até hoje não me conformo!", a Natália falou meio sem fôlego. "Como você pôde ter ido ao show do McFly na Inglaterra e não ter tirado nem um retratinho deles! Fala pra mim, você viu de pertinho? Qual é mais lindo, o Dougie ou o Harry?"

"Ai, nada disso! O Tom é o mais fofo!", a Priscila opinou. "Mas o Danny tem a voz mais sexy..."

"A Fani nem assistiu a esse show!", a Gabi apontou pra mim. "Ela só tinha olhos para o Christian!"

"Mentira!", eu gritei. "Eu nem gostava dele ainda!"

"Gostava, sim...", a Gabi afirmou com a cabeça. "Te conheço..."

"Também, lindo do jeito que eu vi naquela foto...", a Priscila suspirou.

"Olha, esse assunto está muito chato!", eu fiquei séria. "Se continuarem eu vou embora!"

"Ih, apelou!", a Gabi atrapalhou o meu cabelo.

"Gente, vamos respeitar!", a Natália levantou as mãos. "Ela não gosta de falar no Christian!"

"Não gosto mesmo! Dá pra falar de outra pessoa agora?"

"Que tal se a gente fizesse uma brincadeira?"

"Que brincadeira, Priscila? Eu estou fazendo 18, e não oito anos!"

"Eu sei, Gabi... mas é uma brincadeira de 'gente grande'... Eu estava pensando em um jogo da verdade!"

"Eu topo!", a Natália começou a dar pulinhos.

"Só se todo mundo jurar que só vai dizer a verdade *mesmo*!"

"Claro, Gabi! O nome é jogo 'da verdade', e não 'da mentira'!", a Priscila riu.

"Ai, não sei, não...", eu falei. "Vocês só fazem umas perguntas indecentes pra mim..."

"Não tem nada de indecente! Você é que é muito *inocente*, Fani!", a Gabi apertou minha bochecha.

"A gente pode brincar diferente", a Priscila sugeriu. "Tipo, cada hora uma de nós faz uma pergunta e todas têm que respondê-la, inclusive quem perguntou."

"Assim é mais legal...", a Natália concordou. "Porque aí todo mundo participa o tempo todo."

"Resolvido!", a Priscila pegou uma garrafa vazia na mesa. "Vamos sentar aqui no tapete da sala. A gente roda a garrafa só pra ver quem vai perguntar. E aí todas respondem. Depois a gente roda de novo, outra pessoa faz a pergunta e por aí vai..."

"Tive uma ideia!", a Gabi falou. "Fani, eu pedi pra você trazer sua filmadora. Você trouxe?"

Eu fiz que sim com a cabeça.

"Ótimo!", a Gabi continuou. "A gente coloca ela no alto, pra filmar tudo o que a gente falar. Daqui a alguns anos vamos morrer de rir vendo as nossas respostas!"

"Não!", eu gritei. "Ficou louca? E se esse vídeo cair em mãos erradas?"

"Eu quero!", a Priscila disse. "Amei a ideia, vai ser muito engraçado ver esse vídeo daqui a um tempo!"

"Também gostei!", a Natália falou.

"Perdeu, Fani! 3 a 1! Vou lá pegar enquanto vocês vão se sentando! Está na sua mochila, não é? Natália, tem outro espumante na geladeira, pega lá!"

Eu me sentei em uma almofada enquanto elas faziam os preparativos. A Natália encheu nossas taças, a Gabi posicionou a filmadora no alto e a Priscila rodou a garrafa. O jogo durou duas horas. No dia seguinte, assisti ao vídeo e fiquei sem entender como eu consegui dormir depois de tantas descobertas e informações...

De: Cristiana <cristiana.acb@gmail.com>
Para: Maria Carmem <mcarmem55@hotmail.com>
Enviada: 05 de maio, 22:47
Assunto: Re: Leo e Fani
Anexo: peitofrangomicro.doc

Querida Maria Carmem,

O prazer foi todo meu! Já estava passando da hora de nos conhecermos! Fiquei muito feliz por essa coincidência!

Muito obrigada pela receita. Vou pedir à minha empregada para testá-la um dia desses. Por favor, queria te pedir para não deixar que a Fani coma muito doce quando for à sua casa, ela é um pouco descontrolada e voltou da Inglaterra com excesso de peso. Sei que ela já emagreceu todos os quilos, mas é melhor que ela se mantenha assim de agora em diante.

Estou te mandando uma receita ótima e prática que aprendi na internet. "Peito de frango no micro-ondas". Já testei e funcionou perfeitamente. O sabor ficou ótimo.

Sobre nossos filhos, creio que eles não brigaram.

Aliás, sinceramente – por mim – o Leo e a Fani dariam um tempo nesse namoro até passar o vestibular dela. Nem posso pensar na possibilidade de eles terem uma discussão perto das provas! Infelizmente, minha filha não tem o mesmo autocontrole emocional que eu e fica muito abalada com essas briguinhas deles. Mas, ainda sobre hoje, sei que eles estão bem porque a Fani foi passar a noite na casa de uma amiga, a Gabriela, por ocasião de seu aniversário, e meu marido permitiu que o Leonardo a levasse de carro. Desculpe a intromissão, mas tenho que dizer que não concordo nem um pouco com essa coisa do seu filho dirigir sem carteira de motorista.

Querida, muito obrigada por seu e-mail, escreva-me sempre que desejar! Vamos combinar de fazer compras um dia desses! Tenho umas dicas ótimas de lojas masculinas onde você pode comprar umas roupas novas para o Leo! Não me leve a mal, mas aquelas blusas de malha, moletom e tênis que ele insiste em usar são de um estilo um pouco ultrapassado. Passa uma imagem meio de surfista e, você sabe, em BH nós não temos mar.

Um grande beijo,

Cristiana Albuquerque Castelino Belluz

De: Inácio <inaciocb@mail.com>
Para: Alberto <albertocbelluz@bol.com.br>
Enviada: 05 de maio, 23:01
Assunto: Re: Informações para um amigo

Alberto, só hoje vi seu e-mail. Pensei que era alguma piada sem graça como as que você sempre manda e deixei para ler depois, não sabia que era assunto sério. Desculpe pela demora pra responder.

Pelo seu segundo e-mail, entendi que seu "amigo" conseguiu resolver o problema. Pelo visto foi só um alarme falso, a namorada não estava grávida, não é?

Alberto, sou seu irmão mais velho e só quero seu bem, por isso me sinto na obrigação de chamar sua atenção. Será que a minha experiência não serviu pra nada? O que você pensa? Que eu achei "legal" casar aos 22 anos? Que foi fácil deixar de sair com os amigos para ficar em casa todos os finais de semana ouvindo choro de neném? Que eu gostei de largar os meus sonhos para trabalhar no consultório do papai, só porque dessa forma seria mais fácil eu me estabelecer e poder cuidar da minha família? Claro, eu amava a Cláudia, ainda amo, e amo meus filhos. Não os troco por nada. Mas eu gostaria de ter vivido tudo isso um pouco mais tarde. A Juju está com sete anos, os gêmeos com dois e meio. E eu ainda nem tenho 30. Agora seria o momento para começar a pensar em assuntos mais sérios, porém, tive que assumir responsabilidades muito cedo, precisei virar adulto na marra.

Sei o quanto você é apaixonado pela Natália, mas vocês *merecem* fazer as coisas devagar. Aproveitem tudo o que eu não pude viver. Namorem bastante, viajem muito sozinhos, planejem esse casamento com muita calma, e só tenham filhos quando vocês dois já estiverem estabelecidos profissionalmente e com muita segurança financeira.

Desculpe o sermão, mas me senti na obrigação de te dizer essas coisas. Estou aqui para o que você precisar.

Inácio

De: Alan <alan_alan@mail.com.br>
Para: Leonardo <soueuoleo@gmail.com>
Enviada: 06 de maio, 4:49
Assunto: ???

Leo, o que aconteceu com você, velho??? A mulherada estava enlouquecida na balada hoje! Acabei de chegar em casa, quase cinco da matina! Te liguei a noite inteira e você não atendeu! Eu já tinha avisado pras gatas que eu tinha um amigo que elas iam adorar conhecer e você não aparece? Assim você me quebra! "Tive" que dar conta de todas! Vacilou total!

Falou!

Alan

25

> Hailey: Eu sei que há uma razão para todos quererem tanto isso.
> Aquamarine: E qual é?
> Hailey: É a coisa mais próxima que temos da magia.
>
> (Aquamarine)

Eu acordei e, antes mesmo de abrir os olhos, me lembrei da noite anterior. Nós havíamos colocado vários colchões no chão para assistir a filmes e provavelmente caímos no sono ali mesmo. As meninas ainda estavam completamente adormecidas.

Fiquei com vergonha de me levantar e dar de cara com os pais da Gabi, então fiquei deitada, pensando em tudo o que tinha acontecido.

A Gabi havia ligado a câmera e dito: "Atenção, esse é o jogo da verdade do meu aniversário de 18 anos! Estão presentes a Fani, a Natália, a Priscila e, obviamente, eu! Vou começar! Roda a garrafa, Priscila".

A Priscila rodou e a ponta se direcionou para a Gabi, que já tinha a pergunta na ponta da língua: "Onde vocês mais gostam de ser beijadas?".

Eu suspirei desanimada. Já sabia que só ia sair pergunta daquele nível.

A Natália se apressou em responder: "Eu gosto de ser beijada no elevador!".

Nós começamos a rir.

"Ai, só podia ser loura mesmo!", a Gabi disse, dando um tapinha na testa da Natália. "Perguntei em que parte do corpo!"

"Eu estava brincando!", a Natália revidou o tapa.

"No elevador?", a Priscila franziu a testa. "Que lugar mais estranho!"

"Ai, é uma delícia! A gente aperta o botão de emergência, o elevador para... Ui, você nem imagina como é bom!"

"Ah, agora eu entendi porque o elevador do meu prédio demora tanto...", eu observei.

A Gabi voltou a perguntar: "Mas afinal? Em qual lugar *do corpo* você mais gosta de ser beijada?".

"Ai, que difícil. Responde primeiro, Fani."

Eu não tive nem o que pensar. Respondi que era na boca. As meninas começaram a rir.

"Do que vocês estão rindo?", eu perguntei.

"A Gabi tinha razão", a Priscila respondeu. "Você é muito inocente, Fani! Eu gosto de ser beijada na nuca..."

"Ai, eu arrepio só de pensar! Mas eu prefiro aqui...", a Natália passou a mão entre os seios.

"Natália!", eu gritei.

"Eu gosto, ué! Não é pra falar a verdade?"

"Eu prefiro nas costas", a Gabi interferiu. "Quando vai descendo então..."

"Dá pra passar pra próxima pergunta?", eu perguntei impaciente. Eu não estava gostando nada daquela indecência.

"Gente, vamos parar com a garrafa? É mais fácil cada hora uma perguntar, na ordem", a Natália sugeriu.

"Tudo bem", a Gabi concordou. "Então agora é a Fani."

Eu pensei um tempinho e perguntei: "Qual foi a coisa mais linda que o seu namorado já fez?".

"Ah... a Fani é toda romântica, né?", a Priscila disse sorrindo.

"Já sei!", a Natália bateu palmas. "Sem dúvida foi o meu pedido de casamento!"

"Nossa, aquilo foi imbatível! Foi muito lindo mesmo", a Priscila concordou. "Acho que a coisa mais fofa que o Rodrigo já fez nesses longos cinco anos de namoro foi me ligar bêbado, chorando, falando que me amava muito e que não sabia viver sem mim."

"Bêbado e chorando?", a Gabi arregalou os olhos. "Sério, não consigo imaginar o Rodrigo nessa situação..." Ela pensou um pouquinho e falou: "O Gabriel ter vindo pra cá, no feriado, pra ficar comigo foi legal. Por enquanto isso foi o melhor que ele já fez. Mas pra um mês de namoro está bom, né?".

"Ele te mandou algum presente de aniversário?", a Natália perguntou.

"Não, mas falou que no nosso próximo encontro vai me entregar pessoalmente." Em seguida, ela se virou pra mim: "E o Leo, Fani? O que ele fez que você mais gostou?".

Eu até suspirei. Tudo o que o Leo fazia pra mim era perfeito. Eu realmente não conseguia escolher uma coisa só. "Acho que... ah, o primeiro CD que ele gravou pra mim", eu falei meio incerta. "Aquele que eu custei pra perceber que tinha recadinho nas letras das músicas..."

"Coitado do Leo... só faltava pendurar um cartaz no pescoço se declarando e você não percebia...", a Gabi riu. "Sua vez de perguntar, Natália."

A Natália fez uma cara estranha e perguntou: "Se o seu namorado surtasse achando que você estava grávida e te desse uma roupinha de bebê, o que você faria?".

"Como assim?", a Priscila perguntou

"Tá brincando que isso aconteceu?", a Gabi começou a rir.

Eu nem disse nada. Só fiquei pensando por que o meu irmão pensaria uma coisa dessas.

"Vocês acreditam nisso?", a Natália até escondeu o rosto nas mãos, mas em seguida olhou pra mim. "Fani, não vai comentar nada com o Alberto! O que é dito no jogo da verdade fica no jogo da verdade!"

"Conta logo que roupinha é essa, Natália! Fiquei curiosa!", a Gabi interrompeu.

"Ai, gente, é uma longa história...", a Natália começou a explicar. "Eu tive um probleminha hormonal, e o remédio que a minha ginecologista mandou que eu tomasse me causou uma TPM louca! Eu fiquei toda inchada, emotiva, queria matar o primeiro que passasse na minha frente – e sempre era o Alberto... E ele do nada cismou que eu estava grávida! Naquele dia da cartomante, em que eu não estava me sentindo bem, foi a gota d'água. Ele achou que era enjoo por causa de gravidez! Aí ele comprou uma roupinha de neném e me deu de presente!"

"Não estou acreditando nisso...", eu falei balançando a cabeça.

"Seu irmão é louco, Fani!", a Natália disse rindo.

"Que coisa mais fofa, gente...", a Priscila parecia estar imaginando a cena. "Sinal de que, se fosse sério, se você engravidasse, ele ficaria do seu lado desde o começo! Tem muitos caras por aí que até terminam com as namoradas por causa disso!"

"E o que você fez?", a Gabi perguntou pra Natália. "Morreu de rir da cara dele?"

"Eu fiquei com raiva!", a Natália respondeu. "Por ele ter desconfiado de mim, por achar que eu não contaria uma coisa importante dessas pra ele! Joguei a roupinha pela janela, no meio da rua!"

"Por que você não guardou??", eu fiquei meio com pena do meu irmão.

"Pois é, depois até me arrependi! Mas eu estava louca, já falei. Graças a Deus já parei de tomar o tal remédio".

"Nunca ouvi nada tão engraçado na vida", a Gabi não parava de dar risada. "Vou chamar o Alberto de 'papai' da próxima vez que o encontrar!"

"Eu te mato se você fizer isso!", a Natália só faltou gritar.

"Vamos voltar pro jogo da verdade?", a Priscila perguntou. "Minha vez de perguntar."

Todas nós concordamos.

A Priscila fez uma cara de suspense e disse: "Vou direto ao assunto. Quero saber como foi a primeira vez de vocês!".

Parecia que alguém tinha morrido. Eu, a Gabi e a Natália ficamos só olhando pra ela, sem dizer uma palavra.

Depois de um tempinho, a Priscila estalou os dedos na cara da gente: "Ninguém vai falar?".

A Natália estava meio sem graça, mas disse: "É que... bom, eu acho que tem gente aqui que ainda não teve a primeira vez...".

"Você ainda não..., Gabi?", a Priscila pareceu meio desconfiada.

"Eu já!", a Gabi respondeu, me deixando completamente pasma. Ela já???

"Tem certeza que essa pergunta é necessária?", a Natália falou meio nervosa.

"Você JÁ??????????", eu perguntei horrorizada pra Gabi.

"Já...", ela disse, ficando vermelha.

"Gente, vocês não conversam sobre esse assunto?", a Priscila falou. "Por que o tabu? Isso é uma coisa normal!"

"Eu converso com você e com a Natália, Priscila. Mas a gente evita falar sobre isso na frente da Fani."

"Por quê?", eu até me levantei. "Que discriminação é essa?"

"É que a gente não queria te inibir, Fani...", a Natália puxou a minha mão, para que eu me sentasse novamente. "Você é muito... digamos... conservadora."

"Eu não sou nada conservadora! Mas eu nunca imaginei que você, vocês... você também, Natália?", eu estava cada vez mais perplexa. "É por isso que o Alberto pensou que você estivesse grávida? Eu pensei que fosse só viagem da cabeça dele, sem o menor fundamento!"

"Ai, Fani, desculpa, mas seu irmão é muito... er, gostoso. Não aguentei um mês."

"No primeiro mês??????", eu só faltei morrer.

"Isso me faz voltar à pergunta", a Priscila tornou a falar. "Como foi a primeira vez de vocês?"

"Mas a Fani ainda não teve a primeira vez dela", a Gabi disse baixinho. "Não acho justo perguntar uma coisa que uma de nós não possa responder."

Eu cruzei os braços e disse morrendo de raiva: "Eu quero saber! O que não é justo é vocês terem escondido isso de mim até agora!".

"Calma, Fani...", a Natália colocou a mão no meu ombro. "A gente só queria te preservar."

"Bom, eu vou começar então", a Priscila falou meio sem paciência. "Não vejo o menor sentido em esconder essas coisas da Fani!"

Eu afirmei com a cabeça e fiquei esperando que ela contasse.

"Eu namoro o Rodrigo desde os 13... então demorou muuuuito! No começo, era só namorinho mesmo. Mas depois de três anos e meio, não dava mais pra segurar, né...

Além disso, fiquei até com medo de que ele me traísse! Ele é um pouco mais velho que eu, já tinha 17 anos, cheio de hormônios... Se não fosse comigo, seria com outra! Mas na verdade aconteceu meio naturalmente em um dia que a gente foi pro sítio com a família dele. Eu estava sozinha em um quarto, os pais do Rodrigo em outro, e ele e o irmão em outro. Ele esperou todo mundo ir dormir e foi me dar boa noite. Aí, no começo, nós ficamos só abraçados, conversando. Depois começamos a nos beijar, o clima foi esquentando, e aí eu resolvi que não iria interromper. A gente já tinha chegado 'perto' outras vezes, e eu sempre pedia que ele parasse. Mas estava tão bom naquele dia, ele estava tão carinhoso comigo, eu sabia que, independentemente do que acontecesse, eu queria que a minha primeira vez fosse com ele. E era a primeira vez dele também... E aí *foi*. Deu tudo certo, foi lindo, depois ele ainda ficou abraçadinho comigo até eu dormir, no dia seguinte ele ficou todo atencioso, me beijou e abraçou o dia inteiro, perguntou se eu estava bem, se eu tinha me arrependido... E eu disse que só tinha me arrependido de não ter feito antes!"

"Ah, que lindo, Pri...", a Natália falou toda sonhadora.

"Agora você, Nat!", a Priscila sorriu. "Estou curiosa!"

"Eu também", eu disse bem séria.

"Eu já sei como foi", a Gabi levantou. "Vou aproveitar pra encher nossas taças."

"Aconteceu bem rápido", a Natália disse, sem me olhar. "Desde a primeira vez em que eu e o Alberto ficamos, no Réveillon, foi como se saísse faísca, a gente tem uma química louca, não conseguimos ficar sem nos encostar quando estamos juntos! Aí, começamos a namorar meio escondido, por causa da Fani. A gente ficou com medo de que ela achasse ruim."

"Por que vocês têm tanto medo de mim? Todo mundo fica me escondendo as coisas!"

"Você é muito sensível, Fani," a Gabi explicou. "Faz tanto drama que a gente fica com receio das suas reações..."

"Eu não sou sensível!"

A Priscila sorriu pra mim e disse: "Imagina se fosse... Continua, Nat!".

"Então...", a Natália continuou. "A gente já fazia tudo escondido mesmo. Meus pais sabiam do namoro, mas eu só ia à sua casa, Fani, quando não tinha ninguém lá. Para não ter perigo dos seus pais comentarem com você. Aí um dia, voltando do clube, ele disse que a sua família toda tinha ido a algum evento na escola da Juju e perguntou se eu não queria subir um pouquinho, pra gente ver um filme. Eu topei, mas na verdade nem imaginava o que ia acontecer, e acho que nem ele. Só que, chegando lá, a gente deitou no sofá da sala pra ver o filme e estava tão confortável, a gente começou a se beijar muito, eu estava só de vestidinho e biquíni... uma coisa leva a outra, e de repente eu só sei que não deu mais pra parar, quando eu vi já tinha até terminado. Mas depois ele também ficou todo preocupado, quis saber se tinha me machucado, ficou o dia todo me mimando... o Alberto é muito fofo!"

"Espera", eu até fechei os olhos. "No sofá da sala? E eu sento lá todo dia?"

"Ai, boba, nós usamos proteção! Não sou doida, né?"

"Ah, esqueci de falar", a Priscila entrou no meio. "Nós também. O Rô já andava com aquilo na carteira há tempos... e naquela noite, não sei como, foi parar no bolso do pijama dele!"

"Nada premeditado...", a Gabi comentou.

"Sua vez, dona Gabriela", a Priscila disse rindo.

"Tem certeza de que vocês querem ouvir?", a Gabi ficou séria. "Não foi romântica como a vez de vocês."

"Com quem foi, Gabi?", eu perguntei bem baixinho. Eu estava muito sentida por ela ter me escondido uma coisa importante dessas.

"Com o Cláudio, é óbvio!"

"Óbvio, nada! Vocês estão cheias de segredinhos..."

A Natália ficou impaciente: "Anda, Gabi. Conta logo do sítio".

"Sítio?", a Priscila perguntou.

"Foi no sítio do Rodrigo!"

"Posso contar ou você vai falar pra mim, Natália?", a Gabi reclamou.

"Desculpa, pode contar..."

"Calma lá!", a Priscila abriu a boca. "Aquela vez foi a *primeira?*"

"Que vez????", eu falei alto.

A Gabi virou pra mim: "No ano passado, enquanto você estava viajando, o Rodrigo chamou a gente pra ir lá pro sítio dele, igual dessa última vez... Só que não era festa, só estavam a Natália, o Alberto, a Priscila, o Rodrigo, eu e o Cláudio. Cada casal ficou em um quarto. Eu já estava namorando o Cláudio há oito meses e ele vinha me pressionando muito. Ele começou a falar que, se eu não liberasse, ele ia terminar comigo pra arrumar uma namorada *de verdade*".

"Gabi!", a Natália colocou a mão na boca. "Não sabia disso! Que cafajeste!"

A Priscila balançou a cabeça: "Não acredito que você caiu nessa!".

"Eu estava apaixonada demais...", a Gabi continuou a contar, olhando para o chão. Percebi que era doloroso para ela falar sobre o assunto. "Acho que agora você vai entender umas coisas, Fani. Sempre que você me pergunta sobre o Cláudio, eu mudo de assunto."

Eu segurei a mão dela: "Você podia ter me contado...".

"Você estava longe, Fani", ela tirou a mão. "Não ia poder fazer nada."

"Continua a história, por favor?", a Priscila pediu. "Estou completamente tensa!"

Ela continuou: "Como eu disse, eu era louca por ele. Ele me tinha na mão. E eu morria de medo de perdê-lo. No começo, o namoro era ótimo, mas, depois de um tempo, ele começou a me ameaçar, a dizer que não ia esperar mais, que ia terminar se eu não resolvesse logo... então, quando a Priscila nos convidou para ir ao sítio do Rodrigo, eu decidi que seria lá, já fui com essa intenção. E esse é o maior arrependimento da minha vida. Porque eu nunca mais vou poder apagar a minha primeira vez. E eu realmente gostaria de ter uma lembrança melhor dela".

"Mas o que houve? Por que foi ruim?", a Priscila perguntou.

"Porque ele não foi carinhoso depois como os namorados de vocês. E nem durante. Quando ele percebeu que eu finalmente tinha topado, ele não perdeu tempo! Fez tudo rápido, nem se preocupou com o que eu estava sentindo. Depois só virou pro lado e dormiu. Eu fiquei me sentindo tão sozinha..."

Percebi que os olhos dela estavam cheios d'água. Eu nunca tinha visto a Gabi assim. Eu corri para abraçá-la, sentindo lágrimas nos meus próprios olhos.

"Que raiva desse cara!", a Natália bateu no chão. "Se ele passar na minha frente, eu bato nele!"

A Gabi afastou um pouco do meu abraço, enxugou os olhos e disse: "Não se preocupe, eu já bati".

"Bateu?", todas nós perguntamos juntas.

"Então...", ela suspirou. "O pior de tudo eu ainda não contei. Depois que nós voltamos pra BH, ele sumiu. Eu telefonei várias vezes e ele não atendeu. Deixei recado, mandei e-mail e nada."

"Não acredito...", a Priscila colocou a mão no coração.

"Aí um dia", a Gabi continuou, "eu fui até a saída da faculdade dele. Ele estava andando todo sorridente, conversando com uma colega. Ele me viu e fez uma cara péssima. Eu perguntei o que estava acontecendo e ele falou aquela historinha que eu contei pra vocês no ano passado, que ele queria se dedicar à faculdade e tal, que eu o estava distraindo... Naquela hora eu caí na real. Ele só tinha ficado comigo aquele tempo todo porque ainda não tinha obtido o que queria. No instante em que conseguiu, perdeu a graça, e então ele saiu fora. Eu me senti tão usada..."

"Eu quero matar esse menino!", eu estava até vermelha de raiva.

"Sério, vamos lá na Federal dar uma surra nele?", a Natália sugeriu.

"Não precisa, já disse...", a Gabi deu um meio sorriso. "Ele teve o que mereceu. No momento em que ele falou essas coisas, eu pensei em tudo o que tinha acontecido. Ele não tinha tido o trabalho nem de me ligar pra terminar o namoro! Eu fiquei tão transtornada, que dei uma joelhada bem 'lá'. Falei que era pra não ter perigo dele ter mais distração nenhuma!"

Era trágico, mas todas nós rimos.

"Ah! E eu também pedi a ajuda do Alan pra pichar o muro na frente da faculdade."

"Você contou isso pro Alan?", eu e a Natália perguntamos juntas.

"Lógico que não! Mas eu perguntei se ele podia me ajudar a dar uma lição em um folgado e ele animou na hora. Nós fomos lá um dia, à noite, e escrevemos de spray: 'Cuidado com o Cláudio do 2º período de Engenharia: ele tem doenças sexualmente transmissíveis!'."

"Ai, morri!", a Priscila até deitou no chão de tanto rir. "Não acredito! Você é ótima, Gabi!"

"E você teve notícia depois? Se ele viu?", eu perguntei.

"Lógico que ele viu! O negócio ficou lá uns três meses, até que alguém pintou o muro. Mas depois disso também eu me senti vingada. Não quis nem saber mais dele, apesar de ainda sentir uma fincada no coração sempre que eu me lembro dessa história. E, como eu disse, eu gostaria de ter tido uma lembrança mais singela da minha primeira vez, gostaria que tivesse sido especial. Vou ter que inventar alguma história pra contar para as minhas futuras filhas."

"Esquece a primeira...", a Priscila disse, servindo mais espumante para a Gabi. "Faça com que a segunda seja especial e finja que ela é a estreia... Aliás... já aconteceu?"

"Não, não... Agora eu vou com calma. Nunca mais deixo ninguém me pressionar. Só quando eu tiver certeza mesmo."

"E isso me lembra uma coisa...", a Natália coçou a cabeça. "Fani, a quantas anda o seu namoro com o Leo? Ele não está te pressionando, né?"

A Priscila revirou os olhos: "Como eu sou tonta! Eu jurava que vocês dois já tinham feito tudo há muito tempo... Mas agora é que eu estou entendendo... Por isso é que o Rodrigo ficou insistindo pra que vocês ficassem sozinhos em um quarto naquele dia no sítio...".

"Cuidado com esse sítio, viu, Fani... pelo que entendi da história dessas duas", a Natália apontou pra a Gabi e pra Priscila, "o lugar deve ter alguma magia que faz com que as pessoas não consigam dizer *não*."

Eu ainda estava atordoada com tantas informações. De repente, me levantei. Eu precisava tomar água, aquele espumante não estava me deixando pensar direito.

"Aonde você vai, Fani?", a Natália levantou atrás de mim.

"Eu avisei... ela não estava pronta pra saber isso tudo...", a Gabi disse, enquanto se levantava também. Eu olhei para elas e me senti meio perdida. Como se eu não pertencesse mais àquele grupo.

"Vocês tinham toda uma vida paralela escondida de mim!", eu falei. "Estou me sentindo péssima. Como se eu não conhecesse mais vocês."

"Fani, não tem nada disso...", a Gabi parecia realmente preocupada. "A gente não contou pra te poupar. Você ficou um ano fora, foi quando tudo aconteceu tanto comigo quanto com a Natália... Se você estivesse por perto, certamente saberia. E aí você voltou e nunca surgiu esse assunto. Essa é a primeira vez. E a gente não te escondeu nada."

"Puxa, mas vocês podiam ter me mandado um e-mail contando! Eu teria vibrado com a Natália e sofrido com você, Gabi!"

"Eu já expliquei...", a Natália bateu o pé. "Você nem sabia que eu estava namorando o seu irmão, não tinha como eu chegar e te falar! Você ia me matar!"

"Fani, isso não importa", a Priscila acabou se levantando também. "A Natália te fez uma pergunta importante. Como está o *seu* namoro? A gente quer te ajudar. Se você tiver alguma dúvida, se estiver insegura com alguma coisa, pode falar com a gente."

"Do jeito que o Leo é lento", a Gabi foi até a mesa, pegou um sushi e colocou na boca. "Isso só vai acontecer depois que eles estiverem casados."

"O Leo não é lento! Ele já até tentou! Eu é que não quis..."

"Tentou??", a Natália arregalou os olhos.

"Como foi?", a Priscila sorriu.

"Quando?", a Gabi cruzou os braços.

"Ah, ele sempre tenta...", eu respondi sem graça. "Toda vez que a gente começa com uns carinhos mais, digamos... ousados, ele fala meio de brincadeira que quer me sequestrar... Mas no luau do sítio do Rodrigo foi o primeiro lugar que eu vi que ele realmente falou sério. Eu assustei, saí de perto, mas ele pediu desculpas, falou que me esperava o tempo que eu precisasse, que eu é que vou resolver quando..."

"Que gracinha, Fani...", a Natália passou a mão no meu cabelo. "Tá vendo? Ele te ama de verdade. Que menino de 18 anos fala que vai esperar o tempo que você quiser?"

"Ele ainda não tem 18. Só daqui a dois meses", a Gabi corrigiu.

"Eu quero entender direito...", a Priscila se aproximou. "Por que você assustou? Por que não aproveitou o clima perfeito daquele dia? Aquela lua, a música..."

Eu suspirei, puxei uma cadeira e me sentei: "Sei lá... Eu ainda não tinha pensado em ir tão longe. Achei que fosse demorar mais tempo. E nem sabia que vocês todas já tinham...".

"Fani, esquece a gente!", a Gabi me interrompeu. "Cada uma tem o seu momento! Olha só, a Natália foi com um mês de namoro, eu com oito, e a Priscila com três anos! Você não tem que se sentir influenciada por isso! O que importa é *você* se sentir preparada, coisa que eu não estava. Por isso foi péssimo. Doeu. E dói até hoje."

"Mas como eu vou saber que eu estou preparada?"

"Vai acontecer naturalmente, Fani...", a Natália se sentou em uma cadeira do meu lado. "Não fica preocupada com isso, especialmente agora, perto do vestibular."

"Uma coisa é certa...", a Priscila sorriu e também se sentou. "Eu tenho certeza de que o Leo vai valorizar muito a primeira vez de vocês."

Eu fiquei um tempo brincando com os pauzinhos da comida japonesa, pensando em tudo o que elas tinham falado. De repente, a Priscila começou a rir.

"O que foi?", a Gabi perguntou. "Suspende o espumante da Priscila, ela já está rindo à toa!"

"Eu já estou tomando refrigerante...", ela levantou o copo. "Mas é que eu fiquei pensando... O Leo deve estar desesperado! Ele não fica te agarrando o tempo todo, Fani?"

Eu sorri só de me lembrar da carinha dele. "O tempo inteiro... Agora mesmo, quando eu estava saindo do carro! Eu percebo que ele tenta a todo custo se controlar, com medo de eu achar ruim, mas eu vejo que ele sofre!"

"Coitado...", a Gabi riu também. "Deve estar subindo pelas paredes!"

"Fani, uma coisa é importante", a Natália falou séria. "Quando você resolver, vá a um ginecologista antes, pra se informar..."

Eu fiquei meio sem graça. Mas pensei que aquele não seria um problema, já que minha mãe me obrigava todos os anos a ir a vários médicos, para fazer um check-up. "Eu ainda não fui desde que voltei do intercâmbio. Posso marcar assim que acabar o vestibular."

"Opa!" A Gabi, que estava entretida com o resto da comida japonesa, até parou de comer. "Isso é daqui a um mês! Vai ser tão rápido assim?"

"Não!", eu fiquei vermelha. "Só estou querendo já ficar preparada... vocês falaram que acontece naturalmente!"

A Priscila sorriu e pegou minha mão: "Fani, o que importa é que o Leo te ama muito, todo mundo sabe disso. Ele vai ter o maior carinho com você. E o namoro de vocês vai ficar ainda mais forte... Na verdade, no seu lugar, eu não teria resistido tanto tempo... Pra quê? Você já tem 18 anos, você conhece muito bem o Leo, o namoro está ótimo, vocês dois são apaixonados... Responde uma coisa. Você quer casar com ele?"

"Hoje não!", eu brinquei.

"Lógico que não é hoje", a Gabi riu. "Hoje é o *meu* aniversário. E a Natália entrou na fila primeiro, ela morre se você se casar antes."

"Quero saber é se você quer ficar com ele pro resto da sua vida", a Priscila explicou.

Eu nem precisei pensar. Eu queria ficar com ele por toda a eternidade.

Eu afirmei com a cabeça: "Quero".

"Você o ama de verdade, não é?", a Priscila sorriu.

"Eu acho que não é possível caber mais amor aqui dentro...", eu falei e, instantaneamente, senti vontade de chorar. Era tanto amor que doía.

"Então não tenha medo...", a Priscila me abraçou, ao perceber que eu tinha ficado emocionada. "No momento certo, quando o local for adequado, quando você se sentir segura, se permita viver isso. Você não vai fazer nada de errado. Vocês se amam, Fani. Isso é que é importante."

"Até eu, que tive uma experiência ruim, concordo com a Priscila", a Gabi se sentou mais perto. "Olha a diferença. O Cláudio me ameaçou! Ele falou que ia terminar comigo! Praticamente me obrigou a fazer o que eu não queria! Eu é que devia ter terminado com ele por isso!"

A Natália agachou, ficou apoiada nos meus joelhos e pegou as minhas mãos: "Mas o Leo... o Leo gosta de você desde o primeiro dia em que te viu, Fani. Se você falar que quer casar antes, ele espera até o casamento. Mas, sinceramente, se eu fosse você, não demorava tanto assim... Porque a cumplicidade entre vocês vai aumentar ainda mais depois".

"Tudo fica mais forte depois!", a Priscila levantou as mãos. "A paixão, a vontade de ficar perto..."

"Vocês estão me deixando nervosa", eu me levantei novamente, pra conseguir respirar. As três estavam muito perto de mim. "Se é tão bom assim, porque todo mundo fica com essa neurose em torno da primeira vez?"

"Porque tudo o que é desconhecido dá medo...", a Gabi respondeu.

"Tem uma coisa que eu vi em um seriado, uma vez, que me marcou", a Priscila disse empolgada. "Eu me lembro exatamente da frase! É do 'Minha vida de cão', aquele que passava no Multishow, muitos anos atrás, vocês lembram? Era assim: '*A única coisa estranha é que, depois da primeira vez, dormir com ele ficou tipo... previsível, porque não dá pra voltar atrás. Quer dizer, deixa de importar se a gente quer*'."

"Você decora as frases dos seriados?", a Gabi perguntou chocada.

"Só as melhores!", a Priscila disse sorrindo.

"Coitado do Leo, Fani...", a Natália balançou a cabeça. "Deve estar em casa agora sonhando com você aqui..."

"Não está nada!" O encantamento que eu estava sentindo, de repente, evaporou. "Já falei, ele ia sair com o Alan!"

"Ai, que raiva do Alan!", a Priscila disse indo em direção ao quarto da Gabi. "Vou até ligar pro Rô pra saber onde ele está."

"Vou ligar pro Alberto também!", a Natália seguiu a Priscila.

"Acabou o jogo da verdade?", a Gabi pegou a garrafa no chão.

Eu suspirei: "Acho que já tivemos revelações suficientes para uma noite...".

"Então vamos ver um filme. Qual você trouxe, Fani?"

Eu me levantei e fui até a minha mochila: "*Como se fosse a primeira vez*".

A Gabi começou a rir: "Nome melhor, impossível!".

De: Ana Elisa <anelisa6543210@hotmail.com>
Para: Gabriela <gabizinha@netnetnet.com.br>
Enviada: 07 de maio, 10:50
Assunto: Olá!

Oi, Gabi!
Estou escrevendo porque só hoje fiquei sabendo que foi seu aniversário de 18 anos! Meus

parabéns!!! A Fanny me ligou e me contou da festinha só para meninas, ela disse que foi muito legal, mas com algumas surpresas... Ela não quis entrar em mais detalhes, confesso que fiquei curiosa. Por acaso você contratou um daqueles caras que dançam nos "clubes de mulheres" para comemorar sua maioridade? Hahaha!

E então, como vai o seu gatinho aqui de Brasília? Quando você vem? Pelo que conversei com a Fanny, parece que o problema não é o Leo, e sim o vestibular. A Fanny está muito centrada, ela falou que, se vier agora, nem vai conseguir aproveitar, só vai conseguir pensar que deveria estar estudando. Por isso eu tive que concordar com ela, prefiro que, quando ela venha, possa aproveitar bastante, sem ficar preocupada com outras coisas. Mas isso não te impede de vir agora, Gabi! Juro que você não vai atrapalhar, muito pelo contrário. Eu estou louca pra apresentar o meu namorado pra vocês! Você também está começando um namoro e vai me entender... Ficamos doidas pra mostrar para o mundo o quanto eles são fofos, não é mesmo? Ai, Gabi... estou a cada dia mais apaixonada. Eu estava falando pra Fani, nunca me senti assim! O mundo está tão colorido!

Devo estar mesmo alterada. Nem temos intimidade pra eu ficar te contando isso tudo e eu enchendo seu e-mail com minhas bobagens... Desculpa. Escrevi mesmo para reforçar o convite e desejar felicidades pelo seu aniversário!

Um grande beijo,

Ana Elisa

De: Gabriela <gabizinha@netnetnet.com.br>
Para: Ana Elisa <anelisa6543210@hotmail.com>

Enviada: 09 de maio, 19:39

Assunto: Re: Olá!

Oi, Ana Elisa!

Não se preocupe... você pode falar sobre tudo comigo. Eu já te considero minha amiga. A Fani anda tão ocupada com os estudos que sinto mesmo falta de conversar com alguém! Eu não a vejo desde o meu aniversário e acredito que só vou encontrá-la agora depois que o vestibular passar.

Muito obrigada mais uma vez pelo convite! Mas eu andei pensando, acho que vou esperar a Fani, para irmos juntas. Eu também estou em provas na faculdade e acho que aguento esperar um pouquinho. O Gabriel também está estudando bastante e acho que em julho vai ser melhor pra todo mundo.

Eu entendo perfeitamente sua empolgação. Eu também estava assim, mas essa distância tem esfriado um pouco as coisas... Sabe aquele ditado que diz que "o que os olhos não veem, o coração não sente"? Mas eu acho que, quando eu o encontrar, a paixão vai voltar com força total! Você é que é sortuda! Pode ver o seu namorado todo dia!

Beijos,

→ Gabi ←

De: Natália <natnatalia@mail.com>

Para: Alberto <albertocbelluz@bol.com.br>

Enviada: 10 de maio, 17:20

Assunto: ♥

Oi, meu gatinho!

Estou morrendo de saudade de você! Não nos encontramos desde terça e hoje já é quinta! Tudo por causa daquela chatura de simulado que está tendo no cursinho todas as tardes, bem na hora que a gente pode se encontrar! Esse negócio de vestibular é muito chato, não aguento mais! Até eu, que só vou fazer pra treinar, não estou suportando mais essa tensão! Ainda bem que o vestibular da UFMG é só no final do ano, tenho mais seis meses para me preparar com calma. No começo eu impliquei com o meu pai, por ele exigir que eu passasse na Federal, mas agora eu até agradeço! Sinceramente, não queria ser a Fani nesse momento! Você precisava vê-la no cursinho. Ela não perde uma palavra que o professor fala, anota tudo e, no fim da aula, fica lá fazendo perguntas! Ela está parecendo uma CDF! É sério, fofucho... estou preocupada de verdade com a sua irmã. Se ela não passar, nem imagino o que vai acontecer... Falta menos de um mês para as provas e eu não estou nem conversando com ela direito, pois a Fani só fica enfiada nos livros! Acho que estou meio com pena do Leo... deve ter sido deixado totalmente de lado.

Mudando de assunto, na terça-feira o cheirinho do seu perfume ficou impregnado na minha blusa e eu não tive coragem de colocá-la pra lavar ainda! Estou dormindo agarrada com ela, pra sonhar que você está do meu lado!

Te amoooooo!

Beijinhos,

Sua Tchuca

26

> *Jane Porter: Isso não pode ficar pior, pode?*
> *É claro que pode.*
> *(Tarzan)*

    Eu nem imaginava o que me esperava quando acordei naquela manhã. Era um sábado normal, tomei um banho e resolvi ir ao salão de beleza. Talvez pintando as unhas de cor-de-rosa, os meus pensamentos se tornassem dessa cor também. Eu não aguentava mais estudar, e o jogo da verdade com as meninas na semana anterior ainda não tinha saído da minha cabeça.

    Cheguei ao salão e a minha manicure, pra variar, estava atrasada. Enquanto a esperava, peguei umas revistas da semana, para dar uma olhada no mundo das celebridades. Eu estava lá tentando descobrir quem era a nova namorada do John Mayer quando levei um choque. Estava bem no meio da revista *Rostos*, em letras garrafais. Como se não bastasse, uma foto imensa.

    Eu quase tinha conseguido esquecer o quanto ele era bonito...

BRASILEIRO TOMA HOLLYWOOD DE ASSALTO

Novo queridinho de Hollywood, Christian Ferrari, afirma que ainda não esqueceu a namorada brasileira.

Ele está com tudo. Depois do sucesso de bilheteria do filme *Um grito do passado*, com estreia prevista para o próximo mês no Brasil, *Christian Ferrari* se tornou mundialmente conhecido. As brasileiras ainda não sabem o que estão perdendo, o que certamente mudará assim que o filme pintar nas telas por aqui. Famosas do alto escalão, como Cameron Diaz e Scarlett Johansson, já foram vistas disputando a atenção do moço nos sets de filmagem, e Steven Spielberg já anunciou que o quer como protagonista de seu próximo filme. O novo astro, no entanto, parece não se importar com o sucesso e assédio. Nesta entrevista exclusiva que concedeu à revista *Rostos*, ele afirmou que está fechado para balanço. O gato diz que a ex-namorada, uma ilustre desconhecida brasileira, ainda mexe com seu coração e que faria de tudo para ter uma oportunidade de reconquistá-la. Christian não citou o nome da moça, mas uma coisa é questionável: será que depois de ver o sucesso que o rapaz está fazendo ela não lhe concederá nova chance? A gente torce para que não! O gatinho virá ao Brasil no próximo mês para promover *Um grito do passado* e só nos resta torcer que essa legítima "Ferrari" continue assim. Irresistível e *solteiro*.

Confira a entrevista exclusiva que ele nos concedeu por telefone!

Rostos: Geralmente os brasileiros que fazem sucesso em Hollywood têm antes uma carreira nacional. Você estreou direto em um filme estrangeiro. Como foi esse processo?

Christian: Eu fui passar férias na Inglaterra, onde tenho parentes, e acabei resolvendo ficar mais tempo, pra terminar o colégio e fazer faculdade. Comecei a estudar Cinema, meu plano era me formar e tentar ser diretor, mas tudo mudou quando apareceu a oportunidade de fazer um teste para um filme... Minha namorada na época fez com que eu mandasse meu currículo para algumas produtoras de cinema, e eu acabei sendo selecionado para uma audição... Graças a ela eu cheguei onde estou.

Rostos: E essa namorada é inglesa? Vocês ainda estão juntos?

Christian: Não, ela é brasileira. Eu a conheci na Inglaterra, no ano passado. Depois que nós terminamos, quer dizer, depois que ela terminou comigo, ela voltou para o Brasil, mas confesso que ainda não a esqueci. É uma garota especial.

Rostos: Ela também é atriz?

Christian: Não... eu prefiro respeitar a privacidade dela, mas posso afirmar que ela não é do meio artístico, embora eu tenha a certeza de que o nome dela ainda vai ser muito mencionado. Ela é muito talentosa.

Rostos: Voltando a falar sobre você, como foi a experiência de contracenar com o Brad Pitt?

Christian: Foi uma grande experiência. O Brad é uma pessoa muito simples, em nenhum momento me tratou com superioridade. Ele me deu vários conselhos, e posso dizer que aprendi muito com ele, espero que façamos outros filmes juntos.

Rostos: Quais são seus projetos futuros?

Christian: Fui convidado para integrar o elenco do próximo filme do Spielberg, o qual eu já aceitei. Meu agente está negociando convites de vários outros diretores também, eu confesso que estou um pouco desorientado com isso tudo, não esperava que as coisas fossem acontecer tão rápido. Um dia eu estava na Inglaterra, sofrendo por amor e, no momento seguinte, eu estava nos Estados Unidos, em um set de filmagem, conhecendo mil pessoas diferentes, recebendo várias propostas...

Rostos: É meio difícil a gente acreditar que você possa ter sofrido por amor...

Christian: Quando encontramos um amor de verdade e algo nos impede de vivenciá-lo, o sofrimento é automático. Eu amei muito, ainda amo, mas graças a esse amor descobri um lado que eu nem sabia que possuía. Mais uma vez afirmo que só tenho a agradecer à minha (agora) amiga. Se não fosse por ela, eu não estaria onde estou.

Rostos: Você ainda está nitidamente apaixonado por essa garota. Vai procurá-la quando vier ao Brasil? E, por falar nisso, tem planos de vir aqui?

Christian: No próximo mês irei ao Brasil para promover o filme, nessa ocasião com certeza irei procurá-la. Tenho tentado contatá-la pela internet, mas acredito que ela não esteja recebendo meus e-mails. Vou tentar encontrá-la para agradecer pessoalmente.

> ***Rostos:*** Alguma chance de reatar o namoro?
>
> ***Christian:*** É difícil dizer... Claro que da minha parte eu gostaria muito, mas, quando nós rompemos, ela deixou bem claro que só queria amizade. Não acredito que ela tenha mudado de opinião, embora...
>
> ***Rostos:*** Embora?
>
> ***Christian:*** Estou ainda muito envolvido com *Um grito do passado*, e a mensagem do filme é exatamente que "sempre devemos ter esperança, o passado pode trazer surpresas". Quem sabe eu não tenha uma surpresa?
>
> ***Rostos:*** Desejamos tudo de melhor pra você, Christian. E, se sua ex-namorada quiser continuar apenas com a amizade, não se preocupe. Temos certeza de que várias outras garotas não se importariam de restaurar seu coração!
>
> ***Christian:*** Obrigado. Gostaria de aproveitar e convidar a todos para assistirem a *Um grito do passado*.

"Prontinho, Fani, desculpe a demora. Qual cor você vai passar hoje?"

Reparei que uma voz falava o meu nome, mas eu não conseguia desgrudar o olho da revista. O Christian estava vindo ao Brasil. O filme dele era um sucesso. E ele ainda não tinha esquecido a namorada brasileira.

"Você viu que rapaz mais bonito?", a voz continuava. "Ave Maria, eu com um namorado desses, vê se ia largar... essas moças hoje em dia não sabem o que é bom..."

Eu olhei pra frente e vi a manicure. De repente saí do meu transe e notei que eu estava no salão. Fechei a revista, coloquei-a na bolsa e me levantei depressa.

"Desculpa, eu não vou poder fazer as unhas hoje. Lembrei que eu tenho um compromisso urgente!", eu disse, enquanto me dirigia ao caixa.

Ela ficou me olhando sem entender, mas eu não tinha tempo para explicações. Paguei o suficiente pelas unhas e a *Rostos*, eu realmente esperava que o pessoal do salão não pensasse que eu estava roubando a revista. Entrei no primeiro táxi que vi e só desci quando cheguei à casa da Gabi. No caminho, li a reportagem mais de 14 vezes. Ele estava chegando ao Brasil. E ia me procurar. A Gabi ia ter que me ajudar a encontrar uma maneira de me esconder. Nem que para isso eu precisasse fugir do país.

De: Priscila <pripriscilapri@aol.com>
Para: Natália <natnatalia@mail.com>
Enviada: 12 de maio, 10:21
Assunto: Rostos

Nat!!!!

Me liga assim que acordar! Você nem imagina o que eu vi na revista Rostos desta semana! Como você não vai imaginar mesmo, vou contar!

Na página 26 tem uma foto enoooooorme daquele Christian da Fani, sabe? Nat do céu! Ele não é só bonito... ele é um DEUS GREGO!!! E você não vai crer! Ele disse que ainda não esqueceu a ex-namorada brasileira! E nós sabemos per-fei-ta-men-te quem é a tal! Estou ligando pra Fani, mas ela não me atende! E você ainda está dormindo! Preciso comentar com alguém sobre isso!!!

O Rodrigo está vindo pra cá, tive que esconder a revista para ele não ver, senão eu tenho certeza de que ele comentaria com o Leo!

Beijo, me liga!!!!

Pri

De: Priscila <pripriscilapri@aol.com>
Para: Gabi <gabizinha@netnetnet.com.br>

Enviada: 12 de maio, 10:23

Assunto: Rostos

Gabi, por acaso a Fani está com você??? Estou tentando ligar para vocês duas há um tempão e vocês não me atendem!!! Estou desesperada aqui! Eu comprei a revista Rostos desta semana e dei de cara com uma foto do Christian da Fani! LINDO!!!!! Eu tenho que avisar pra ela urgente! Para que ela impeça o Leo de ver essa revista!

Agora, francamente, a Fani tem sangue de barata. Eu com um Christian desses na minha vida... Ai, ai! O Rodrigo ia ter que me desculpar, mas a carne é muito fraca!

ME LIGA URGENTE!

Beijo!

Pri

De: Priscila <pripriscilapri@aol.com>

Para: Revista Rostos <editorial@revistarostos.com.br>

Enviada: 12 de maio, 10:25

Assunto: Christian Ferrari

Bom dia!

Sou uma leitora da revista e gostaria de saber se vocês têm mais fotos do ator Christian Ferrari, que saiu na revista dessa semana. É muita covardia vocês publicarem uma foto tão linda dessas só pra deixarem as leitoras com gostinho de quero mais! Acho que ele merecia uma edição da revista só pra ele!

Obrigada,

Priscila

> Aretha Robinson: Eu vou te ensinar como fazer algo uma vez. Eu vou te ajudar se você fracassar duas vezes. Mas, na terceira, você está por sua conta.
>
> (Ray)

"Como assim fugir do país, Fani?", a Gabi não parava de folhear a revista na minha frente, enquanto eu só faltava arrancar os cabelos. "Até agora não entendi qual é o problema! O Christian vem ao Brasil, e daí? O que tem de mais se ele te procurar? Isso não quer dizer que vocês vão voltar a namorar... apesar de que, se eu fosse você, sinceramente, ficaria balançada... Nossa, o cara é *muito* gato!"

"O que você não está entendendo, Gabi?", eu perguntei enquanto tomava a revista das mãos dela. "Você não sabe, você não *presenciou* as crises de ciúmes do Leo? Eu não te disse que jurei a ele que nunca mais teria contato com o Christian? Imagina se ele fica sabendo que ele está vindo me ver? O Leo termina comigo, sério!"

"Fani", ela tentou me acalmar. "*Você* não está contatando o Christian. Mas o Leo não pode evitar que ele chegue perto de você! Você não está fazendo nada de errado! Está quieta no seu canto. Se o Christian vier te encontrar, o Leo que resolva o caso com ele e não com você! Ele não pode te impedir de ter amigos!"

A Gabi estava tão por fora. Eu sabia que o Leo preferia ficar sem mim a imaginar que eu pudesse estar também com o Christian. Eu já o havia excluído das minhas redes sociais, e todos os e-mails que ele me mandava caíam direto na caixa de spam, que eu apagava sem olhar. Antes tivesse lido, não ficaria sabendo que ele estava vindo ao Brasil através de uma revista e teria tido mais tempo para arrumar uma solução! A entrevista provavelmente tinha sido realizada há uns dias, o que significava que ele chegaria em poucas semanas!

"Gabi, você não conhece o Leo! Eu não tinha noção do quanto ele é ciumento... Ele não me perdoa por eu ter namorado na Inglaterra, ele não acredita que eu possa ter ficado com o Christian por uns meses sem ter realmente gostado dele!"

"Fani, nem eu acredito! Como você pôde desprezar esse cara lindo? E que se declara em uma revista de circulação nacional? Posso ficar com ele pra mim?"

Eu olhei com cara de brava pra ela.

"Opa, estou só brincando!", ela levantou as duas mãos, como se estivesse se rendendo. "Credo, como você é egoísta, não quer e não empresta para as amigas!"

"Gabi, eu preciso de ajuda, por favor!", eu disse me sentando no chão do quarto dela. Eu estava realmente preocupada. "Imagina se o Leo tem acesso à essa entrevista?"

"E o que você quer fazer? Comprar todas as revistas *Rostos do Brasil*?"

"Não sei!", eu estava a ponto de fazer exatamente isso. "Eu vim aqui pra você me ajudar! O filme vai estrear no mês que vem! Obviamente, se o Leo souber disso, vai vigiar todas as minhas idas ao cinema!"

"E, *obviamente*, a gente vai à estreia, não é? Porque, eu já vou avisando, eu não perco esse filme por nada nesse mundo!"

"Gabi, você não pode fazer isso comigo", eu falei me levantando novamente. "Você não vai assistir a esse filme!"

"Ficou louca?", ela disse se afastando um pouco de mim. "Claro que vou! Eu adorei a sinopse, o elenco, e eu realmente estou morrendo de curiosidade de ver esse seu Christian melhor!"

"Gabi, se você for, eu vou ter que ir com você! Eu não vou aguentar de curiosidade! E aí vai ser mais um problema! Imagina se o Leo me vê entrando no cinema!"

"A gente dá um jeitinho, não se preocupe! Nós vamos em um horário que ele não possa, na hora que estiver trabalhando, sei lá..."

Enquanto ela ia inventando os jeitos que a gente poderia ir ao cinema sem o Leo descobrir, eu voltei no tempo. Lembrei do dia em que eu tinha encontrado o Christian na excursão da escola à BBC e entregado meu cartãozinho de intercambista a ele. Naquela época, eu nem imaginava tudo o que iria acontecer. Nem tinha ideia de que algum dia eu ficaria tão aflita ao lembrar que naquele mesmo cartãozinho tinha o meu endereço! O meu endereço, telefone, todos os meus dados do Brasil.

De repente a Gabi parou de falar e fez uma expressão de triunfo.

"Fani! Já sei!", ela disse esfregando as mãos.

Antes que eu perguntasse se ela ia me emprestar uma peruca loura para eu ir ao cinema sem ser reconhecida, ela já estava falando sobre outro assunto, tinha inclusive criado um plano inteiro, com todos os detalhes.

"Você vai mandar um e-mail para o Christian", ela mal começou a falar e eu já ia protestar, mas ela continuou. "Você vai escrever pra ele e dizer que leu a entrevista, que adorou saber que o filme está fazendo sucesso e que também quer encontrá-lo!"

"Gabi, você ficou louca?", eu disse interrompendo o raciocínio dela, que eu tinha certeza de que não iria chegar a lugar nenhum. "Eu não vou me encontrar com o Christian! Eu acabei de te falar que não queria nem assistir ao filme dele, com medo do Leo descobrir!"

"Fani, você não entende? Se você não marcar uma hora com o Christian, ele vai vir sem ser convidado. Por tudo o que você me contou dele e pelo que eu li nessa revista, esse cara realmente não sabe ouvir um 'não'."

Eu concordei. Eu conhecia o Christian. Sabia que, se ele quisesse mesmo me ver, ele daria um jeito.

"Por outro lado", ela continuou, "se você combinar um encontro, quem vai definir o dia e hora vai ser você! E você conhece todos os horários do Leo! Você sabe quando ele vai e volta da aula, do trabalho, do futebol, da academia, sai com os amigos, te liga, vai à sua casa... Você pode perfeitamente combinar com o Christian em um local e hora que não tenha possibilidade do Leo descobrir..."

Eu comecei a me acalmar. As palavras dela faziam sentido. Realmente, se eu deixasse ao acaso, ele viria ao meu encontro. Mas, se eu tomasse a iniciativa, quem iria ao encontro dele seria eu...

"Agora, Fani...", a Gabi voltou a falar. "Por favor, esqueça desse caso até o seu vestibular. Não se preocupe, o Leo não vai descobrir, duvido que ele leia essa revista! E nela está escrito que o Christian só vem no próximo mês. Não se aflija com isso até lá. Concentre-se nos estudos agora e, logo depois das provas, mande um e-mail pra ele, tentando saber quando exatamente ele chega e quais são os planos dele. Daí, então, você sugere uma data para o encontro e explica que está namorando sério e que prefere que vocês não se encontrem mais."

Parecia tão simples nas palavras dela. Mas eu sabia que não seria nada fácil.

Saí da casa da Gabi mais calma. Ao chegar em casa, porém, encontrei o Leo me esperando. Imediatamente imaginei que ele tivesse lido a reportagem e que fosse brigar comigo por ciúmes.

Foi chegar perto dele que eu percebi que estava errada. Ele imediatamente me abraçou.

"Estava no salão, amorzinho?", ele disse no meu ouvido. "Seu pai falou que você não ia demorar e eu resolvi esperar. Não quero atrapalhar seus estudos, mas eu estava voltando do clube e me deu uma saudade repentina... Resolvi passar aqui pra te dar um beijinho... fiz mal?"

Era impressionante como ele tinha o poder de fazer com que qualquer pensamento ruim fosse embora. Foi ele me tocar que eu nem lembrei mais da existência do Christian. Pelo menos era o que eu achava.

Eu perguntei onde estava o meu pai e o Leo disse com um sorrisinho que ele estava tomando banho e que, além dele, não tinha ninguém em casa. Nós vínhamos nos encontrando tão pouco por causa dos meus estudos que qualquer segundo era preciso. Por isso, não perdi tempo.

"Um beijinho?", eu respondi à pergunta dele com outra, enquanto me aproximava mais. "Não pode ser um beijão?"

Ele nem respondeu, apenas me empurrou para que eu encostasse na parede e começou a me beijar tão urgentemente que eu até fiquei sem ar.

Eu fechei os olhos e me entreguei ao momento. De repente, porém, ele resolveu morder o meu pescoço e – como sempre – eu me arrepiei inteira.

Eu me aproximei do ouvido dele e disse "para..." bem baixinho. Ele fingiu que nem estava me ouvindo e continuou.

Eu fui me derretendo cada vez mais, aquilo estava ficando cada vez melhor. Eu dei um suspiro e sussurrei: "Olha que assim eu não resisto... para, Christ...".

Ele parou imediatamente. Eu estava tão bamba que quase caí no chão.

"O que você falou?", ele disse, com as sobrancelhas franzidas.

"Eu... eu..." Eu nem sabia o que eu tinha dito direito. Eu o havia chamado de *Christian*???

"Repete o que você falou!", ele disse cada vez mais bravo.

Eu fiquei calada.

"Fala, Fani", ele cruzou os braços. "Eu quero ouvir. Fala de novo esse nome que você falou. Por acaso ele te beijava assim como eu estava te beijando? Foi por esse motivo que você teve esse ato falho? Sentiu saudade, foi isso?"

Começaram a sair lágrimas dos meus olhos antes que eu dissesse qualquer coisa. O Christian nunca tinha me beijado daquela maneira. Ele não tinha chegado nem perto. Simplesmente porque a cada vez que ele se aproximava mais, eu escapava. Eu fugia. Por uma única razão. Porque ele não era o Leo.

"Não adianta chorar, Fani!", ele falou ainda muito nervoso. "Ele também te fazia suspirar? Ele também sentia seu coração bater tão forte encostado no peito dele?"

Eu me sentei no sofá, completamente atordoada. Por que eu tinha dito aquilo? Só podia ser por causa da revista. Eu tinha lido aquele nome tantas vezes que acabou ficando impregnado no meu inconsciente.

"Fani", ele se sentou ao meu lado. "Para de chorar. Eu quero te falar uma coisa."

Eu levantei a cabeça e vi que ele estava muito sério. Ele passou as duas mãos pelo cabelo e respirou fundo.

"No ano passado, quando eu soube que você estava namorando, foi o dia mais triste da minha vida. Eu tive muita raiva de mim mesmo. Na época, eu me arrependi profundamente de ter pedido para a Marilu fingir que era a minha namorada, para que você acreditasse e ficasse na Inglaterra. Eu quis voltar no tempo, no momento em que recebi a primeira carta que você me mandou de lá, para que eu pudesse ser um pouco egoísta e aceitar a sua oferta de voltar no primeiro avião. Acima de tudo, eu tive ódio da pessoa que estava ocupando o meu lugar."

Eu estava prestando muita atenção. As lágrimas não paravam de cair. Eu também daria tudo pra voltar no tempo. Eu nunca teria namorado o Christian se eu soubesse que isso tudo aconteceria.

"Eu estava disposto a te esquecer quando você me mandou a segunda carta, já no finalzinho do seu intercâmbio. Eu ouvi cada música do CD que veio junto e senti uma saudade maior do que o mundo. Eu acreditei no que você escreveu, quando disse que eu era o único."

"Você é o único!", eu falei alto. "Sempre foi, sempre vai ser!"

Ele continuou a falar, como se não tivesse me escutado: "Acontece que, desde que a gente começou a namorar, têm acontecido coisas que me fazem questionar se isso é mesmo verdade. Eu realmente acreditei em você naquela conversa que nós tivemos dentro do meu carro um dia depois do seu aniversário. Eu pensei que tudo fosse ficar bem depois daquilo. Eu coloquei na minha cabeça que eu estava vendo coisas. Eu disse pra mim mesmo que tanto o recado no blog quanto a foto do seu álbum não tinham sido sua culpa".

Eu balancei a cabeça afirmativamente. Exatamente. Eu não tinha tido culpa!

"Acontece, Fani", ele se inclinou mais em minha direção, "que hoje eu vi que eu estava errado. Hoje eu ouvi da *sua* boca! Você ia me chamar de..."

Ele fechou o punho e eu vi que estava se contendo pra não socar o sofá. Eu resolvi que o melhor seria negar tudo.

"Leo", eu peguei a mão dele. "Eu não troquei seu nome. Eu não sei o que eu ia falar, mas com certeza não era o nome dele."

Ele se soltou da minha mão e fez uma expressão irônica, certamente não estava acreditando em uma palavra.

Eu não liguei e continuei: "Leo, presta atenção, por favor. O meu namoro com o Christian não chegou nem perto do ponto onde nós estamos. E quer saber por quê?". Eu não esperei que ele respondesse. "Porque em nenhum momento ele fez com que eu me sentisse da maneira como eu me sinto quando estou com você. Porque, inconscientemente, eu queria me preservar para alguém que eu amasse de verdade. Eu queria exatamente isso aqui! Quer dizer, não essa discussão..." Vi que ele deu um leve sorriso, mas na sequência voltou a ficar sério. "Leo... eu nunca deixei que o Christian chegasse muito perto de mim. E não digo só na parte física. Ele passou longe do meu coração. Ele não conseguiu entrar lá dentro, por mais que tentasse. Simplesmente porque aqui", eu apontei para o lado esquerdo do meu peito, "já estava ocupado. Pela única pessoa na vida que fez o meu coração bater tão forte... a ponto de senti-lo pulsar ao me abraçar."

Eu vi que ele estava considerando o que eu havia dito. Para convencê-lo melhor, cheguei mais perto e peguei o rosto dele com as mãos, fazendo com que ele me olhasse nos olhos. Ele não me impediu.

"Eu te amo, Leo", eu falei, sentindo meus olhos se encherem novamente. "É só nisso que você tem que acreditar. Eu sei que no seu lugar eu também estaria me sentindo confusa. Eu não gosto nem de imaginar como seria se você realmente tivesse namorado no ano passado! Quer saber de uma coisa? Tenho ciúme até daquela Marilu, mesmo sabendo que ela é namorada do seu primo e que foi tudo invenção! Simplesmente porque ela passou o ano todo perto de você!"

Ele deu um sorrisinho e disse: "Você não precisa ter ciúme da Marilu...".

Eu continuei séria e dei um suspiro. "Você me desculpa, Leo? Pelo que quer que seja que eu tenha dito? Você acredita que o único nome importante pra mim é o seu?"

Ele tirou minhas mãos do rosto e segurou.

"Fani, eu vou te falar uma coisa e quero que você preste muita atenção..."

Era impossível ficar mais atenta.

"Pode não parecer, mas eu odeio sentir ciúmes", ele continuou. "A cada vez que eu sinto, me dá vontade de sumir, de não te ver mais, de descontar... É um sentimento que realmente não me faz bem. E eu não quero mais vivenciá-lo. Quero deixar bem claro que essa foi a última vez." Ele respirou fundo e falou por último: "Eu prefiro ficar sem você do que sentir essas coisas, do que imaginar você com esse Christian".

Em seguida ele me puxou e abraçou. Eu prometi a mim mesma que ele não teria mais motivo nenhum pra se sentir assim.

Mais tarde, quando ele foi embora, corri para o computador. Resolvi seguir o conselho da Gabi. Mas eu não poderia esperar até o vestibular passar. Eu queria resolver aquilo de uma vez.

De: Fani <fanifani@gmail.com>
Para: Christian <christian-uk@hotmail.com>
Enviada: 12 de maio, 17:00
Assunto: Quanto tempo...

Oi, Christian,

Ainda se lembra de mim?

Estou escrevendo para dar parabéns pelo seu sucesso! Por acaso li uma entrevista que você deu e fiquei muito feliz por saber que seu filme já foi lançado e que sua atuação está sendo muito aclamada pela crítica! Você está de parabéns! Li também que você virá ao Brasil para promovê-lo... Acredito que você só irá ao Rio de Janeiro e São Paulo, não é? Afinal, você está vindo para divulgar o filme, com certeza está com várias entrevistas agendadas em programas de TV, não deve perder seu tempo visitando outras cidades do Brasil. Isso é excelente, você está mesmo no momento de focar na sua carreira!

Estou muito feliz pela sua profissão de ator estar decolando, eu sempre soube que você tinha potencial. Quem sabe, um dia, a gente se encontre em alguma première de Hollywood, não é? (Sonha, Fani...)

Uma ótima vida pra você e parabéns mais uma vez!

Fani

Eu não esperava que ele fosse tão rápido. Antes de dormir, chequei meu e-mail e lá estava a resposta.

De: Christian <christian-uk@hotmail.com>
Para: Fani <fanifani@gmail.com>
Enviada: 12 de maio, 22:00
Assunto: Re: Quanto tempo...

Fani!!!!!!!!!!!!!!!

Nem acredito que você me escreveu! Pensei que você tivesse mudado o seu endereço eletrônico, já que não respondeu nenhum dos meus e-mails! O que houve, o computador estragou?

Então você já sabe da minha novidade! Eu queria ter sido o primeiro a te contar, eu tinha certeza de que você ia ficar contente, afinal, você foi a responsável por tudo isso!

Realmente eu tenho algumas entrevistas agendadas, vou participar do Altas Horas, do Sem Censura, do Programa do Jô e do Marília Gabriela Entrevista, mas fiz questão de marcar meu voo direto para Belo Horizonte, pois eu queria conversar com você uns assuntos pessoalmente! Tenho umas novidades que eu acho que você vai adorar!

Chego ao Brasil no final de junho. Tenho seu telefone, prometo que te ligo assim que eu chegar ao hotel!

Grande beijo!

Christian

Eu nem consegui dormir depois disso.

De: Natália <natnatalia@mail.com>
Para: Priscila <pripriscilapri@aol.com>
Enviada: 13 de maio, 13:42
Assunto: Re: Rostos

Oi, amiga!

Que inveja de você! Meu pai cortou meu dinheiro para comprar revistas! Falou que agora só quando eu passar no vestibular, o que vai ser apenas no final do ano, já que *ele* só quer que eu estude na UFMG! Vou fazer de tudo pra passar na PUC no meio do ano e pedir pra minha mãe convencê-lo! Não aguento mais cursinho!

E você, estudando muito?

De qualquer forma, fiquei tão curiosa que corri até uma banca pra ver a reportagem lá mesmo. Quase babei na revista! A Fani é completamente louca... eu não largaria um monumento desses! Se bem que, pelo Alberto, eu largaria!

Você tem razão, o melhor é que o Leo não veja essa revista, a autoestima dele iria pra baixo da linha do Equador! Além de gato, pelo visto o Christian é simpático, inteligente e talentoso! Eu não queria estar no lugar do Leo, juro.

Saudades, amiga! Temos que marcar de ir ao clube!

Beijinhos!

Natália ♥

De: Gabi <gabizinha@netnetnet.com.br>
Para: Priscila <pripriscilapri@aol.com>
Enviada: 13 de maio, 21:53
Assunto: Re: Rostos

Oi, Priscila,

Só vi seu e-mail hoje.

Só tenho a dizer uma coisa. REZE. Reze muito para que o Leo não veja essa revista. Pelas últimas notícias que tive, eles brigaram de novo por causa dos ciúmes dele. Não quero nem estar por perto se ele ler que o Christian vai "procurar a ex-namorada que ainda não esqueceu, assim que chegar ao Brasil". Sério. É capaz de o Leo ir para o aeroporto esperá-lo ARMADO!

Não entendo como a Fani dá corda pra esse tipo de coisa, se fosse meu namorado, eu já teria mandado se tratar. Aliás, se eu fosse ela, estaria era com esse Christian até hoje!

Ah, só uma coisinha... Você e a Fani deveriam estar lendo os livros do vestibular em vez de revistas de futilidade.

Beijo,

→ Gabi ←

De: Revista Rostos <editorial@revistarostos.com.br>

Para: Priscila <pripriscilapri@aol.com>

Enviada: 14 de maio, 8:15

Assunto: Re: Christian Ferrari

Cara Priscila,

Muito obrigada por seu e-mail. Ficamos felizes em saber que você gostou do Christian Ferrari. Infelizmente, só tivemos acesso a essa foto de divulgação, mas prometemos a você que, assim que ele desembarcar no Brasil, não o perderemos de vista! Seguiremos cada passo dele e em breve publicaremos muito mais fotos na revista.

Atenciosamente,

Roberta Mello

Editoria de Celebridades Internacionais

Revista Rostos

De: Leo — Para: Fani
CD: Cinco meses com você

1. I didn't know I was looking for love — Everything But the Girl
2. Quem sabe isso quer dizer amor — Lô Borges
3. Follow you, follow me — Genesis
4. Monalisa — Jorge Vercillo

> Juiz: Atenção, crianças! A corrida tem quatro quilômetros. A linha de chegada é do outro lado do lago. Não empurrem os outros competidores. Vencer não é tudo. O mais importante é o espírito esportivo. Boa sorte a todos!
>
> (Filhos do paraíso)

Finalmente chegou o vestibular! Os últimos dez dias foram os mais demorados da minha vida. Tentei não pensar mais no Christian ou em qualquer outra coisa que não tivesse relação com as provas. Eu deixaria para resolver outros assuntos quando chegasse a hora deles. Entreguei-me totalmente aos estudos.

Por mais que eu estivesse segura e que tivesse certeza de que eu sabia cada linha da matéria, o medo de que algo desse errado – como o pneu do carro do meu pai furar bem no momento em que ele estivesse me levando para fazer as provas, ou a tinta da caneta acabar (por via das dúvidas, levei sete!), ou ainda de que acontecesse uma fraude qualquer que cancelasse o vestibular – fez com que eu me sentisse muito mal. Eu acordei completamente enjoada. Não consegui comer nada, por mais que a minha mãe dissesse que eu ia desmaiar no meio da prova se não me alimentasse. O máximo que eu fiz foi colocar no estojo o chocolate que o Leo tinha me dado no dia anterior. Ele havia passado rapidamente na minha casa para desejar boa sorte e – mais do que nunca – eu desejei que aquilo acabasse logo.

Eu vinha sentindo falta dele, de poder ficar com ele sem pressa. O último mês tinha sido muito difícil. Nem durante o sono eu conseguia parar de pensar no vestibular. Sonhei várias vezes que estava procurando meu nome na lista dos aprovados e que não encontrava. Em todas elas, eu acordei assustada no meio da noite e depois não consegui mais pregar os olhos. Minha mãe não parava de dizer que eu estava acabada, que meus cabelos estavam opacos, que eu estava cheia de olheiras, que eu precisava de um bronze, que estava com cor de doente. O pior de tudo era que eu tinha que concordar com ela. Eu estava me sentindo horrível. Mas eu sabia que não podia me dar ao luxo de parar de estudar para tomar sol, dormir mais do que seis horas por noite ou ir ao salão de beleza. Eu conheci vários concorrentes no cursinho e sabia que eles estavam estudando tanto quanto eu. Eu não podia deixar que eles passassem na minha frente.

O Leo se mostrou um namorado extremamente compreensivo. Confesso que, no lugar dele, eu não teria sido tão paciente. Durante nossos curtos encontros, eu não parava de olhar para o relógio, pensando em quanto tempo eu teria para revisar alguma matéria depois que ele fosse embora. Ele nunca reclamava. Ao contrário, sempre perguntava se eu precisava de ajuda em algum estudo, o que eu sempre negava, pois era impossível me concentrar ao lado dele. Além disso, eu me tornei (ainda mais) chorona. Talvez pela falta de sono, pelo medo de não passar ou pelo estresse em si, eu comecei a chorar sem motivo. Por exemplo, se ele dissesse que estava com saudade, meus olhos já enchiam de lágrimas, lembrando de toda saudade que eu havia sentido dele no ano anterior. Se ele trouxesse um chocolate para me animar, eu lembrava que não estava tendo tempo de ir à academia e lá vinham novas lágrimas, por medo de engordar tudo novamente. Realmente o Leo merecia o troféu-paciência.

Por isso, na noite anterior, quando ele foi à minha casa para dizer que sabia que tudo ia dar certo e que tinha certeza de que eu seria a mais linda caloura do curso de Cinema, eu tive que pedir desculpas. Eu o abracei e pedi que me perdoasse por ter sido uma péssima namorada naquele mês. Ele me olhou sério, pegou meu rosto com as duas mãos e disse: "Fani... você nunca vai ser péssima em nada, muito menos como namorada... Sua perseverança nos estudos e sua força de vontade só fizeram com que eu te admirasse ainda mais. Eu sei que você vai passar e que de agora em diante a gente vai poder compensar todo o tempo perdido. Não se preocupe com nada agora, só com a prova. Durma bem e saiba que eu vou estar pensando o tempo todo em você e te enviando boas vibrações. Independentemente do resultado, lembre-se que você fez o seu melhor". Ele me deu um longo beijo e em seguida sorriu: "Caso sirva pra alguma coisa, saiba que, no vestibular do meu coração, você tirou o primeiro lugar!".

Eu o abracei bem forte e caí no choro. Realmente eu estava com sérios problemas emocionais. Só esperava que aquilo acabasse junto com o vestibular.

No fim de semana anterior, eu havia feito as provas de Direito. A tentação de chutar em todas as questões ou de marcar uma letra só foi grande, mas eu resolvi fingir que já era o vestibular de Cinema, na esperança de que, com isso, eu ficasse menos nervosa quando fosse o momento real. Não adiantou nada. Nervosismo maior do que o meu era impossível.

Eu entrei na sala, mostrei minha identidade e assinei a lista. Reparei que todos os nomes começavam com a letra E. Será que as Eduardas, os Emersons, as Elianes e as outras duas Estefânias que estavam ali tinham se preparado mais do que eu? Suspirei e fui me sentar.

O sinal tocou e os examinadores disseram que podíamos virar as provas. Eu fechei os olhos e, silenciosamente, rezei um Pai-Nosso, pedindo a Deus muita calma e luz. Respirei fundo e só então virei a prova. Passei os olhos pelas questões e comecei a responder uma por uma. Estava mais fácil do que eu esperava. Quando o examinador disse que só faltavam dez minutos, eu já tinha terminado há muito tempo, mas estava relendo pela vigésima vez cada uma das minhas respostas, para ver se não tinha confundido alguma coisa. Eu fechei a prova, guardei meu material e me levantei.

"Boa sorte", o moço para quem eu entreguei a prova disse sorrindo para mim. Olhei em volta e vi que não tinha mais ninguém na sala. Eu agradeci e saí de lá completamente leve. Eu havia tirado um grande peso dos ombros. As cartas estavam na mesa. E, o resultado daquele jogo, eu teria que esperar 20 dias para saber.

De: Cristiana <cristiana.acb@gmail.com>
Para: Informações PUC <informacoespuc@mail.com>
Enviada: 06 de junho, 14:09
Assunto: Vestibular de Direito

Prezados senhores,
Gostaria de saber quando sairá a listagem dos aprovados do vestibular e se seria possível antecipar o resultado para mim, por e-mail. Minha filha fez as provas há cinco dias e estou

muito ansiosa. Acredito que vocês já tenham o resultado em mãos e entendo que queiram "segurar" para causar suspense. Entretanto, eu já tive suspense suficiente. Peço que vocês abram uma exceção nesse caso.

Tenho certeza de que minha filha será uma excelente advogada no futuro e que honrará o nome desse sistema de ensino.

Certa da compreensão de vocês,

Cristiana Albuquerque Castelino Belluz

De: Alberto <albertocbelluz@bol.com.br>

Para: Natália <natnatalia@mail.com>

Enviada: 07 de junho, 15:03

Assunto: Você

Oi, Tchuquinha!

Estou ligando pra sua casa e só dá ocupado! Aposto que você está batendo o maior papo com a Priscila, não é? Sei que não é com a Fani, porque ela está aqui em casa, vendo filme agarrada com o Leo.

Sinceramente, estou com saudade de quando ela passava o dia inteiro no cursinho! Agora ela está totalmente de férias e não faz mais nada além de ficar em casa vendo filmes e mais filmes! Aliás, tem hora que ela sai, mas adivinhe aonde ela vai? Acertou! Ao CINEMA! Ontem ela resolveu ir ao shopping, eu fiquei até surpreso, pensei que ela fosse comprar roupas ou sapatos, e ela realmente chegou aqui toda sorridente com uma sacola imensa. Quando eu olhei, adivinha o que tinha dentro dela??? DVDs! Vários! Muitos! Ela disse que – como não tinha gastado nada da mesada por seis meses – resolveu usar o dinheiro pra comprar todos os filmes que ela estava querendo assistir há meses! Depois disso, ela ficou horas no computador fazendo uma lista com o nome desses novos DVDs e então pregou na estante do quarto dela, debaixo daquele aviso de "não dou, não empresto, não vendo...".

Amoreco, é sério. Acho que a obsessão da minha irmã por esse negócio de cinema está passando dos limites. Se ela já está assim agora, nem quero pensar se ela passar no vestibular. Aliás, eu sei que ela vai passar. Estou até me preparando para a gritaria, pois minha mãe vai dar um chilique quando perceber que ela vai estudar Cinema de qualquer maneira. Agora, o que eu não sei é por que a Fani foi inventar de fazer vestibular pra Direito também! Quero só ver como ela vai escapar dessa...

Minha fofuchinha, por falar nisso, quero saber se você não anima de assistir a um filminho hoje à noite... Na sua casa, claro, porque aqui a sala de TV está completamente ocupada e sem o menor sinal de que vai vagar tão cedo! Bem que o Leo podia não gostar de cinema, mas já percebi que ele é quase tão viciado quanto a minha irmã. Só não entendo como ele consegue ficar vendo filmes e mais filmes de romance! Ele deve gostar muito mesmo da Fani!

Beijo de quatro horas e meia nessa sua boca apaixonante! Me liga assim que desligar!

Eu

De: Leonardo <soueuoleo@gmail.com>
Para: Maria Luiza <marilu@netnetnet.com.br>
Enviada: 11 de junho, 17:39

Assunto: Entrega

Oi, menina!

Que saudade! Tem tanto tempo que a gente não conversa, desde o aniversário do Luigi! Mas ele sempre me dá notícias suas, estou feliz por saber que você continua gostando da faculdade! Que bom que seus pais deixaram você voltar para o Rio, lembro que no ano passado você só ficava reclamando de saudade. Mas, quando vier a BH visitá-los, não deixe de me avisar, vamos combinar um encontro!

Marilu, estou escrevendo para agradecer! Foi realmente perfeita a sua ideia de aproveitar que os seus pais estavam no Rio para pedir a eles que trouxessem a minha "encomenda" pra BH! Eu não sabia mais o que fazer! Se eu tivesse carteira de motorista, eu mesmo teria buscado, mas você sabe... vou fazer 18 só daqui a um mês e um dia! O Luigi disse que você teve o maior trabalho pra convencer sua mãe a trazer no carro pra mim! Você nem sabe o quanto eu fiquei feliz! Busquei na casa dos seus pais e já está aqui comigo! Amanhã é o primeiro Dia dos Namorados que eu e a Fani vamos passar juntos e eu precisava desse presente especial para fazer uma surpresa pra ela! Ela vai ficar megafeliz!

Eu não vejo a hora de apresentar vocês duas! Agora você vai ver o motivo pelo qual você teve que se passar por minha namorada durante o ano passado! Já te agradeci o suficiente pela vida inteira? Não? Então obrigado mais uma vez! A Fani outro dia me confessou que tem um certo ciuminho de você, ela diz que não gosta de me imaginar com outra namorada nem de brincadeira! :)

Marilu, valeu mais uma vez! Se precisar de qualquer coisa, conte comigo! Cuida bem do meu primão aí!

Leo

> _Querida_: Ah, que gracinha!
> _Querido Jim_: Você gostou, meu bem?
> _Querida_: Oh, eu amei. Que mocinha mais linda!
>
> (A dama e o vagabundo)

Novos DVDs de Fani Castelino Belluz

1. Crepúsculo
2. Três formas de amar
3. Camp Rock
4. Shrek
5. Corações apaixonados
6. A pequena sereia
7. Amor e inocência
8. Coquetel
9. Vestida para casar
10. Lua nova
11. Gatinhas e gatões

12. Na linha do trem
13. Um lugar chamado Notting Hill
14. Menina de Ouro
15. Encontro de amor
16. Letra e música
17. Os 101 dálmatas
18. Clube dos cinco
19. O diário da princesa 2
20. Irmão Urso
21. Marley e eu
22. Annie
23. Meninas malvadas
24. A nova Cinderela
25. Aquamarine
26. Tarzan
27. Ray
28. Filhos do paraíso
29. A dama e o vagabundo
30. Show Bar
31. Um amor para toda vida
32. Mogli - O menino lobo
33. Click
34. Footloose
35. Aladdin
36. A história sem fim
37. Anastasia
38. Recém-casados
39. Grande menina, pequena mulher
40. A incrível jornada

 Nos dias que sucederam o vestibular, fiz tudo o que eu não havia feito em seis meses. Fui ao cinema e vi *todos* os filmes em cartaz, aluguei vários outros na locadora que eu ainda não havia assistido por falta de tempo, comprei muitos dos DVDs que estavam na minha lista de desejos, fiz uma relação com o nome de todos que eu ainda não tinha catalogado (incluindo os que eu ganhei no Natal anterior ao meu intercâmbio, que eu ainda não tinha anotado), entrei na autoescola, cortei o cabelo e tomei sol.

Eu e o Leo passamos a nos encontrar todos os dias. Ao contrário da minha mãe, que estava completamente ansiosa pelo resultado do vestibular, eu não estava com a mínima pressa de saber se havia sido aprovada. Eu preferia até que demorasse, porque – caso eu não passasse – tinha certeza de que não conseguiria continuar naquele clima de férias e voltaria aos estudos imediatamente.

O Dia dos Namorados foi exatamente uma semana após as provas. Eu estava muito animada, pois nunca havia comemorado a data namorando.

Fui ao shopping com as meninas um dia antes. A Natália escolheu para o Alberto um ursinho de pelúcia, onde ela disse que ia colocar o perfume dela para que ele dormisse abraçando o bicho e sonhasse com ela. Eu não quis dizer nada, mas tinha certeza de que o Alberto nunca iria dormir com um bichinho de pelúcia! A Gabi comprou para o Gabriel um DVD do Kiss, que ela mandou por Sedex imediatamente, para que chegasse exatamente no Dia dos Namorados. O presente do Leo eu já havia comprado há um tempão. Pesquisei na internet e encontrei uma minimesa de mixagem. Seria perfeito por causa da mania dele de "brincar de DJ". No site dizia que era um equipamento semiprofissional, e eu realmente esperava que ele gostasse. Comprei também uma caixa de Ferrero Rocher, que é o chocolate preferido dele, e, para completar, escrevi uma cartinha.

Quando a gente estava saindo, tive a ideia de ir até o cinema para ver se já tinha a relação dos filmes que estreariam no final de semana.

Chegando lá, quase morri. Havia um cartaz imenso com uma foto do Brad Pitt. Em cima estava escrito *"Um grito do passado – Em breve!"* e, embaixo, entre o nome dos outros atores, puder ler "Christian Ferrari". Fiquei pálida.

A Natália e a Gabi olharam imediatamente para mim.

"Está na hora de você colocar o nosso plano em prática...", a Gabi disse. A Natália, que já sabia de tudo, só fez um sinal afirmativo com a cabeça.

"Vocês não estão entendendo...", eu falei. "Eu acho que se eu disser que quero me encontrar com ele, vai ser pior! Ele vai achar que tem alguma chance!"

"Não importa o que ele vai achar", a Natália fez um gesto impaciente. "Desde que ele não apareça ou telefone em um momento que você estiver com o Leo..."

"E pra isso", a Gabi interferiu, "você tem que procurá-lo antes! Pra que ele não te pegue desprevenida!"

Eu sabia que elas estavam certas e que eu teria que fazer aquilo antes que fosse tarde demais.

No dia seguinte, acordei bem cedinho com o telefonema do Leo, me desejando feliz Dia dos Namorados! Ele disse que gostaria de me trazer café na cama, mas que tinha a ligeira impressão de que minha mãe não iria gostar... Então ele perguntou se eu poderia passar na casa dele à tarde, pois eu teria que buscar o meu presente lá. Eu estranhei um pouco, pois a tarde era o horário que ele trabalhava na empresa do pai, mas a minha curiosidade para entender o motivo pelo qual eu teria que ir lá receber o meu presente fez com que eu não questionasse nada. Logo depois do almoço me apressei em ir para o apartamento dele.

Toquei a campainha e, em um primeiro momento, ninguém atendeu. Fiquei meio intrigada, eu tinha ligado antes de sair de casa e dito para ele que em meia hora estaria lá... será que ele tinha esquecido?

Toquei de novo e nada. Eu imaginei que ele pudesse estar no banho e que não tivesse mais ninguém em casa. Eu tinha acabado de pegar o meu celular para ligar pra ele quando um barulho do lado de dentro chamou minha atenção. Parecia que era um inseto tentando passar pelo vão embaixo da porta. Instintivamente, girei a maçaneta, para salvar o bichinho, caso ele estivesse preso. Abri a porta devagar, olhei para chão e o meu coração derreteu. Era um cachorro bem pequenininho! Ele latiu assim que me viu e imediatamente eu o carreguei. De perto, vi que era um bichon frisé e se parecia muito com o Cookie, o cachorro que a Tracy havia ganhado de aniversário do Alex, o primo do Christian, na época que eles namoravam. Senti saudade no mesmo instante. Eu adorava aquele cachorro... Ele não podia me ver que vinha correndo fazer festa, e, todas as vezes que eu pegava o laptop para colocar no colo, ele chegava antes e se aninhava, para que eu fizesse carinho nele! Abracei o cachorrinho mais forte, ele lambeu meu nariz, e eu comecei a rir! No mesmo instante, o Leo saiu de trás da porta, de onde ele devia estar me assistindo o tempo todo.

"Gostou?", ele perguntou sorrindo. Ele estava de cabelo molhado e tão lindo que eu não sabia se olhava pra ele ou pro cachorro.

"Leo! Que coisa mais fofinha! Estou apaixonada! Olha, acho que ele gostou de mim, não para de me lamber!"

"*Ela*", ele disse. "Ela realmente parece ter gostado muito de você..."

"Uma menininha! Eu nem tinha percebido!", eu fiz carinho na barriguinha dela. "De quem é?"

Ele sorriu mais ainda e falou: "É sua".

Eu achei que ele estivesse brincando e só falei: "Ah, tá. Sonha". E continuei a passar a mão no pelo branquinho.

Nesse momento, a mãe do Leo chegou em casa.

"Gostou do presente, Fani?", ela perguntou sorrindo. "Assim que o Leo viu a ninhada na casa da minha irmã, mais ou menos dois meses atrás, quando fomos ao Rio, ele fez com que ela prometesse que ia guardar um filhote pra você! Na época eles tinham poucos dias, mas agora ela já está com dois meses."

Eu não conseguia acreditar. Era sério? Aquela bolinha de pelo era minha?

A dona Maria Carmem continuou: "Sabe, Fani... eu troquei um e-mail com sua mãe e percebi que ela é um pouco, digamos... sistemática. Então, se tiver qualquer problema, não se preocupe. A cadelinha pode ficar aqui em casa e você vem visitá-la todos os dias. Prometo que vamos cuidar muito bem dela!".

"Não!", eu a segurei com força. "Minha mãe vai deixar, sim!"

Ela riu. "Acho que você gostou de verdade! Mas, se precisar, pode contar com a gente!" Então, ela se virou para o Leo e falou: "Filho, só voltei porque esqueci meu cartão de crédito. Vou ao supermercado. Se alguém me ligar, diga que em uma hora estou de volta".

Ela saiu, nos deixando sozinhos. Eu olhei para o Leo, ainda sem acreditar que ele tinha me dado um cachorro! A minha vida inteira eu quis ter um bichinho de estimação e o máximo que minha mãe permitiu foi a Josefina, minha tartaruga. Mas agora ela teria que aceitar, afinal, tinha sido um presente!

O Leo pegou um embrulho em cima da mesa e disse: "Fani, eu fiquei com medo de que você não gostasse e criei um plano B". Eu ia começar a falar que só se eu fosse louca não teria gostado de uma coisa tão linda, mas ele continuou: "Eu vi na sua lista de DVDs que você ainda não tinha esse, mas eu sei que você gosta desse filme".

Ele me entregou e eu me apressei em abrir.

"Edward mãos de tesoura!", eu disse sorrindo. Eu não gostava... Eu *amava* aquele filme, mas nunca tinha encontrado! Eu coloquei a cachorrinha no chão e corri para dar um beijo nele.

"Como vai ser o nome dela?", o Leo perguntou.

Eu ainda não tinha pensado nisso. Tinha que ser um nome tão lindo quanto ela. Comecei a pensar em alguns personagens de cinema, atores e, de repente, tive uma ideia! Balancei o DVD, que ainda estava na minha mão, e falei: "Winona"!

Ele ergueu as sobrancelhas: "Ryder?"

Eu ri. "Ela pode ser a Winona Belluz Santiago", o que você acha?

"Eu acho que ela vai ser como a dona, que também tem um lindo nome, mas que ninguém usa. Quer apostar que ela vai acabar sendo chamada de "Winnie?" E, dizendo isso, ele se abaixou e chamou: "Winnie, vem cá...".

Ela veio correndo. Ele a carregou e sorriu pra mim: "Ela gostou do nome!".

Eu o abracei mais uma vez. "Puxa, Leo... eu nem sei como agradecer! Eu amei de verdade! O DVD e a *Winnie*!"

Ele a colocou no chão, se sentou no sofá e me puxou.

"No dia em que a gente assistiu *A incrível jornada* na sua casa", ele falou me abraçando, "eu vi que você ficou louca por aqueles cachorros. Na verdade eu queria ter te dado um buldogue americano ou um golden retriever, como os do filme, mas pensei que aí é que sua mãe não iria deixar mesmo!". Ele riu. "Imagina você chegando em casa com um cachorro gigante? Sua mãe me matava! Aí, quando eu vi aquele tanto de filhotinhos na casa da minha tia, eu me lembrei na hora que eles se pareciam com aquele que tem no retrato que você colocou no seu quarto, junto com sua família inglesa. E resolvi que ia te dar um..."

"Você acertou totalmente, Leo!", eu disse dando mais um beijo nele. "Não tem nada que eu gostaria mais de ganhar!"

Ele pareceu feliz, e então eu me lembrei que ainda não tinha dado o presente dele. Levantei-me, peguei o embrulho, que ao ver a cachorrinha eu tinha deixado no chão, e entreguei para ele.

"Que isso?", ele perguntou já rasgando o papel.

"É um presente meio interesseiro...", eu falei mordendo o lábio. "É uma coisinha pra te ajudar a gravar mais e mais CDs pra mim..."

Ele abriu depressa e arregalou os olhos ao ver a mesa de mixagem.

"Fani, sua doidinha! Isso deve ter custado muito caro!"

"Deixei de comprar uns DVDs...", falei. "Eu sabia que o seu sorriso ia me fazer mais feliz do que eles!"

Ele me puxou pra me dar um beijo. De repente eu me lembrei de uma coisa.

"Espera!", eu disse me levantado novamente. "Tem também bombons e uma carta!"

Peguei dentro da minha bolsa e entreguei pra ele.

Leo,

Namorar você é como ter festa toda hora. Ver estrelas cadentes que realizam meus sonhos. Esperar por aquele acontecimento especial que acontece todos os dias.

Namorar você tem gosto de pipoca. Tem cheiro de bolo saindo do forno. Tem cara de feriado.

Namorar você é pisar nas nuvens, sonhar acordada, suspirar o tempo inteiro...

Você me faz sorrir. Faz com que eu me apaixone a cada dia de uma forma diferente, de um novo jeito. Minha vida mudou depois que você apareceu. Ficou mais leve. Mais colorida.

Porque você é o meu namorado de sorvetes e filmes; telefonemas e sonhos, e eu quero que a gente seja pra sempre um casal desses de cinema, que vivem constantemente em um final feliz!

Te amo!

Feliz Dia dos Namorados!

Fani

Reparei que ele leu umas três vezes. Quando terminou, ele ficou me olhando uns cinco segundos sem dizer nada. Então ele se levantou e me abraçou.

"Fani...", ele disse no meu ouvido. "Que cartão mais lindo!" Ele afastou o rosto um pouco, para me olhar, e continuou: "Eu prometo que nós vamos ser como os namorados do cinema por toda a vida, e eu vou fazer de tudo para que o nosso filme seja sempre o mais bonito!".

Ele me deu outro beijo e aos poucos nos sentamos novamente no sofá. Pra ficar mais confortável, acabamos nos deitando. Os beijos foram se tornando muito intensos. Eu só conseguia pensar que a dona Maria Carmem poderia chegar. Mas não estava com a menor vontade de parar...

De repente, ele se levantou.

Eu olhei espantada e vi que ele estava me olhando meio sem fôlego.

"Fani...", eu percebi que ele estava escolhendo as palavras. "Desculpa, mas eu não consigo. Eu prometi que ia esperar o tempo que você quisesse, mas assim não dá. Toda vez que você chega tão perto assim, que eu toco essa sua pele tão macia... eu tenho vontade de te beijar inteira, de te dar muito mais carinho, de demonstrar o que eu sinto de todas as maneiras." Ele se sentou na outra ponta do sofá e continuou: "Por isso, de agora em diante, acho que é melhor a gente ir mais de leve... porque realmente está complicado. Eu tenho medo de perder o controle como naquele dia do sítio, de te propor algo que te ofenda... Eu não quero que você me entenda mal, mas cada dia fica mais difícil me segurar. Então vamos dar uns passos pra trás. Eu vou continuar a te esperar, mas você tem que me ajudar. E, com essa carinha linda me olhando como se eu tivesse tirado o doce da sua boca, você não me ajuda em nada".

Eu sorri e me aproximei, mas ele se levantou de novo.

"É sério", ele disse. "Vamos mais devagar." E em seguida foi até onde a Winnie estava e a pegou no colo.

Eu fiquei olhando sem saber o que dizer. Ele estava fazendo exatamente o que eu havia pedido, estava me dando tempo, no entanto eu não sabia mais se era aquilo que eu queria. Certamente eu não tinha gostado de ele se afastar na melhor parte. Mas eu ainda não tinha certeza se queria ir até o final.

Dei um suspiro, me levantei e fui passar a mão na minha cachorrinha. Pelo visto, só nela que eu poderia fazer carinho de agora em diante.

De: Natália <natnatalia@mail.com>
Para: Alberto <albertocbelluz@bol.com.br>
Enviada: 12 de junho, 14:33
Assunto: ♥♥♥♥♥♥♥♥

Ai, meu amor! Nem acredito que a gente teve a mesma ideia! Ameeeeeeeeeeeeeeeeeeei o ursinho (Quer dizer, o ursão! Ele é quase do meu tamanho!) que você me deu! Nem acreditei quando você entrou com ele aqui em casa! O meu ficou meio "humilde" perto do seu, mas adorei você ter falado que o que eu te dei é menor pra me representar, já que eu sou pequenininha, e o que o que você me deu é maior porque perto de mim você fica grandão! Eles combinaram perfeitamente, exatamente como nós! ♥

Fofucho, já estou começando a me aprontar para o nosso jantar!!! Estou supercuriosa pra saber aonde você vai me levar! Mas saiba que qualquer lugar em sua companhia se torna perfeito!

Te amooooooo!

Sua Tchuca

De: Ana Elisa <anelisa6543210@hotmail.com>
Para: Gabriela <gabizinha@netnetnet.com.br>
Enviada: 12 de junho, 17:50
Assunto: Namorados!

Oi, Gabi!

Desculpe a demora pra responder seu e-mail! Hoje que eu percebi que já tem quase um mês que você me escreveu!

Como está sendo seu Dia dos Namorados? Alguma surpresa especial do seu gatinho?

Eu estou muito feliz! Meu namorado estava viajando com a família e voltou antes só pra passar essa data comigo! Eu ainda não o encontrei, mas ele já me mandou flores e ficou de passar aqui em casa às 19h. Ele disse que vai me levar para jantar em um restaurante superchique! Estou ansiosa!

E a sua vinda a Brasília? Agora já dá pra marcar, não é? Acabou o vestibular da Fanny! Conversei com ela pelo telefone na semana passada e ela estava tão feliz!

Um grande beijo,

Ana Elisa

De: Alan <alan_alan@mail.com.br>
Para: Leonardo <soueuoleo@gmail.com>
Enviada: 12 de junho, 19:10
Assunto: Festa dos solteiros

E aí, mano!

Espero que esteja tudo bem. O que rolou com você? Imagino que coisa boa não foi, pra você sumir assim!

Estou escrevendo pra te dar um toque esperto! A boa da night hoje é uma "festa dos solteiros" que vai rolar lá na Raja! Tô ligado que você tá comprometido, mas, fala sério, uma festa cheia de gatas solteirinhas não dá pra perder!!! Vai encarar? Dá o perdido na Fani e aí já é!

Se quiser carona, dá o toque! Vou estar motorizado hoje à noite! Valeu!

Alan

30

> *Kevin: O que você faz quando percebe que todos seus sonhos se tornaram realidade?*
>
> *(Show Bar)*

Quando o Leo foi me levar em casa, já estava anoitecendo. No percurso, fomos imaginando qual seria a reação da minha mãe ao ver um cachorro nos meus braços. Minha esperança era que o meu pai já tivesse chegado do trabalho e que ficasse tão encantado com a Winnie quanto eu, a ponto de convencer a minha mãe de que uma cachorrinha dentro do apartamento era tudo o que ele sempre quis.

Eu nem imaginava o que me esperava.

O Leo subiu comigo, para fugir correndo com a Winnie, caso precisasse. Eu mal tinha girado a maçaneta e minha mãe apareceu com uma expressão que eu nunca tinha visto. De júbilo.

"Fani! Até que enfim! Telefonei pra você a tarde inteira e o seu celular só dá desligado, onde você estava?"

Eu tinha ficado tão entretida com o Leo e a cachorrinha que havia até esquecido que a bateria do meu celular tinha acabado e que eu deveria ter ligado para ela avisando que estava na casa do Leo. Comecei a explicar, mas ela me interrompeu.

"Filha, isso não importa agora! A minha pressa em falar com você era por um motivo muito especial..." Ela parecia estar nas nuvens. E aparentemente nem tinha notado o fato de eu estar acompanhada do Leo e de um cachorro. Ela continuou: "Adivinha quem passou no vestibular?".

Foi ouvir a palavra "vestibular" que o meu coração disparou! Eu tinha passado? Mas o resultado estava previsto pra sair só no final da semana... Como ela sabia disso?

"Eu passei em Cinema?", eu quase gritei.

Ela franziu as sobrancelhas, como se eu tivesse ficado louca. "Lógico que não! Aliás... não sei! Não tenho a menor ideia sobre essa sua invenção de Cinema! Estou falando é que você passou em Direito! Filha, você sabe o que isso significa?"

Eu sabia perfeitamente o que aquilo significava. Que eu estava perdida. Como assim eu tinha passado? Eu nem havia respondido as questões com atenção! Tinha escrito qualquer coisa!

"E tem mais...", ela continuou. "Você passou em sétimo lugar! Fani, minha filhinha, estou tão orgulhosa!"

Ela veio para me abraçar e só então pareceu notar que o bichinho que eu estava carregando não era de pelúcia.

"O que é isso?", ela perguntou, se afastando.

O Leo aproveitou para se manifestar.

"Oi, dona Cristiana! Tudo bom? Então... eu já imaginava que a Fani iria passar no vestibular e achei que ela merecia um presente à altura... A senhora sabe, agora ela terá que estudar o Código Penal, processos, e com isso ficará muito cansada. Eu pesquisei e descobri que animais têm poder restaurador em nossa energia. Que não tem nada melhor para a nossa revitalização do que chegar em casa após um dia de estudo ou trabalho e encontrar um deles nos esperando e vibrando com a nossa presença. Dessa forma, pensei que seria um ótimo presente, assim a Fani se recuperará mais rápido para uma nova sessão de estudos! O que a senhora acha?"

Sério. Quem não cai na lábia do Leo? Ainda mais porque ele disse isso tudo com aquele sorriso fofo que ele tem!

"Claro...", minha mãe falou sem aparentar a menor clareza. "Acho que... pode ser que você tenha razão. Mas se esse cachorro fizer xixi ou cocô na minha sala de visitas, eu, eu..."

"Eu prometo que vou levá-la pra passear umas *oito* vezes por dia, mãe!", eu disse rápido. "E que, se ela sujar alguma coisa, eu limpo no mesmo instante!"

Ela ficou pensando um tempo e em seguida passou com receio a mão na cabecinha da Winnie, que a lambeu. Ela se afastou no mesmo instante e disse: "E tem outra coisa. Você tem que prender esse cachorro na área de serviço em todos os momentos que os seus sobrinhos estiverem aqui! A Juliana tem alergia e certamente os gêmeos também! Não quero ninguém espirrando e com os olhos empolados na minha casa!".

Eu concordei com tudo dando pulinhos! Eu estava tão feliz que nem queria pensar que agora eu era caloura de Direito! Nesse momento, a porta se abriu atrás de mim.

"Fani!", meu pai falou assim que colocou os olhos em mim. "Você nem imagina o que eu acabei de ver na internet!" De repente ele notou que tinha um cachorro comigo. "O que é isso?"

Eu sorri. "Pai, essa é a Winona! A nova moradora dessa casa!", eu a coloquei nos braços dele.

Ele pareceu meio confuso, olhou para a minha mãe, que só confirmou com a cabeça.

"Bom... depois a gente conversa sobre isso", ele a colocou no chão. Em seguida pegou nos meus ombros. "Filha, você passou! Acabei de ver no site!"

"Eu já falei pra ela!", minha mãe disse sorrindo. "Você chegou atrasado..."

"E você... gostou?", ele franziu as sobrancelhas para ela.

"Por que eu não gostaria?", minha mãe levantou as mãos.

"Espera...", o Leo captou alguma coisa e se virou para o meu pai. "Em que site saiu o resultado?"

O meu pai balançou os ombros, como se fosse óbvio: "Ué, no site da faculdade de Cinema! Tenho acompanhado todos os dias, acabaram de publicar! Vim correndo pra casa porque queria contar pra Fani pessoalmente".

Antes que terminasse a explicação, eu me atirei nos braços dele e dei um grito tão alto que a Winnie até se escondeu atrás do sofá.

"O que é isso?", a minha mãe falou, indignada. "O que os vizinhos vão pensar?"

Em seguida eu corri para o Leo, que me suspendeu em um abraço e começou a me rodar. "Eu sabia! Parabéns, minha cineasta!"

"Cineasta, não!", minha mãe o cutucou. "Advogada!"

Eu estava tão feliz que nem queria discutir com ela. Na verdade, acho que era o melhor dia da minha vida! Eu tinha ganhado um cachorro e a aprovação no vestibular do curso dos meus sonhos!

Eu peguei a Winnie no chão e comecei e enchê-la de beijos. "Você me deu sorte!", eu disse pra ela. "Você chegou pra trazer só coisas boas!"

"Estefânia!", minha mãe ralhou. "Se eu me deparar com você beijando essa cachorra mais uma vez, coloco-a na rua no mesmo minuto! Cachorros são sujos! Têm doença!"

"Ela já está vacinada, dona Cristiana", o Leo falou.

"Onde você quer comemorar, filha?", o meu pai me abraçou novamente. "Vamos sair pra jantar. Você escolhe o lugar!"

"Pai, hoje pode ser até no McDonald's!", eu respondi sorrindo. "Com a felicidade que eu estou sentindo, qualquer lugar vai parecer um restaurante cinco estrelas!"

"Não, senhora", ele bagunçou o meu cabelo. "Sei que você ama um sanduíche, mas hoje você merece só o melhor! Vou ligar para os seus irmãos pra dar a notícia!"

A minha mãe foi atrás dele dizendo que já tinha ligado e eu fiquei sozinha na sala com o Leo. E a Winnie.

"Parabéns mais uma vez, meu amor...", ele me abraçou. "Você mereceu! Passar em dois vestibulares não é pra qualquer um! Mas... como você vai fazer agora pra convencer sua mãe de que não é Direito que você vai estudar?"

Eu já tinha pensando naquilo. E temia que ela expulsasse a Winona, caso eu a contrariasse. Estava na cara que ela só tinha permitido um cachorro em casa porque eu tinha sido aprovada no curso que ela queria. Eu ia acabar tendo que fazer o que o meu pai havia dito meses antes. Começar os dois cursos e largar Direito só depois de um tempo, alegando falta de vocação. A minha mãe ia ter que aceitar! Afinal, eu teria tentado!

Eu resolvi colocar esse dilema na fila de problemas que eu tinha pra resolver "depois". Eu só não sabia depois de quê.

"Eu não quero pensar nisso agora, Leo...", eu disse. "Hoje é só alegria!"

Ele me abraçou mais forte ainda e falou no meu ouvido: "Sabe o que eu estou pensando?".

Eu disse que não, morrendo de curiosidade.

"Espera aqui", ele falou sorrindo. "Não saia do lugar, é uma ordem!"

Eu comecei a rir e fiquei imaginando o que ele iria fazer. Ele foi em direção aos quartos. Um segundo depois, voltou acompanhado do meu pai, segurando alguma coisa atrás das costas. Eles foram se aproximando devagar, até que chegaram bem perto. Eu pensei que eles fossem falar alguma coisa, mas o meu pai de repente me segurou.

"Agora!", ele disse.

O Leo então mostrou o que estava escondendo. Um pote de talco.

"Não tem a menor graça passar no vestibular e não levar trote!", ele disse rindo e despejando o pote inteiro na minha cabeça.

Eu comecei a gritar, e os dois não paravam de rir. Eu me soltei das mãos do meu pai, peguei um monte de talco no chão e joguei neles, que ficaram fugindo de mim.

"É guerra?", o Leo falou me jogando mais talco ainda.

A Winnie começou a latir e a correr, espalhando talco pra todos os lados. Minha mãe apareceu nesse momento para reclamar do barulho e ficou mais branca do que o talco.

"Minha sala!!!!!"

Abri a porta de saída e puxei o Leo, antes que uma guerra realmente começasse.

De: Gabriela <gabizinha@netnetnet.com.br>
Para: Gabriel <gb@netnetnet.com>
Enviada: 12 de junho, 20:20
Assunto: Sem problemas

Gabriel, adorei conversar com você ao telefone! Não se preocupe, não tem problema você ter esquecido o Dia dos Namorados! Fiquei feliz só pelo fato de você ter gostado do presente que eu te mandei. Assim que der, irei a Brasília te visitar e a gente comemora.
Beijos,

→ Gabi ←

De: Alberto <albertocbelluz@bol.com.br>
Para: Natália <natnatalia@mail.com>
Enviada: 12 de junho, 23:09
Assunto: Parabéns

Bonequinha, estou escrevendo só pra deixar registrado o quanto eu estou orgulhoso de você! Sei que eu já te dei parabéns pessoalmente, mas – mesmo que tenha feito vestibular só pra treinar – você merece ouvir os melhores elogios hoje! Passar em Publicidade sem ter estudado muito não é pra qualquer um! Tem certeza que seu pai não vai deixar você estudar na PUC? É uma ótima faculdade! E teríamos mais tempo pra ficar juntos, pois você não teria que passar mais seis meses debruçada nas apostilas. Vi como a minha irmã ficou nesses últimos tempos e, sinceramente, não desejo isso pra você!

Tchuca, desculpe pelo nosso jantar de Dia dos Namorados não ter sido a sós. Meus pais iriam me matar se eu não participasse da comemoração pela aprovação da Fani no vestibular. Mas, com uma namorada como você, Dia dos Namorados é todo dia!

Parabéns minha futura publicitária mais linda do mundo!

Agora vou dormir agarrado com o ursinho de pelúcia que eu ganhei. Quem dera fosse você que estivesse aqui no lugar dele...

Milhões de beijos!

Eu

De: Rodrigo <rrrrrodrigooooo@gmail.com>
Para: Priscila <pripriscilapri@aol.com>
Enviada: 13 de junho, 6:30
Assunto: Universitária linda

Oi, linda!

Acabei de acordar, e a primeira coisa que lembrei foi que agora você é universitária! Quero saber se você topa uma comemoraçãozinha, já que a de ontem foi de Dia dos Namorados. Nem acreditei quando a Natália te ligou ontem! Eu já ia reclamar que você não desligava o celular nem no cinema, mas acabou sendo uma ótima notícia! Parabéns mais uma vez, lindona!

Legal que as meninas também passaram! Ia ser muito triste se alguma de vocês tivesse sido reprovada. Aliás, sei de uma pessoa que não passou! O Alan! Mas tenho a impressão de que ele nem ligou. Mas também ele não estudou nada...

Linda, o fato é que hoje *você* escolhe a comemoração. Quer que eu vá pra sua casa ficar vendo aquele seriado de que você tanto gosta daquelas meninas cantando e daqueles caras dançando enquanto jogam futebol americano? Você sabe, eu preferia ver um bom filme policial, mas hoje eu faço tudo o que você quiser!

Beijão!

Rô

31

Ethel Ann jovem: Eu vou te amar pra sempre, Teddy. Eu vou ser sua até o dia em que eu morrer, eu juro.

(Um amor para toda vida.)

Eu acho que nunca dormi tão bem quanto na noite da minha aprovação no vestibular. Foi como se todos os meus problemas tivessem sumido como que por encanto e eu pudesse finalmente descansar. Por isso, quando meu celular tocou, eu mal escutei. Era como se fosse parte de um sonho. Cinco minutos depois, porém, meu pai entrou no meu quarto e ficou passando a mão no meu cabelo, para que eu acordasse. Eu abri os olhos e vi que ele estava com uma expressão muito preocupada.

"O que houve, pai?", eu perguntei sem imaginar o que poderia ter acontecido. "Que horas são?"

"São sete horas", ele respondeu. "Fani, a Ana Elisa, sua amiga, está no telefone. Parece que é alguma coisa séria... ela pediu pra eu te acordar."

Eu me levantei imediatamente. Com certeza era grave. A Ana Elisa nunca me ligaria nesse horário e muito menos pediria que ele me acordasse.

Eu mal disse "alô" e percebi que devia ser muito mais sério do que eu podia imaginar. Ela estava em prantos. Eu nunca tinha visto a Ana Elisa chorar antes.

Eu tentei acalmá-la, fiquei pedindo para ela me contar o que tinha acontecido, e, de repente outra pessoa pegou no telefone. Era a tia dela. Ela me contou tudo. E eu tive até que me sentar.

Um acidente. Havia acontecido um desastre na noite anterior. A Ana Elisa tinha ido comemorar o Dia dos Namorados em um restaurante e tudo estava perfeito até a volta. Um carro havia furado o sinal e atingido o carro do namorado dela. Não havia acontecido nada com ela, pois estava usando cinto de segurança. Ele, porém, dois minutos antes, havia descido do carro ao avistar uma flor bonita em um canteiro. Ele correu para colhê-la, na intenção de dar para a Ana Elisa e ainda não tinha recolocado o cinto quando o outro carro os atingiu. Com o baque, bateu a cabeça. O médico detectou traumatismo craniano. Ele não resistiu.

À medida que eu ia escutando a história, comecei a chorar. Eu podia imaginar a dor que a minha amiga devia estar sentindo, ela estava muito apaixonada. Eu havia telefonado pra dar a ela a notícia da minha aprovação no vestibular e ela me disse, muito feliz, que tinha encontrado o amor da vida dela, que nunca havia se sentido daquela maneira antes, que queria ficar com ele pra sempre...

"Fani, quer que eu converse com ela?", meu pai perguntou ao ver a minha reação. "O que aconteceu?"

"Eu preciso ir a Brasília, pai! Eu tenho que ajudar a Ana Elisa...", eu devia estar com uma expressão tão desesperada que ele pegou o telefone da minha mão no mesmo instante.

A tia dela explicou tudo novamente, o meu pai disse a ela que com certeza eu viajaria para dar uma força para a Ana Elisa, anotou todos os telefones e disse que ligaria mais tarde, assim que conseguíssemos uma passagem. Eu o abracei quando ele desligou.

"Você tem que ir mesmo, filha...", ele falou, passando a mão nas minhas costas. "Os pais dela estão longe, e, por tudo que eu sei, ela te considera uma grande amiga. Não foi ela que te ajudou no ano passado, quando você estava triste na Inglaterra querendo voltar para o Brasil?"

Eu confirmei.

"Não tem ninguém pra ir com você?", ele perguntou. "Talvez o Leo possa pedir que o pai o libere do trabalho por uns dias, para que ele possa te acompanhar..."

Certamente ele liberaria, mas eu só fiz que "não" com a cabeça. Nesse momento, outra pessoa poderia ajudar mais. Alguém que já tinha perdido o garoto dos seus sonhos, embora em outras circunstâncias. Alguém que já queria mesmo ir à Brasília. E, acima de tudo, alguém que sabia dar conselhos como ninguém.

Peguei novamente o telefone e liguei para a Gabi.

Ela se prontificou a ir comigo no mesmo instante. O meu pai providenciou as passagens para o primeiro voo possível, e eu só tive tempo de arrumar a minha mala e ligar para o Leo, explicando tudo.

Desembarcamos no aeroporto de Brasília às quatro da tarde. Eu nunca tinha estado naquela cidade antes e, à medida que o carro do tio da Ana Elisa, que foi nos buscar, cruzava as enormes avenidas, eu ia ficando cada vez mais impressionada. Tudo lá é tão plano! Bem diferente das constantes subidas e descidas de BH! Os prédios são baixos e tudo é limpinho e organizado. O céu tem um tom de azul tão profundo... Eu realmente gostaria de ter conhecido aquele lugar em outras circunstâncias...

Chegamos à casa da Ana Elisa e ela estava dormindo. A tia dela nos disse que o médico havia receitado um calmante, pois ela estava muito abalada. Ela nos contou novamente como tinha sido o acidente, com mais detalhes. Segundo ela, com o impacto da batida, a porta do carro do namorado da Ana Elisa se abriu. Se ele estivesse usando o cinto de segurança, nada teria acontecido, pois ele teria ficado preso. Porém, como não estava, ele foi arremessado pra fora do carro e bateu com força a cabeça no chão. Ela disse também que a Ana Elisa estava se culpando, pois, se não fosse pelo fato dele ter descido do carro para pegar a flor pra ela, ele não teria tirado o cinto.

A tia dela ainda nos contou que o motorista do outro carro fugiu e que, no desespero para ver se o Felipe estava bem, a Ana Elisa não tinha lembrado de anotar a placa.

Enquanto a Ana Elisa dormia, a Gabi aproveitou para ligar pro Gabriel. Ela disse que havia mandado um e-mail pra ele, avisando que passaria dois dias em Brasília e explicando o motivo. Ele não atendeu. Eu também telefonei para os meus pais, pra avisar que eu havia chegado bem, e em seguida para o Leo. Foi ouvir a voz dele que eu comecei a chorar.

Leo: *Oi, amorzinho! Que bom que você chegou bem! Ei! Você está chorando?*

Fani: *Estou...*

Leo: *O que houve, Fanizinha? Está triste pela sua amiga?*

Fani: *Estou, sim... e também estou com medo. Medo de uma coisa dessas acontecer com você!*

Leo: *Ô, minha linda... não fica assim... Olha, eu te prometo que nada de mal vai me acontecer, tá? Eu juro que eu nunca vou descer do carro pra pegar uma flor pra você!*

Ele conseguia me fazer rir mesmo nos momentos trágicos.

Fani: *Eu não quero ficar sem você...*

Leo: *Você não vai ficar... Quer dizer, só esses dois dias que você vai estar aí em Brasília. Mas prometo que no sábado eu vou te buscar no aeroporto!*

Fani: *Ainda não falei com a Ana Elisa, ela está dormindo. Mas a tia dela falou que ela está arrasada...*

Leo: *Tente consolá-la ao máximo. Ela vai gostar de te ver aí quando acordar.*

Fani: *Se eu já estou chorando agora, imagino como vai ser quando eu olhar pra ela! Ela é que vai acabar me consolando!*

Leo: *Amigos são pra isso mesmo. Pra compartilhar as emoções. Simplesmente a abrace. É disso que ela precisa nesse momento, saber que você está aí para o que ela precisar.*

Fani: *Vou desligar, acho que ela está acordando. Só queria mesmo ouvir sua voz... Já estou com saudade!*

Leo: *Eu também, lindinha! Se der, me liga mais tarde de novo, tá? Ah, sabe quem está te mandando um beijo?*

Fani: *Quem?*

Leo: *A Winnie! Ela está aqui me dizendo que já está sentindo falta da mamãe dela! Conversei com seu pai e achamos melhor que ela ficasse comigo até a sua volta, para sua mãe não implicar.*

Fani: *Dê um beijo gigante nela por mim! Não vejo a hora de encontrar vocês dois novamente!*

Leo: *Pode deixar! Dou, sim!*

Fani: *Tchau, Leo...*

Leo: *Tchau, Fanizinha. Não fique triste.*

Eu desliguei e fiquei olhando para o telefone na minha mão. Eu não queria nem imaginar a dor que a Ana Elisa devia estar sentindo. Eu não podia pensar na possibilidade de perder o Leo.

A Gabi me chamou, dizendo que a Ana Elisa tinha acordado. Entrei no quarto e segui o conselho do Leo. Simplesmente a abracei. Fiquei um tempo assim, pedindo a Deus que desse a ela muita força. Ela me olhou e apenas disse: "Eu queria tanto que você tivesse conhecido ele...".

Eu fiquei olhando pra ela sem saber o que dizer, mas, por sorte, a Gabi estava bem do meu lado. Ela abraçou a Ana Elisa e disse: "Nós o conhecemos. E da melhor maneira possível. Através das suas palavras. Nós sabemos o quanto ele gostava de você. O quanto ele quis te fazer feliz... E é nisso que você tem que pensar. Que ele não gostaria de te ver triste, que até o último momento ele quis te agradar. Agora é hora de você fazer isso por você mesma, para que – onde quer que ele esteja – saiba que você está bem e fique satisfeito por isso".

Meu Deus! O que seria de mim sem a Gabi? Como ela consegue ser tão objetiva e falar as coisas certas mesmo nos piores momentos?

Nós passamos o resto do dia tentando distrair a Ana Elisa. O enterro seria apenas na tarde seguinte. Quando anoiteceu e a tia dela deu outro remédio para que ela relaxasse, a Gabi ligou novamente para o Gabriel. Dessa vez ele atendeu, mas, pela cara dela, a conversa não tinha sido muito boa.

"O que houve?", eu perguntei depois de verificar se a Ana Elisa já tinha dormido.

Ela fez uma cara de impaciente. "Ele não pode encontrar comigo hoje porque tem aula amanhã cedo. E nem quer ir comigo ao velório amanhã."

"Ué, Gabi... Mas é um motivo justo, né? Ele pode ter prova, trabalho valendo nota... e, além disso, ele nem conhecia o namorado da Ana Elisa..."

"Mas ele me conhece, Fani!", ela disse meio brava. "Eu também nunca vi o Felipe, mas eu estou indo pela Ana Elisa! Eu viajei até aqui pra dar força pra ela! Ninguém vai a um enterro porque acha isso legal! A gente vai é para segurar a mão das pessoas que perderam seus entes queridos e dizer que tudo vai ficar bem, por mais que todo mundo saiba que nada vai melhorar tão cedo, que a dor vai custar a passar! Mas o fato da gente estar ali, para aquela pessoa, é importante. É como se a gente chegasse e dissesse: 'Ei, você não está sozinha, vim dividir com você a sua dor!'. É muito fácil as pessoas aceitarem nossos convites para eventos felizes, como festas, baladas... Mas é nos momentos difíceis que descobrimos quem são nossos verdadeiros amigos, quem realmente gosta de nós."

Eu sabia que ela estava certa.

No dia seguinte de manhã nos arrumamos para ir ao velório. A Ana Elisa ainda estava muito abalada. Fiquei o tempo todo de mãos dadas com ela, mas ela não parou de chorar um só minuto. A mãe do Felipe, quando a viu, também caiu no choro. As duas ficaram um tempão abraçadas e eu nunca vi nada mais triste na vida. O local estava lotado, cheio de gente jovem, e, mesmo sem o ter conhecido, pude notar que o Felipe era muito querido.

Mais tarde, ao chegarmos em casa, a Ana Elisa estava com uma expressão de dar pena e eu imaginei que ela quisesse descansar. Ela, porém, pediu que eu e a Gabi fôssemos ao quarto dela.

Ela pegou uma caixa em uma gaveta, abriu e nos mostrou. Dentro dela estavam todos os retratos que eles já haviam tirado juntos, todos os tíquetes de cinema e shows que eles haviam assistido e até mesmo uns papéis de bombom. Perguntei a ela o que era aquilo, e ela respondeu que, no primeiro encontro, eles haviam ido ao cinema e ele tinha perguntado se ela queria pipoca. Ela disse que preferia um Sonho de Valsa e explicou pra ele que, enquanto havia morado na

Inglaterra, a coisa que ela mais sentia falta era de poder comer Sonho de Valsa na hora em que quisesse. Ela deu um suspiro antes de continuar. Eu apertei a mão dela, e então ela nos contou que, desde esse primeiro dia, em *todos* os encontros, ele levava um bombom para ela.

Senti meus olhos encherem de água. Eu sabia que ela nunca mais comeria um Sonho de Valsa sem pensar nele. Lembrei dos CDs que o Leo gravava pra mim todos os meses. Uma coisa que era tão dele e que certamente eu sentiria falta, caso alguma coisa de ruim acontecesse. Espantei esse pensamento e prestei atenção no que ela estava dizendo.

"Sabe... eu só queria ter mais tempo. Eu queria ter conhecido o Felipe antes. Isso não é justo! Eu passei a vida inteira desejando encontrar alguém para viver um amor assim, e em cada momento, desde que nasci, eu soube que ele estava em algum lugar me esperando! Quando finalmente o achei, quando eu não desejava mais nada, quando minha vida estava perfeita...."

Ela começou a chorar muito para continuar a falar. Eu e a Gabi a abraçamos, uma de cada lado. Ficamos com ela até o choro ser vencido pelo cansaço.

Ela dormiu e, logo depois, nós nos deitamos também. O dia tinha sido muito exaustivo.

Acordamos na manhã seguinte, e a Ana Elisa já estava de pé. Notei que ela estava com os olhos inchados e com muitas olheiras, mas que tentava bravamente sorrir.

"Eu quero mostrar a cidade pra vocês", ela falou. "Não sei por que vocês vieram pra ficar tão pouco aqui! Podiam ter marcado o voo pra domingo..."

"Na semana que vem eu tenho provas e preciso do fim de semana pra estudar...", a Gabi falou. "A Fani está de férias, mas acho que o máximo que ela consegue viver sem o Leo é dois dias."

Eu fiquei sem graça, mas era verdade. Eu já estava morrendo de saudade dele.

"Fani", a Ana Elisa pegou minha mão. "Você está certa. Não perca tempo. Aproveite cada minuto ao lado do Leo. Valorize cada momento! Não perca tempo com briguinhas e bobagens... Eu achei que teria a vida inteira pela frente com o Felipe... se eu soubesse que seria tão pouco, teria aproveitado mais. Teria dito mais vezes o quanto eu o amava! Eu sei que eu vou continuar a amá-lo pra sempre... mas ele não está mais aqui pra escutar."

Lágrimas começaram a escorrer dos olhos dela e mais uma vez eu a abracei. Ela se afastou e enxugou o rosto.

"Eu não quero mais chorar", ela disse. "Vocês têm razão. Ele não ia querer me ver triste. Mas para isso eu não vou poder mais ficar aqui."

Eu e a Gabi olhamos uma para a outra, sem entender.

"Eu acordei hoje bem cedo e liguei para a minha mãe", ela explicou. "Ela perguntou se eu não queria voltar para a Inglaterra, pois o que ela mais queria era poder me dar colo nesse momento. No mesmo instante, eu soube o que tinha que fazer. Eu não quero, daqui a alguns anos, voltar a ter essa sensação. Eu não quero pensar que poderia ter ficado mais tempo perto dos meus pais também. Eu preciso ficar o máximo possível ao lado deles agora! Por isso resolvi voltar."

Ela ia voltar... Imediatamente me lembrei de Brighton e de todas as vezes que eu tinha ido à casa dela. Senti saudade de lá no mesmo instante.

"Vocês vão ter que ir me visitar um pouquinho mais longe agora...", ela falou, sorrindo, mas com os olhos ainda cheios de água.

Nós prometemos que iríamos visitá-la assim que ganhássemos na Mega-Sena. Ela riu um pouco e nos chamou para dar uma volta. Nosso voo era às três da tarde. Daria tempo de conhecer um pouquinho da cidade antes.

Mais tarde, já no avião, eu perguntei pra Gabi sobre o Gabriel. A gente tinha passado uma manhã muito agradável.

A Ana Elisa, apesar de ainda estar visivelmnete triste, tentou não demonstrar e nos apresentou todos os pontos turísticos. Na hora do almoço, ela nos levou ao Pier 21, que eu amei à primeira vista. Era uma espécie de shopping ao ar livre, que, além de ter uma vista linda para o lago, era cheio de lanchonetes, restaurantes, e tinha até um cinema! Se eu morasse em Brasília, não sairia daquele lugar! Percebi, porém, que em nenhum momento a Gabi tinha tocado no nome do Gabriel.

"Ah, eu desencantei", ela explicou. "Ele me ligou ontem à noite, perguntando se eu queria me encontrar com ele. Puxa, eu estou na cidade onde ele mora, telefonei praticamente no momento em que eu cheguei, e ele ainda pergunta se eu quero me encontrar com ele? Se ele gostasse mesmo de mim, ele teria ido me ver no momento em que nós chegamos, sem perguntar nada! Eu quero alguém que não tenha dúvidas. Alguém como o Felipe era pra Ana Elisa! Como o Leo é pra você! Alguém que se lembre das coisas que eu gosto e que faça surpresas para mim. Alguém que se preocupe, que queira estar comigo em todos os momentos!"

Eu olhei pela janela do avião e pensei na sorte que eu tinha. O Leo realmente fazia tudo aquilo pra mim. A saudade aumentou ainda mais.

Cinquenta minutos depois, quando vi BH pequenininha lá embaixo, senti meu coração disparar. Ele estava me esperando. E de Brasília eu tinha trazido uma lição. Eu tinha que aproveitar cada minuto possível ao lado dele.

De: Gabriela <gabizinha@netnetnet.com.br>
Para: Gabriel <gb@netnetnet.com>
Enviada: 15 de junho, 19:56
Assunto: Distância

Gabriel,

Tive bastante tempo para pensar durante a minha viagem de volta e concluí que esse não é um bom momento para eu me envolver em um relacionamento a distância. Isso não está sendo bom para nenhum de nós dois e é melhor que a gente fique livre para se dedicar a outras áreas de nossas vidas e, por que não, para que possamos conhecer outras pessoas que estejam mais perto.

Obrigada pelos momentos que passamos juntos.

Um beijo,

→ Gabi ←

De: Gabriela <gabizinha@netnetnet.com.br>
Para: Ana Elisa <anelisa6543210@hotmail.com>
Enviada: 15 de junho, 20:24
Assunto: Fique bem

Ana Elisa,

Apesar de ter sido em um momento muito delicado, gostaria de te contar que eu gostei muito de Brasília. Quero voltar mais vezes. Muito obrigada pela hospedagem.

Queria te dizer também que pode contar comigo sempre, para o que você precisar. Estranho como são as coisas. Confesso que à primeira vista (e até antes) não gostei de você. Mas vi que isso era completamente sem fundamento, puro medo de você roubar a minha melhor amiga! Mas assim que começamos a conversar por e-mail percebi que você é uma pessoa muito legal. E agora tenho certeza disso.

Espero de verdade que você fique bem logo.

Beijos, boa viagem para a Inglaterra!

→ Gabi ←

De: Gabriela <gabizinha@netnetnet.com.br>
Para: Dra. Eliana <elianapsicologa@psicque.com.br>
Enviada: 15 de junho, 21:32
Assunto: Nova consulta

Dra. Eliana,

Vou ligar na segunda-feira para marcar uma consulta, mas já gostaria de adiantar o assunto.

Novamente estou sem namorado. Se é que o Gabriel foi meu namorado algum dia. Namorado pra mim é alguém que faz companhia, que quer estar presente em todos os momentos (ainda que não possa estar), que tenta nos fazer feliz, que se lembra de coisas bobas relacionadas ao namoro, como, por exemplo, o Dia dos Namorados... Sim, eu sei que você vai dizer que essa não sou eu. Que não combina comigo se importar com o "Dia dos Namorados". Mas algo dentro de mim está mudando. Talvez seja a faculdade, eu tenho ficado mais sensível, com vontade de salvar o mundo. Mas eu gostaria de salvar a mim mesma também. E acho que, de certa forma, eu tenho conseguido isso. Estou descobrindo que o mundo é grande, que laços fortes podem ser formados nos lugares mais improváveis e nas situações mais inusitadas.

Hoje à tarde eu estava dentro de um avião, bem perto das nuvens. Eu senti uma liberdade tão grande, uma sensação de que o mundo está em minhas mãos. Eu tenho 18 anos. Eu posso escolher o futuro que eu quiser e tenho muito tempo para construí-lo.

Hoje eu descobri que eu não preciso de um namorado para me fazer feliz, desde que eu tenha amigos que gostem de mim. Desde que eu mesma goste de mim.

Doutora, pensando bem, não precisa marcar a consulta. Acho que eu posso andar sozinha a partir de agora.

Obrigada por todos os conselhos durante todo esse tempo,

Gabriela

> Baguera: Isso era inevitável.
> Ele não conseguiu se conter.
> Era certo que aconteceria.
>
> (Mogli - O menino lobo)

    Os dias que se seguiram depois que voltamos de Brasília se passaram lentamente. Eu já estava ansiosa pelo início da faculdade, mas ainda tinha mais de um mês de férias pela frente. Numa tarde em que eu estava sozinha em casa, o telefone tocou. Eu estava assistindo a um dos últimos DVDs que havia comprado e fiquei morrendo de preguiça de me levantar. Deixei tocar até desligar. Voltei a prestar atenção ao filme, mas o telefone tocou de novo. Imaginei que era alguma coisa muito importante, devido a tanta insistência, por isso resolvi atender.

    No instante em que ouvi aquela voz, me arrependi no mesmo instante. Eu havia me esquecido completamente! Olhei depressa no calendário e vi que era 19 de junho. Ele tinha me escrito que viria no final do mês, mas eu pensei que seria apenas nos últimos dias.

Por várias vezes eu tinha começado a escrever o e-mail para marcar um encontro, como a Gabi havia sugerido, mas em todas elas eu desisti. A verdade é que eu não queria me encontrar com ele. Eu não queria fazer nada que tivesse a menor possibilidade de magoar o Leo. Mas, por outro lado, não queria ter que falar para o Christian que eu não queria vê-lo nunca mais. Ele não tinha me feito nenhum mal, muito pelo contrário. A única razão para que eu o evitasse era o ciúme do Leo. No fundo eu estava até bem curiosa para perguntar como eram os sets de filmagem de Hollywood, para saber sobre a produção do filme dele, para que ele me contasse cada detalhe daquele mundo que eu sonhava conhecer.

Eu suspirei e conversei com ele.

Christian: *Oi, menina!! Que saudade de ouvir sua voz!*

Fani: *Oi, Christian... er, que saudade também.*

Christian: *Me conta tudo! Quero saber sobre a sua vida!!*

Fani: *Minha vida? Hum. Não tem nada diferente... tudo na mesma.*

Christian: *Fani! Eu não sei como é "a mesma"! Esqueceu que eu te conheci na Inglaterra? Só sei sobre a sua vida de lá! Quero saber o que você está aprontando no Brasil!*

Fani: *Ah, é... Bom... Eu passei no vestibular agora...*

Christian: *Passou?? Parabéns, princesa!*

Princesa. Imediatamente me lembrei do jeito como ele me chamava. Fiquei vermelha no mesmo instante.

Fani: *É... passei. Mas minhas aulas só começam em agosto. Estou de férias por enquanto.*

Christian: *Passou pra Cinema, né? Ou vai me dizer que resolveu estudar Teatro? Lembro perfeitamente do seu talento naquela peça!*

Fani: *Não, não... Eu nunca mais fiz nada relativo a teatro. E aquilo lá foi só brincadeira mesmo, porque o professor me obrigou. Eu vou fazer faculdade de Cinema. Ah, e de Direito também.*

Christian: *Direito? Como assim? Isso não tem nada a ver com você! Eu não sabia que você queria seguir carreira jurídica.*

Ele não sabia muita coisa sobre mim...

Fani: *Eu não quero mesmo. É uma longa história. Deixa pra lá, não é importante.*

Christian: *Fani, eu quero saber! Já tem uns sete meses que a gente não conversa, tirando aquele e-mail rápido que você me mandou... Estou muito curioso pra saber sobre você!*

Fani: *Christian, é sério. A vida aqui não é como a da Inglaterra. Aqui no Brasil as coisas não acontecem rápido, como por encanto, como no exterior. Aqui ninguém vai me descobrir de repente e me convidar para ir pra Hollywood, como aconteceu com você!*

Christian: *Hummm. Acho que você pode estar enganada. Por falar nisso, foi exatamente por esse motivo que eu te liguei! Quero te encontrar! Estou em Belo Horizonte! Vou ficar só um dia aqui, amanhã à noite eu já tenho que ir pra São Paulo, minha mãe está ansiosa pra me ver. Vou ficar uns dias com ela e aí já tenho a divulgação do filme pra fazer. Eu trouxe um presente pra você e queria muito, muito te ver!*

Um presente? Aposto que era um DVD.

Fani: *É que... eu estou meio apertada, cheia de coisas pra fazer...*

Christian: *Fani... Você não disse que estava de férias?*

Droga.

Fani: *Ah, sim. Estou. Mas é... Estou ajudando minha mãe em algumas coisas.*

Christian: *Eu não vou tomar muito seu tempo, juro. Na verdade eu ia te chamar para jantar hoje, o que você acha?*

Jantar? Impossível. Eu tinha combinado de ir ao cinema com o Leo. Olhei para o relógio e vi que já eram cinco horas. O filme era às sete.

Fani: *Hoje não vai dar... Tenho um aniversário pra ir.*

Christian: *E almoçar amanhã?*

Almoço também era arriscado. O Leo podia passar por acaso na frente do restaurante e nos ver. Lembrei da Gabi falando que eu tinha que marcar em algum horário que não houvesse a menor possibilidade do Leo estar por perto. Teria que ser à tarde, enquanto ele estivesse trabalhando.

Fani: *Almoço também vai ficar difícil. Onde você está hospedado?*

Christian: *Em um hotel no bairro de Lourdes.*

Fani: *Que tal se a gente se encontrasse às duas da tarde no shopping Diamond Mall? Fica no Lourdes.*

Christian: *Combinado! De lá eu só passo rapidinho no hotel para pegar minhas malas e já pego um táxi para o aeroporto!*

Fani: *Ótimo! A gente se encontra em frente ao cinema.*

Christian: *Marcado então! Vou contar as horas até amanhã!*

Fani: *Até amanhã então.*

Christian: *Beijo, princesa!*

Eu ainda não tinha me recuperado quando o Leo chegou para irmos ao cinema. Ele perguntou se eu estava me sentindo bem, pois eu estava com uma cara meio estranha. Eu disse que eu estava um pouco enjoada, mas que já ia passar. No fundo eu sabia que o mal-estar só passaria quando o Christian estivesse bem longe de BH.

Eu nem dormi direito à noite imaginando como seria o encontro. Será que ele estaria diferente? Fiquei me lembrando da primeira vez que o vi, na sorveteria de Brighton, e em tudo o que veio depois. Por menos que eu quisesse admitir, ele tinha sido uma parte muito importante do meu intercâmbio. Lembrei do dia em que eu terminei com ele, ao descobrir que o Leo ainda estava me esperando, e no quanto ele havia ficado triste...

De repente me lembrei da entrevista dele que eu tinha lido na *Rostos*. Eu esperava que aquilo tivesse sido inventado pela revista! Não era possível que ele ainda gostasse de mim! Já tinha se passado meses desde o nosso último encontro! E agora ele estava em Hollywood, cercado de atrizes maravilhosas!

No dia seguinte, antes de sair de casa para encontrá-lo, liguei o computador para ver se via o Leo. Se estivesse no chat, era sinal de que ele já estava no trabalho. Eu queria ter certeza de que não havia a menor possibilidade dele me ver com o Christian.

Leo está Online

Funnyfani – Oi, meu lindo! Que bom te encontrar na internet!

Leo – Oi, amorzinho! Aconteceu alguma coisa? Você nunca fica online à tarde...

Funnyfani – Não... é só que... deu saudade.

Leo – Ah, que linda... Eu também já estou com saudade! Na hora que eu sair daqui, dou uma passadinha na sua casa, tá? Enquanto isso, fique abraçando a Winnie!

Funnyfani – Você vai sair daí que horas? Vai trabalhar o tempo todo no escritório hoje?

Leo – Fani, desde ontem você está meio estranha... Acho que você realmente comeu alguma coisa estragada! Eu saio daqui todos os dias às 18h, como você sabe muito bem. E aonde eu iria no meio da tarde? Claro que eu vou ficar aqui no escritório.

Funnyfani – Ah, é que... sei lá, talvez seu pai tivesse pedido pra você fazer alguma coisa pra ele. Aí eu ia te falar pra dar uma passadinha rápida aqui, pra matar minha saudade. Mas não se preocupe, eu espero até seis horas.

Leo – Quem me dera, Fanizinha... Mas eu vou o mais cedo possível, tá? Pode me esperar! Quer que eu leve alguma coisa pra você? Pipoca?

Funnyfani – Não precisa! Eu realmente não ando com fome, acho que deve ter sido mesmo alguma comida diferente que eu comi ontem...

Leo – Então tá. Até mais tarde!

Funnyfani – Beijo!

Leo – Beijão!

Funnyfani está Offline

Leo está Offline

Eu comecei a me sentir mal de verdade. Eu nunca tinha mentido para o Leo na vida! Eu queria ligar para o Christian e cancelar tudo, mas ele não tinha deixado o telefone e nem me falado o nome do hotel. Se eu não fosse, poderia ser pior. Depois ele inventava de aparecer na minha casa exatamente às seis da tarde... Eu não queria nem pensar em tal possibilidade.

Cheguei ao Diamond Mall às 2 horas em ponto. Pedi ao meu pai que me deixasse lá. Ele nem perguntou nada, imaginando que eu iria ao cinema. Dei uma passadinha rápida no banheiro, só pra conferir se eu estava *desarrumada* o suficiente. Eu não queria que ele me achasse bonita nem nada parecido. O dia estava frio, então coloquei meu moletom que tem um zíper na frente, calça jeans, All Star e fiz um rabo de cavalo. Mais sem sal, impossível.

Fui tremendo em direção ao cinema. Meu coração estava disparado, por puro nervosismo. Eu estava com a sensação de estar fazendo uma coisa errada. Como se, de uma hora pra outra, alguém fosse me descobrir.

Eu o vi de longe. Ele estava lendo uma revista, com uma sacola na mão. Notei que umas meninas com uniforme de colégio tinham parado perto dele e não paravam de olhar. Elas ficavam comentando e dando risinhos, provavelmente impressionadas com tamanha beleza. Sim, eu tinha que dar o braço o torcer. Ele estava lindo. Ainda mais do que eu me lembrava.

"Oi...", eu falei parando na frente dele.

Ele desviou o olhar da revista e deu o maior sorriso ao me ver.

"Fani!", ele me abraçou de imediato. "Que saudade!"

Em seguida ele se afastou, me olhou de cima a baixo e continuou a falar: "Nossa, você está diferente! Emagreceu um pouco... parece que cresceu... você está mais bonita ainda!".

E ele continuava sem noção.

Ele me abraçou novamente.

"Quer tomar um sorvete?", eu perguntei depressa. Eu estava louca para sair dali antes que alguém conhecido me visse. Ele concordou e nós descemos para a área de alimentação. Escolhi uma mesa bem isolada. Assim que nos sentamos, ele tirou um embrulho grande e achatado da sacola.

"Isso aqui é pra você", ele disse me entregando. "É de verdade. Acho que você vai gostar..."

Aquilo não era um DVD... Além de muito fino, era bem maior. Abri curiosa e fiquei de boca aberta.

"Uma claquete?" Eu estava com os olhos arregalados. "Você disse que é... de verdade? Você trouxe de Hollywood??"

Ele afirmou com cabeça, sorrindo. Eu nem sabia o que dizer. Fiquei abrindo e fechando, simulando o "Luz, câmera, ação!" dos diretores, e ele não parava de rir da minha empolgação.

"Acertei no presente, não é?"

Eu sorri pra ele. "Muito obrigada, Christian. Eu amei!"

"Eu sabia que você ia gostar!", ele pegou a minha mão, mas eu a puxei depressa. Ele me olhou um pouco e perguntou: "Me conta de você... Namorando?".

Eu olhei pra baixo e fiz que "sim" com a cabeça.

"Com aquele cara?", ele perguntou levantando uma sobrancelha. "Que te trocou por outra?"

"Ele não me trocou por outra", eu respondi, séria. "Aquela história era mentira."

Ele fez uma cara de quem não estava acreditando, e eu fiquei meio irritada. Será que ele achava que eu estava inventando aquilo?

"Christian, você veio a BH só pra me trazer esse presente?", eu perguntei, já com vontade de ir embora.

Ele pareceu se lembrar de alguma coisa. "Não...", ele disse pegando um envelope de dentro da sacola. "Eu vim aqui pra te fazer uma oferta. Na verdade, não é bem uma oferta, mas pra te mostrar algo que eu acho que você vai gostar..."

Eu fiquei curiosa e olhei para o envelope. Parecia ser de uma universidade. Tinha um emblema escrito "Columbia College Hollywood". Ele tirou alguns papéis lá de dentro e vi que todos continham o mesmo emblema. O primeiro deles, percebi que parecia uma ficha de inscrição. Olhei mais de perto e vi o meu nome escrito na primeira linha.

"O que é isso, Christian?", eu perguntei meio espantada. Ele deu um sorriso sem graça.

"Fani... em primeiro lugar, desculpe por eu ter feito isso sem você ter me dado sua permissão. Mas saiba que eu tentei! Eu te mandei dezenas de e-mails, mas você não me respondeu nenhum deles, eu acredito inclusive que nem os tenha recebido."

Eu me lembrei mais uma vez que havia colocado o endereço dele na lista de e-mails bloqueados. Eles todos caíam direto na pasta de lixo eletrônico, que eu apagava sem olhar. Bem feito pra mim.

"Eu peguei aquela filmagem que eu fiz da sua peça", ele disse sem me olhar, sabendo – com toda razão – que ia querer matá-lo por aquilo. "Eu mostrei aquele vídeo para umas pessoas influentes que eu conheci lá no set de filmagem. Um deles é professor de uma faculdade de Cinema superconceituada de Los Angeles. Eu disse a ele que era muito amigo da talentosa e jovem atriz que estava interpretando a Titânia no vídeo e que o sonho dela era estudar Cinema, para ser diretora ou roteirista. Ele ficou muito interessado e perguntou se eu poderia enviar para ele alguma coisa que 'ela' já tivesse escrito."

Ele parou um pouco a explicação, para ver se eu estava prestando atenção. Eu estava até sem respirar.

"Então, eu fiz uma coisa que talvez você não aprove...", ele continuou. "Eu traduzi os textos do seu blog... aquelas suas críticas, sabe?"

Eu nem respondi.

"Eu mostrei suas resenhas, e, acredite, ele amou. Ele disse que você é uma diretora nata. Fani, eu juro que ele disse isso! Que, sem nem te conhecer, sentiu pelos seus comentários que você tem o dom da direção. Ele falou que você tem uma ironia necessária aos diretores e que sua predileção por filmes românticos fariam de você uma espécie de Garry Marshall de saias! Ah, e ele disse também que você é uma ótima atriz."

Eu não sabia se ria ou se chorava. Ele tinha mostrado meus textos? Mas aquilo era uma brincadeira! Meu jeito de escrever era quase infantil, eu apenas elogiava ou criticava o filme, os atores, a direção... Não tinha nada técnico ou teórico! Porém ele havia dito que eu poderia ser como o Garry Marshall! Ele era um dos meus diretores preferidos! Ele tinha feito *Uma linda mulher*, *Noiva em fuga*, *O diário da princesa 1 e 2*, entre tantos outros filmes que eu havia amado!

Ele continuou: "Então, Fani, ele pediu que eu te oferecesse uma bolsa de estudos. Na verdade, não é uma bolsa completa, porque para isso você precisaria ter feito uma prova. Você terá que pagar um quarto do valor das mensalidades. Mas ele disse que – caso seus pais não possam te ajudar – você pode trabalhar nos sets de filmagem em Hollywood, como assistente de produção. Além de ganhar um pequeno salário, isso seria um ótimo estágio".

Eu não sabia o que dizer. Aquilo era muito mais do que eu tinha sonhado. Mas, por algum motivo, em vez de feliz, aquela proposta tinha me deixado triste.

Ele ficou me olhando, esperando que eu saísse pulando pelo shopping ou coisa parecida, mas em vez disso, eu cocei a cabeça, respirei fundo e falei: "Obrigada, Christian. Você não precisava ter tido esse trabalho por minha causa".

Ele sorriu. "Fani! Não foi trabalho nenhum! Você me ajudou a realizar o meu sonho, lembra? Se não fosse por você, eu nunca teria mandado meu currículo para o teste daquele filme em Londres! Sem você, eu não estaria onde estou hoje! Eu apenas estou retribuindo! Agora eu é que quero te ajudar a realizar o seu sonho! Eu acho um desperdício de talento você estudar... Direito?"

"Eu não vou estudar Direito...", eu expliquei. "Quer dizer, vou, mas só por um tempinho... só pra minha mãe não implicar de eu estudar também Cinema. Eu passei nos dois vestibulares. Ah, e tem também o caso da minha cachorrinha..."

"Fani, você não está entendendo", ele me interrompeu. "Não importa o curso. O desperdício é você estudar aqui! Você pode ter projeção mundial estudando lá fora. Você pode até vir trabalhar no Brasil depois, mas essa graduação no exterior e a experiência trabalhando em Hollywood podem te abrir todas as portas que você desejar. Ninguém teria coragem de rejeitar um emprego para alguém com um currículo desses!"

Eu sabia que ele estava certo. E exatamente por isso eu tive vontade de dar um *soco* na cara dele. Por que ele tinha feito aquilo? Agora eu ia passar o resto da vida sabendo que poderia ter estudado em Hollywood e que tinha recusado. Eu preferia não ter tido essa opção.

"Christian...", eu falei baixinho. "Como eu ia dizendo, muito obrigada por seu esforço. Mas eu realmente não quero sair do Brasil. Na verdade, eu não quero sair de Belo Horizonte. Eu vou estudar aqui. Mesmo que com isso o meu currículo não seja o melhor de todos, mesmo que eu tenha dificuldade em arrumar um emprego depois de formada."

Ele parecia não estar acreditando nas minhas palavras.

"Fani... você não está entendendo... é o seu sonho! É Hollywood! Eu me lembro de você a cada passo que dou lá! Eu fico o tempo todo pensando como seus olhos iriam brilhar ao ver as luzes, as filmagens, os atores... Ah! Outro dia sabe quem eu vi? A Anne Hathaway! Você gosta dela, não é?"

Eu amo a Anne Hathaway! Eu assisti praticamente a todos os filmes que ela participou! Eu estava ficando cada vez mais triste. Ele não podia ter feito isso comigo... Antes eu estava tão feliz porque ia fazer faculdade de Cinema em BH... e agora aquilo parecia tão pouco.

"Christian", eu disse sentindo um aperto no coração. "Desculpe... mas eu não posso aceitar. Eu sei que esse *era* o meu sonho. Mas agora eu tenho outros sonhos além desse. E, infelizmente, pela distância, um inviabiliza o outro."

Ele ficou muito sério. "Fani, eu não estou acreditando que você vai deixar de estudar Cinema em Hollywood por causa daquele garoto! Você só pode estar louca!"

Eu fiquei sem graça e brava ao mesmo tempo. O que ele tinha a ver com isso? A escolha era minha, não era?

"Isso não é problema seu", eu falei me levantando. "Muito obrigada pela claquete e... por tudo mais. Eu tenho que ir pra casa agora." Eu olhei pro relógio. "E acho que você devia ir também, senão vai perder o seu avião."

"Fani, espera!", ele se levantou também. "Você não precisa responder agora! Pense um pouco. Eu vou ficar mais uma semana no Brasil. Eu só volto para os Estados Unidos no dia 27. Até lá, leia esses papéis atentamente, pesquise sobre a universidade na internet, no site dela tem as fotos, tenho certeza de que você iria amar estudar lá! No final do curso, cada aluno tem que fazer um filme de verdade! Com première e tudo! E você iria morar no próprio campus da universidade, que fica pertinho dos sets de filmagem!"

"Christian, é sério!", eu comecei a andar. "Eu não vou sair daqui. Por melhor que seja estudar lá. Eu nem preciso olhar o site, eu imagino que seja tudo de melhor. Mas eu já te expliquei. Eu não quero nem ficar com esses formulários. Eles apenas vão me deixar triste."

Eu fui andando rápido e ele veio atrás, tentando acompanhar meus passos.

"Fani, olha... então eu vou deixar o meu cartão com você!", ele jogou alguma coisa dentro da minha bolsa. "Se você mudar de ideia, me liga! Eu volto aqui pra te explicar como preencher. Eu só preciso da sua assinatura em todas as páginas e do seu histórico escolar traduzido, que você já deve ter, pois estudou na Inglaterra. O resto dá pra providenciar mais tarde."

Nós chegamos à saída do shopping. Eu ia pegar um ônibus de volta pra casa. Olhei pra ele uma última vez.

"Christian, muito obrigada. Eu fiquei realmente comovida pelo seu esforço. Mas eu estou muito bem aqui no Brasil... Eu pertenço a este lugar."

"Se você quer assim, Fani...", ele me olhou meio inconformado. "Mas apenas me prometa que, se você mudar de ideia, vai me procurar."

Eu prometi.

"Então... acho que é hora de partir", ele disse visivelmente chateado. "Foi muito bom te ver, Fani..."

"Eu também gostei de te encontrar", eu respondi com sinceridade. "Mais uma vez obrigada pela claquete! Eu amei!"

Ele deu um sorriso triste.

"Posso te dar um abraço de despedida?", ele perguntou.

Eu olhei para os lados, com uma precaução sem fundamento, já que eu tinha me certificado de que o Leo estava trabalhando do outro lado da cidade, e me adiantei para acabar logo com aquilo.

Ele me deu um abraço muito forte. Eu tentei me afastar, mas vi que ele estava matando toda a saudade. De repente, ele me olhou e falou "Desculpa, Fani... mas eu não resisto...", e me deu um beijo. Na boca.

De: Luigi <luigi@mail.com.br>
Para: Leonardo <soueuoleo@gmail.com>
Enviada: 20 de junho, 16:31
Assunto: Ida a BH

Fala, primo!

Tudo bom por aí? Você anda sumido! Tem que aparecer aqui no Rio de novo!

Por falar em aparecer, estou escrevendo pra avisar que daqui a poucos dias irei a BH! A Marilu vai visitar os pais e, como eu já entrei de férias, vou com ela! Queria ficar na sua casa, mas vou ter que encarar a hospitalidade dos sogros! Hehehe!

A gente chega dia 23, sábado! Quero conhecer a famosa Fani!

Abração!

Luigi

De: Leonardo <soueuoleo@gmail.com>
Para: Luigi <luigi@mail.com.br>
Enviada: 20 de junho, 17:11
Assunto: Re: Ida a BH

Luigi,

Bom demais! Tem certeza de que vocês não querem ficar na minha casa? O papai e a mamãe vão viajar, vai estar a maior tranquilidade!

A que horas vocês chegam no sábado? Vamos combinar de almoçar juntos? Vou falar pra Fani ir também. Aposto que você vai gostar dela! Mas tira o olho!

Leo

De: Leonardo <soueuoleo@gmail.com>

Para: Restaurante Magnífico <magnifico@mail.com.br>

Enviada: 20 de junho, 17:32

Assunto: Encomenda

Gostaria de fazer uma encomenda para o dia 22, sexta-feira.

Vou querer um canelone de ricota e ervas, com molho de quatro queijos, para dois. E, de sobremesa, duas porções de pavê sonho de valsa. Gostaria que entregassem às 20 horas, por favor.

Meu endereço é Rua Boa Esperança, 251 – 10° andar.

Obrigado,

Leonardo Santiago

33

> *Donna Newman:* Você ainda vai me amar pela manhã?
> *Michael Newman:* Para todo o sempre, amor.
>
> (Click)

Quando eu cheguei em casa, já eram quase seis da tarde. Eu corri para esconder a claquete. O Leo não podia ver, pois não consegui pensar em nenhuma explicação convincente. Eu teria que esperar que alguém viesse dos Estados Unidos para dizer a ele que a pessoa havia trazido pra mim. Eu não via a hora de dependurá-la na parede, perto dos meus DVDs.

Eu me olhei no espelho rapidamente, antes que o Leo chegasse, pra conferir se estava tudo certo. Sem perceber, levei a mão à boca. Eu ainda podia sentir a pressão dos lábios do Christian sobre os meus. No instante seguinte ao beijo, eu o empurrei com tanta força que ele até caiu na frente do shopping. Ele me pediu perdão mil vezes, disse que sabia que não devia ter feito aquilo, mas que não havia resistido, e eu resolvi dizer que estava tudo bem, mesmo que não fosse verdade, para que não houvesse a possibilidade dele me telefonar implorando que eu o desculpasse. Eu ia pedir para o meu pai mudar o telefone da minha casa urgentemente.

Resolvi não contar do beijo para ninguém. Eu ia fingir até pra mim mesma que aquilo não tinha acontecido. E sobre a faculdade em Hollywood, eu também teria que esconder. Eu não queria que ninguém me recriminasse pela minha decisão ou tentasse me convencer do contrário.

O Leo pareceu não ter notado nada, e eu resolvi que ia esquecer que algum dia aquele encontro com o Christian havia acontecido.

No final da semana, os pais do Leo viajaram para o exterior. Ele estava muito animado, pois havia pedido que eles trouxessem um videogame novo e não via a hora deles voltarem com a encomenda. O Leo me ligou dizendo que não poderia passar pra me ver depois do trabalho, como de costume, pois teria que ir direto para casa, já que os pais dele haviam ficado de telefonar e os irmãos iriam a uma festa. Ele perguntou se eu não gostaria de fazer companhia pra ele, que a gente poderia assistir a um filme. Eu topei e ele pediu que eu chegasse lá por volta de 19 horas.

Eu avisei à minha mãe que ia me encontrar com o Leo e ela não falou nada. Se eu soubesse que ela ficaria tão boazinha, eu teria prestado vestibular pra Direito antes.

Chegando ao apartamento dele, o porteiro perguntou meu nome. Achei aquilo meio estranho, pois ele sabia de cor e salteado que eu era namorada do Leo. Ele disse que ia avisar que eu tinha chegado e eu achei aquilo mais esquisito ainda. Eu sempre entrava direto.

"Pode subir", ele falou. Eu agradeci, entrei no elevador e apertei o botão do 10º andar. Chegando lá, eu ia tocar a campainha, mas notei que a porta estava meio aberta.

Abri devagar e não vi ninguém.

"Leo?", eu chamei.

"Estou aqui no meu quarto, Fani!", ele gritou. "Vem cá."

Fechei a porta e fui, um pouco desconfortável. Mesmo que ele tivesse explicado que estaria sozinho, eu estava com receio de que alguém pudesse aparecer a qualquer momento e me pegasse invadindo o apartamento daquele jeito.

Ao chegar ao quarto do Leo, a porta estava fechada. Eu bati. "Leo?"

"Só um minutinho!", ele disse.

Imaginei que ele estivesse trocando de roupa e esperei. Um segundo depois ouvi a voz dele novamente: "Pode entrar!".

Realmente havia alguma coisa errada. Primeiro o porteiro com aquela cerimônia toda, e agora o Leo. Por que ele mesmo não abria a porta e saía, para que a gente fosse pra sala ver o DVD?

Ao girar a maçaneta, levei um susto. O quarto estava todo escuro e bem no meio tinha uma mesinha com uma vela acesa no centro. Olhei mais perto e vi que tinha dois pratos e duas taças.

"Que isso, Leo?", eu perguntei sorrindo.

"Surpresa...", ele disse me abraçando.

"Mas você há poucos dias fez uma surpresa pra mim!", eu falei sem graça. "A Winnie é a melhor coisa que eu já ganhei..."

"Mas ela foi presente de Dia dos Namorados. Isso aqui é pra comemorar outra coisa. Acho bom você se sentar", ele apontou para a cama. "Aquilo ali é seu..."

Eu olhei e vi que era um CD.

Imediatamente eu me lembrei. Dia 22. Era nosso aniversário de namoro! Com a aprovação no vestibular, o acidente da Ana Elisa e tudo mais, eu havia me esquecido completamente.

> De: Leo – Para: Fani
> CD: Seis meses com você
>
> 1. I Knew I Loved You – Savage Garden
> 2. Coisa mais gostosa – Dr. Silvana e Cia
> 3. Her Diamonds – Rob Thomas
> 4. Um pro outro – Lulu Santos

"Leo...", eu estava muito sem graça. Eu não tinha preparado nada especial pra ele. "Desculpe, com essa confusão toda eu acabei esquecendo..."

"Shhh...", ele colocou um dedo sobre meus lábios. "Eu preparei a comemoração para nós dois. Quando eu arrumei a mesinha aqui no meu quarto, ainda não sabia que meus irmãos iam sair, e só pensei em fazer assim pra gente ficar mais à vontade. Agora, se você quiser, a gente pode ir pra mesa lá da sala. Mas nem se anime... eu não cozinhei nada! O jantar é encomendado!"

Eu sorri ainda sem acreditar. Nem importava o cardápio, só o fato dele ter inventado um jantar romântico pra nós dois já era lindo!

Ele continuou a falar: "O presente é mesmo só o CD, como todos os meses. Mas ali tem mais uma coisinha... vou acender a luz pra você ler direito".

Curiosa, olhei de perto e vi que em cima da cama dele havia uma carta.

Sentei-me e abri.

> Querida Fani,
>
> Seis meses é muito tempo. Em seis meses muita coisa acontece. Seis meses é o tempo que uma gota leva pra cair do topo de uma caverna, antes de virar um espeleotema. Cada um dos episódios dos "Simpsons" demora seis meses para ser produzido. Seis meses é quanto um piercing leva pra cicatrizar. A preparação de uma estátua para o museu de cera de Washington demora seis meses. A visão infantil leva aproximadamente seis meses para amadurecer. Seis meses é o tempo de crescimento da unha, da base até a ponta. A gestação dos babuínos dura seis meses.
>
> Em seis meses, 59 filmes estrearam no Brasil. Em seis meses, 6,6 milhões de Playstation 3 foram vendidos. Em seis meses, 1.271 pessoas morreram na guerra do Afeganistão. Em seis meses, a NASA descobriu 25 mil novos asteroides. Em seis meses, 6.570.569 pessoas nasceram e 2.796.081 morreram.
>
> Em seis meses, eu descobri que você é muito mais. Muito mais do que eu jamais imaginei. Muito mais do que eu sonhava. Muito mais do que eu mereço.

Nesses seis meses que você passou a fazer parte da minha vida como namorada, o mundo ficou diferente. Ficou mais iluminado. Mais brilhante.

Durante seis meses, todos os meus pensamentos foram relacionados a você. Antes, eu imaginava que eu ficaria feliz se pudesse ser seu namorado. Hoje eu acho que falta uma palavra no dicionário para descrever o que eu sinto. Porque felicidade é pouco. Eu sinto muito mais.

Nesses seis meses, eu descobri que o que eu pensava ser amor antes de te conhecer era uma pobre imitação, um projeto malfeito, um rascunho. Durante os seis meses que eu convivi com você, percebi que cada minuto é valioso e cada ausência é dolorosa. Em cada segundo desses seis meses, eu lembrei de você e sorri. A cada vez que eu te olhei nesses seis meses, tive vontade de te envolver, de te proteger, de te dar o mundo.

A cada momento dos nossos seis meses, eu constatei que amor maior do que o que eu sinto nunca vai existir. O destino pode ser cruel, como sua cartomante disse. O amanhã pode não existir, como escrevem os poetas. O mundo pode até acabar, como os cientistas preveem. Mas nada vai ter força de apagar o meu sentimento. Você pode ir para longe, se esconder, sumir. Mas eu vou continuar te amando. Para sempre.

Assim como eu te amo agora e como eu te amei desde o primeiro dia em que te vi.

Obrigado por ser minha namorada há seis meses.

Leo

Eu terminei de ler e o meu coração estava em choque. Seis meses... Como havia passado rápido! E, no entanto, era como se tivesse muito mais... Era como se ele estivesse ali desde sempre.

Durante seis meses, eu reclamei para quem quisesse ouvir que ele ainda não havia dito que me amava. E todas as pessoas respondiam que o amor que ele demonstrava ia muito além de simples palavras. Mas agora estava ali, em minhas mãos. Tudo o que eu queria saber. A certeza que eu precisava ter. Estava escrito em letras grandes e várias vezes. Ele havia me amado, me amava e iria me amar por toda a vida.

Eu tirei os olhos do papel devagar e olhei para frente. Ele estava me observando. Recoloquei a carta com cuidado na cama, sem tirar os olhos dele.

Sem dizer uma palavra, me levantei e o puxei. Cada segundo daqueles seis meses estavam voltando à minha mente. A surpresa por ele estar no aeroporto me esperando quando voltei da Inglaterra. O conforto por ele ter voltado do Rio pra me ver no hospital quando eu desmaiei. A alegria quando ele me chamou de namorada. O companheirismo em todos os momentos possíveis e a compreensão nos impossíveis. As surpresas, os presentes, o carinho. O desejo.

Eu o abracei forte e senti todas aquelas emoções novamente. Como em um filme, várias cenas passaram aceleradas na minha mente. Eu me lembrei dele no dia da minha ida para a Inglaterra. Do nosso primeiro beijo, um ano e seis meses antes. De todos os sentimentos daquele momento. Lentamente eu me afastei e o olhei. Passei a mão pelo cabelo dele, que estava tão macio quanto no dia em que nós havíamos dançado na festa da nossa sala. Ele estava me olhando fixamente, como se estivesse decorando cada detalhe do meu rosto. Eu senti vontade de chorar.

"Leo...", finalmente eu disse. "Eu te amo muito, muito, muito, e cada dia mais. Eu também vou te amar enquanto eu existir e até mais do que isso. Na verdade, pretendo te amar por quantas vidas eu tiver e onde quer que eu esteja. Você é a pessoa mais importante, é o que me faz sorrir e também o que me faz chorar. Cada batida do meu coração tem o seu nome. E tudo o que eu mais quero no mundo...", eu o abracei novamente, "é te fazer muito feliz."

Do abraço, vieram vários beijos. Quando percebi, estávamos na cama dele e eu estava sentindo o mesmo frio na barriga que me atormentava na época que eu comecei a perceber que sentia mais do que amizade por ele. Dos beijos, vieram carinhos que provocaram sensações tão intensas que eu não imaginava como tinha vivido até então sem saber que elas existiam.

De repente ele ficou imóvel e respirou fundo. Eu abri os olhos para ver o que estava acontecendo e percebi que ele estava com uma expressão meio frustrada.

"Fani...", ele balançou a cabeça.

Ele começou a alisar a blusa amarrotada e me lembrei do que ele tinha dito no Dia dos Namorados. Eu tinha certeza de que ele se levantaria em dois segundos.

Eu o abracei com força, para impedir que ele se mexesse. Eu não queria sair dos braços dele. Meu coração estava batendo cada vez mais forte.

"A gente já conversou sobre isso...", ele sussurrou.

Eu comecei a me lembrar do aniversário da Gabi e de tudo o que as meninas haviam dito. Algumas coisas especialmente tinham me marcado. As três haviam afirmado que eu saberia quando estivesse preparada, que tudo aconteceria naturalmente e que o Leo valorizaria muito quando chegasse o nosso momento.

Eu olhei em volta e vi mesa de jantar, a vela, a carta.

Subitamente, me lembrei da Ana Elisa. Ela havia dito que daria tudo para voltar ao passado e aproveitar mais com o Felipe. Que ela não tinha ideia do quanto cada minuto era precioso, até não ter mais nenhum. Ela tinha me falado que gostaria de não ter perdido tanto tempo.

Eu comecei a pensar. E se eu não tivesse mais seis meses? E se alguma coisa realmente levasse o Leo para longe de mim e eu me arrependesse pelo resto da vida por não ter vivido plenamente com ele tudo o que podia?

O certo era que, um amor assim, eu tinha certeza de que nunca mais iria sentir.

Em um ímpeto, comecei a beijá-lo novamente. Ele tentou me parar, mas eu segurei o rosto dele com as duas mãos e fiz com que ele olhasse para mim. Ele estava tão lindo... e eu ainda tinha dificuldade em acreditar que ele era todo meu.

Ele retribuiu o olhar, mas, de repente, talvez adivinhando meus pensamentos, pareceu surpreso.

Eu suspirei. Não havia nada que eu quisesse *menos* do que ele se afastar naquele momento. Muito pelo contrário. Eu *precisava* dele mais perto.

Sem desviar meu olhar do dele nem um milímetro, eu fiz que sim bem devagarzinho com a cabeça.

Ele levantou as sobrancelhas e começou a dizer que não precisava, que ele não tinha tido a intenção de me pressionar, mas eu o beijei novamente, para que ele se calasse. Um tempo depois, ele se afastou devagarzinho e me olhou sério.

Com o coração acelerado, afirmei novamente. Eu tinha certeza.

Ele passou a mão bem de levinho pelo meu rosto. Percebi que ele estava tremendo um pouco.

"Eu te amo tanto, Fani..."

"Eu também", eu respondi tão baixinho que mal ouvi minha voz. "Muito."

E então ele apagou a luz.

De: Revista Rostos <editorial@revistarostos.com.br>

Para: Priscila <pripriscilapri@aol.com>

Enviada: 22 de junho, 20:01

Assunto: Re: Christian Ferrari

Cara Priscila,

Há pouco mais de um mês você nos escreveu pedindo mais notícias sobre o ator Christian Ferrari. Estamos contatando todas as leitoras que demonstraram interesse, para avisar que ele estará na capa da revista Rostos desta semana!

Amanhã em todas as bancas!

Atenciosamente,

Roberta Mello

Editoria de Celebridades Internacionais

Revista Rostos

De: Alan <alan_alan@mail.com.br>

Para: Leonardo <soueuoleo@gmail.com>

Enviada: 23 de junho, 7:10

Assunto: Revista

E aí, Leo!

Já até desisti de falar com você, seu celular sempre desligado e você nunca responde meus e-mails. Mas dessa vez o papo é sério. Acabei de chegar da night (peguei uma gata que você nem tem ideia, morena maravilhosa!), mas antes de vir pra casa passei numa banca pra comprar o jornal só pra fazer um agrado pro meu pai. E de repente eu vi. Pensei até que ainda estivesse chapado e vendo coisas, mas só se ela tivesse uma irmã gêmea... Cara, eu nem sabia... Não sei como você está, mas só estou escrevendo pra dizer que estou aqui pro que der e vier. Tem outra balada do mal hoje, só filé! Nada de ficar em casa curtindo deprê, ok?

Segura firme aí! Estamos juntos!

Alan

De: Priscila <pripriscilapri@aol.com>
Para: Natália <natnatalia@mail.com>
      Gabriela <gabizinha@netnetnet.com.br>
Enviada: 23 de junho, 8:31
Assunto: Urgente

Meninas, me liguem assim que acordarem! Tenho uma bomba pra contar pra vocês! É urgente!
Beijinhos,

Priscila

> Ren: Pensei que eu estivesse sozinho.
> Ariel: Não nessa cidade.
> Há olhos por toda parte.
>
> (Footloose)

Acordei na manhã seguinte com a Winnie latindo. Abri os olhos e vi que não era nada, apenas a minha mãe entrando no meu quarto. Olhei no relógio e vi que já eram 10 horas.

"Fani, filhinha", ela falou, sem ligar para os latidos. "Isso aqui chegou pra você!"

Eu ainda estava meio sonolenta, mas me sentei na cama, para ver do que ela estava falando. Despertei no mesmo instante. Ela estava com um enorme buquê nas mãos! Um buquê de rosas cor de chá. Eu não precisei perguntar quem tinha mandado...

Imediatamente a noite anterior voltou à minha mente. Eu sorri me lembrando da surpresa que o Leo havia feito. O jantar à luz de velas, em que ele tinha encomendado os meus pratos preferidos, o CD, a carta. Eu senti frio na barriga só de pensar em tudo o que tinha vindo depois.

Minha mãe interrompeu meus pensamentos.

"Qual é o motivo dessas flores?", ela perguntou me entregando o buquê, meio desconfiada.

Eu pensei rápido. "Aniversário de namoro", eu disse pegando o cartãozinho. "Seis meses."

"O Leo adora te dar presentes inúteis, não é?", ela disse saindo do quarto. "Flores que duram apenas três dias, uma cachorra que late o dia inteiro..."

Eu nem liguei. Eu estava tão feliz que achava que nada naquele dia poderia me afetar. Eu ia começar a ler o cartão do Leo quando minha mãe voltou.

"Esqueci de te falar. A Gabi te ligou. E a Natália também, duas vezes. Ah, e aquela Priscila, umas cinco! Que menina mais desesperada!"

Eu fiquei imaginando o que as meninas queriam comigo. Será que elas tinham adivinhado o que tinha acontecido? Será que o Leo havia contado para o Rodrigo? Ele não faria isso...

Abri o cartãozinho e sorri ainda mais.

Meu amor,

Obrigado por existir. Por me fazer tão feliz.

Nem dormi direito. Preferi ficar a noite inteira pensando em você.

Te amo mais do que é possível imaginar.

Leo

Eu me deitei novamente e abracei meu travesseiro. Tudo tinha sido perfeito, do começo ao fim. E agora, pra completar, aquelas flores lindas. Ele devia ter se levantado muito cedo para enviá-las antes que eu acordasse. E a gente tinha ido dormir tarde. Ele havia me deixado em casa à meia-noite, mas pouco tempo depois me ligou pra dizer que já estava com saudade, e a gente ficou conversando até as duas da madrugada. As meninas estavam certas quando disseram que ele saberia valorizar quando chegasse a nossa hora... Eu estava me sentindo mais amada do que nunca. E não via a hora de encontrá-lo de novo.

Peguei o telefone para ligar pra ele e agradecer as rosas, mas o celular dele estava desligado. Ele devia ter voltado pra casa e dormido novamente depois de comprar as flores. Resolvi que não ia incomodá-lo, mais tarde eu teria muito tempo pra agradecer. Eu queria passar o dia inteiro com ele...

Peguei novamente o telefone para ligar pra Gabi. Ela seria a primeira a saber.

Fani: *Oi, Gabi! Minha mãe falou que você me ligou...*

Gabi: *Fani, pelo amor de Deus! Isso são horas de acordar?*

Fani: *O que tem de mais? Eu estou de férias! E mesmo que não estivesse... hoje é sábado!*

Gabi: *Estou te ligando desde as 8 horas!*

Fani: *Gabi... eu tenho que te contar uma coisa... Você nem imagina o que aconteceu ontem...*

Gabi: *Fani, o que você tinha que ter me contado e não me contou, eu já descobri.*

Fani: *Do que você está falando?*

Gabi: *Você já se conectou à internet hoje?*

Fani: *Não... eu acabei de acordar!*

Gabi: *Eu acho que eu vou pra sua casa.*

Fani: *Mas o que aconteceu?*

Nesse momento meu celular começou a tocar. Vi que era a Natália.

Fani: A Natália está me ligando no celular. O que está acontecendo? Minha mãe falou que a Priscila também telefonou umas mil vezes!

Gabi: A Priscila já viu? Ai, Fani... então o Rodrigo já sabe.

Fani: Já sabe o quê? Gabi, você está me deixando nervosa! Você não é de fazer suspense, fala logo!

Gabi: É que eu estou com medo da sua reação. Eu ia dar uma passada aí pra estar com você quando você visse, mas, com as meninas te telefonando, não vai dar tempo. Fani, liga o computador e entra em qualquer site de fofoca. Aliás, entra em qualquer site do mundo que fale sobre celebridades.

Eu fiz o que ela mandou. E assim que a página carregou, eu congelei. Bem na frente, em destaque, havia uma foto. Do Christian. Me beijando.

Eu senti vontade de vomitar. Ouvi a Gabi gritar no telefone que estava vindo pra minha casa.

Eu desliguei, mas imediatamente ele voltou a tocar. Vi pelo identificador de chamadas que era a Priscila. Eu ia atender, mas nesse minuto a porta abriu e a Natália entrou.

"Fani!", ela estava meio sem fôlego. "Você já sabe? Fiquei te ligando pra avisar que eu estava vindo pra cá, mas você não me atende! Por que você ainda está de pijama?"

Eu não consegui nem responder. Apenas fiquei olhando para aquele site, para a foto. Reparei que tinha uma legenda que eu ainda não tinha lido.

Novo astro de Hollywood, o brasileiro Christian Ferrari, em um beijo arrebatador em sua passagem por Belo Horizonte, na última quarta-feira. Meses atrás ele já havia dado um depoimento dizendo que iria aproveitar sua visita ao Brasil para procurar a ex-namorada em uma tentativa de reconciliação. Certamente a moça não resistiu aos seus encantos.

Eu estava perdida. Na época da entrevista que a *Rostos* havia feito com ele, eu tinha ficado tão apreensiva, com medo de que o Leo visse, e tão aliviada quando percebi que ele não tinha tido acesso à revista... Agora, porém, estava na internet. Segundo a Gabi, em todos os sites. E, na foto, o Christian não estava sozinho...

"Natália", eu falei nervosa. "Você acha que o Leo vai ver isso?"

"Isso aí eu não sei...", ela abriu a bolsa pra tirar alguma coisa. "Mas *isso* aqui, certamente. Está em todas as bancas!"

Ela me entregou uma revista. Era exatamente a *Rostos*. A nova edição. E eu estava na capa. Naquele mesmo beijo – que parecia apaixonado – com o Christian.

Eu comecei a chorar.

"Fani", ela ficou passando a mão no meu cabelo, "por que você não me contou que tinha ficado com o Christian? Eu teria guardado segredo... E você não viu que tinha paparazzi por perto?"

"Eu não fiquei com ele!", eu gritei. "Ele me agarrou! Eu fui me encontrar com o Christian apenas para seguir o conselho da Gabi, para que ele não viesse ao me encontro! Eu não queria correr o risco do Leo ver e ficar com ciúmes! Antes eu não tivesse feito nada disso! Como eu vou fazer pra provar que esse beijo é falso? Eu não retribuí! Eu fiquei com a boca fechada! E, um segundo depois, eu o joguei no chão!"

"Não é o que parece!"

Eu e a Natália nos viramos para a porta, ao ouvir aquela voz. A Priscila estava com três revistas iguais à da Natália na mão.

"Fani," ela falou entrando no meu quarto. "Eu queria comprar todas as revistas de todas as bancas de Belo Horizonte, para que o Leo não descobrisse, mas meu dinheiro só deu pra três..."

Eu fiquei até meio comovida com a boa intenção dela, mas eu sabia que nem se eu comprasse todas as revistas do

Brasil solucionaria o problema. Estava em todos os sites. Em cada um que eu clicava, lá estava a foto do maldito beijo!

"O Rodrigo já sabe, Priscila?", eu perguntei completamente sem forças.

"Acho que ainda não...", ela respondeu. "Mas ele e o Leo tinham marcado de jogar futebol no clube hoje cedo. Todo mundo lá te conhece... e sabe que você e o Leo namoram. Essa informação pode chegar até eles rapidinho..."

"Eu não fiz nada!", eu não conseguia parar de chorar. "Eu não tive a menor culpa! Eu só me encontrei com o Christian pra que ele me deixasse em paz, exatamente para ele não aparecer de surpresa e o Leo ficar com raiva!"

"Fani, mantenha a calma", Natália começou a me abanar. "Olha, vai tomar um banho, trocar de roupa, comer alguma coisa... A gente está aqui pra te ajudar."

Mesmo sem ter vontade, segui o conselho dela. Eu precisava sair. Eu tinha que falar com o Leo imediatamente.

Quando saí do banheiro, a Gabi já tinha chegado.

"Olha, eu devia estar com muita raiva. Você nem me contou que foi encontrar o Christian! Muito menos desse beijo!"

"Gabi... Eu não contei porque eu queria apagar isso da minha memória! Eu queria deletar o Christian da minha vida!"

"Agora vai ser impossível...", a Priscila comentou. "Todo mundo vai começar a te perguntar sobre ele." Em seguida ela olhou para o buquê que ainda estava em cima da minha cama, com o cartãozinho bem à vista. "Fani, e essas flores lindas? O Leo está romântico assim por algum motivo especial?"

Eu tinha até esquecido das rosas. Fiquei vermelha imediatamente. Eu queria contar pra elas, mas não daquele jeito. O que elas iam pensar? Aliás, o que o Leo pensaria de mim? Uma menina que beija um cara em um dia e no seguinte jura amor eterno a outro?

Eu voltei a chorar.

"Fani, não precisa se desesperar ainda!", a Gabi falou. "Você nem sabe se o Leo já viu. Olha, vai por mim. Você tem que se explicar antes que ele veja. Seja sincera, diga toda a verdade. Se ele ouvir de cara a sua versão, vai ser muito melhor do que deixar que ele tire conclusões precipitadas."

Eu já tinha pensado naquilo. Peguei meu telefone e liguei pro celular dele novamente. Ainda estava desligado. Tentei encontrá-lo em casa. Chamou e ninguém atendeu.

Eu lembrei que a Priscila tinha dito que ele ia jogar futebol.

"Priscila, você pode ligar para o Rodrigo e ver se ele está com o Leo, por favor?"

Ela ligou depressa e perguntou se o Leo estava lá, mas o Rodrigo disse que ele não tinha aparecido ainda.

"Parece que o Rodrigo ainda não sabe da foto", a Priscila disse ao desligar. "Senão ele teria comentado."

"O Leo ainda deve estar dormindo", eu falei. "Eu preciso ir à casa dele."

"São onze horas da manhã!", a Natália discordou, ao olhar pro relógio. "Que eu saiba o Leo gosta de acordar cedo!"

"Mas ontem nós dormimos tarde", eu expliquei. "E ele deve ter acordado cedo pra mandar essas flores."

"*Dormiram* tarde?", a Gabi levantou uma sobrancelha.

Eu fiquei sem graça. Ela olhou para as flores e em seguida pra mim novamente. Percebi que ela estava juntando os fatos, mas ficou calada.

"Fani, antes de ir lá, tente ligar de novo...", a Natália apontou para o telefone. "Quem sabe da primeira vez ele não estava tomando banho?"

Eu concordei. O celular dele continuava desligado, mas dessa vez alguém atendeu em casa. Era o irmão mais velho do Leo, com a maior voz de sono. Ele disse que estava sozinho, que não tinha ninguém lá.

Comecei a ficar desesperada. Como eu ia fazer para encontrá-lo? Nesse momento, o Alberto entrou no meu quarto.

"Fani, o que é isso que eu recebi por e-mail?", ele vinha com o notebook na mão. "Ei!", ele olhou pra Natália. "Como assim você vem à minha casa e vai falar com a Fani primeiro?"

Ela se levantou pra dar um beijo nele. "Desculpe, gatinho. Era uma emergência!"

"Por acaso é essa emergência aqui?", ele virou o computador e mostrou a mesma foto do beijo.

A Natália confirmou.

"Alberto, você disse que recebeu isso por e-mail?", a Gabi perguntou.

"Sim. Uma colega da faculdade me mandou, perguntando se não era a minha irmã."

"Que colega é essa que tem o seu e-mail?", a Natália colocou a mão na cintura. "E que conhece até a sua irmã?"

"Ah, que bonitinha...", ele apertou a bochecha da Natália. "Ficou com ciuminho, foi?"

A Natália fechou a cara, mas o Alberto fingiu que não viu e mudou de assunto: "Gostei de ver, Fani! Até que você não é tão santinha como eu imaginava... Esse não é o cara de Londres? Aquele galãzinho que você namorou ano passado?".

"Nossa, já está circulando até por e-mail", a Priscila observou. "Fani, amiga... não quero te desesperar, mas sua situação não é nada boa."

"Eu vou pra porta da casa do Leo", eu disse me levantando. "Vou ficar lá esperando ele voltar!"

"Eu vou com você!", a Gabi falou.

"Então eu vou pro clube", a Priscila disse. "Se ele aparecer por lá, te ligo na hora."

"E eu vou ficar aqui", a Natália olhou, séria, pro Alberto. "Se o Leo por acaso vier ou ligar pra cá, eu te aviso, Fani. Aposto que, se ele descobrir, vai ser porque viu a revista na banca. Duvido que ele receba e-mail de *amiguinhas*, como uns e outros."

Eu peguei minha bolsa, uma maçã pra ir comendo no caminho e saí com a Priscila e a Gabi. Eu gostaria muito que o ciúme do Leo fosse infundado como o da Natália. Mas, se ele visse aquela foto, eu tinha que admitir, ele teria muito motivo.

De: Luigi <luigi@mail.com.br>
Para: Maria Inês <m_ines@mail.com>
Enviada: 23 de junho, 11:20
Assunto: Leo

Mãe, cheguei em BH. Correu tudo bem na viagem, já estou na casa dos pais da Marilu, eles estão te mandando um abraço.

Estou precisando de um favor... Aconteceu um probleminha com o Leo. Não se preocupe, não é nada sério, ele "apenas" acabou de descobrir que foi traído. Mas o fato é que ele está muito mal.

Então, eu me lembrei que, quando você soube que ele tinha passado no vestibular aí no Rio, comentou que poderia ver com aquela sua amiga reitora se ela daria um jeito de aceitá-lo na faculdade sem que ele tivesse que repetir a prova... Bem, acho que esse é um bom momento para procurá-la. Duvido que o Leo queira ficar mais um dia nesta cidade. Nunca vi o meu primo assim. Ele está chorando, mãe. Você imagina o Leo chorando? E não é pouco. Por favor, veja isso o mais rápido possível. Quero tirá-lo daqui antes que a Fani venha atrás dele. Essa menina é encrenca! No ano passado o Leo já tinha sofrido por causa dela. Ele não merece isso!

Se eu puder dar a ele a notícia de que você conseguiu, acredito que ele anime um pouquinho. Ele não tem mais motivos pra ficar em BH. Qualquer novidade, me escreva depressa!

Por favor, NÃO escreva pra tia Carminha comentando sobre isso. Ela está nos Estados Unidos e o Leo não quer que ela fique preocupada.

Beijo,

Luigi

De: Maria Carmem <mcarmem55@hotmail.com>
Para: Leonardo <soueuoleo@gmail.com>
Enviada: 23 de junho, 12:52
Assunto: Fani

Filhinho, já estou sabendo. Sua tia me escreveu.

Eu até chorei ao ler o e-mail dela, imaginando a dor que você deve estar sentindo. Quero que saiba que, mesmo de longe, você pode contar comigo! Falei pro seu pai que eu queria abreviar a nossa viagem, mas ele disse que você já é homem o suficiente para lidar com uma rejeição amorosa. Eu acho que ninguém está preparado pra esse tipo de coisa, independentemente da idade. E você vai ser pra sempre o meu bebê.

Não entendo como a Fani pôde fazer isso com você. Eu realmente me enganei com ela. Nunca imaginei que essa menina fosse capaz desse tipo de coisa. Mas não se preocupe, filhinho. Tenho certeza de que várias outras baterão à sua porta logo, logo! Você é lindo, educado, inteligente, cavalheiro... Merece uma garota à sua altura e que só tenha olhos pra você.

Por favor, não fique triste. Saia com os amigos,

paquere bastante e pense só em coisas boas. Seu pai está aqui sugerindo que você vá amanhã para o Rio com o Luigi. Aproveite que acabou de entrar de férias! Seus irmãos podem tomar conta da empresa sozinhos.

Muita saudade!

Um grande beijo,

Mamãe

De: Vanessa <vanessaamo@mail.com.br>
Para: Leonardo <soueuoleo@gmail.com>
Enviada: 23 de junho, 14:11
Assunto: Solteiro

Leo, meu bem.

Você nem avisou que estava solteiro de novo... O mais estranho é que encontrei o Alan em uma festa ontem e ele não comentou nada sobre seu término.

Vi a Fani com o novo namorado na internet e – tenho que admitir – fiquei feliz ao supor que você deve estar disponível. Sei que você provavelmente ficou meio abalado por ter sido trocado por um cara tão bonito, mas, não se preocupe, estou aqui para te consolar...

Me liga!

Um beijo bem gostoso,

Vanessa

P.S.: Onde a Fani conheceu aquele príncipe? Tá na cara que ele é modelo. Queria saber qual é a agência dele. Teria como você perguntar pra Fani? Ou ela não quer nem falar com você? Sei que nem todas as ex-namoradas são civilizadas como eu.

35

Jasmine: Como todos vocês se atrevem? Em uma reunião decidindo o meu futuro! Eu não sou um prêmio a ser ganho!

(Aladdin)

No ano passado, quando descobri que o Leo gostava de mim, eu pensei que tudo não passasse de uma questão de tempo. É sempre assim nos filmes de amorzinho que eu assisto. O mocinho gosta da menina, que nem imagina. Ele se cansa de esperar, resolve olhar pra outra pessoa, mas – bem nesse momento – a protagonista percebe que sempre o amou. Ela passa por mil reviravoltas até que consiga provar o seu amor, e então os dois finalmente se encontram e vivem felizes para sempre...

A minha vida nunca daria um desses filmes, pois parece que eu sou fadada a viver triste para sempre!

Eu perdi a conta do tempo que eu e a Gabi ficamos em frente à casa do Leo. Enquanto esperávamos, eu contei a ela tudo da noite anterior. Da surpresa, da declaração de amor, do jantar à luz de velas e de tudo o que veio depois.

Ela me abraçou emocionada, visivelmente ficou feliz por eu ter compartilhado aquilo com ela e disse que tinha certeza de que tudo ficaria bem.

Eu já não estava tão certa. O Leo tinha sido bem claro no dia em que eu troquei o nome dele. Ele havia dito que não queria mais sentir ciúmes. Que aquela tinha sido a última vez. Que ele não queria mais me imaginar com outro. Agora ele não ia mais apenas imaginar... eu não parava de pensar qual seria a reação dele ao me ver agarrada com o Christian na capa de uma revista.

As horas foram passando e começamos a ficar com muita fome. Já eram quase quatro da tarde. Onde o Leo estaria em pleno sábado? Continuei a telefonar e o celular dele continuava desligado. Perguntei umas 20 vezes pro porteiro se ele não estaria mesmo no apartamento, mas ele disse que já tinha conferido até na garagem e que o carro dele não estava lá.

A Priscila e a Natália não paravam de ligar, para saber se eu tinha alguma novidade. Elas também estavam na mesma. A Priscila disse que o Leo não tinha aparecido no clube e que o Rodrigo tinha até estranhado, já que o Leo não era de furar. E a Natália já tinha ido embora da minha casa, ela e o Alberto tinham discutido e ela não queria ficar perto dele.

Mais do que apreensiva, eu comecei a ficar preocupada. O Leo não era de sumir assim. Nós passávamos todos os sábados juntos! E se tivesse acontecido alguma coisa com ele?

Quando deu cinco da tarde, a Gabi disse que não aguentava mais. Ela falou que a gente devia ir embora e tentar localizá-lo por telefone. Eu tive que concordar.

Fomos para a minha casa e, ao abrir a porta, tomei o maior susto. O Christian estava lá. Sentado na sala de visitas. Conversando com o meu pai e minha mãe. E com a Winnie no colo!

"Fani!", minha mãe falou assim que me viu. "Eu já ia te ligar! Onde você estava?"

Eu ignorei a pergunta dela e fui até o Christian. "O que você está fazendo aqui?", eu perguntei, meio chorando, meio gritando. "Já não arruinou a minha vida o suficiente?"

"Que isso, minha filha?", meu pai se levantou. "Você não pode falar com as pessoas desse jeito! Fui eu que convidei o Christian para entrar. Eu o reconheci das suas fotos da Inglaterra. Ele estava lá na rua te esperando."

"Ele estragou tudo, pai!", eu gritei mais ainda. "Ele não tinha o direito de vir aqui em Belo Horizonte! Minha vida estava perfeita e ele avacalhou tudo!"

"Desculpa, Fani...", ele se levantou e veio em minha direção. "Eu não tive a intenção de te prejudicar. Na verdade, eu só quis ajudar."

"Não chega perto de mim!"

"Fani, para com o chilique agora!", minha mãe entrou no meio. "Esse rapaz disse que estava no Rio de Janeiro e pegou o primeiro voo que encontrou só pra falar com você, e você o trata dessa maneira? Onde estão seus modos?" E, virando para o Christian, ela disse: "Desculpe, a Estefânia às vezes é um pouco temperamental. Sente-se novamente, fique à vontade... Você estava contando sobre Londres! Tão chique aquela cidade... Você e a Fani se conheceram lá ou em Brighton?".

A Gabi, que estava comendo uns salgadinhos que estavam na mesinha de centro, resolveu interferir: "Acontece, dona Cristiana, que a Fani só está com esses *modos* porque *esse rapaz* a beijou sem consentimento no meio da rua e agora o rosto dela está estampado em revistas por todo o país! Isso sem falar na internet!".

Minha mãe nem se abalou, apenas disse: "Que eu saiba, os dois namoraram por quase um ano. Não é como se eles não tivessem intimidade nenhuma...".

"Fani, eu vim aqui exatamente por isso", o Christian disse me olhando. "Eu te juro que não tive culpa dessa foto! Eu não entendo, eu não vi nenhum fotógrafo na saída do shopping!"

"Você está achando que isso aqui é a Europa?", a Gabi disse com sarcasmo. "Você acha que os fotógrafos do Brasil são uniformizados? Qualquer foto de celular vira manchete aqui!"

Ele fez que nem ouviu e se aproximou mais de mim. "Fani, eu já te pedi desculpas pelo beijo. Eu já te expliquei. Eu não resisti..."

"Afinal, onde foi esse beijo?", meu pai perguntou.

"Foi no shopping", o próprio Christian respondeu. "Quando a gente estava indo embora. Desculpe, Sr. João Otávio."

"Fani", meu pai se virou pra mim. "Se você não queria encontrar o Christian, por que foi a esse encontro?"

Eu respirei fundo. Eu não aguentava mais explicar aquilo. A Gabi falou por mim: "Porque ela ficou com medo de que ele aparecesse do nada. Como agora, diga-se de passagem".

"Eu não faria isso!", ele falou olhando pra mim. "Eu só vim aqui hoje porque vi a revista e imaginei que você estaria me odiando! Eu vim pra me desculpar! Mas o shopping foi sua escolha... Eu só disse que queria te encontrar porque precisava te falar a respeito da bolsa da faculdade! E eu telefonei antes. Eu nunca viria sem ser convidado."

"Bolsa da faculdade?", minha mãe perguntou.

"Você nem contou pra eles?", o Christian franziu as sobrancelhas.

"Isso não importa agora", eu falei, sem graça.

"Eu consegui uma bolsa para a Fani estudar Cinema em Hollywood", ele disse para os meus pais. "Eu vim a Belo Horizonte por esse motivo. Para trazer os formulários para que ela preenchesse. Mas ela recusou, disse que prefere estudar aqui."

Eu podia matá-lo naquele minuto.

"Fani!", minha mãe falou com uma voz muito aguda. "Estudar em Hollywood?", em seguida ela olhou para o Christian: "Onde estão esses papéis? Ela quer, sim".

"Eu não quero nada! Que história é essa, mãe? Você não queria que eu estudasse Direito? Eu passei no vestibular e agora você quer outra coisa?"

"Eu só quero o melhor para o seu futuro!", ela franziu as sobrancelhas. "E todo mundo sabe como uma graduação no exterior pode contar positivamente no seu currículo!"

"Eu disse exatamente isso pra ela...", o Christian apontou pra mim.

"Que faculdade é essa?", meu pai perguntou. "E como é essa bolsa?"

O Christian na mesma hora apareceu com o envelope que tinha me mostrado. Ele tirou os papéis e começou a explicar para o meu pai, que a bolsa cobria três quartos do valor, que o restante eu mesma poderia ganhar fazendo estágio. Meu pai olhou uns dados nas folhas, fez uns cálculos e disse que sairia mais em conta do que as duas faculdades que ele iria pagar pra mim a partir do próximo semestre. Até a Gabi pareceu interessada nas explicações e nos prospectos da faculdade.

Sem dizer nada, saí da sala e fui até o meu quarto. Peguei o telefone e liguei novamente para a casa do Leo. O Luciano, um dos irmãos dele, atendeu. Eu perguntei se o Leo já tinha chegado e ele disse que sim. Típico. No momento que eu saí de lá, ele apareceu! Eu pedi que o Luciano o chamasse, mas ele recusou. Disse que o Leo não queria falar comigo.

Então ele realmente já sabia.

Eu implorei, mas o irmão dele disse que eu devia ter vergonha, que se eu tivesse um mínimo de decência não chegaria perto do Leo nunca mais na vida. E desligou na minha cara.

Era isso. Tudo o que eu tinha temido o dia inteiro havia acontecido.

Voltei rápido para a sala e chamei a Gabi, já com a mão na porta de saída. Minha mãe ainda gritou que era feio sair com visita em casa, mas eu fingi que nem ouvi.

"O que houve?", a Gabi perguntou enquanto descia as escadas depressa atrás de mim, já que eu não quis nem esperar o elevador.

"O Leo já sabe", eu respondi. "E não quer me atender. O irmão dele foi grosso comigo no telefone. E agora eu vou voltar à casa dele e só saio de lá quando ele resolver me ouvir."

Ela suspirou e não disse mais nada. Apenas me seguiu.

De: Maria Inês <m_ines@mail.com>
Para: Leonardo <soueuoleo@gmail.com>
Enviada: 23 de junho, 16:51
Assunto: Proposta irrecusável

Leo, meu sobrinho querido,

O Luigi me colocou a par da situação. Quero que você saiba que todos nós estamos muito tristes por você. Eu sei o quanto você estava apaixonado por essa moça. Mas quero te dizer que Deus sabe o que faz. Há males que vêm para o bem.

Meses atrás, eu perguntei se você cogitaria a possibilidade de estudar aqui no Rio, pois eu soube que você tinha passado no vestibular pra Jornalismo e achei um absurdo que você desperdiçasse a oportunidade. Pois bem. Veja você como são as coisas. Um novo semestre está para começar. E exatamente agora você se vê livre, sem amarras em Belo Horizonte...

Eu tomei a liberdade de ligar para a Lúcia, minha amiga que tem grande influência nas decisões acadêmicas de uma das faculdades onde você foi aprovado no começo do ano, e ela disse que, se fosse no meio do semestre (como eu havia te proposto anteriormente), ela não poderia fazer nada, pois sua vaga já tinha ido pra outra pessoa, por você não ter se matriculado no prazo. Mas que agora, exatamente por você já ter cursado um semestre aí em Belo Horizonte, ela pode conseguir pra você uma transferência entre faculdades! E ela disse ainda que – embora os cursos sejam diferentes – você pode eliminar matérias que por ventura já tenha cursado! Creio que Administração e Jornalismo tenham algumas disciplinas em comum! Ela pediu que eu envie a ela os seus papéis o mais rápido possível.

Já estou arrumando seu quarto. Não vou aceitar um "não" dessa vez.

Um grande beijo,

Tia Maria Inês

De: Rodrigo <rrrrrodrigooooo@gmail.com>
Para: Leonardo <soueuoleo@gmail.com>
Enviada: 23 de junho, 17:21
Assunto: Mal-entendido

Leo, liguei pra sua casa e seu irmão falou que você já sabe da foto do beijo. A Priscila estava muito estranha no clube hoje cedo e eu acabei descobrindo a revista na bolsa dela. Perguntei o que era aquilo e ela nem soube explicar direito, só ficou dizendo que a Fani não teve culpa, que eu tinha que te convencer a perdoá-la.

Leo, não sei o que houve, mas a Priscila parecia ter muita certeza que o negócio todo foi um mal-entendido. Ela falou que a Fani está arrasada. Bom... eu sei que, quando um não quer, dois não beijam, mas não deixe de ouvir a Fani antes de tomar alguma decisão brusca, tá? Algumas coisas não são o que parecem. Qualquer coisa é só chamar!

Rodrigo

De: Leonardo <soueuoleo@gmail.com>
Para: Maria Inês <m_ines@mail.com>
Enviada: 23 de junho, 18:01
Assunto: Re: Proposta irrecusável

Tia, muito obrigado. Eu aceito.

Leo

36

> *Atreyu:* O que vai acontecer se ele não aparecer?
> *Imperatriz Menina:* Então, o nosso mundo desaparecerá e eu também.
> *Atreyu:* Como ele pode deixar isso acontecer?
> *Imperatriz Menina:* Ele não entende que é o único que tem o poder de impedir. Ele simplesmente não imagina que um menino pode ser tão importante.
>
> (A história sem fim)

Quando descemos do táxi em frente ao prédio do Leo, vi que já estava anoitecendo. A Gabi, nos 8 minutos do trajeto, ficou falando sobre o Christian. Eu não conseguia mais ouvir que ele era ainda mais bonito pessoalmente, além de educado e simpático. Ela falou que à primeira vista não tinha ido com a cara dele, mas, quando ele disse que tinha arrumado uma bolsa pra eu estudar na Califórnia, ela mudou de opinião.

"Fani!", ela falou empolgada. "Você não está entendendo! O sonho da sua vida está em suas mãos. E o Christian não está te pedindo nada em troca. Ele disse que fez isso em retribuição, porque você o ajudou a virar um ator conhecido. E senti que ele realmente acha que você tem talento..."

Eu nem estava escutando, só conseguia pensar no Leo. Já nem ligava mais para as constantes lágrimas que continuavam a escorrer pelo meu rosto. Eu só queria conseguir falar com ele depressa, eu precisava me explicar.

"E tem outra, Fani..." Resolvi prestar atenção, para o tempo passar mais rápido. "Se o Leo não quiser te ouvir, o problema não é seu! É tudo culpa dele em primeiro lugar! Se ele não tivesse se mostrado tão ciumento, você não teria ficado com medo dele saber que você ia se encontrar com o Christian! E nem teria escondido isso dele..."

Ela não estava entendendo. Eu não tinha nada que ter ido me encontrar com o Christian. O Leo tinha dado todos os sinais de que estava perdendo a paciência. Ele já tinha inclusive me avisado. Sim, ele era ciumento, mas, no lugar dele, eu também seria. Eu não ia gostar que alguma ex-namorada ficasse escrevendo elogios no blog dele (caso ele tivesse um). E muito menos de descobrir uma foto escondida em um álbum de retratos, que me passasse a impressão de que ele ainda gostasse da tal menina. E eu certamente ficaria muito triste se ele trocasse o meu nome. E, por último (e doía o meu coração só de imaginar isso), se – exatamente um dia depois da noite mais importante da minha vida – eu descobrisse, da pior maneira possível, que ele tinha se encontrado com a ex-namorada. E a beijado.

Olhei para o alto e vi que a luz do 10º andar estava acesa. Corri para a portaria, mas a Gabi me puxou.

"Fani, eu vou te esperar aqui. Acho melhor você conversar com ele sozinha. Seja sincera, conte toda a verdade, explique que sua intenção era apenas poupá-lo, diga que você ficou com medo da reação dele e que por isso não contou nada... mas, por favor, não se humilhe..."

Eu dei um abraço rápido nela, que me desejou boa sorte.

Falei pro porteiro que não precisava me anunciar, pois o Leo estava me esperando, e entrei depressa. Ele ficou me olhando meio indeciso, mas em um segundo eu já estava dentro do elevador. Olhei no espelho e vi que eu estava horrível. Eu tinha passado o dia chorando e só tinha comido uma maçã.

O elevador chegou e eu parei na frente do apartamento dele. Lembrei da noite anterior, em que a porta estava aberta, e as lágrimas aumentaram ao me lembrar da surpresa que ele tinha preparado. Eu comecei a me sentir meio zonza. Aquilo parecia mais um pesadelo. Como eu pude passar da felicidade plena à tristeza completa em poucas horas?

Ouvi vozes lá dentro. Respirei fundo e toquei a campainha. Três segundos depois, uma menina que eu nunca tinha visto na vida atendeu. Eu olhei pra cima, pra verificar se estava no andar correto, mas em seguida, ouvi a voz do irmão do Leo vindo lá de dentro perguntando se era a pizza. Eu sabia que se ele me visse, fecharia a porta na minha cara. Sem ter ideia de quem era a menina, pedi baixinho: "Por favor, eu preciso ver o Leo...".

Ela levantou as sobrancelhas, virou pra trás e gritou que não era a pizza ainda, e sim uma vizinha, e em seguida deu um passo para a frente, fechando a porta atrás de si.

"Então você é a famosa Fani?", ela perguntou em um volume baixo também.

Eu fiz que sim com a cabeça, imaginando se seria alguma nova namorada do Luciano.

Ela me analisou de cima a baixo e falou: "Você me deu o maior trabalho ano passado...". Antes que eu pudesse entender, ela estendeu a mão e falou: "Prazer. Marilu".

Meu queixo até caiu. Ela era como as meninas tinham me contado. Bem baixinha. Com jeitinho de boneca. Mas muito mais bonita do que eu imaginava. Então tinha sido ela que tinha passado o ano inteiro ao lado do Leo...

"É, colega...", ela disse colocando a mão na cintura. "Parece que você se meteu em uma encrenca daquelas... Não tinha jeito de ter sido um pouquinho mais discreta?"

Eu fiquei com muita raiva. Quem aquela menina que nem me conhecia achava que era, para se meter na minha vida?

"Olha, se eu fosse você, ia embora e esperava as coisas se acalmarem... Hoje não vai adiantar nada você falar com ele..."

"Eu não vou embora!" Eu até esqueci que deveria falar baixo. "Não antes de falar com o Leo!!"

"Fani, você não está entendendo... ele não quer nem lembrar que você existe! Que dirá falar com você! Estou te dando um conselho, vai pra sua casa, espera uns dias... e aí vocês conversam."

Eu comecei a balançar a cabeça negativamente. Quem não estava entendendo era ela. Eu não ia conseguir dormir, comer... respirar! Eu precisava falar com ele imediatamente!

"Dá licença", eu tentei passar por ela. "Eu resolvo o que é melhor pra mim."

Ela abriu os braços em frente à porta. "Ele já está triste o suficiente, Fani!"

"Eu não quero que ele fique triste!", eu recomecei a chorar. "Eu tenho que explicar o que aconteceu!"

A porta se abriu e outro menino que eu não conhecia apareceu. Ele se parecia um pouquinho com o Leo, mas era mais bronzeado. Imaginei que devia ser o Luigi, o primo do Rio de quem o Leo sempre falava. O que eles estavam fazendo ali?

"Maluzinha, você foi buscar a pizza e não voltou nunca mais... o que aconte...", ele parou de falar ao me ver.

"Eu não falei que ela ia aparecer?", a Marilu disse olhando pra ele.

Ele fechou a cara no mesmo instante.

"Eu estava tentando convencê-la a ir embora", ela respirou fundo. "Mas ela falou que não vai enquanto não falar com o Leo."

"Ah, mas vai, sim!", ele disse pegando o meu braço e me puxando para o elevador. Eu me soltei e o empurrei.

"Vocês estão loucos! Eu vou falar com ele, sim! O Leo é meu namorado!", e em seguida eu saí correndo em direção à porta. Porém, foi entrar na sala, que o irmão dele me segurou.

"Opa... Que honra é essa... uma celebridade na minha casa! Nunca imaginei que algum dia eu fosse conversar com alguém famoso, que sai em capas de revista..."

Eu não tinha tempo para ironias.

"Luciano, eu preciso falar com o Leo", eu disse séria. "Você pode chamá-lo, por favor?"

"Poder, eu posso..." Ele deu um risinho e puxou a ponta do meu cabelo. "Mas não vou."

"Eu falei pra ela ir embora", o Luigi apareceu do meu lado novamente.

"O Leo está dormindo", o Luciano disse sério. "Depois de ficar o dia inteiro sofrendo por sua causa! Você não vai perturbá-lo!"

"Gente, eu acho que o Leo tem o direito de saber que ela está aqui...", a Marilu apareceu com uma pizza na mão. "Embora eu já tenha dito pra ela que não é sensato conversar com ele nesse momento. Ele está com a cabeça quente... Vai acabar piorando ainda mais as coisas. Mas se ela insiste..."

"Ela não vai conversar com ele nunca mais!", o Luciano falou alto.

Nesse momento, ouvi passos. Olhei depressa em direção ao corredor e meu coração pulou um compasso. Era ele.

"Que gritaria é essa?", o Leo perguntou. Notei que ele estava com os olhos tão inchados quanto os meus. Quando me viu, ele parou onde estava.

"Não está acontecendo nada, Leo", o irmão dele respondeu. "Apenas uma pessoa sem caráter que resolveu vir aqui perturbar a paz, mas ela já estava indo embora."

"Leo!", eu fui depressa em direção a ele. "Por favor, eu preciso explicar. Eu não sei o que você viu, o que você deduziu, mas não é nada disso!"

Vi que o Luciano e o Luigi começaram a rir.

"Tipo, uma montagem, né?", o Luigi debochou. "Bem que você disse que ela ia falar isso, Luciano!"

"Não é uma montagem!" Eu comecei a chorar de novo. "Mas eu não devo satisfação a vocês! Só ao Leo!" E me virando pra ele, eu disse: "Leo, por favor, eu posso falar sozinha com você?".

Ele me olhou completamente sem expressão. Como se eu fosse alguém com quem ele não tivesse a menor intimidade.

"Você não precisa falar mais nada. Eu já entendi tudo."

O irmão dele se aproximou de mim e apontou para a porta: "Você poderia se retirar? Acabou o horário de visitas".

"Leo, por favor!", eu dei um abraço nele, que nem se moveu. "Eu preciso te explicar o que aconteceu! Depois, se *você* quiser que eu vá embora, eu vou."

Vi que ele estava considerando a minha proposta. Ao mesmo tempo, o irmão e o primo dele ficaram dizendo pra ele não me escutar, para me expulsar dali. De repente, percebi que ele olhou pra Marilu. Ela fez um leve "sim" com a cabeça, quase imperceptível. Ele voltou a olhar pra mim e disse: "Vamos pro meu quarto".

De: Gabi <gabizinha@netnetnet.com.br>
Para: Natália <natnatalia@mail.com>
Enviada: 23 de junho, 19:00
Assunto: Fani

Natália, estou na porta da casa do Leo, esperando a Fani. Estou te escrevendo pelo celular. Não sei, mas não estou com um bom pressentimento. Acho que ela vai precisar da nossa ajuda. Fique de prontidão, qualquer coisa te ligo e você nos encontra na casa dela. Você já fez as pazes com o Alberto, né? Presta atenção, Natália! Você não tem o menor motivo pra ter ciúme só porque uma amiga mandou um e-mail pra ele! Queria ver se você desse de cara com o Alberto beijando alguém na capa de uma revista!

Beijo,

→ Gabi ←

De: Alberto <albertocbelluz@bol.com.br>
Para: Natália <natnatalia@mail.com>
Enviada: 23 de junho, 19:22
Assunto: Ciuminho bobo

Tchutchuquinha,

Para de bobeira e atende ao telefone? Que ciuminho bobo é esse? Você não tem razão pra ficar assim... Eu sou todo seu! A minha colega tem meu e-mail porque uma vez teve um trabalho em grupo e eu tive que mandar pra ela a minha parte, para que ela imprimisse e anexasse ao todo. Só por isso. E sabe por que ela conhece a Fani? Porque na minha carteira tem aquela foto de vocês duas juntas, que eu coloquei aqui antes da gente começar a namorar, quando eu nem tinha uma foto sua sozinha... Ela viu em um dia que eu estava pagando um xerox e perguntou qual das duas era a minha namorada. Aí eu apontei pra você e falei que a outra era a minha irmã.

Por falar nisso, que tal você me dar uma foto sua bem bonita pra eu substituir? De preferência de biquíni, tá?

Será que você pode me ligar, ciumentinha? Tenho novidades. Aquele Christian apareceu aqui! Eu não estava em casa, tinha ido tomar um choppinho com os meus colegas, mas a minha mãe está impressionadíssima com ele, disse que ele é um cavalheiro! Será que você anima de vir pra cá? Posso passar aí pra te buscar na hora que você quiser.

Beijão!

Eu

De: Natália <natnatalia@mail.com>
Para: Alberto <albertocbelluz@bol.com.br>
Enviada: 23 de junho, 19:43
Assunto: Re: Ciuminho bobo

Desculpa, meu gatinho!

Eu sei que eu sou uma boba! Acho que fui influenciada pela história do Christian com a Fani, me coloquei no lugar do Leo... Ai, nem posso imaginar como ele deve estar. A Gabi me escreveu falando que a Fani está nesse momento conversando com ele, foi lá tentar se explicar. Tomara que ela consiga. Em todo caso, acho melhor eu ir pra sua casa mesmo, para o caso de alguma coisa dar errado (bate na madeira!) e eu precisar dar uma força pra ela. Vou só secar o cabelo, tá?

Depois quero saber direito essa história de "choppinho com os amigos" em pleno sábado à tarde.

Beijinhos,

Sua Tchuca

> *Imperatriz Marie:* Você é uma ótima atriz.
> A melhor até agora.
> Mas eu já tive o suficiente.
>
> (Anastasia)

Em menos de 24 horas, um lugar pode mudar tanto... O quarto era o mesmo. Entretanto, um dia antes, tudo parecia tão romântico e aconchegante... Agora, porém, tudo estava frio e sem vida. A janela estava aberta deixando passar um vento que ia ao encontro de minhas lágrimas, congelando o meu rosto. A mesinha, que na noite anterior sustentava uma vela, não estava mais lá. A luz estava acesa, a cama desfeita, e eu notei uma caixa no chão do quarto dele.

"Na verdade, foi bom você ter vindo aqui", ele falou apontando para a caixa. "Eu ia deixar isso na portaria do seu prédio, é bom que você me poupa o trabalho."

Eu levantei a tampa devagar e gelei. Lá dentro estava a mesa de som que eu tinha dado pra ele de Dia dos Namorados. Em cima dela, estavam os dois CDs que eu tinha gravado pra ele, um antes do intercâmbio e o outro quando eu já estava prestes a voltar. Além disso, tinha várias fotos minhas. Olhei depressa para o criado-mudo e vi que o porta-retratos que costumava ficar lá, com um retrato de nós dois, havia sumido.

"Leo, eu não quero nada dessas coisas!", eu disse fechando a tampa com força. "Eu só quero que você me escute!"

"Não, Fani", ele falou com o rosto impassível. "Quem vai me escutar é você. E, por favor, te peço que não me interrompa."

E eu realmente escutei. Por 20 minutos, ele me contou tudo, desde o dia em que tinha me visto no colégio pela primeira vez.

"Eu entrei na sala e de cara vi aquela novata, com cara de assustada, que parecia querer se esconder debaixo da carteira a cada olhada que alguém dava pra ela. Eu tive vontade de protegê-la, de dizer que estava tudo bem... Mas o problema começou quando ela sorriu. Quando eu perguntei se ela tinha algum apelido e ela disse 'Fani', como se eu a tivesse livrado de todos os males do mundo, eu senti que estava encrencado. Na hora eu percebi que, dali em diante, eu ia fazer de tudo para ver aquele sorriso quantas vezes fosse possível..."

Eu percebi que algumas vezes, enquanto falava, lágrimas ameaçavam a cair dos olhos dele, mas ele as limpava com força.

"Hoje tenho noção que comecei a sofrer por sua causa já no mês seguinte. Quando eu reparei que você babava naquele ridículo do Marquinho, a cada vez que ele entrava na sala, eu fiquei muito revoltado. Você não me olhava daquele jeito. Você pensava que eu era só um *palhacinho*, programado pra te fazer rir, e eu vi que você nunca iria gostar de mim como eu queria."

Um palhacinho... Ele estava mesmo parecendo um naquele momento, com o nariz vermelho de choro e o cabelo de quem tinha acabado de acordar. Eu queria tanto poder dar um beijo nele...

Voltei a prestar atenção.

"Como todo palhaço, eu continuei lá, com cara de bobo do seu lado, me contentando com as migalhas que você nem sabia que jogava pra mim. A cada DVD que você me chamava para ver na sua casa, eu sofria ao ficar do seu lado e querer chegar mais perto. Eu te via suspirar ao final dos seus filmes de romance e eu tinha vontade de te sacudir, de te falar que eu podia fazer tudo aquilo pra você, que era só você querer... Mas eu tinha muito medo de que você se afastasse se eu te dissesse isso. E eu tenho certeza de que, naquele tempo, você se afastaria mesmo. Eu tinha que te dar tempo e te conquistar devagar... Mas, sinceramente, eu já tinha perdido as esperanças."

Eu me sentei. Parecia que aquela história ia ser longa.

"Só que, então, surgiu a Vanessa. Eu, que realmente achava que você nunca iria me ver de outra forma, que iria continuar a me tratar como amiguinho pelo resto da vida, percebi que já era hora de pelo menos tentar gostar de outra pessoa. Que ironia... Quando eu decidi te esquecer, você resolveu que não ia me deixar fazer isso. E novamente eu vi que estava sofrendo. Eu estava namorando uma menina linda e pensando em outra."

Se naquela época eu soubesse disso...

"Eu acabei terminando com a Vanessa", ele continuou, "quando senti que havia uma pequena possibilidade de que você estivesse começando a me ver com outros olhos. Porém, o que aquilo adiantava? Você ia embora! Eu determinei então que iria sair de perto de você, antes que tudo ficasse ainda pior. Mas você deixou? Não! Quanto mais perto a sua viagem ficava, mais eu tentava ir pra longe e mais você me puxava pra perto. Mais do que nunca, eu sofri. Eu tive raiva do destino."

De repente eu me lembrei da dona Amélia. Ela também tinha falado em destino. Que ele seria cruel... Varri aquele pensamento e voltei a me concentrar no Leo, para não perder uma palavra.

"O seu último dia no Brasil foi o ápice. Eu ouvi aquele CD que você gravou pra mim. O que em outra época me deixaria feliz me deixou arrasado... Como eu faria pra ficar longe de você a partir de então? Eu não tive outra escolha a não ser tentar uma última fuga. Mas você me laçou, ou, talvez, a Natália e a Gabi tenham me laçado e me levado para aquele aeroporto. No nosso primeiro beijo, eu sofri mais do que nunca. Ao mesmo tempo que aquilo me levou ao céu, também me jogou no inferno. Se eu já não sabia viver sem seu sorriso, mais impossível ainda seria viver sem te beijar."

Eu tinha tido a mesma sensação. Incrível como em seis meses a gente nunca tinha conversado sobre o que tinha acontecido um ano e meio antes.

"Nos seus primeiros dias na Inglaterra, eu passei por uma total crise de abstinência. Eu estava viciado em você. Eu precisava ter você comigo para me sentir em paz. Eu sabia que aquilo não seria possível, mas qualquer sinal de vida já me alimentaria. Eu fiz plantão no computador e ao lado do telefone, eu pensei que você ia dar um jeito de me ligar no momento em que chegasse à Inglaterra... Porém, os dias foram passando e eu não recebia nenhum mísero e-mail. Fani... você não sabe como eu sofri. Eu me martirizei por dias a fio até ter coragem de te ligar. Eu pensei que você tivesse se arrependido. Que não tivesse gostado do meu beijo. Que tivesse ficado comigo por ficar."

Como se algum dia na vida eu fosse ficar com alguém à toa. E como se fosse possível não gostar do beijo dele...

"Eu tentei te esquecer, mas, ao me mandar aquela carta de lá, se explicando, você novamente me fez acreditar que tudo ficaria bem. Eu, bobo que sou, não apenas aceitei, mas também fui altruísta a ponto de querer o melhor pra você. Sabendo dos riscos que eu corria, inventei que estava com outra só pra que você não voltasse. Você não tem noção do quanto eu sofri pra fazer isso. O quanto doeu imaginar que a partir daquele momento você poderia me esquecer. Eu passei o ano inteiro sofrendo. Mas o meu plano tinha funcionado, e isso me confortava. Pelas notícias que eu tinha, vasculhando todas as suas redes sociais ou escutando a conversa das meninas, eu soube que você estava feliz. E isso valia o meu sofrimento."

Eu já sabia daquela história, mas nunca tinha ouvido da boca dele, com tantos detalhes. Assim era ainda mais comovente.

"Até que você arrumou um namorado. Eu nem sei dizer o que senti quando soube. Eu quis matar aquela pessoa que tinha entrado no meio dos meus planos! Eu pensava que, depois do seu intercâmbio, eu ia te contar que o meu suposto namoro era invenção e que tudo, finalmente, ficaria bem entre a gente. Mas eu não supunha que alguém mais iria entrar no jogo. Eu tive ódio antes mesmo de saber o nome do cara. Pela milésima vez, eu quis me dar uma chance de encontrar alguém mais acessível, que não me fizesse sofrer tanto... Mas você – que parece que tem um radar que te mostra exatamente o momento em que eu decido partir – novamente me balançou. Abusou do meu ponto fraco e gravou outro CD, tão lindo quanto o primeiro, com músicas que me tocaram, que me fizeram acreditar. Eu resolvi fazer ao menos uma tentativa, afinal, eu pensei que não teria jeito de me sentir ainda pior. Como eu estava enganado... O sofrimento apenas tinha começado."

Ele se sentou, parecendo estar exausto.

"Você chegou da Inglaterra e me fez sofrer em cada um dos dias durante os seis meses em que namoramos. Eu sofri por não poder estar com você o tempo todo que gostaria. Eu sofri por ter que esperar que você decidisse me deixar chegar mais perto. Eu sofri muito por ciúmes que eu *pensava* ser infundado. Mais do que tudo, ontem à noite, eu sofri por te amar demais."

Eu, que estava com o choro já controlado, senti meus olhos se encherem novamente.

"Depois que eu te deixei em casa, eu cheguei aqui e pensei que eu não daria conta de tanto amor. Eu te telefonei e foi difícil desligar, eu estava a ponto de voltar na sua casa pra te sequestrar! Eu passei a noite em claro, eufórico demais para dormir. Finalmente você era minha. Por inteiro. Eu quis te dar o mundo. E eu estava disposto a isso, então resolvi começar com umas flores. Assim que eu vi que já eram seis horas da manhã, fui a uma flora no centro da cidade, que eu sabia que ficava aberta 24 horas. Eu fiz com que eles me prometessem que não teria risco de você acordar sem que as flores estivessem lá. Eu voltei pra casa e fiquei pensando o que mais eu poderia fazer para te deixar tão feliz quanto eu estava naquele momento. E então eu tive a ideia de gravar a sua música. Aquela que eu fiz pra você. No luau do sítio do Rodrigo, você deu a impressão de ter gostado tanto, e desde então me pediu tantas vezes para tocá-la novamente... Eu resolvi que ia te fazer uma surpresa. Eu ia te mandar um e-mail, para que, quando você acordasse, encontrasse, além das flores, a música."

Eu queria tanto aquela música! Eu nem tinha checado o meu e-mail... Será que ele tinha chegado a mandar?

"Eu gravei várias vezes até ficar bom. E foi aí que tudo aconteceu. Eu me conectei à internet pra te mandar e vi que tinha uma mensagem estranha do Alan. Nada do que ele tinha escrito fazia sentido, mas ele parecia estar me consolando por alguma coisa que tinha visto em uma revista. Como eu vi que não ia conseguir dormir mesmo e estava com fome, resolvi ir à padaria ali da esquina e aproveitar para passar na banca, pra ver se eu entendia o que o e-mail dele queria dizer. Deixei o meu computador ligado, para te mandar a música na volta, pois ainda queria te escrever alguma coisa bem bonita."

Suspirei. Se ele tinha ido a uma banca antes, eu já sabia que ele não tinha mandado música nenhuma. E muito menos escrito alguma coisa.

"E acho que o resto você já deve imaginar. Eu não acreditei quando vi aquela revista exposta pra quem quisesse ver. Não podia ser você. Eu olhei muito atentamente e reconheci o cara. Era o mesmo da foto que eu tinha visto no dia do seu aniversário. E o *beijo* também era o mesmo. Mas o local era diferente. Eu abri depressa a revista e tive a confirmação de tudo que eu estava lutando pra não acreditar. A foto era recente. Muito recente na verdade. De quarta-feira passada. Eu fiz rapidamente umas contas na minha cabeça e entendi tudo. Tinha sido o dia que você havia me chamado na internet à tarde. Você tinha planejado cada detalhe. Você perguntou se eu não ia trabalhar fora, exatamente porque queria ficar com *ele*, sem correr o risco de que o trouxa aqui aparecesse! E eu pensando que você estivesse com saudade!"

Ele estava muito bravo, mas dos olhos dele começaram a escorrer lágrimas, e dessa vez ele não fez nada para impedir.

"Você sabe o que eu passei hoje, Fani? O e-mail do Alan foi só o primeiro de vários! Muita gente querendo me confortar! Muita gente com *pena* de mim!"

Eu tentei falar, mas ele me cortou.

"Eu passei o dia inteiro escondido na casa dos pais da Marilu, pois eu sabia que você ia vir atrás de mim e inventar alguma desculpa. Eu estava tão feliz ontem à noite que até me esqueci de te dizer que o meu primo viria passar o final de semana em BH. Eu tinha falado tão bem de você pra eles que eles acharam até que eu estava brincando quando cheguei lá hoje cedo completamente arrasado!"

Então estava explicado onde ele tinha ficado o dia todo.

"Eu não conseguia acreditar, Fani... Não entrava na minha cabeça! A noite passada tinha sido tão perfeita..."

Tinha sido?

"Mas você mentiu pra mim na quarta-feira! Não só isso, você também beijou esse cara e, no minuto seguinte, quando eu cheguei à sua casa, você me beijou também, como se nada tivesse acontecido! De repente eu senti como se eu não te conhecesse... Como se você tivesse me enganado todo esse tempo! Eu senti... *nojo* de você."

"Leo, não foi nada disso...", eu consegui dizer no meio do choro. "Por favor, escute o que eu tenho a dizer! O Christian me agarrou, foi um beijo forçado! Eu juro!"

"Você também jurou que me amava ontem! Mas, que eu saiba, isso não é coisa de quem ama, Fani! Você não entende? Não foi só o beijo! Foi a mentira! Eu não confio mais em você! Eu não vou acreditar em uma palavra do que você me disser, não perca seu tempo! E não venha me escrever cartas ou mandar CDs, isso também não vai adiantar! Eu não vou ler nem ouvir!"

"Leo... eu assumo, menti, sim!", eu gritei pra que ele me escutasse. "Mas foi porque eu não queria te ver triste, com ciúmes... eu não queria que você brigasse comigo!"

"Parece que não funcionou, não é?", ele disse se levantando. "Eu estou muito triste. E eu estou brigando com você. Aliás, caso você não tenha entendido ainda, isso é o fim. Chega. Eu cansei de sofrer, que – como você pôde perceber – é só o que tenho feito desde que você apareceu na minha vida!"

"Leo, por favor, eu te imploro...", eu me levantei e segurei o braço dele.

Ele tirou a minha mão imediatamente, como se ela pudesse transmitir alguma doença. Em seguida ele olhou para o chão e falou: "Tem uma coisa que você não sabe. Apenas mais uma coisinha que eu fiz por você, mas que você nem tem ideia. Eu passei em Jornalismo. No começo do ano, quando eu passei nas faculdades daqui, eu passei também no Rio. E eu fingi pra todo mundo que tinha sido reprovado lá. Pra que ninguém ficasse me jogando na cara que eu falei a vida inteira que iria estudar Jornalismo! E você sabe por que eu fiz isso, Fani? Você imagina, Fani?".

Eu imaginava.

"Eu desisti do curso que eu queria, na cidade que eu queria, por você. Porque não ia ter graça estudar lá se você estivesse aqui."

Eu abaixei a cabeça e fechei os olhos. Ele tinha feito a mesma coisa que eu. Eu havia acabado de recusar a proposta do Christian, pelo mesmo motivo que o Leo tinha fingido não ter passado no vestibular. Porque eu queria ficar em BH. Com ele.

"Leo, você não precisava ter feito isso... eu ia entender! Eu iria com você! Eu teria feito vestibular lá também!"

"Sua mãe nunca ia deixar!"

Ele estava certo, mas por ele eu teria dado um jeito de convencê-la.

"Mas isso agora não importa", ele continuou, "pois no final das contas é Jornalismo mesmo que eu vou estudar. A minha tia conseguiu uma transferência pra mim. Eu vou me mudar pro Rio. E já vou amanhã mesmo, para fazer a minha matrícula o quanto antes. Só volto aqui pra buscar minha mudança. Aliás, pode ser que eu nem volte, vou pedir para os meus pais levarem pra mim, quando chegarem de viagem."

Ele não podia fazer isso. Eu não ia conseguir ficar sem ele. Eu comecei a chorar tanto que pensei que ia passar mal. "Leo... por favor, você não pode jogar fora tudo que a gente viveu!"

"Ah, não se preocupe. Você mesma fez isso", ele disse indo em direção à porta do quarto.

E fui atrás dele. "Leo, você precisa acreditar em mim... Eu te amo! Você acha que eu teria... Que ontem à noite não significou nada pra mim?"

Ele me olhou bem nos olhos e falou muito sério: "Eu não acredito em mais *nada* que você disser, Fani. Eu não acredito nem que você não tenha passado várias outras noites, *iguaizinhas* à de ontem, com esse Christian ou com um outro qualquer. Agora eu quero que você vá embora. Tenho que fazer a minha mala".

Foi como se ele tivesse me dado um tapa na cara. Aquilo tinha sido demais. Ele podia duvidar de qualquer coisa, menos daquilo.

Eu fiquei esperando que ele se arrependesse do que havia dito, mas ele ficou só me olhando sem dizer uma palavra, enquanto segurava a porta aberta.

Eu me virei e fui embora.

De: Christian <christian-uk@hotmail.com>
Para: Tracy <tmarshallstar@hotmail.com>
Enviada: 23 de junho, 19:52
Assunto: A little help

Dear Tracy,

I don't know if you still remember me. I think it has been almost a year since the last time we talked. I am Christian, Fani's ex-boyfriend. Perhaps it would be better to say, Alex's cousin, who you dated in the past year.

Well, I am writing you because I need a little help.

I'm in a big trouble. I've got Fani a scholarship to study film in Los Angeles, I thought she would be very happy, but that only caused problems. I ended up kissing her, her current boyfriend found out, they had a fight and now she wants to kill me.

As her friends in Brazil do not like me, I thought of you. Maybe you could write and give her some advice... I think she really should accept this scholarship. Her dream is to be a filmmaker, you know.

Thanks in advance,

Christian*

De: Priscila <pripriscilapri@aol.com>
Para: Natália <natnatalia@mail.com>
      Gabi <gabizinha@netnetnet.com.br>
Enviada: 23 de junho, 20:02
Assunto: Notícias?

Meninas, preciso saber notícias da Fani! Liguei pra casa dela, mas o Alberto disse que ela saiu. Ela foi conversar com o Leo? Me atualizem, por favor! Estou torcendo muito para que tudo fique bem! Eu implorei para o Rodrigo convencer o Leo a dar uma chance a ela, pois eu sinceramente acho que ela não teve culpa.

Tadinha, a Fani é tão chorona, imagino como ela deve estar nesse momento...

Eu vou tomar banho agora, pois vou dar uma

---

*Querida Tracy, não sei se você ainda se lembra de mim. Eu acho que tem quase um ano que a gente não se fala. Eu sou o Christian, o ex-namorado da Fani. Talvez seja melhor dizer o primo do Alex, que você namorou no ano passado. Bem, estou te escrevendo porque preciso de uma ajudinha. Eu fiz uma grande confusão. Eu arrumei para a Fani uma bolsa de estudos para ela estudar Cinema em Los Angeles, eu pensei que ela fosse ficar muito feliz, mas isso só trouxe problemas. Eu acabei dando um beijo nela, o atual namorado dela descobriu, eles brigaram e agora ela quer me matar. Como as amigas dela do Brasil não gostam muito de mim, eu pensei em você. Será que você poderia escrever pra ela e dar uns conselhos? Eu acho que ela realmente devia aceitar essa bolsa de estudos. O sonho dela é ser cineasta, você sabe. Obrigado desde já, Christian.

saidinha com o Rodrigo. Mas me respondam, por favor! Eu checo assim que chegar em casa.

Beijinhos,

Priscila

De: Cristiana <cristiana.acb@gmail.com>
Para: Inácio <inaciocb@mail.com>
Enviada: 23 de junho, 20:10
Assunto: Fani

Inácio, será que dá pra parar de jogar Playstation e atender ao telefone?

Sua irmã está em crise. Parece que ela e o Leo brigaram pra valer. Coitadinha, estava tão feliz hoje cedo... Os dois completaram seis meses de namoro e ele enviou flores a ela. Acontece que a sua irmã andou tendo um affair com o ex (não a culpo, o rapaz é de tirar o fôlego), aquele bonitão de Londres, e isso veio à tona em uma revista, pois - pelo que entendi - esse Christian está famoso no exterior. Ele veio aqui hoje, tentar falar com ela, mas ela não quis nem ouvir. Por sua vez, o Leo também não quer conversar com ela. Acho que seria bom se você trocasse uma palavrinha com sua irmã. Você sabe que ela te escuta muito mais do que a mim! E ela está realmente em um estado de dar pena. Venha depressa.

Beijinhos,

Sua mãe

> *Sr. Leezak: Você nunca vê os dias ruins em um álbum de fotografias. Mas são esses os dias que o levam de uma foto feliz até a próxima.*
>
> (Recém-casados)

Eu não me lembro como cheguei em casa. Sei que passei pela portaria do prédio do Leo e fui andando em linha reta, sem nem ver a Gabi, que me alcançou antes que eu atravessasse a rua sem olhar para os lados. Ela me abraçou, e eu não consegui falar nada. Eu estava em choque.

Quando dei por mim, eu já estava no meu quarto, sentindo uma dor tão grande no peito que me impedia até de respirar direito. O choro ia e vinha. Quando eu pensava que ia dar uma pausa, nova crise de lágrimas me acometia. A Natália e a Gabi ficaram dizendo frases e mais frases para me animar, mas eu não ouvia nada, eu não queria ouvir nada. O mundo podia acabar naquele momento. Nada mais fazia sentido.

Apesar do que o Leo havia dito, eu queria ligar pra ele, eu tinha que explicar tudo de novo, mas as meninas não deixaram. Elas disseram que ele não podia pisar em mim, me ofender, que eu não merecia nem precisava daquilo.

Eu olhei para a minha estante de DVDs e senti muita raiva. Aquilo era tudo uma grande mentira. Eu tinha acreditado que algum dia eu seria como a protagonista de um daqueles filmes, que o final feliz seria questão de tempo... mas descobri que felicidade e finais não combinam.

De repente, eu senti uma coisa peluda fazendo o maior esforço para subir no meu colo. Eu olhei para baixo e vi a Winnie, balançando o rabo. Eu a abracei e chorei ainda mais. *Ele* gostava tanto dela... Sentindo minha tristeza, ela começou a me lamber desesperadamente, como se assim pudesse limpar a minha dor. Eu podia ouvir a voz dos meus pais na sala. Na conversa deles, escutei o meu nome ser mencionado várias vezes. Eu só queria sumir. Queria que ninguém mais se lembrasse da minha existência.

Eu não sei quanto tempo se passou até a hora em que a campainha tocou e eu ouvi a voz do Inácio. Poucos minutos depois, ele entrou no meu quarto e perguntou para as meninas se elas podiam nos deixar sozinhos por um tempinho. A Gabi pegou a Winnie no colo e elas saíram, fechando a porta.

O meu irmão se sentou na cama, ao meu lado, e eu vi que ele estava sem saber como começar a conversa. Eu preferia que ele desistisse e fosse embora. Deitei na cama e fechei os olhos. O quarto ficou completamente em silêncio e eu até pensei que ele tivesse saído, quando, uns três minutos depois, ouvi a voz dele.

"Eu não sei o que você está sentindo. Mas tenho certeza de que deve estar doendo muito..."

Eu me sentei depressa e vi que ele estava com os olhos cheios de água.

Ele tinha dito aquela mesma frase quando eu tinha seis anos de idade e caí da bicicleta no playground, quebrando o braço.

Na época, ele já tinha 18 e era o único que estava em casa quando os vizinhos telefonaram para avisar que eu tinha me machucado. Ele me carregou e me levou pro hospital o mais depressa que pôde. Antes de me engessarem, ele apertou a minha mão e disse aquela mesma frase. E, então, a dor diminuiu um pouco, como se ele tivesse pegado uma parte dela, para me ajudar a suportar. Eu sabia que ele estava se lembrando daquele dia.

Eu o abracei com força. O Inácio sempre foi o meu referencial, ele se parece muito comigo, tanto fisicamente quanto no jeito de ser. Ao contrário do Alberto, que sempre foi extrovertido e social, o Inácio é tímido e introvertido como eu, e inclusive foi ele que me ensinou a gostar de cinema. Antes de se casar, era ele que ficava comigo em casa vendo filmes e mais filmes, e eu perdi a conta de quantas vezes ele deixou de sair para me fazer companhia. Era ele que me dava conselhos quando eu tinha algum problema, e era ele também quem ouvia os meus segredinhos de criança. Depois que se casou e os meus sobrinhos nasceram, a gente se afastou um pouco, mas ele nunca deixou de me passar aquele ar de segurança, como se ao lado dele sempre tudo fosse ficar bem.

Mas só naquele momento percebi o quanto eu vinha sentindo falta dele.

"Eu preferia ter quebrado outro braço", eu falei ainda abraçada com ele. "O coração dói muito mais..."

Ele me segurou ainda mais forte e ficou passando a mão no meu cabelo. Um tempinho depois, ele me olhou e falou: "Eu queria muito poder te garantir que isso vai passar logo, Fani... mas eu nunca falei mentira pra você e não vai ser agora...". Ele parou um pouco e deu um suspiro. "Você não tem ideia de como é difícil ver a minha irmãzinha triste assim... Eu queria ainda ser o seu super-herói e te livrar de todos os males, mas agora você já sabe que a vida não é uma história em quadrinhos... Os mocinhos às vezes fracassam. E, em alguns momentos, apenas nós mesmos podemos nos salvar".

Eu sabia que ele estava se lembrando de quando eu era bem pequena e ele lia revistinhas pra mim, sempre trocando o nome do Super-Homem para Super-Inácio... Eu queria ainda ter aquela idade. Eu queria muito ainda poder pensar que o mundo era um lugar encantado.

"Fani, eu vim aqui rapidinho falar com você, não posso ficar muito porque a Juju está gripadinha e com febre, e hoje é sábado, folga da babá. Mas eu quero que você pense em uma coisa. Quando você quebrou o braço, demorou um mês para que ele voltasse a ser o que era antes. Ele teve que ficar isolado, imobilizado... Imagine a dor que você sentiria se alguém o cutucasse quando você ainda estava se recuperando..." Doía só de imaginar. "Agora, está na hora de você imobilizar seu coração. Deixar ele bem quietinho, para que volte ao normal. A gente sabe que vai demorar. Mas, se ele ficar exposto, vai levar muito mais tempo. Se você se concentrar na dor que está sentindo, ela vai ser muito maior. Imagine se na época do seu braço quebrado você tivesse ficado olhando fixamente para o gesso por um mês? Ou parada, se lembrando apenas do seu tombo de bicicleta? Aquilo teria sido um martírio, não é? No entanto, você aproveitou o tempo para ver muita televisão, para ler, para abusar dos colegas pedindo que eles fizessem o dever de casa pra você..."

Eu sorri um pouco ao me lembrar de tudo aquilo.

"Se você sair desse quarto e se concentrar em outras coisas, em vez de ficar pensando em *quem* machucou o seu coração, ele vai sarar muito mais rápido. Porque, Fani, não se iluda. Só o tempo vai amenizar o que você está sentindo. E ele dá a impressão de passar muito mais rápido quando estamos ocupados ou nos divertindo."

Ele se levantou e me deu um beijinho na cabeça. Quando ele estava quase saindo, falou: "E esse tempo vai passar da mesma forma aqui dentro do seu quarto, com todas essas lembranças doloridas...". Ele olhou para todas as fotos do Leo que estavam espalhadas pelo meu quarto. "Como em alguma outra cidade, ensolarada, com pessoas novas e sonhos que você nem sabe que existem ainda..."

Ele estava falando sobre o convite do Christian, eu sabia. Mas eu nem queria pensar naquilo. Eu ainda tinha esperanças de que o Leo me ouvisse, e, se eu fosse para longe, isso seria impossível. Eu queria acreditar que aquela história de Jornalismo no Rio era apenas invenção dele para me torturar.

Assim que o Inácio saiu, ouvi outra batida na porta. Era o Alberto. Ele colocou o rosto pra dentro do meu quarto e perguntou se podia entrar. Eu queria muito ficar sozinha, mas assenti com a cabeça. Ele se sentou na cama, no mesmo lugar que o Inácio tinha vagado.

"Dureza, hein, Fanizinha?", ele falou cruzando os braços. "Eu nem sei o que te falar... não sou muito bom para dar conselhos como o Inácio, você sabe. Mas em uma coisa eu sou melhor do que ele! Sou bom em elevar o astral das pessoas! Quero que você se levante daí agora e que vá dar uma volta comigo, a Nat e a Gabi. Nós vamos comer uma pizza e queremos muito a sua companhia! Prometo que você vai voltar melhor!"

Não tinha a menor possibilidade. Eu não queria sair do meu quarto nunca mais. Eu só fiz que não pra ele, sem dizer uma palavra. Ele respirou fundo e falou: "Podemos ao menos trazer um pedaço de pizza pra você? A Gabi falou que você não comeu nada o dia inteiro! A mamãe está preocupada... daqui a pouco ela inventa de te levar para o hospital!".

Só isso que faltava. Eu concordei rápido, antes que minha mãe chamasse uma ambulância.

E foi exatamente ela que entrou quando o Alberto saiu. Nem deu tempo de fingir que eu estava dormindo.

"Fani, chega um pouquinho pra lá", ela falou se deitando ao meu lado. Eu fiquei tão surpresa que fiz o que ela pediu, sem questionar. A minha mãe não deitava na minha cama desde quando eu era pequena e ainda tinha medo de dormir sozinha.

"Minha filhinha...", ela disse olhando para o teto, "eu sei que eu sou meio dura com você às vezes. Que passo a impressão de ser chata, que você acha que eu pego muito no seu pé... Eu sei de tudo isso. Mas eu queria te contar uma história. Na verdade, você já sabe boa parte dela, mas acho que está na hora de te contar detalhes que eu nunca mencionei." Ela abraçou uma almofada e se virou de lado, para olhar pra mim.

"Quando eu conheci o seu pai, eu era um pouco mais velha que você. Eu tinha acabado de fazer 19 anos. Naquela época, eu tinha acabado de entrar na faculdade de Direito..."

Eu realmente já tinha escutado aquilo mil vezes. Eles namoraram três anos e se casaram um ano antes da formatura dela. Porém, ela logo engravidou e ficou tão envolvida com a maternidade que largou a faculdade. Durante anos, até um pouco depois do meu nascimento, ela se dedicou aos filhos. Só quando eu fui para a escola é que ela resolveu abrir uma loja, de presentes para casamento, que possui até hoje.

"O que você não sabe, minha filha", ela falou dando um suspiro, "é que hoje em dia eu vejo o quanto abdiquei da minha própria vida por você e seus irmãos. Não me entenda mal, eu amo vocês três e não me arrependo. Mas e agora? Vocês estão crescidos... Eu gosto da loja, ela nos dá um bom ganho financeiro, mas ela não representa para mim nenhuma realização pessoal. É uma coisa que eu faço para me ocupar. Mas eu ainda me lembro que sonhava em ser juíza... Eu queria participar de tribunais importantes, vestir aquelas togas..."

"Ainda está em tempo, mãe...", eu falei baixinho.

"Fani...", ela negou com a cabeça. "Com 18 anos a gente acha que tudo é possível e eu acredito que até seja mesmo, pois temos energia para girar o mundo para o lado contrário, se precisar! Porém, depois de um tempo, a gente se conforma. E eu não tenho ressentimentos, não sou triste, muito pelo contrário. Eu fico olhando pra vocês três... tão bonitos, inteligentes e educados, e agora tem também os meus netos! Eu sei que fiz um bom trabalho. Além de tudo, eu e o seu pai temos 30 anos de casados e ainda somos felizes, ainda namoramos, viajamos... A única parte da minha vida que eu realmente não vivi plenamente foi a acadêmica, e às vezes eu me pego pensando em como teria sido se eu tivesse colocado a profissão em primeiro lugar. E é exatamente por isso que eu deposito tanta expectativa em você. Eu quero que você tenha tudo. O pacote completo. E, por experiência própria, eu sei que inverter a ordem não funciona bem. Se você colocar o amor em primeiro lugar agora, a vida profissional dificilmente será prioridade algum dia. Já se você se dedicar primeiro aos estudos, será muito mais fácil, um pouco mais tarde, quando já estiver estabelecida profissionalmente, cuidar do setor sentimental e familiar."

Ela parou um pouco pra ver se eu estava prestando atenção.

"Fani... eu vou te contar uma coisa que é um segredo meu e do seu pai. Mas eu quero partilhá-lo com você."

Percebi que ela estava pensando em como me dizer e fiquei extremamente curiosa. Que segredo seria aquele? Provavelmente era alguma bobagem...

"Fani", ela disse, respirando fundo. "A decisão de interromper minha faculdade não aconteceu tão naturalmente. Na verdade, eu tinha planejado me casar só depois da minha formatura. Nós já estávamos noivos, e, se dependesse do seu pai, nós teríamos nos casado até antes. Ele já era formado há alguns anos, já tinha o consultório... Mas eu queria esperar." Ela olhou para um ponto na parede, como se estivesse se lembrando dos acontecimentos. Ela continuou: "Acontece que o destino tinha outros planos pra mim. Eu fiquei grávida. Sempre contei pra vocês que eu engravidei um pouco depois de me casar, mas, na verdade, nós antecipamos o casamento por causa da gravidez. Ninguém sabe disso, todo mundo pensa que o Inácio nasceu prematuro..."

Eu fiquei chocada.

"Nem o Inácio *sabe* disso?", eu perguntei.

Ela negou com a cabeça. "Fani, não é isso que importa agora. O que eu quero te mostrar é que as circunstâncias fizeram com que eu abrisse mão do meu sonho para me dedicar à família. Com você, está acontecendo o contrário. Nesse momento, parece que tudo está conspirando para que você dê atenção àquilo pelo qual sonhou a vida inteira."

Pois eu não estava gostando nada daquela conspiração. Sem o Leo, sonho nenhum teria graça.

"Minha filhinha...", ela passou a mão pelo meu cabelo, ao notar que a minha expressão tinha voltado a ficar triste. "Eu sei que sempre te pressionei para estudar Direito. Mas eu sei também que eu te escuto falar sobre cinema desde que você era bem novinha. Quando eu ainda tinha paciência pra ficar vendo filmes com você, aquilo era até um pouco chato, pois você não parava de falar sobre o elenco, o cenário, a luz e outros termos técnicos que eu nem sei do que se tratam..."

Eu sorri um pouco ao pensar que devia ser meio chato mesmo.

"Mas hoje, minha filha, aquele moço veio aqui e falou tão bem de você que eu comecei a te ver como a jovem que eu fui um dia... como alguém que almejava uma carreira profissional. Eu sei que você acha que eu estou dizendo isso só por ter ficado impressionada pelo nome 'Hollywood', mas, depois que você saiu correndo para encontrar o Leo, o Christian continuou um tempo aqui e falou de você com tanto orgulho... Eu até consegui te enxergar pelos olhos dele. Ele disse que assistiu à sua atuação em Brighton e que você se destacou a ponto de comover a plateia inglesa. Ele falou também que acha que você já viu tantos filmes na vida que acabou aprendendo muita coisa, tanto sobre direção quanto sobre atuação, apenas observando. O Christian contou ainda que o tal diretor americano, que ele conhece, realmente achou que você tem potencial e que ele não falou isso apenas para te convencer..."

Eu não disse nada, apenas continuei olhando pra ela, sem reação. Ela se apoiou no antebraço e me olhou bem de pertinho.

"Fani... eu sei o quanto você ama o Leo. E, por mais que vocês tenham brigado, eu sei que ele te ama também, qualquer um enxerga isso, o Leo é completamente transparente..."

Meu coração deu um pulinho só por ouvir o nome dele.

"E exatamente por te amar assim", ela continuou, "é que eu sei que ele iria querer o melhor pra você. Ele não iria se perdoar caso um dia descobrisse que você deixou de realizar o seu maior desejo por causa dele."

Ela ficou me olhando um pouquinho e em seguida se levantou.

"Filha, pense direitinho. O Christian disse que gostaria muito de conversar com você amanhã e eu acho que você devia escutá-lo. Ele só quer o seu bem."

Em seguida ela perguntou se eu não queria comer nada e eu respondi que não. Eu não estava com a mínima fome, apesar de não ter comido praticamente nada o dia inteiro. Ela saiu e eu fiquei um tempão pensando em tudo o que ela e o Inácio tinham dito. De repente, me lembrei novamente do Leo. Voltei a chorar ao me lembrar das palavras finais dele. Ele não podia ter falado sério. Ele não podia pensar aquilo de mim.

Quando eu já estava quase dormindo, percebi que alguém entrou no meu quarto, apagou o abajur e me deu um beijinho na testa. Eu abri os olhos e vi que era o meu pai.

"Durma bem, filha... Amanhã tudo vai melhorar."

Eu deixei uma última lágrima cair no travesseiro e me entreguei ao sono.

De: Rodrigo <rrrrrodrigooooo@gmail.com>
Para: Priscila <pripriscilapri@aol.com>
Enviada: 23 de junho, 20:22
Assunto: Leo e Fani

Linda,

Te liguei, mas você está no banho. Seguinte, eu vou dar uma passada na casa do Leo pra tentar convencê-lo a sair com a gente tá? O irmão dele disse que ele está muito pra baixo, temos que dar uma força. Aí você aproveita e tenta explicar direito pra ele a versão da Fani, porque comigo ele não quis nem falar sobre o assunto. Chamei o Alan pra ir também, pois ele sempre é muito animado, pode ajudar nesse momento.

Fique pronta às 21h30.

Beijo,

Rô

De: Alan <alan_alan@mail.com.br>
Para: Vanessa <vanessaamo@mail.com.br>
Enviada: 23 de junho, 20:30
Assunto: Leo

Oi, Vanessinha!

Adorei te encontrar ontem à noite, você é ainda mais bonita sem uniforme de colégio! Agora que tenho seu e-mail, vou manter contato sempre!

Gata, estou precisando de um help! Sabe o

Leo, seu ex? Ele tá meio deprê, terminou com a Fani... O Rodrigo me ligou dizendo que ele está tentando tirar o cara de casa, parece que ele e a Priscila vão levá-lo a um barzinho. Então eu tive uma ideia fantástica! Que tal me dar uma ajudinha? Pelo que me disse ontem, você ainda se lembra de quando vocês namoraram... Topa dar uma passadinha comigo nesse lugar, pra tentar animar o astral do meu amigo? Aposto que ele vai ficar bem mais feliz depois de te ver!

Beijão!

Alan

De: Vanessa <vanessaamo@mail.com.br>

Para: Alan <alan_alan@mail.com.br>

Enviada: 23 de junho, 20:49

Assunto: Re: Leo

Claro, gato! Hoje cedo mesmo mandei um e-mail pra ele e me deu a maior saudade...

A que horas você passa aqui? Já estou pronta.

Beijinhos!

Vanessa

39

> *Ray: Toda história tem um fim. Mas, na vida, cada final é apenas um novo começo.*
>
> (Grande menina, pequena mulher)

Eu acordei com a sensação de estar em uma outra dimensão. Parecia que alienígenas tinham me sequestrado e me colocado em outro corpo. Aquele coração dolorido não podia ser o meu. Mas então eu me lembrei de tudo. E, antes mesmo de me levantar, chorei pela primeira vez no dia.

Tentei me controlar e olhei para o relógio na minha escrivaninha. Não eram nem 8 horas. Seria cedo para um domingo comum, mas, dadas as circunstâncias, eu fiquei até surpresa por ter conseguido dormir tanto tempo. Levantei-me e liguei o computador. Eu continuava sem fome.

Eu ainda estava com esperança de que o Leo resolvesse conversar comigo. Talvez por e-mail. Chequei rapidamente e vi que tinham três mensagens não lidas. A primeira delas era do Christian.

De: Christian <christian-uk@hotmail.com>
Para: Fani <fanifani@gmail.com>
Enviada: 23 de junho, 22:00
Assunto: Desculpas

Fani,

Estou escrevendo porque sei que você não vai querer falar comigo por telefone, muito menos pessoalmente.

Eu queria mais uma vez te pedir desculpas pelo beijo. Nunca na vida eu podia imaginar que aquilo teria consequências tão drásticas. Eu ainda não me acostumei que agora sou uma pessoa pública e que tenho que pensar em cada um dos meus atos. Claro que isso não justifica, de forma alguma eu poderia ter te beijado sem o seu consentimento, mas é que realmente a nostalgia me dominou. Naquele momento, era como se nós dois ainda estivéssemos em Brighton, juntos... Por favor, me perdoe. Sei que nada que eu disser vai ser suficiente, mas eu queria que você soubesse que eu realmente estou triste com essa situação e farei o que você quiser para me remediar. Você quer que eu converse com o Leo? Eu posso explicar pra ele que tudo foi minha culpa... É só me mandar o telefone.

Eu vou amanhã cedinho pra São Paulo, tenho um almoço profissional lá, mas quero que você saiba que eu estou disposto a voltar a BH quantas vezes precisar, até resolver esse assunto.

Fani, sei que não é o melhor momento... mas queria saber se você pensou com carinho sobre a faculdade no USA. Olha, tem uma coisa muito importante que você precisa saber. Eu não vou ficar te perturbando lá, não precisa se preocupar com isso. Eu não te arrumei a bolsa de estudos por ter esperanças de que assim a gente pudesse voltar a namorar. Não. Eu não tenho essa pretensão. Claro que eu gostaria, afinal você sabe como eu gosto de você. Mas já há muito tempo, na Inglaterra ainda, eu me conformei com o nosso término e aceitei ter apenas a sua amizade. Eu não preciso de alguém que fique comigo apenas por causa da minha insistência, eu quero alguém que me ame de verdade. Como eu te amei. Eu te arrumei essa faculdade de Cinema porque eu quis, porque acho que você tem talento e, especialmente, porque eu acho que o mundo merece te conhecer.

Seus pais estão com todos os meus telefones. Se mudar de opinião ou se eu puder fazer qualquer coisa para te ajudar a fazer as pazes com o Leo, é só me ligar.

Com muito carinho,

Christian

Eu sabia que ele estava sendo sincero, mas ainda assim a mágoa era muito grande. Se não fosse por ele, tudo estaria bem. Tudo estaria perfeito na verdade. Olhei o próximo e-mail. Era da Tracy.

De: Tracy <tmarshallstar@hotmail.com>
Para: Fani <fanifani@gmail.com>
Enviada: 23 de junho, 23:27
Assunto: I'm going with you!

Dear Stephanie,
I'm so excited! I heard you got a scholarship

to study in Hollywood! You will not believe what I am going to tell you! Remember I told you about that American guy I'm in love with? He's from Los Angeles!!!! I've talked to my parents and told them I'm going with you! I can't believe it! We are going to live together again! I'm so happy that I cannot stop smiling! We'll have to rent a condo, there's no chance we can live in those slummy college dorms!

My father told me that I can only go if I get a scholarship too, but I'm not going to listen! I can work as a waitress there! We have to check our tickets together, so we can arrive there on the same day!

I'm so happy! Write me as soon as you can!

Love,

Tracy

P.S.: What happened to Leo? Is he coming with us?*

Eu terminei de ler e não sabia se ria ou se chorava. Definitivamente, a Tracy tinha um parafuso a menos. Anotei mentalmente que eu tinha que passar o telefone do Christian

---

* Querida Stephanie, eu estou tão empolgada! Eu fiquei sabendo que você ganhou uma bolsa de estudos para estudar em Hollywood! Você não vai acreditar no que eu vou te falar! Lembra que eu te contei que estou gostando de um garoto americano? Ele mora em Los Angeles! Eu já conversei com os meus pais e falei que eu vou com você! Nem acredito! Nós vamos morar juntas de novo! Estou tão feliz que não consigo parar de sorrir! Nós temos que arrumar um flat, não tem a menor possibilidade de morar naqueles dormitórios terríveis de faculdade! Meu pai falou que eu só posso ir se arrumar uma bolsa de estudos também, mas isso não importa! Eu posso trabalhar de garçonete lá! Temos que marcar nossa passagem de avião para chegarmos no mesmo dia! Estou tão feliz! Me escreva assim que você puder! Com amor, Tracy. P.S.: O que houve com o Leo? Ele vai junto com a gente?

pra ela, quem sabe ela não poderia usar a bolsa de estudos no meu lugar?

Olhei o último e-mail. Era da Priscila.

De: Priscila <pripriscilapri@aol.com>
Para: Fani <fanifani@gmail.com>
Enviada: 24 de junho, 1:11
Assunto: Me liga!

Fani...

Tenho más notícias. Desculpe por sempre ser eu a pessoa a te passar as informações mais importantes. Mas você tem que saber antes que deixe passar a maior oportunidade da sua vida.

Me liga assim que acordar, por favor. Não importa a hora. Estou com o celular ao lado da cama.

Priscila

Antes de ligar pra ela, eu já estava chorando de novo. Eu já imaginava. O Leo devia ter dito para o Rodrigo que realmente não queria mais nada comigo e que ia mesmo estudar no Rio. Telefonei primeiro para a Gabi, que também já estava acordada, e perguntei se ela sabia o que a Priscila queria me contar. Ela disse que não tinha nem ideia, mas que a Priscila tinha mandado um e-mail na noite anterior falando que iria com o Rodrigo se encontrar com o Leo.

Então ela tinha conversado com ele... Liguei imediatamente. Ela havia escrito que não tinha notícias boas, mas já estava doendo tanto, um pouco a mais não faria diferença.

Ela atendeu com voz de sono e perguntou se podia ir até a minha casa. Eu perguntei se ela não podia falar por telefone, pois eu estava muito curiosa, mas ela disse que queria me ver. Eu concordei, e ela chegou uns 20 minutos depois. Eu já tinha tomado banho e me forçado a comer um sanduíche.

"Fani, vamos lá pro seu quarto?", a Priscila disse assim que eu abri a porta. "Onde estão seus pais e o Alberto?"

Eu respondi que achava que todo mundo ainda estava dormindo. Ainda eram nove da manhã.

"Que coisa mais fofa essa sua cachorrinha!", ela disse, enquanto a gente andava para o meu quarto. "Adoro o nome dela também. Winnie. Agora você tem que comprar um macho, para colocar o nome dele de Kevin! Aí vai ficar igual ao casalzinho do seriado *Anos incríveis!*"

Eu senti meu coração acelerar mais a cada passo. Ela estava inventando assunto... Por que não dizia logo a tal má notícia e acabava depressa com o meu martírio?

Ela se sentou na cama e a expressão dela definitivamente não estava nada boa. Parecia que também ia chorar a qualquer momento.

Ela resolveu falar: "Fani... um ano e meio atrás, no dia da sua ida para a Inglaterra, eu te contei uma coisa que mudou a sua vida. Mesmo que todos achassem que o certo seria ocultar certos fatos, eu fiz o que eu achava que ia te fazer mais feliz. Eu te falei no aeroporto que o Leo era apaixonado por você, lembra?".

Eu me lembrava perfeitamente. Se ela não tivesse me contado, eu não teria lido a carta dele a tempo e provavelmente nós não teríamos dado o nosso primeiro beijo naquele dia. Nem sei se teríamos nos beijado alguma vez...

Ela continuou: "Aí, no começo do ano passado, quando as meninas ficaram te escondendo a respeito da Marilu, fui eu que te contei. Não foi?".

Eu fiz que "sim" com a cabeça. Ela estava certa. Eu ainda não havia pensando naquilo, mas ela realmente era quem sempre me dava as notícias mais relevantes.

"Pra completar, Fani", ela disse, "no final do ano passado, fui eu que descobri que o namoro do Leo era falso e também que ele tinha inventado tudo apenas para que você vivesse plenamente o seu ano de intercâmbio. Eu te contei o mais depressa possível, para que você tivesse tempo de criar uma solução antes de voltar, para que vocês voltassem a ficar juntos quando você chegasse aqui. Lembra?"

Claro que eu me lembrava. Como se tivesse sido ontem.

"Fani, eu sempre quis a sua felicidade. Eu gostei de você desde o primeiro dia em que te vi, você é dessas pessoas que todo mundo simpatiza à primeira vista. E eu sempre achei que você e o Leo fariam o casal mais bonitinho! Eu conheço o Leo desde os 13 anos e eu nunca tinha visto ele olhando para menina nenhuma como te olhava... Eu torci para que vocês ficassem juntos desde o começo..."

Eu senti novas lágrimas começarem a escorrer.

"Por isso eu fiquei tão feliz quando finalmente deu certo. Quando vi que o namoro de vocês estava ficando firme mesmo, eu me senti um pouco responsável por aquilo...", ela disse sorrindo. Em seguida ela mudou de expressão.

"Acontece, Fani, que – como eu disse antes – eu só quero o melhor pra você. Eu fiz de tudo para que você e o Leo ficassem bem desde o princípio. E até o último minuto eu lutei por isso."

Ela olhou para os pés, coçou a testa e respirou fundo.

"Fani, ontem eu e o Rodrigo saímos com o Leo. Ele estava muito chateado e o Rô então o convenceu a dar uma volta, só para ele distrair um pouco. O primo dele e a Marilu foram também. E o Rodrigo também chamou o Alan, para que o Leo não se sentisse ainda pior pelo fato de só ter casal."

"Ele falou alguma coisa sobre mim?", eu perguntei com esperanças.

Ela apenas confirmou com a cabeça. Em seguida voltou a falar: "Desde o momento em que nós chegamos lá no bar, ele começou a falar de você. Ele disse que você tinha ido se explicar e que ele não tinha acreditado em uma só palavra. Eu, o Rodrigo e até a Marilu ficamos tentando te defender, mas ele não parava de dizer que não estava com raiva apenas pelo beijo, mas também porque você tinha armado o encontro com o Christian e mentido pra ele...".

Ela me deu uma olhadinha para ver a minha reação. Eu fiquei calada e ela continuou: "Ele disse que eu não precisava ficar tentando fazer o seu filme, porque ele já estava completamente queimado. E contou que estava decidido a se mudar para o Rio, porque você já tinha atrapalhado a vida dele o suficiente... Nossa, Fani, ele realmente estava ressentido. Eu nunca tinha visto o Leo assim".

Até então ela não tinha dito nada que eu não soubesse.

"De repente, o Alan chegou. E ele não estava sozinho..."

Eu não fiquei nem um pouco curiosa pra saber com quem o Alan estaria. Mas ela me contou mesmo assim.

"Ele chegou com a Vanessa, você acredita?"

"Com quem?!", eu não podia acreditar. Eu nem sabia que aquela nojenta estava em BH! Ela tinha me dito que iria se mudar para São Paulo, pelo que eu me lembrava, no único e-mail que nós trocamos enquanto eu estava fazendo intercâmbio...

"Com a Vanessa, Fani. Ela foi convidada para trabalhar em uma agência de modelos daqui e por isso não está fazendo faculdade nem cursinho ainda. Ela disse que quer se dedicar à carreira de modelo nesse momento e que mais tarde terá muito tempo para os estudos..."

Estava explicado. Mas, se ela estava com tantos compromissos, o que tinha ido fazer lá então?

"Fani... o Rodrigo me contou ontem uma coisa que eu não sabia. Desde que a Vanessa e o Leo terminaram, antes inclusive de vocês se beijarem pela primeira vez, ela continuou dando em cima dele. Parece que ela não se conformou de ter levado um fora, e volta e meia fica ligando ou mandando e-mail pra ele... mesmo enquanto ela achava que ele estava namorando a Marilu. E mesmo enquanto vocês e ele namoravam..."

"Que raiva!", eu soquei o travesseiro. "Se ela passar na minha frente..."

"Fani...", a Priscila fez uma cara de preocupação. "Eu acho que você realmente vai querer bater nela depois que eu te contar tudo..."

Eu senti o meu coração gelar. Por que eu ia querer *realmente* bater nela?

A Priscila pegou as minhas mãos. "Fanizinha... Todas as vezes que eu vi que você estava perdendo tempo, que poderia ser feliz com o Leo, eu te dei força. Agora eu quero fazer o contrário. Eu acho que você não deve mais ficar pensando nele. Eu acho que ele não merece. Se ele te amasse de verdade, ele teria perdoado qualquer coisa. Mas, especialmente, eu acho que você não devia perder a oportunidade de ir fazer faculdade nos Estados Unidos. Pelo menos não por causa do Leo."

Eu nem pisquei. Fiquei esperando que ela concluísse.

"Ontem, Fani, lá no barzinho em que a gente estava, o Leo e a Vanessa ficaram juntos."

Eu congelei. Ele tinha ficado com a... Vanessa? Com a mesma Vanessa que havia infernizado a minha vida quando eu percebi que gostava dele? Com aquela Vanessa que tinha dado em cima de outro cara enquanto eles ainda namoravam?

"Com a Vanessa?", eu perguntei, sentindo meu corpo todo tremer. "Mas... a gente nem terminou direito! Quer dizer, ele disse que era o fim, mas eu não aceitei, eu falei que ele tinha que me escutar..."

Ela ficou só balançando a cabeça e tentando segurar os meus ombros, para que eu me acalmasse.

"Fani, ele terminou com você, sim... Ele disse isso ontem à noite pra quem quisesse ouvir. Ele falou que deixou bem claro pra você que não quer saber de desculpas, que não vai acreditar em mais nada que você disser...", ela abaixou um pouco o olhar. "E ele disse também que não quer te ver nunca mais."

Eu fiquei paralisada. Uma coisa era ele falar aquilo tudo pra mim, no calor de uma discussão. Outra era dizer pra todo mundo, sem o menor respeito pelos meus sentimentos e pela nossa história.

"Foi nessa hora que a Vanessa falou que não era pra ele se preocupar, porque certamente o Christian estaria te consolando e que – nas palavras dela –, com um gato daqueles, dificilmente você teria saudade dele... Eu percebi que o Leo ficou com muita raiva. No mesmo instante, ele começou a se encostar na Vanessa, a falar no ouvido dela e quando eu vi, eles já estavam se beijando. E toda hora ele me olhava, pra ver se eu estava 'assistindo' tudo, certamente imaginando que eu ia te contar."

"Ele parecia que estava... *gostando* de ficar com ela, Priscila?" Claro que eu tinha que me martirizar mais um pouquinho, eu ainda não tinha sofrido o suficiente, não é?

"Ah, Fani...", ela falou meio triste. "Eu sei que ele fez isso pra te provocar, mas eles estavam se agarrando muito, mais do que na época do namoro deles. E... pouco tempo depois, eles foram embora de lá juntos... e sozinhos."

Eu comecei a chorar muito. Ele não podia ter feito aquilo... A Priscila me abraçou e falou que não era pra eu chorar por ele. Que ele não merecia. Que ele devia ter me escutado, que, mesmo que estivesse desiludido, devia ter dado um tempinho antes de ficar com alguém, ainda mais na frente dos meus amigos...

Eu não sabia nem o que estava sentindo. Uma mistura de raiva, com tristeza, com amargura... Eu só tinha certeza de que, agora, quem não queria era eu. Eu também não estava com vontade de vê-lo nunca mais! Ele podia ficar com a Vanessa ou com qualquer outra. Eu não queria mais saber... Ele tinha morrido pra mim.

Olhei para o meu computador, que ainda estava ligado, e vi o e-mail do Christian. De repente, eu soube o que tinha que fazer.

Enxuguei o rosto, levantei-me correndo, fui até a minha bolsa e encontrei no fundo dela, bem amassado, o cartãozinho que ele havia me dado no shopping. Tinha um celular anotado.

Peguei o telefone e comecei a discar.

"Fani, você não vai ligar para o Leo, vai?", a Priscila ficou tentando tomar o telefone da minha mão. "Você não pode se rebaixar, Fani! É isso mesmo que ele quer..."

Eu me afastei e liguei o viva-voz, para que ela também pudesse escutar. A voz do Christian se propagou pelo quarto no mesmo instante.

Christian: *Alô?*

Fani: *Oi, Christian...*

Christian: *Fani! Você me ligou! Viu meu e-mail? Quer que eu converse com o Leo? Eu tenho certeza de que posso convencê-lo da verdade! Eu estava pensando, se você quiser, eu posso dar uma declaração para aquela revista falando que fui eu que te agarrei!*

Fani: *Christian... Na verdade eu te liguei pra saber detalhes sobre a faculdade. Quer dizer, sobre a documentação, inscrição, quando começa...*

Christian: *Você está falando sério? Você está pensando no assunto?*

Fani: *Ah, não... eu já pensei. Eu vou. Quer dizer... se ainda der tempo.*

Christian: *Lógico que dá! Fani! Eu não acredito! Você não tem noção do quanto estou feliz!*

Fani: *E então? Eu queria começar a providenciar logo os documentos. Hoje de preferência.*

Christian: *Nossa, você realmente ficou empolgada! Foi o site? Você entrou e viu como lá é bacana? Fani, você vai amar! Eu vou te apresentar pra todo mundo! Você vai ver que Hollywood não tem tanto glamour quanto parece... Os atores são bem simples na verdade. Quer dizer... alguns deles.*

Fani: *Mal posso esperar.*

Christian: *Olha, eu vou viajar daqui a pouco, mas vou te mandar um e-mail com tudo que precisa. Seus pais já estão com os formulários que você tem que preencher. Além disso, você vai precisar do seu histórico escolar traduzido e da aprovação no TOEFL, que é um exame que comprova que o seu inglês é bom o suficiente para acompanhar as aulas. Mas eu sei que seu inglês é fluente e que isso não vai ser problema... Acho que, depois, só vai faltar mesmo você marcar sua passagem. As aulas começam no começo de setembro, mas acho que você deve ir em agosto, para já conhecer a faculdade, o dormitório, a cidade...*

Ele continuou a falar enquanto a Priscila ia anotando tudo. Quando desliguei, depois de prometer que eu preencheria urgentemente os formulários e mandaria pra ele por sedex, para que ele pudesse garantir a minha matrícula assim que chegasse aos Estados Unidos, a Priscila estava dando pulinhos na minha frente.

"Fani!", ela estava muito mais empolgada do que eu. "Você vai ficar famosa! Melhor do que isso, você vai ficar *amiga* de gente famosa! Ai, não vai esquecer de mim, viu? Vou querer te visitar lá! Jura que você vai dar um jeito de conhecer também os atores de todos os seriados? Sou tão louca pelo Ian Somerhalder de *Vampire Diaries*! Fani, promete que você me apresenta pra ele?"

Enquanto ela ia listando todos os atores que eu tinha que conhecer, eu deitei na minha cama e fiquei olhando para o teto. Então era isso. Mais uma vez a vida ia me levar para um lugar bem diferente do que eu havia planejado.

Quando meus pais acordaram, um tempinho depois, eu contei a eles sobre a minha decisão. Eles ficaram muito animados e começaram a preencher os papéis na mesma hora. A Priscila também já tinha espalhado a novidade pra Gabi e pra Natália, que não demoraram a chegar à minha casa, completamente entusiasmadas.

Pelo visto, só eu não estava contente com a minha decisão. Mas isso não importava. Eu ficaria ainda menos feliz em Belo Horizonte. Sem ele.

Quando as meninas foram embora e os meus pais terminaram de preencher os formulários, fui para o meu quarto e guardei cada um dos retratos do Leo. Liguei o computador e entrei no site da Columbia College Hollywood. A minha vida dali em diante seria ali. E eu queria que ela começasse o mais rápido possível.

De: Rodrigo <rrrrrodrigooooo@gmail.com>
Para: Leonardo <soueuoleo@gmail.com>
Enviada: 10 de agosto, 17:20
Assunto: E aí?

Fala, Leo!
E aí, como vai a Cidade Maravilhosa? Já tem mais de um mês que você se mudou, já acostumou?

Estou escrevendo porque sua nova faculdade deve ter começado essa semana. Queria saber se você está gostando, se já se enturmou, se está feliz...

Foi meio estranho não te ver na sala de aula. Nós estudamos juntos desde a infância, né? Estou sentindo falta da sua encheção de saco! Mas tá valendo, se foi melhor pra sua vida, isso é o que importa.

Leo, sei perfeitamente que você disse que não queria ter notícias dela, mas eu vou fingir que não ouvi.

A Fani está embarcando para os Estados Unidos no dia 25 de agosto. Ela vai fazer faculdade lá, como você já deve saber. Não adianta mentir pra mim. Eu tenho certeza de que você continua de olho no Twitter, Instagram, Facebook... todos os meios de comunicação virtuais dela. Sei que você não vai esquecê-la de uma hora pra outra... essas coisas levam tempo. Bom, só estou avisando porque ainda dá tempo de você fazer alguma coisa, caso queira. Ou, se preferir não fazer nada, para que você saiba que Belo Horizonte vai estar livre a partir do final do mês, sem perigo de vocês se encontrarem a cada esquina, quando vier ver seus pais.

Estou a fim de pegar umas ondas! Avise quando eu puder te visitar!

Valeu!

Rodrigo

De: Leonardo <soueuoleo@gmail.com>
Para: Rodrigo <rrrrrodrigooooo@gmail.com>
Enviada: 13 de agosto, 19:31

Assunto: Re: E aí?

Rodrigão!

Por aqui tudo certo. Já estou mais que adaptado. A faculdade é ótima, agora percebo que devia ter feito Jornalismo desde o início, tem muito mais a ver comigo do que o curso de Administração. E meu pai tem os meus irmãos pra seguirem a carreira dele. Com certeza foi a melhor coisa que eu fiz.

Rodrigo, você está enganado. Eu não escuto falar da Fani desde o dia em que ela foi à minha casa e eu terminei o namoro, e te asseguro que estou muito bem assim. Fiquei até surpreso com essa informação que você me deu, de que ela vai viajar. Não guardo rancor dela, mas não quero nenhum contato, nem mesmo virtual. Espero que ela esteja feliz, assim como eu estou.

Sobre BH, acredito que eu não vá tão cedo. Estou realmente gostando de morar no Rio e acredito que meus pais venham me visitar bem mais do que o contrário. E, por falar nisso, venha quando quiser. Por enquanto ainda estou morando na casa da minha tia, mas eu e o Luigi estamos combinando de, em breve, dividir um apê! Ele quer ficar mais à vontade com a Marilu e eu quero um lugar pra levar as gatas que eu tenho conhecido. Cada carioca que você nem imagina!

Abração! Manda um beijo pra Priscila.

Leo

De: Rodrigo <rrrrrodrigooooo@gmail.com>
Para: Leonardo <soueuoleo@gmail.com>
Enviada: 15 de agosto, 19:01
Assunto: Re: Re: E aí?

Valeu, Leo!

Pode deixar que, assim que der, eu vou aí passar um fim de semana!

Só um toque de amigo... Cuidado pra não perder sua essência, falou? Esse estilo "Alan" não combina com você. Te conheço desde criança! Pode parar com a encenação, pois não vou contar nada disso pra Priscila. E, se quer saber, a Fani também não quer saber sobre você, pediu que as meninas não tocassem mais no seu nome perto dela.

Bola pra frente, cara. Sei que você vai se dar bem em qualquer lugar do mundo.

Abraço,

Rodrigo

40

> Shadow: Você aprendeu tudo que precisa saber.
> Agora, só tem que aprender a dizer adeus.
>
> (A incrível jornada)

 Chegamos ao aeroporto e o meu pai foi estacionar o carro, enquanto minha mãe me ajudava a levar as malas para fazer o check-in. Eu carreguei a Winnie e olhei para o céu. Vi que não tinha nenhuma nuvem, naquele dia de final de agosto. Bem perto, havia um casal se beijando. Ela estava chorando e ele a abraçava, como se não quisesse deixá-la ir embora. Eu olhei para o outro lado depressa. Eu não queria me lembrar.

 Parecia que não tinha se passado tanto tempo desde a minha ida para a Inglaterra. Tudo estava igual naquele lugar. Inclusive as pessoas. Ou a maioria delas. Entretanto, eu estava diferente. No dia do início do meu intercâmbio, tudo o que eu queria era que um ano passasse bem depressa, para que eu pudesse estar logo de volta. Eu tinha alguém a me esperar. Desta vez, porém, eu não tinha nada a perder. O tempo não precisava passar depressa. Eu não tinha motivos para retornar. Eu nem sei se voltaria a morar no Brasil algum dia. Eu queria refazer minha vida e sabia que, dali em diante, eu poderia inventar outras histórias que não seriam só minhas... Eu iria aprender a criar sonhos. Para que outras pessoas se inspirassem naquilo que eu poderia ter vivido.

O aeroporto estava cheio como sempre. Logo avistei o Alberto, a Natália e a Gabi, que vieram correndo ao me ver. A Gabi estava de óculos escuros, eu perguntei por que ela estava usando aquilo ali dentro, e ela disse que óculos escuros não serviam apenas para proteger os olhos do sol e que ela sabia que iria precisar deles dali a pouco. Eu senti um aperto no coração. Mais uma vez nós iríamos nos separar.

O Rodrigo e a Priscila chegaram em seguida. Ela estava com uma flor na mão, que me entregou assim que se aproximou. Um lírio branco. Não pude deixar de pensar que, no dia da minha ida para a Inglaterra, a flor que eu havia ganhado tinha sido outra. E de outra cor.

O Inácio chegou com a minha cunhada e os meus sobrinhos. Pedi à Gabi que segurasse a Winnie um pouquinho e peguei um dos gêmeos no colo. Quando eu os visse novamente, eles não seriam mais bebês. Perguntei pra Juju o que ela queria que eu trouxesse de presente, lembrando que, quase dois anos antes, ela tinha me pedido uma Barbie. Ela respondeu que queria uma maquiagem importada, pois tinha ouvido dizer que a qualidade era muito melhor. Eu dei uma tapinha no bumbum dela e falei que ela ainda era muito novinha pra usar maquiagem! A minha cunhada balançou os ombros e falou que ela estava convivendo muito com a "tia" Natália.

Meus avós chegaram e eu os abracei. Eu havia pedido para ninguém ir ao aeroporto, mas pelo visto ninguém tinha me dado ouvidos. Eu não queria choradeira, como da outra vez. Na noite anterior, as meninas tinham me chamado para sair, pois seria a minha última em BH, e – embora estivesse sem a menor vontade – eu fui, pois não sabia quando iria sair com elas novamente. Desta vez, minha viagem era sem passagem de volta...

Enquanto encaixotava meus DVDs, que meu pai prometeu que iria me mandar assim que eu estivesse estabelecida em Los Angeles, percebi que flashes do dia em que fui para o meu intercâmbio iam e vinham na minha mente. Eu tive que chamar o Alberto para me ajudar a colocar a caixa no alto do armário. Desta vez eu sabia que, caso ela caísse, ninguém ia aparecer de surpresa para me salvar.

Antes de sair de casa, eu telefonei para a Tracy. Ela tinha mesmo convencido os pais a deixá-la estudar nos Estados Unidos. Eles disseram que eu era sempre uma boa influência e que esperavam que ela aprendesse alguma coisa comigo. Ela acabou conseguindo uma bolsa de estudos, para estudar Economia, em uma faculdade não muito longe da minha. Aproveitando as férias na Inglaterra, ela e os pais viajaram para os Estados Unidos, algumas semanas antes, para alugarem com calma o nosso apartamento. O meu pai disse que eu deveria morar no dormitório da faculdade, para viver a experiência completa. Eu até concordava, eu já tinha assistido a vários DVDs que mostravam os estudantes morando juntos na própria universidade e imaginava que, daquela forma, eu me sentiria mesmo dentro de um daqueles filmes. Porém, teria um problema. A Winnie. Eu não iria a lugar nenhum sem ela. E eu tinha certeza de que não aceitavam animais de estimação na faculdade. O apartamento viabilizaria isso.

A Tracy me contou que eles tinham encontrado um que tinha dois quartos e uma salinha, que daria pra gente fazer muitas festas. Eu até tremi. Se no colégio ela já causava tumulto, eu nem queria imaginar como seria na universidade. No telefone, ela disse que iria me esperar no aeroporto, pois já tinha tirado carteira de motorista americana e uma amiga tinha emprestado o carro para que ela pudesse me buscar. Eu só consegui pensar em como a Tracy, em poucas semanas, tinha feito uma amizade tão forte a ponto de emprestar o carro pra ela.

Ouvi anunciarem meu voo pelo alto-falante. Senti um aperto no coração. A hora havia chegado. Peguei a Winnie e a coloquei dentro da casinha que eu havia comprado, própria para que ela pudesse ir comigo dentro do avião. Olhei para o meu pai, que me abraçou e foi andando comigo assim, até a porta da sala de embarque. Um dia antes, ele tinha conversado comigo e afirmado que sabia que eu havia tomado a decisão correta. "Minha filha, eu não tenho dúvidas do seu sucesso", ele tinha dito. "Não se preocupe com o que está deixando pra trás. Certas coisas vão e voltam em nossa vida. No momento certo, elas ficam." Eu não tive a menor dúvida de que ele estava falando sobre o Leo. Mas eu não queria mais pensar nele. E também não desejava que ele voltasse para a minha vida algum dia. Todo aquele sofrimento serviu pra me endurecer. Eu não havia chorado mais desde a manhã em que a Priscila me contou sobre ele e a Vanessa. Minha esperança era de que o sol da Califórnia derretesse meu coração.

Mais uma vez disseram o número do meu voo. Olhei para todas as pessoas que estavam me rodeando. Abracei cada uma delas, dizendo que escreveria assim que chegasse e pedindo que me visitassem, assim que possível.

A Gabi, a Natália e a Priscila fizeram uma rodinha em volta de mim. Percebi que elas estavam fazendo de tudo para não chorar. Se fosse um mês antes, certamente eu mesma estaria em prantos. Mas agora eu não tinha mais lágrimas.

As meninas fizeram com que eu prometesse que daria uma chance para a felicidade. Eu prometi.

Em seguida meus irmãos mandaram que eu tivesse muito juízo, e eu apenas falei que eles dessem esse conselho um para o outro, de vez em quando.

A minha mãe me abraçou, meio emocionada, e disse que estava muito orgulhosa de mim. "Minha filhinha... desculpe por não ter sido a mãe que você queria, mas eu fiz o melhor que eu pude." Eu falei pra ela que não escolheria nenhuma outra mãe no mundo. E era verdade.

Por último, o meu pai me segurou e fez com que eu olhasse pra ele. "Fani", ele disse com os olhos cheios d'água. "Eu te disse a mesma coisa da última vez. Não se preocupe com nada. Se precisar, saiba que pode voltar a qualquer momento." Eu o abracei forte. "Você cresceu tanto desde a última vez...", ele falou com a voz embargada. "Mas continua sendo a minha menininha. Seja muito feliz, minha filha. Na verdade, eu sei que você vai ser."

Eu dei um último abraço nele e olhei em volta.

De repente, pensei ver um rosto conhecido no meio das pessoas que ocupavam o saguão. Meu coração deu um pulo. Não podia ser... Foquei o olhar depressa, mas não vi mais ninguém. Dei um suspiro. Eu realmente já havia me despedido de todo mundo.

Entrei na sala de embarque me sentindo leve. Aquele filme tinha terminado. E eu não via a hora do próximo começar.

Epílogo

Antigamente, quando assistia a um DVD, eu me sentia como se fosse uma das personagens. A minha vida era o meu filme. Eu queria causar nos espectadores todos os tipos de emoção. Alegria, esperança, paixão, saudade, tristeza, amor. Eu achava que a minha história tinha o melhor roteiro de todos.

Hoje eu sei que os filmes não são melhores ou piores, apenas diferentes da vida real. Ao contrário de Hollywood, onde as películas são produzidas, revisadas, ensaiadas até que fiquem perfeitas, a nossa existência é feita de improviso. Aqui não tem script. As cenas não são filmadas. E, se erramos uma fala, não tem como dizer "Corta!" e gravar de novo.

Com o tempo, aprendi que cada momento é único. Cada passo dado pode mudar a minha sinopse. Demorei pra entender que o mundo não é um grande cinema. Lá, a história acaba quando a luz se acende. Aqui, não existe apenas um final. Existem vários. Alguns deles são felizes. Outros não. Nessa sala de embarque, só me resta esperar pelo próximo fim. E torcer para que ele seja melhor. Eu sei que vai ser. Só depende de mim.

<u>Narrador:</u> Bastian fez muitos outros desejos e teve muitas outras incríveis aventuras antes de finalmente voltar para o seu mundo normal. Mas essa é outra história...

(A história sem fim)

LEIA TAMBÉM

FAZENDO MEU FILME 1
A ESTREIA DE FANI
336 páginas

FAZENDO MEU FILME 2
FANI NA TERRA DA RAINHA
328 páginas

FAZENDO MEU FILME 4
FANI EM BUSCA DO
FINAL FELIZ
608 páginas

FAZENDO MEU FILME
LADO B
400 páginas

**MINHA VIDA FORA
DE SÉRIE**
1ª TEMPORADA
408 páginas

**MINHA VIDA FORA
DE SÉRIE**
2ª TEMPORADA
424 páginas

**MINHA VIDA FORA
DE SÉRIE**
3ª TEMPORADA
424 páginas

**MINHA VIDA FORA
DE SÉRIE**
4ª TEMPORADA
448 páginas

FAZENDO MEU FILME EM QUADRINHOS 1
ANTES DO FILME COMEÇAR
80 páginas

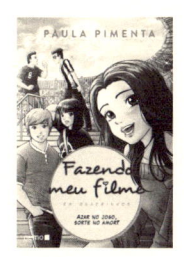

FAZENDO MEU FILME EM QUADRINHOS 2
AZAR NO JOGO, SORTE NO AMOR?
88 páginas

FAZENDO MEU FILME EM QUADRINHOS 3
NÃO DOU, NÃO EMPRESTO NÃO VENDO!
88 páginas

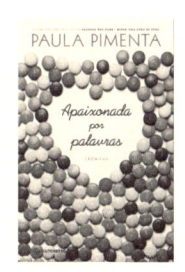

APAIXONADA POR PALAVRAS
160 páginas

APAIXONADA POR HISTÓRIAS
176 páginas

UM ANO INESQUECÍVEL
400 páginas

CONFISSÃO
80 páginas

Este livro foi composto com tipografia Electra Lt Std e impresso
em papel Off-White 70 g/m² na Formato Artes Gráficas.